福建师范大学文学院 闽台区域研究中心 筹划

全清小说论丛

第二辑

欧阳健 吴巍巍 欧阳萦雪 主编

文物出版社

图书在版编目（CIP）数据

全清小说论丛．第二辑／欧阳健，吴巍巍，欧阳萦
雪主编．—北京：文物出版社，2023.4
ISBN 978-7-5010-8011-3

Ⅰ.①全…　Ⅱ.①欧…②吴…③欧…　Ⅲ.①古典小
说—小说研究—中国—清代—文集　Ⅳ.①I207.41-53

中国国家版本馆 CIP 数据核字（2023）第 054668 号

全清小说论丛　第二辑

主　　编：欧阳健　吴巍巍　欧阳萦雪
筹　　划：福建师范大学文学院　闽台区域研究中心
封面题字：吴家驹

责任编辑：刘永海
装帧设计：王文娴
责任印制：王　芳

出版发行：文物出版社
社　　址：北京市东城区东直门内北小街 2 号楼
邮　　编：100007
网　　址：http://www.wenwu.com
经　　销：新华书店
印　　刷：宝蕾元仁浩（天津）印刷有限公司
开　　本：710mm×1000mm　1/16
印　　张：18.25
版　　次：2023 年 4 月第 1 版
印　　次：2023 年 4 月第 1 次印刷
书　　号：ISBN 978-7-5010-8011-3
定　　价：120.00 元

目　录

校点心得

随笔札记

《论丛》影响

佳篇赏析

学术动态

※　※　※

补白目录

关于《全清小说》编校的几点建议

王欲祥

《全清小说》就数量而言，应该是超过"全清诗""全清词"等文学体裁的。它的编纂、出版，对于研究中国古代文学、历史、经济、文化、语言等方面的价值都是巨大的。《全清小说》"顺治卷"的出版在学术界引起轰动，也是很自然的。

全面评价《全清小说》，当然得等到全部出齐之后，这里只是对已出版的"顺治卷"在编校方面提几点建议，供主编、作者、编辑参考。需要说明的是，本人对已出版的六册并未通读，下面所谈的仅以第一册为据，挂一漏万，管中窥豹，自是难免。

一　给主编的建议

主编是丛书的群龙之首，对全书的质量起着举足轻重的作用。

该书有较详备的"凡例"，操作亦便，但却有几处可商，或者可以优化。

一是存真。丛书总集，其主要功能是求全存真。"求全"对于首次成集的《全清小说》而言，只能是尽人力而已，这里不去说了。而"存真"应是编者追求的主要目标之一。"凡例"第七则："选用善本或年代较早的本子为底本……不到万不得已，不用《四库全书》本与《笔记小说大观》本为工作底本。"这是对的。之所以不用四库本与大观本，就是因为它们不是首刻本，且在刊刻时有所删改。鲁迅就是因为这个原因不喜欢四库本，甚而有人发出"馆臣刻古书而古书亡"的骇论。"凡例"第九则说："对少数民族含有侮辱性的字一律改正，如'猓''猺''獞'改为'倮''瑶''僮'等。"这个标准与四库馆臣删改标准同。其实，古人的观念、用语，并不需要用今人的是非观去整齐划一。照此"凡例"推论，《全清小说》应不止这几个字应遭改动。只是"凡例"中标举的"猓、猺、獞"，在古人书中或有作"倮、瑶、僮"的，显示了古人时、地、人观念的差异；现在这么一改，则古人时、地、人观念的差异就被人为地抹平了。今天的少数民族读者，在古籍中看到"猓、猺、獞"字样，想也能从历史的角度去理解，不致于有何不快吧。

二是"不出校记"。"凡例"第八则说："全书不加注释，不出校记。"编者没有给出这样做的理由，估计是怕加大工作难度，增大篇幅。个人以为，不加注释尚可，因为这类笔记小说就字面看，并不很难懂，少量读不懂的就随他去吧。但"校记"最好还得出一下。否则底本的错误，校点者新造成的错误，责编或照排的疏漏造成的错误，读者根本分不清。任何底本，不论其质量多高，错误总是难免的，对这些错误，校点者该如何处理？改还是不改？这些都需在"凡例"中有个交代。个人觉得，对于底本，可改可不改的，一律不改；底本明显的错误如"巳已己"，径改；底本的错误对于阅读产生障碍的，应改且应出校记。

如本书第214页第1行、第2行，三次出现"维祯"字样。一般人都知道元末明初著名诗人杨维桢，但这里接连三次作"维祯"，如果底本确作"祯"，则宜改作"桢"，并出校记。即便不改，也应出一校记加以说明，注明底本确作"祯"，以祛读者之疑窦。杨椎桢，在极少数地方确亦作杨维祯，且不误，因杨由元入明，明初有某王字中带"桢"，杨为避讳，在作画题嵩时有作"祯"的，时人甚或以"桢、祯"作鉴定杨书画真伪的证据，且以"祯"为是。可见，对这里的"祯"出一校记是应该的。

再如第213行第5页有"苏学士轼知颍州"语。古建置有"颍州"而无"颖州"，"颍"与"颖"义不同而形似，这里当是误用。苏轼所知之"颍州"在今安徽阜阳一带。如底本当真作"颖"，宜出个校记，否则易滋混淆。

就本人翻阅的部分看，这类问题不少。其实，对少数字、词作改动并出简单的标记，读者可以督促校点者打叠起精神，多翻检些参考书，提高校点质量；二者这样做所占版面并不会很多，一条校记一般也就一句话。如实在觉得页下注费版面，可将校记移到每书或每卷的末尾，集中排列，所需版面更少。

三是关于"题解"。"凡例"第十三则说："各书前加写题解，内容包括：著录原书所题撰人……简要介绍作者的生平里居、经历著述；说明所据版本年代和刊刻地点，存、残、佚情况，及参校本等情况。"一本较生疏的书在前面加上作者及书的简介，很有必要。只是第一册的部分题解似乎有些问题。作为主编，虽无暇审核全书，但对每个题解理应看一看，以减少讹误。

全书第一部《虞山妖乱志》的题解显得太过简略，未能达到"凡例"的要求。何况作者冯舒并非泛泛之辈，如果介绍些作者的生平及其兄弟与钱牧斋的关系，尤其作者冯舒还是该笔记中的人物，对读者了解该《志》应是有帮助的。这个题解除篇幅过短外，还有些别的失误。如作者冯舒字已苍，书中误作"已苍"；作者卒于1649年，书中误作1645年。这些本都不难查证的。

再如《女世说》的题解，对作者的介绍较为丰富，这是可取的，但关于该书的介绍则显得过于简略。"书成于明季，入清后继续补录，又成六续。有清初印本四卷，又有重印本，增刻续补一卷，成五卷。现据后者，并参校它本整理标点。"作者治学极严谨，但这里对《女世说》的介绍却失之简略。"增刻续补一卷"就使读者不明所以。从正文看，该书四卷，后有一续到六续，不见有什么"续补一卷"，或者所谓的"续补一卷"就是该书后半部分的六续？对该书的版本介绍只字也无，所谓"参校它本"的"它本"就更不用说了。对读者而言，该版《女世说》到底所据何本？如何认定、检核正文？也不知讹误是校点者的新增还是底本原有。照笔者的意思，非但要注明版别，如是不经见的本子，还应该注明底本所藏的图书馆或收藏者。

四是关于字体的规范。对于该书用字，出版社曾有规定，也算是较全面且易操作的，但在阅读过程中，感觉还有些不尽如人意。规范，意味着全书都须遵循某一规定，但实际操作起来，那么大的一套书，那么多的作者，不同的编辑，要完全统一，几乎是不可能的事。但一本书之内，有个大致的规范，还是很有必要的，否则会给人以凌乱的感觉，在理解上甚或会引起歧义。

比如"只"字，古文献中已有表示今天副词的"仅"的用法。在本书的"凡例"中，虽未将"只"作为例字列出，但在第五则中，已有"作者由清入民国者，亦只收其清亡前的作品"的表述，则说明本书以"只"为正字，但在本书中，祇、衹、秖、秪并用。这几种写法，实则不过是旧时刻工手误，加上作者的随意，误刻误用，后人沿袭，积非成是。这几个字虽然都不能算错，但在同一本书中，还是不宜太凌乱，建议用现今通用的"衹"，如果原文作"只、祇、衹、秪"，最好在同一本书中加以统一。

再如"尝"之与"常"，不论是古文，还是今文，意思差别很大。"尝"表示"曾经"，而"常"却是"经常"，与表"曾经"的"尝"，意义大相径庭。但在古文中，"常"字有一义项通表示"曾经"的"尝"，这时的选择就该有些讲究，否则会谬以千里的。

本书第 177 页倒 3 行："张侍制舜民坐元祐党，久谪既还，犹怏怏。常内集，分题赋诗……"里的"常"，从字面看，既可解作"曾经"，亦可解作"经常"。但本条引出张女两句名诗，就只能解作"某一次"而不能解作"经常"，所以，这里的"常"，宜用常见的表"曾经"的"尝"（本书该用"尝"而作"常"者多有），免生歧义。顺便说一下，这里的"侍制"似是"待制"之误。

又如第 46 页倒 3 行："太常虽以进士举，然务为制举之业，未尝傍反诗赋也。"这里的"傍"，古文中多是"旁边"的意思，与今天的"旁"意同，而加人旁的"傍"字，在今意中则为"靠近、依靠"，两者意思截然不用，不如改作现今通用的"旁"，而"旁"与"傍"旧通，这样既不失真，也不会造成歧解。又，"未尝傍反诗赋也"似应作"未尝傍及诗赋也"，意为翁太常八股文做的好，诗赋却做的不咋的。

就阅读所及，祇—衹—只，于—於，隣—邻，累—纍，奕—弈，制—製，剳—劄等，多有混用。

二 给校点者的建议

就书的质量而言，校点者和编辑是一根线上的两只蚂蚱，当然，校点者是较大的那一只。所以下文所及，既指校点者也包括编辑。

校点本质量的高低，主要取决三点：态度、学识、时间。

态度是决定一切的，是一切成功的基点，好的态度可以补拙，可以补差，可以弥补很多方面的不足。

强调态度，提出疑问，并不是说校点者、责编的态度有问题，而是想说明：如果大家谨慎点认真点，多花些时间，勤翻些工具书，有些错误是可以避免的。

如本书序一第 2 页倒 3 行："期盼《全清小说》对思想学术界有所稗益"，显然"稗益"是"裨益"之讹。

再如序二第 4 页第 6 行："如果独尊某体某派，以今隶古，势必排斥许多优秀作品。"这里的"以今隶古"当作"以今例古"。序一第 1 页第 9~10 行："以今例古，其中多有不类小说者。"那是对的。

又如序三第 4~5 页"轶事体小说征实为篙矢"，这里的"篙矢"显为"嚆矢"之误。这类错误，非常刺眼，稍加谨慎，原是不难避免的。

所谓"学识"，这里主要指知识面和功力，两者不易区分，故合而言之。

如序二第 5 页第 1~2 行："《全清小说》……有一百馀种未经侯忠义《中国文言小说书目》…著录。"从文意看没有问题，但对文言小说有所了解的读者，都应知道《中国文言小说书目》的作者是袁行霈、侯忠义，这里舍去了第一作者，无论如何都是不妥的。

再如序三第 5 页第 11~12 行："纪昀之后，较著者有俞蛟《梦厂杂著》。"这里显然有误。"厂"古义为石屋，后与义为草屋的"庵（菴、盦）"借用，用作人名，并非今天"工厂"的"厂"。上海古籍版的排印繁体本即作《梦厂杂著》，是。

知识也好，学识也罢，都不是短时间可以大幅提升的，但"临时抱佛脚"还是可取的，抱总比不抱好，早抱也比晚抱好，正如俗语所云："临阵磨枪，不快也光。"佛脚者，各种工具书也。

"时间"很好理解。无论你如何认真，如何有水平，时间太紧，也是难出精品的。校点者、编辑，都应安排较充裕的时间，否则，认真、学识也可能是白搭。

三　对编辑的建议

一般著作学术水平的高低，主要取决于作者，但校点古籍（尤其像《全清小说》这类无注释、无校勘的校点本）中，作者显身手的地方稍显逼仄，留给责编施展馀地的地方较多。

笔者认为，责编应对流程加以规范，具体步骤为：

1. 所有文稿，校点者须将所据底本的复印本交与责编，而不仅仅是交电子稿。这样便可知晓校点者所据何本，其所据底本学术价值几何，校点者是否尽责地据底本加以校点。这样既可督促校点者，也给照排、校对、编辑提供了可信赖的依据。

2. 出版社组织专业校对人员，依据作者提供的复印本，逐字校对校样。古籍校点，如果真的能百分之百地（理论上）和底本相同，没有制造新的错误，那就成功了百分之九十。为什么学术界多喜欢影印本，而有些排斥排印标点本，就是因为影本真实可靠。校点本虽然可以纠正底本的一些错误，但其制造的新错往往更多一些。

3. 责编在校对员校对的基础上，对全书逐字通读、检核、查证。主要注意两点：一是字句是否有误，二是断句标点是否有误。照现在的出版规范，标点、断句不算大错，一个字的错误要扣 1 分，一个标点的错误只扣 0.1 分。但在古籍标点本中，标点、断句的失误往往比文字的错误更加有害。文字的错误往往不妨碍对原文的理解，而标点的错误往往会令读者不知所云。

如第 47 页第 8 行："盖前、瞿两公名太重。"这里的"前"显系"钱"之误（不知何以会有此误），但这倒并不妨碍对原文的现解。

第38页第5~6行："一册则记刑数为夹，几为拶，几为杖几。"估计大多数读者想破脑袋也不懂这两句话，原因即在于这里的断句标点有误。私意这两句应点作："一册则记刑数，为夹几，为拶几，为杖几。"意为：另一册子记用刑的种类及次数，上夹板几次，夹手指几次，用棍打几次。

再如第39页第4~6行，记大太监曹化淳与皇上的一段对话："化淳……俯称：'奴婢清谨守法，皇爷素知。日来并不敢少有苟且，不知皇爷云云谓何？'上徐曰：'有人说汝袖出一揭。'则体仁所密具欺曹也。"估计读完这段也没几个人能懂的，恐怕还是标点断句出了问题，疑应点作："上徐曰：'有人说汝……'袖出一揭，则体仁所密具欺曹也。"意为：有人议论你；然后从袖中拿出一揭发的奏札，正是温体仁所上搆曹化淳的札子。

4. 将编好的校样送给作者认定、审核、修改。很多出版社会将一校样送给作者看，这样效果不好。因为初校样出错率高，作者一般没有耐心从头到尾细校，而拿到已经校对、编辑编、校过的校样，错误自然少得多，便于作者集中精力纠正少量的剩馀错误。

5. 印前审读。即在书稿已编妥下厂付印前，请专家（一般为社外人员）对书稿逐字审读（或抽审10万字）。任何作者、责编，不论其如何认真，也不论其水平如何之高，多会有知识上的短板、死角，多一人审读自会减少一些错误。这道工序费时、费财并不多，作用却较大。

当然，在几道程序之间，出版社也可请社内编辑交叉阅读校样，即是另请一位编辑校阅一遍，效果自不必说。如果时间允许，可将终校样请作者再翻阅一下，也有不错的效果。

以上拉拉杂杂，未免厚诬作者、责编，也只是爱深责切，还祈谅解，说错的统望指教。

王欲祥，男，1956年6月生，安徽肥东人，文学硕士，南京师范大学出版社编审。

"冲冠一怒为红颜"稽验

——重论《圆圆曲》

欧阳健

一

《文学遗产》1980年6月隆重复刊。复刊号载林庚论《天问》、王运熙论刘勰、夏承焘论宋词、王季思论《西厢记》、聂绀弩论《聊斋志异》、徐朔方论《红楼梦》诸作,可谓名家云集,佳构纷呈。然经四十年之淘洗,以《复刊词》所期许的"态度谨严、逻辑性强、材料翔实而又敢于提出创见"的标准衡量,唯姚雪垠《论〈圆圆曲〉——〈李自成〉创作馀墨》,最有回味与嚼劲。

怀着对"李自成手下的第一员骁将"的挚爱,姚雪垠为"刘宗敏强占陈圆圆"辨诬,以"陈圆圆早就到了宁远不久病死"为据,得出"《圆圆曲》的故事,跟历史的真实情况完全不符"的结论。他的思路是:

陈圆圆的传说最初是怎样起来的,如今还不清楚。时隔很久,才有关于陈圆圆传说的记载,或说被刘宗敏得去,或说被李自成得去,并不统一。关于陈圆圆为李自成所得的说法,最早见于无名氏的《明亡述略》。后来出现的《四王合传》、陆次云的《圆圆传》、钮琇的《圆圆》,都采用李自成夺去陈圆圆的说法。

另一派说法是将陈圆圆同刘宗敏相联系,比前一派影响大。这是因为刘宗敏住在田宏遇宅,同陈圆圆的故事联系起来似乎有点合理,而说李自成得到陈圆圆,不管从哪方面看都不合理。

姚雪垠着力论证："在大顺军占领北京期间，北京社会上还没有出现一个故事将陈圆圆和刘宗敏联系在一起。""当时在北京的、留心时事的人们在他们记述北京事变的著作中都没有提陈圆圆被刘宗敏所得的事。"作为小说家，姚雪垠的偏执与天真，不无可爱之处。就创作《李自成》而言，陈圆圆或被李自成得去，或被刘宗敏得去，不过"一号英雄"与"二号英雄"的取舍；从姚雪垠善良愿望出发，任谁的"高大形象"都不能损害。所以，最佳的选择，是陈圆圆早死，让她置身于局外。

　　——这种推论，自然不能算"态度谨严、逻辑性强"。加之所用史料，如《明亡述略》《四王合传》《甲申传信录》《鹿樵纪闻》之类，真伪杂糅，次第不清，更相当程度地削弱了说服力。《论〈圆圆曲〉》发表后，即有黄裳《陈圆圆》①、朱则杰《姚雪垠先生〈论《圆圆曲》〉献疑》②、叶君远《也论〈圆圆曲〉》③、陈生玺《陈圆圆事迹考》④、童恩翼《〈圆圆曲〉辨》⑤ 等，与之商榷，似乎都轻易地证明：陈圆圆宁远早死，是经不住推敲的。

　　随后，论者们便批驳姚雪垠所持"污蔑刘宗敏也就是污蔑大顺军"的"地主阶级对农民军的诬蔑"论，说："这种推论方法非常面熟，看来作者是适可而止了，本来是还可以继续推论下去的。不过时至今日，绝大多数的中国人民都已懂得，尽量使英雄人物高大起来、纯洁下去的方法，并不是真心诚意歌颂英雄的好方法。"批驳者在"得胜凯旋"之时，针对姚雪垠的核心创见——"'冲冠一怒为红颜'的描述纯属虚构"，几乎是一致地宣称：《圆圆曲》"事事有据，句句不空"，是一首严格的写实之作，完全可以目之为"信史"；"'冲冠一怒为红颜'是明亡以来为人所公认的事实，是历史的铁案"。

　　衡量学术成败的关键，在是否善于提出问题，深化问题。研究水平的高

---

① 《读书》，1980 年第 5 期。

② 《文史知识》，1981 年第 1 期。

③ 《社会科学辑刊》，1981 年第 3 期。

④ 《南开史学》，1981 年第 2 期。

⑤ 《文学遗产》，1981 年第 6 期。

下，则取决于材料与议题的把握。回望来时路，姚雪垠"冲冠一怒为红颜"是"纯属虚构"的议题，是一个有时代性的追问，大方向是完全正确的。在材料采集与辨析上，因主客观条件局限，纵然存有某些偏差，但仍能给人以深刻启迪，不能一竿子打死。沿着姚雪垠提示的方向，重论《圆圆曲》，我们也许会有全新的发现。

<h1 style="text-align:center">二</h1>

历史研究，既要搜集丰富的史料，更要注重史料的甄别与阐释。贾谊《新书·道术》云："周听则不蔽，稽验则不惑。"材料周全了，就不会陷于蔽塞的迷局；事事检验了，就不会落到惑惑的境况。稽验"冲冠一怒为红颜"是否出于虚构，前提是考定作《圆圆曲》的时间。而这一工作，姚雪垠事实上已经做了。他说：

> 道光年间顾师轼所编的《梅村先生年谱》将《圆圆曲》的写成时间记在顺治元年，是根据吴三桂叛闯降清之年，实在是欠缺常识，连《圆圆曲》也未读懂。按诗中有"传来消息满江乡，乌柏红经十度霜"，可见这诗写于顺治十年左右。

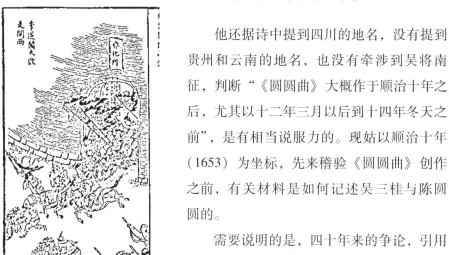

他还据诗中提到四川的地名，没有提到贵州和云南的地名，也没有牵涉到吴将南征，判断"《圆圆曲》大概作于顺治十年之后，尤其以十二年三月以后到十四年冬天之前"，是有相当说服力的。现姑以顺治十年（1653）为坐标，先来稽验《圆圆曲》创作之前，有关材料是如何记述吴三桂与陈圆圆的。

需要说明的是，四十年来的争论，引用的多是奏疏、塘报、题本、笔记、日记、书信之类。这一类材料，又多半存在销毁、篡改、伪造的问题。加之来历不明，版本紊乱，文字舛讹，歧义纷纭，犹治丝而益棼，往往令人眼花缭乱，莫衷一是。本文拟另寻新路，采出于同时代人的通俗小说与古体小说，与已知档案资料互补互证。所引小说都存有版本实物，刊刻年代准确无误，且为古今读者所共见。这样做了，便立刻发现两个极为明显的基本事实：

奇男子大丈夫作用雖
匡扶之局未結而中興
之業已肇是惡可無傳
余結夏半月泉精舍遇
叙五

哉吳三桂舍孝取忠棄
家急國效申胥依墻之泣以
逐奉哀逐吳之功真正

第一，凡是写吴三桂的小说出版物，都没有提到陈圆圆。

先看弘光元年（1645）兴文馆刊"西吴懒道人口授"的《剿闯小说》十回。这是小说家以最快速度写成的典型的时事小说。姚廷遴《历年记》云："京师之变，未及两月，即有卖《剿闯小说》一部，备言京师失陷。"①《剿闯小说》写的是令人关注的社会焦点，所以即有多个刊本与抄本，竞相问世。它又是书坊发售的商品，目录页题《新编剿闯通俗小说》，书前有十幅精美绣像，正文刻工精致，都是为了求得好的销路。

卷首有"西吴九十翁无竞氏"的《〈剿闯小说〉叙》，中曰："甲申三月之变，天摧地裂，日月无光。举朝肉食之夫，既忽忽悠悠，以酿此祸。迨乎溃败决裂，死者死，降者降，逃者逃，刑辱者刑辱。降者贪一日之荣，逃者徼一时之倖，刑辱者偷一夕之生。罪有重轻，失节则一。即死者亦仅了一身

① 引自李梦生：《中国禁毁小说百话》，上海古籍出版社，2004年，第160页。

之局，而于国何补？国家养士近三百年，而食报区区若此，岂不痛哉！吴三桂舍孝取忠，弃家急国，申胥依墙之泣，以遂秦哀逐吴之功，真正奇男子作用。虽匡扶之局未结，而中兴之业已肇，是恶可无传？余结夏半月泉精舍，遇懒道人从吴下来，口述此事甚详，因及西平剿贼一事，娓娓可听，大快人意，命童子援笔录之，可怒可喜，具在编中。"

美女嘆二首

數年以來朱門嬌媛窮巷幽姿蓋于廢冠者多矣玉俠
香消花殘月供匪止厚以當鞭抑月供其換馬去則弱
絮風中住則籲霜裹紫玉成煙白花飛蝶時催靜夜
聽遠笛以悲歌徙坐清宵對孤燈而泣雨爲惰冷翠之

摧殘牽情吳城更恨恕紅之零落墮節終天聊與蹉
翰墨遂致嘆于咏歌

第六回"吴总镇举义勾东虏"，是这样叙写吴三桂的：

三桂恐众寡不敌，不足以灭贼，遂往虏地，求借番汉人十万，以图恢复，为朝廷雪耻。虏主不允，三桂力恳……桂出，恐迟则有他变，乃自披其发，衣孝服，复谒虏主哀恳，痛哭不已。虏主见其忠义凛凛，为之感动，乃点集番将，发虏兵十万起身。

书中无一字提到陈圆圆，自然更谈不上"冲冠一怒为红颜"了。《剿闯小说》虽写吴三桂主动"勾东虏"入关，又称道他是申胥依墙之泣，并不曾意识到嘴上虽说"报仇雪耻"，实际上是引狼入室。本回写三桂攻北京城："贼不得已，挟三桂之父于城上，招三桂降，以二人掖之，被我兵射杀其左右二人。贼大愤，遂杀三桂之父。三桂举家闻变，取殓其尸，一门俱死。贼悬三桂父首级于城头，三桂大恸滚地，泪尽血流。"也没有出现陈圆圆。

"西吴懒道人"不知何许人，郭沫若《〈剿闯小说〉跋》，以为作者即第八回"感时事草莽上书"中之"毗陵匡社友人龚姓，讳云起，字仲震"。龚云起为毗陵人，正是陈圆圆的同乡。如果确有"冲冠一怒为红颜"情事，从知情者的角度，岂能略而不书？书中尚有《美女叹二首》，英雄美人，正是小说最佳的卖点；从扩大销路着想，是不会轻轻放过陈圆圆话题的——如果确是"明亡以来为人所公认的事实"的话。

顺治八年（1651），有蓬蒿子编《新世宏勋》二十二回。内封大字题"定鼎奇闻"，上端横署"盛世鸿勋"。左侧识语曰："是刻详载逆闯寇乱之因由，恭纪大清荡平之始末。虽大端百出，而铺序有伦；虽小说一家，而劝惩有警，其于世道人心，不无少补。海内识者，幸请鉴诸。庆云楼藏板。"与《剿闯小说》作于明末不同，此书所谓之"新世"，已是"大清朝"了。是书以《剿闯小说》为蓝本，增益首尾，串联史事；但吴三桂"借清兵"入关，所立已是大清朝的"鸿勋"，"定"的自然也是大清的"鼎"了。所谓"奇闻"，无非是吴三桂之操弄，歪打正着而已。故序曰："兹《新世鸿勋》一编，乃载逆闯寇乱之始末，即所谓运数兴替之因由。然运数虽系乎天机，而厥因实由于人造。"卷前有五幅插图，则亦属供发售赢利的商品。

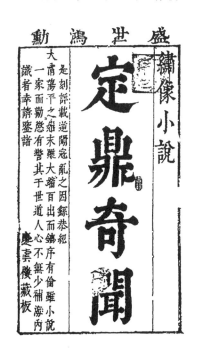

其第十七回"吴将军请兵雪愤"，写辽东总兵平西伯吴三桂，"智勇天成，威镇华夏"。忽一日传报：金城倾倒，先帝

升迁，不胜痛愤，便要拼命杀贼，续云：

> 吴将军道："目今贼势猖狂，我朝因奸邪弄事，所以谋臣勇士，都遁迹山林。虽有峨冠凡人，皆肉食鄙夫。那战贼之辈，又是疲战不堪，塞责而已。是以寡不敌众，弱难当强，若不临事而惧，安能复此大仇？"因是这等，亲往大清国，谒见国主，请求大兵十万，助战杀贼，为朝廷雪耻。

——大清国主初不允其请，吴三桂即披发挂孝，痛哭哀恳。清主见他忠义凛凛，亦为感动，即命点齐人马，日夜而行。吴三桂斩关杀入，而"北下人马，相机而动"。此后，小说方写李自成遣人招降，吴三桂把父亲的手书细看：

> 吴将军拍案大叫道："逆只等无礼，敢在我面前肆行不道。唉！我的父亲，尔做了御营总兵，既无报主之劳，不能身死，反为作说合，我如今连尔也顾不得了。罢！罢！"便喝叫刽子，把伪官斩首示众。

可见引清兵入关，一切的一切，都是吴三桂自觉自愿，哪有"冲冠一怒为红颜"的影子？

又有题"江左樵子编辑，钱江拗生批点"的通俗《樵史演义》四十回。"樵子"者，或谓乃松江府青浦县人陆应旸（约1572~约1658），字伯生，少补县学生，已而被斥，绝意仕进。其内封左侧有识语曰：

> 深山樵子，见大海渔人而傲之曰：见闻吾较广，笔墨吾较赊也。明衰于逆珰之乱，坏于流寇之乱，两乱而国祚随之。当有操董狐之笔，成左孔之书者。然真则存之，赝则

删之，汇所传书，采而成帙。樵自言樵，聊附于史。古云：野史补正史之阙，则樵子事哉。

作者的"补史"意识，可谓强矣。自序谓：闲则取《颂天胪笔》《酌中志略》《寇营经略》《甲申纪事》等书，久而樵之，以成野史云。其第三十一回"边帅愤志逐妖魔"写道：

> 那知差出去的兵将，报有关上总兵吴三桂起了义师，不久杀到北京来了。时三桂父亲老总兵吴襄，原提督御营，被李自成羁留在京，逼令写书嘱三桂来降。大约说："事机已失，天命难回。吾君已死，尔父须臾。识时务者，当知所变计。"又说："及今早降，不失封侯之赏，而犹全孝子之名。"这都是牛金星做了，逼吴襄写的。李自成差一文官一武将，赍金币数千，伪旨一道，封吴三桂为侯，道："老总兵已降，新主十分优礼。专待将军，共图大业，以作开国元勋。"吴三桂得了书，拍案大叫道："逆贼无礼如此。我吴三桂堂堂丈夫，焉肯降此逆贼，受万世骂名！"忠孝不能两全，叱令把来使绑去杀了……吴总兵恐众寡不敌，大仇难报，急走辽东，与满洲乞兵。亏了留在清国的洪总督，稽颡出血，求发兵以助吴兵。又有总兵母舅祖总兵，亦陷在清国，也愿兴师相助。遂发数十万大兵，浩浩荡荡，从一片石进口，协力讨贼。

其回末评语，言曾得见《剿闯小说》《新世宏勋》，则书必出在顺治八年（1651）以后。要之，三书相距十年，立场迥然不同。《剿闯小说》视吴三桂为大明朝"剿闯"的忠臣，《新世宏勋》《樵史演义》视吴三桂为大清朝"定鼎"的宏勋，但都没有取卖点最佳的"冲冠一怒为红颜"，可信在清初确实没有这类传奇的流传。孟森《重印〈樵史通俗演义〉序》谓："吴三桂在本书，亦有褒无贬，陈圆圆一事，梅村诗能言之，举世自必尽传其语，本书于三桂之绝父拒闯，许以纯忠，初不及'一怒为红颜'事，则亦以三桂方为异姓王，其势张甚，亦不免顾忌而隐没之。"纯然是主观臆断。《剿闯小说》写于明末，根本谈不上"三桂方为异姓王，其势张甚"。而《剿闯小说》与《新世宏勋》《樵史演义》皆不及此，恰好证明此说之晚出。

文言小说的情况，亦复如此。张怡（1608～1695）撰《谀闻续笔》① 四卷，谓北京破城，"予与省中顾君铉，同禁生员田震宅中"。据《古今图书集成·明伦汇编·官常典·忠烈部》名臣列传五十一引《明外史·忠义传》："铉，成都人，崇祯十年进士。历兵科给事中。贼入，拷掠索贿，从者咸窃赀而逃。铉自刭，不死。久之，诸被囚者多获释。铉幽系如故。及贼将西遁，索铉十金，不能应，即时毙之。赠太仆少卿。"与《谀闻续笔》所述合，则作者确陷于北京城中，且押禁刘宗敏后营。书云：

> 宗敏见予僧服，已大怒，因简长班所报曰："能写作乎？"曰："武人不解写作。""能弓马乎？"予曰："南人不会弓马。"益大怒，即欲刑夹。而阶下无馀隙，乃发后营张姓贼将处，令追比千金。予时子身僧舍，寓馆已为贼据，即衣履书籍不可问，何从得金？乃被两夹，禁一室，以四步贼两马贼监之。后贼辅牛金星颇闻诸将酷，比状入言于闯。闯驰入宗敏第，见被夹数百人，庭不能容，至充塞街衢，稍稍诟谇，令行审释。适是日五城解夹棍五百副续至，闯取封之，不许用。而予以在后营，被禁如故。

关于吴三桂事，书中是这样写的：

> 吴三桂，先帝末年，受冀国之封，镇山海。后以寇急，廷议尽弃关外地，令与辽抚黎公玉田撤兵入，画关而守，得专力办寇。贼得京师，召三桂。至永平，闻其父大将军襄为所系，索饷二十万，乃惊曰："此诱我剪所忌耳！"乃率兵还。知贼必见追，一路尽驱居民，塞井夷灶，曰："此地皆战场也。"时既弃关外地，九王已统所部，牧马关下，将俟秋高取关。而闯贼闻桂归，不谋于众，率兵追之。桂念腹背受敌，势不得全，乃与清师约云："从吾言，并力击贼，吾取北京归汝；不从吾言，

---

① 宋世瑞校点：《谀闻续笔》，《全清小说·康熙卷》三，文物出版社即出。

等死耳，请决一战。"问所欲，曰："毋伤百姓，毋犯陵寝，访东宫及二王所在，立之南京，黄河为界，通南北好。"清帅许之，钻刀说誓，而以兵若干，助桂击贼。

——张怡与刘宗敏等既有"亲密接触"，而叙不及陈圆圆，可见其时确无此事。

又查慎行《人海记》①卷一《甲申京师之变》，转引谈迁《金陵对泣录》所录光禄寺署丞高宏商，甲申秋末"自贼中脱归"，省其兄高宏图相国，备述前厄，中云：

> 塘报吴三桂举兵逼京师。戊辰，李自成驰伪敕及吴襄手书招之。三桂碎其敕，掷父书不启，斩从使四人，释回一人。自成闻斩使，大怒，召李友等点兵站队。庚午，自成胁东宫二王及吴襄东行，步骑三十七万。戊寅，吴三桂击自成，大败，仅四万骑回京，步卒尽没。

仅写吴三桂碎李自成之敕、掷父吴襄手书不启，根本不问手书内容，可见陈圆圆之事绝不存在。谈迁《金陵对泣录》，更引述"贼将"李肖宇从李自成败归，口述与吴三桂对阵本末云：

> 自成至天津，三桂结方营于东，势孤。贼西联七营，甚盛。自成单骑，呼"吴将军出"语，三桂出马。自成曰："大势已定，将军何固执不下？我使可杀，敕可碎，老将军手书，独不可拆乎？"三桂叱曰："尔养马私夷，不得称我将军。且弑我君父，籍我家口，不共戴天，何言降也！我兵虽有限，亦不浪战，生死由天。"自成曰："将军误矣！此语何自得之？朕今日尚赖将军，奸人挑击，几丧大事。先皇帝自尽，非我逼也。东宫及老将军固在。"
>
> 少顷，并跨骡出。吴襄曰："尔毋信浮言。圣上未入京，先皇帝即自经，儿知之乎？及入京，召我大内同饭，禄我全家，日赐存问，恩甚

① 欧阳健校点：《人海记》，《全清小说·康熙卷》二十九，文物出版社即出。

渥。儿宜谢。"三桂怒曰："非我父也！吴氏受国恩三百年，不能死报，而甘他人之食乎？料家书如此，故掷之。"

襄又劝谢，三桂哭曰："求见东宫。"三桂叩首马上，大恸，东宫默然。良久，自成劝通语。东宫曰："将军速谢，有明主可事矣，毋惑浮言，且父在。"三桂哭曰："唯主命。"马上谢万岁，又叩襄首。自成令东宫同襄回营。

自成曰："将军赤诚，能容朕单骑劳军乎？"三桂诺。自成东入吴营下马，三桂亦下马，各拜。云："我君臣几误于人言，此后借重将军不浅，容朕再谢。"三桂辞拜，竟如主臣礼。自成因问守榆关之策，答曰："往关外有八城可恃。今八城亡，关外失险。臣因其难守，奏请入关，先皇帝疑焉。以臣家口入京，俾臣守关。如戎马至，关未易守也，必先收入关为上策。"自成曰："然。即借将军图之。"三桂谢不敏，且乏兵饷。自成曰："兵饷易易耳。我兵三十七万，留骑十万、金四十万资将军。功成当厚爵相报。"三桂愿以身任。自成曰："朕回营，即发敕付将军。"三桂又谢。请往登关门指示形势，许之。

至关阅城，又出至一片石。戊寅晡刻，三桂宴。自成上坐，东宫左之，三桂右。以东宫在，竟坐地西向，吴襄送席不与焉。酒数行，忽笳吹大作，白标弥望，三桂即起抱东宫去。还欲执自成，已上马无及矣。天遽晦，贼方解甲不备。北兵突击，贼汹惧大溃。追杀亡算，仅四万骑回京，步卒尽没。

李肖宇之口述，绘声绘影，不仅李自成、吴三桂登场，连吴襄、东宫也现身了。这场与"北兵"串通的假投降，吴三桂沉稳而狡黠的表演，固然可圈可点，但如果加进陈圆圆的戏份，就不可能如此顺当了。

第二，凡是写陈圆圆的，也都没有提到吴三桂。

首先是冒襄的《影梅庵忆语》①。冒襄（1611～1693），字辟疆，号巢民，江苏如皋人。崇祯十五年（1642）副榜，入清不仕。《影梅庵忆语》成于顺

---

① 欧明俊校点：《影梅庵忆语》，《全清小说·顺治卷》二，文物出版社，2020 年。

治八年（1651）。文中回忆十年前辛巳（1641）早春，省觐衡岳，由浙路往，与赴粤任的许直（许忠节公）联舟行。过半塘，谓曰："此中有陈姬某，擅梨园之胜，不可不见。"这位"陈姬某"，就是陈圆圆：

> 其人淡而韵，盈盈冉冉，衣椒茧时，背顾湘裙，真如孤鸾之在烟雾。是日演弋腔《红梅》，以燕俗之剧，咿呀啁哳之调，乃出之陈姬身口，如云出岫，如珠在盘，令人欲仙欲死。

临别，冒襄相约南岳归棹，当迟子于虎畔丛桂间。及奉母回，讯陈姬，则已为窦霍豪家掠去，闻之惨然。后有友云："前以势劫去者，赝某也。某之匿处，去此甚迩，与子偕往。"至果得见，卒然曰："余此身脱樊笼，欲择人事之。终身可托者，无出君右。"复宛转云："君倘不终弃，誓待君堂上昼锦旋。"冒襄答曰："若尔，当与子约。"至壬午（1642）仲春，因便过吴门，则陈姬十日前，复为窦霍门下客以势逼去矣。冒襄不记实名而托言"窦霍"，似有隐情。在所有相关材料中，冒襄是唯一与陈圆圆有亲密接触的人。而冒襄与吴伟业，又"生长江南，年齿相亚"（吴伟业《冒辟疆五十寿序》），诗文往来，终生不绝。冒襄作《影梅庵忆语》时，吴伟业尚未作《圆圆曲》，其言陈圆圆为窦霍门下客以势逼去，而未言为吴三桂所得，盖实无其事也。

又有陈维崧（1625～1682）的《妇人集》①。陈维崧，字其年，号迦陵，宜兴人。补诸生，久不遇。康熙初，应博学鸿儒科，试列一等，授翰林院检讨，与修《明史》。《妇人集》记清初以来女子轶事，或记其忠烈品行，或记其锦绣才思，中有圆圆：

> 姑苏女子圆圆（字畹芬），戾家女子也，色艺擅一时。如皋冒先生尝言："妇人以姿致为主，色次之。碌碌双鬟，难其选也。蕙心纨质，澹秀天然，生平所观，则独有圆圆耳。"崇祯末年，戚畹武安侯劫置别室中。侯，武人也，圆圆若有不自得者。李自成之乱，为贼帅刘宗敏所

---

① 欧阳健校点：《妇人集》，《全清小说·顺治卷》五，文物出版社，2020年。

掠。我兵入燕京，圆圆归某王宫中为次妃。

初七日兵馬紛馳于道各官夾過未完者如吳泰來彭敦琛宋之顯朱帘煌犇一心張元輔李逢申鄭楚勛彭琯龔茂熙等大受酷刑而瑤藻德之子夾打更壽城中有吳下歌姬陳元顧壽等與男優私約潛逃

陈维崧写陈圆圆，首引冒襄评语。叙其先为戚畹武安侯劫置，后为贼帅刘宗敏所掠，均明言无讳。妙的是"我兵入燕京，圆圆归某王宫中为次妃"。"某王"者谁？或即吴三桂乎？然吴三桂是平西伯，封王尚在其后。"我兵入燕京"之"我兵"，当为清兵无疑。即使所归之某王是吴三桂，则其降清之举，非"冲冠一怒为红颜"可知也。

与"书林隐处"的通俗小说家不同，冒襄、陈维崧，皆为碧海之掣鲸手。其时冒襄"年已四十，须眉如戟"，之所以撰写《忆语》，决非"效轻薄子漫谱情艳，以欺地下"，而是怀"然闺阁中历历有人，万不可因我之不肖，自护其短，一并使其泯灭也"的心态，为其立传留名。既然如此郑重，却不及令人动容的"冲冠一怒为红颜"，盖确无其事故也。

又有陈济生的《再生纪略》，自称是甲申城破亲历者，《纪略》是其"陷城日记"。然又谓此记"当日已入贼手，旋为所弃"，不料返家后，有人见访，将日记原封交还，令人信疑参半。徐鼒《小腆纪传》称此书"顾仓卒传闻，不尽实也"。查其四月初七日载："城中有吴下歌姬陈元、顾寿等，与男优私约潜逃，事发，枭男优七人。"《纪略》未说陈元、顾寿居于何处，更未言其与吴三桂的关系。

由此可见，"冲冠一怒为红颜"事，吴伟业《圆圆曲》是绝对的始作俑者。

三

明清之际江南风月场中，陈圆圆算得知名人物；而将其升格为热点人物，乃至历史人物，全仗吴伟业《圆圆曲》之力。犹如白居易作《长恨歌），有陈鸿《长恨歌传》冠于歌前；《圆圆曲》发表后，亦有多人竞作《圆圆传》，让朦胧缥缈的陈圆圆形象，变得具像充盈丰腴起来。

一位是沙张白（1626～1691），原名一卿，字介臣，号定峰，江阴周庄人。崇祯间诸生，有神童之誉。康熙六年（1667）入京师国子监，曾三上大学士魏裔介书，名闻京师。七试秋闱不第，康熙十二年（1673）绝意仕进，著有《读史大略》《定峰乐府》《定峰文选》等。

一位是陆次云，字云士，号北墅，浙江钱塘人。拔贡，考授州判。康熙十八年（1679）举"博学鸿儒"不中，十九年（1679）选郏县知县，曾重修崇正书院，复立老苏祠，以二苏配，以丁忧归。二十四年（1685）补江阴知县。著有《澄江集》。又有《八纮荒史》①《峒溪纤志》《湖壖杂记》②《北墅绪言》③《大有奇书》④等。

一位是钮琇（1644～1704），字玉樵，吴江人。康熙十一年（1672）拔贡，历任河南项城、陕西白水、广东高明知县，有政声，著有《临野堂集》等。

一位是沈虬，字次雪，号双庭，一号茧村，吴江人。贡生，康熙十七年（1678），官嘉善知县，被论去。善书，初学文待诏，既学董文敏，皆能乱真云。

沙张白的《陈圆圆传》⑤，收进况周颐《陈圆圆事辑》。陆次云的《圆圆传》，收进张潮《虞初新志》⑥卷之十一。钮琇的《圆圆》，载《觚剩》⑦卷四"燕觚"。《虞初新志》自叙于康熙二十二年（1683），《觚剩》正编八卷，成於康熙三十九年（1700），都在吴伟业《圆圆曲》二三十年之后，且皆不讳言其信息源之所自。《圆圆传》结末云：

---

① 欧阳萦雪校点：《八纮荒史》，《全清小说·康熙卷》十二，文物出版社，2022 年。
② 欧阳萦雪校点：《湖壖杂记》，《全清小说·康熙卷》十二，文物出版社，2022 年。
③ 欧阳萦雪校点：《北墅奇书》，《全清小说·康熙卷》十二，文物出版社，2022 年。
④ 林春虹、高晓成校点：《大有奇书》，《全清小说·康熙卷》十二，文物出版社，2022 年。
⑤ 欧阳健校点：《陈圆圆传》，《全清小说·康熙卷》第十五册，即将由文物出版社出版。
⑥ 欧阳健校点：《虞初新志》，《全清小说·康熙卷》第二十五册，即将由文物出版社出版。
⑦ 曾宪辉校点：《觚剩》，《全清小说·康熙卷》第二十四册，即将由文物出版社出版。

陆次云曰：语云："无征不信。"圆圆之说有征乎？曰：有。征诸吴梅村祭酒伟业之诗矣。梅村效《琵琶》《长恨》体，作《圆圆曲》以刺三桂曰："冲冠一怒为红颜。"盖实录也。三桂赍重币求去此诗，吴勿许。当其盛时，祭酒能显斥其非，却其赂遗而不顾，于甲寅之乱，似早有以见其微者。呜呼，梅村非诗史之董狐也哉！

"甲寅之乱"，即平西王吴三桂、平南王尚可喜、靖南王耿精忠的三藩之乱。其事敉平于康熙二十年（1681）底，则《圆圆传》的作成，绝不会早于此。《瓢剩》在叙陈圆圆"重归"之后，迻录《圆圆曲》全诗，复加评语曰："此诗史微词也。"后又以近七百字的篇幅，写延陵进爵为王，据五华山永历故宫的始末。沈虬《圆圆偶记》亦云："故吴梅村《圆圆曲》云：'恸哭六军皆缟素，冲冠一怒为红颜。'又云：'电扫红巾定黑山，哭罢君亲再相见。'又《杂感诗二》：'快马健儿无限恨，偏教红粉定燕山。'此诗史微词也。"都坦承《圆圆曲》为信息源，亦毫不怀疑此信息的可信度。

然而，《圆圆曲》是以"阳施阴设，移步换形"（钱谦益《与吴梅村尺牍》）的诗句，来表述"冲冠一怒为红颜"的。故似可合乎逻辑地判断：凡与信息源《圆圆曲》相一致的，是《圆圆传》的衍绎；凡与信息源《圆圆曲》不一致、即《圆圆曲》所无的情节、对话，都是《圆圆传》的增饰、虚构、杜撰，都是"有意为小说"者。

四十年前，姚雪垠亦注意到陆次云《圆圆传》和钮琇《圆圆》，在关键问题上相互矛盾，注意到若干枝节"违背历史"；可惜的是，不曾从吴陈关系切入，以致耗费笔墨而未说到点子上。

从根本上讲，这四篇《圆圆传》叙事的最大特点，是由吴三桂的视角，转换为陈圆圆的视角；由"兴废争战"的视角，转换为"言情说爱"的角度，从而将陈圆圆从"被爱"的对象，升华为"值得爱"的主体，这恰是破解《圆圆曲》《圆圆传》不足凭信的节点。

乾隆十三年（1748）进士靳荣藩，著有《吴诗集览》，被认为是"读吴诗之最精本"。其卷七评析《圆圆曲》云："此首以'恸哭六军俱缟素，冲冠一怒为红颜'作挈领，以'若非壮士全师胜，争得蛾眉匹马还'作中权，以'全家白骨成灰土，一代红颜照汗青'作收束。"兹依其次第，看看四篇《圆圆传》是如何展开演绎的。

沙张白一开头，是这样描绘陈圆圆容貌的：

> 圆圆陈姓，玉峰歌妓也，声艺甲于一时。

而陆次云复添加数字：

> 圆圆陈姓，玉峰歌妓也，声甲天下之声，色甲天下之色。

钮琇则说：

> 有名妓陈圆圆者，容辞闲雅，额秀颐丰，有林下风致。年十八，隶籍梨园，每一登场，花明雪艳，独出冠时，观者魂断。

沈虬则说：

> 陈圆圆，苏州名妓也。在崇祯辛巳间，年十八，善歌舞，隶梨园中。貌端严白皙似闺阁中人，绝无青楼意态，故登场无不羡叹。

由声到色，由抽象的赞美，到面容的描画，再到观者的反应：小说家之笔，一般来说，是可以接受的。

关于吴三桂与陈圆圆的结缘，《圆圆曲》是这样写的：

> 相见初经田窦家，侯门歌舞出如花。许将戚里箜篌伎，等取将军油壁车。家本姑苏浣花里，圆圆小字娇罗绮。梦向夫差苑里游，宫娥拥入君王起。前身合是采莲人，门前一片横塘水。

靳荣藩云："'相见'四句，言三桂初遇圆圆时；'姑苏'六句，补出圆圆乡里，然'梦拥宫娥'已为下文'消息满江乡''夫婿擅侯王'作衬矣。结处用'采香径''响屧廊''吴宫曲'等字，亦是从'夫差苑''横塘水'萦绕而出也。"

沙张白先是交代："崇祯癸未，吴三桂慕其名，赍千金往聘之，已先为田畹所得。时圆圆以不得事吴，怏怏也，而吴尤甚。"沙张白的最大发明，是"圆圆以不得事吴，怏怏也"。吴三桂慕名往聘，陈圆圆是怎么知道的？她因何"怏怏"？更是沙张白的虚饰。在沙张白笔下，招吴三桂为援的主意，居然是陈圆圆主动向田畹提出的：

> 吴三桂即于是时，召对平台，赐莽玉上方，封平南伯，出镇山海关，丰采隐然动，一时败将逃卒，多走依之。三桂亦以上下属目，戮力破敌，以慰众望。时盖以圆圆在京师故也。方吴之初召也，上下汹汹，传贼且至，位尊多金者，举室作没绝容。田畹以贵戚，且多少艾，涕泣相慰，欷歔欲绝。圆圆因进曰："方今衣冠易虑，远迩崩心。公以贵戚之尊，奸人之伺其旁也久矣。今环顾中外，将帅联翩，公无一与绸缪者，祸患之来不旋踵，岂待寇贼之至，而后及于难乎？为今之计，可以为援者，无如吴将军。幸其来也，深情以结纳之，庶缓急其有藉乎？"畹曰："凤无缟纻，一旦深词厚币以交焉，不独人疑视我，且吴将军奉召至京，加珂戴帻，从事君命有不暇，安所得而之缱绻乎？"圆曰："闻吴慕公家歌舞有年矣，不但为盗贼奸人计，始与吴为缘即宴乐无事，而吴以一世之雄，致羡于公者。若是一旦有变，安知不即起于石尉之祸耶？况今者国家之危亡在旦夕矣，区区金谷侑酒者，是爱而忘身之祸乎？盍以此交纳于吴，吴必欣然乐从。于公无所丧，而结一大援焉。妾谓今日之计，无逾于此者。"畹然之，令所亲通款洽于吴，出家乐盛设于庭躬迓吴。

《三国》的貂蝉，见朝政为董卓操纵，月下焚香祷告，愿为主人分忧；而陈圆圆之长篇大论，貌似为主人着想，实则为一己私情策划，不仅无据可循，且高下立判。

陆次云所写，如出一辙：

> 长安富贵家胥皇皇，畹忧甚，语圆圆。圆圆曰："当世乱而公无所

依，祸必至，曷不缔交于吴将军，庶缓急有藉乎?"畹曰:"斯何时，吾欲与之缱绻，不暇也。"圆圆曰:"吴慕公家歌舞有时矣，公鉴于石尉，不借人看，设玉石焚时，能坚闭金谷耶? 盍以此请，当必来，无却顾。"畹然之，遂躬迓吴观家乐。

二人所写，皆在陈圆圆未见吴三桂，她凭什么判断一定会爱上自己? 如此主动设谋，实属荒唐突兀。

吴三桂初见陈圆圆，是故事的节点。《圆圆曲》写道:

> 坐客飞觞红日暮，一曲哀弦向谁诉? 白皙通侯最少年，拣取花枝屡回顾。早携娇鸟出樊笼，待得银河几时渡? 恨杀军书抵死催，苦留后约将人误。

靳荣藩云:"此段就三桂说，前四句聘定圆圆，后四句奉出关之命也。"沙张白据"拣取花枝屡回顾"，铺写吴来赴宴的情形道:

> 吴欲之而故却者数四，强而后可。至则戎服临筵，懔然有不可犯之色。管弦杂奏，肴脍纷陈，畹为礼益恭，而吴愈严重。酒数行，吴即欲辞去，田不得已，屡易席至邃室，出群姬调竹，皆绝色。一雅妆者导诸美而前，三桂不觉神志移荡，遽命解戎服，易轻裘，顾谓畹曰:"此非所谓圆圆耶? 洵倾城矣。公得无朝夕拥之乎?"畹逊谢不知所答，遂畅饮为乐甚酣。忽内召踵至，吴似不欲行者，不得已起辞。畹前席曰:"寇至，将奈何?"吴正迟徊欲请不得间，遽曰:"公能以圆圆见赠，公无恙，国亦无恙也。"畹勉许之。吴即命圆圆拜辞，携之去。畹愤甚，然无如何也。

吴三桂乍见陈圆圆，一句"此非所谓圆圆耶? 洵倾城矣"，则将所谓"而吴尤甚"，击得粉碎。田畹既然是听信陈圆圆建议，躬迓吴观家乐，又怎么会"勉许之"，"愤甚，然无如何也"呢?

陆次云则云:

吴欲之而固却也，强而可。至则戎服临筵，俨然有不可犯之色。豌陈列益盛，礼益恭。酒甫行，吴即欲去。豌屡易席，至邃室，出群姬调丝竹，皆殊秀。一淡妆者，统诸美而先众音，情艳意娇，三桂不觉其神移心荡也，遽命解戎服，易轻裘，顾谓豌曰："此非所谓圆圆耶？洵足倾人城矣。公宁勿畏而拥此耶？"豌不知所答，命圆圆行酒。圆圆至席，吴语曰："卿乐甚？"圆圆小语曰："红拂尚不乐越公，矧不迨越公者耶？"吴颔之。酣饮间，警报踵至，吴似不欲行者，而不得不行。豌前席曰："设寇至，将奈何？"吴遽曰："能以圆圆见赠，吾当保公家，先于保国也。"豌勉许之。吴即命圆圆拜辞豌，择细马驮之去。豌爽然，无如何也。

陆次云之行文，与沙张白差近，唯多出吴问："卿乐甚？"圆圆小语曰："红拂尚不乐越公，矧不迨越公者耶？"将陈圆圆的虚情假意，暴露无遗。钮琇并无如此铺垫，径直写吴三桂的赴宴：

延陵方为上倚重，奉诏出镇山海，祖道者绵亘青门以外。嘉定伯首置绮筵，饯之甲第，出女乐佐觞。圆圆亦在拥纻之列，轻鬟纤屐，绰约凌云，每至迟声，则歌珠累累，与兰馨并发。延陵停卮流盼，深属意焉。诘朝，使人道情于周，有紫云见惠之请。周将拒之，其暱者说周曰："方今四方多事，寄命干城，严关锁钥，尤称重任。天子尚隆推毂之仪，将军独崇受赈之柄。他日功成奏凯，则二八之赐，降自上方，犹非所怪。君侯以田窦之亲，坐膺绂冕，北地芳脂，南都媚黛，皆得致之下陈，何惜一女子以结其欢耶？"周然其说，乃许诺。延陵陛辞，上赐三千金，分千金为聘，限迫即行，未及娶也。

陈圆圆不过亦在女乐"佐觞""拥纻"之列，吴三桂不过"停卮流盼，深属意焉"而已。

沈虬则云：

时吴帅得命镇山海，周饯之，出女优佐觞。吴屡目圆，颇属意焉。

诘朝请于周，周拒之。有所亲谓周曰："朝廷方寄以北门，公何惜一女子结其欢耶？"周感悟。时朝廷赐吴三千金，吴辄以千金为聘，限迫即行，未及娶也。周备装资送吴父家。

在二人笔下，"何惜一女子以结其欢"之言，非陈圆圆自己的主意，而是"其曛者""所亲"的意见，且皆云"限迫即行，未及娶也"，则所谓"陈夫人"云云，皆属无稽。

吴三桂得陈圆圆后的心情，沙张白写道：

> 吴得圆圆，昵之百倍。问曰："卿在畹第，乐乎？"陈曰："红拂尚不乐越公，刭不逮越公者耶？"吴大留恋，迟迟不行。

将陆次云"红拂尚不乐越公，刭不造越公者耶"席上语，移到"得后"，便置陈圆圆婚后的感情缺如也，沈虬亦如此。则"婚后爱情"，纯属子虚。

至于陈圆圆为李自成之所得，《圆圆曲》写道：

> 相约恩深相见难，一朝蚁贼满长安。可怜思妇楼头柳，认作天边粉絮看。便索绿珠围内第，强呼绛树出雕栏。若非将士全师胜，争得蛾眉匹马还。

靳荣藩云："此段就圆圆说，'若非'二句，笔势飞动，灵心四映。"沙张白写李自成得陈圆圆的经过道：

> 李自成既入京，掳禁掖，宫人之死者半，逸者半。自成询内监曰："上苑三千，何无一国色耶？"内监曰："先帝忧国，屏声色，鲜佳丽。有一陈圆圆者，绝世所希。田畹进之御而帝却之。后畹赠吴将军。将军去留府内，今在吴骧处。"是时骧方降，进于闯。自成见之，惊且喜，命歌奏。奏吴歈。自成蹙额曰："何貌甚佳而音殊不耐也？"即命群姬唱西调，操阮筝，己按拍和之，繁音激楚，热耳酸心，顾圆圆曰："此乐何如？"答曰："此曲只应天上有，非南鄙之人所能及也。"

自成绝爱怜之。

李自成命群姬唱西调，陈圆圆闻之曰："此曲只应天上有，非南鄙之人所能及也。"说她是随机应变可，说她是违心迎合亦可。

陆次云的路数，与此相同：

> 李自成据宫掖，宫人死者半，逸者半。自成询内监曰："上苑三千，何无一国色耶？"内监曰："先帝屏声色，鲜佳丽。有一圆圆者，绝世所希，田畹进帝，而帝却之。今闻畹赠三桂，三桂留之其父吴骧第中矣。"是时骧方降闯，闯即向骧索圆圆，且籍其家，而命其作书以招子也。骧俱从命，进圆圆。自成惊且喜，遽命歌。奏吴歈，自成蹙额曰："何貌甚佳而音殊不可耐也！"即命群姬唱西调，操阮筝、琥珀，己拍掌以和之，繁音激楚，热耳酸心。顾圆圆曰："此乐何如？"圆圆曰："此曲只应天上有，非南鄙之人所能及也。"自成甚嬖之。

钮琇则略而不书，仅说："未几，闯贼攻陷京师。宫闱奸荡，贵臣巨室，悉加系累。初索金帛，次录人产，襄亦与焉。"

最大的关键，是吴三桂"冲冠一怒为红颜"而降清，《圆圆曲》写道：

> 蛾眉马上传呼进，云鬟不整惊魂定。蜡烛迎来在战场，啼妆满面残红印。

模糊含混，莫此为甚。而沙张白写来，则有叙事，有对白，有动作，有表情：

> 会侦者至，询之曰："吾家何如？"曰："为贼籍矣。"曰："吾至，当自还也。"又侦者至，询曰："吾父何如？"曰："闯拘絷矣。"曰："吾至，当即释也。"最后一使者至，询曰："陈夫人尚在府内耶？"曰："贼得之矣。"三桂矍然起，拔剑掷案曰："果有是！"大怒曰："逆贼如此无礼，我吴三桂堂堂丈夫，岂肯降此狗子，受万世唾骂，忠孝不能两全。"叱左右斩来使，曰："吾忠不成忠，孝不成孝，何颜立于天地，死

见先帝，何以为辞！"

陆次云是这样描绘的：

三桂得父书，欣然受命矣。而一侦者至，询之曰："我家无恙耶？"曰："为闯籍矣。"曰："吾至，当自还也。"又一侦者至，曰："吾父无恙耶？"曰："为闯拘絷矣。"曰："吾至，当即释也。"又一侦者至，曰："陈夫人无恙耶？"曰："为闯得之矣。"三桂拔剑砍案曰："果有是，吾从若耶？"因作书答父，略曰："儿以父荫，待罪戎行，以为李贼猖狂，不久即当扑灭。不意我国无人，望风而靡。侧闻圣主晏驾，不胜眦裂。犹意吾父奋椎一击，誓不俱生，不则刎颈以徇国难，何乃隐忍偷生，训以非义？既无孝宽御寇之才，复愧平原骂贼之勇。父既不能为忠臣，儿安能为孝子乎？儿与父决，不早图贼，虽置父鼎俎旁以诱三桂，不顾也。"随效秦庭之泣，乞王师以剿巨寇，先败之于一片石。

钮琇则说：

家人潜至帐前约降，忽问陈娘何在，使不能隐，以籍入告。延陵遂大怒，按剑曰："嗟乎！大丈夫不能自保其室，何以生为！"即作书与襄诀，勒军入关，缟素发丧，随天旅西下，殄贼过半。

沈虬写道：

吴已允降矣，因问圆娘所在，使不敢隐，以籍入告。吴遂按剑大怒曰："大丈夫不能保其妻室，何以生为！"遂勒马出关，随王师而入。其父旋遇害。

试想，上述叙事、对白、动作、表情真的是"历史的还原"吗？沙张白最妙的一笔是：

自成得报大愤，尽戮吴骧家口三十馀人。欲杀圆圆，圆圆曰："闻吴将军卷甲来归矣，徒以妾故，以致兴兵，杀妾何足惜，恐其为王死敌，不利也。"得免。

陈圆圆仿佛是临危不惧，实则是巧言善辩。陆次云则云：

> 自成怒，戮吴骧并其家人三十馀口。欲杀圆圆，圆圆曰："闻吴将军卷甲来归矣，徒以妾故，又复兴兵。杀妾何足惜，恐其为王死敌不利也。"自成欲挈圆圆去，圆圆曰："妾既事大王矣，岂不欲从大王行？恐吴将军以妾故而穷追不已也。王图之，度能敌彼，妾即褰裳跨征骑。"自成乃凝思。圆圆曰："妾为大王计，宜留妾缓敌，当说彼不追，以报王之恩遇也。"自成然之，于是弃圆圆，载辎重，狼狈西行。

吴三桂与陈圆圆的重逢，沙张白写道：

> 圆圆尚在京师，急觅得之，相与抱持，喜泣交下，嬖之甚于前。吴每酒酣，拔剑起舞，作发扬蹈厉之容。圆圆清歌以和之，盖钦其不可一世之概，而倾身事之，圆圆可谓知人。

陆次云则说：

> 三桂复京师，急觅圆圆。既得，相与抱持，喜泣交集，不待圆圆为闽致说，自以为法戒追穷，听其纵逸而不复问矣。旋受王封，建苏台，营郿坞于滇南，而时命圆圆歌。圆圆每歌《大风》之章以媚之。吴酒酣，恒拔剑起舞，作发扬蹈厉之容，圆圆即捧觞为寿，以为其神武不可一世也。吴益爱之，故专房之宠，数十年如一日。

钮琇则说：

> 延陵追度故关至山西，昼夜不息，尚未知圆圆之存亡也。其部将已于都城搜访得之，飞骑传送。延陵方驻师绛州，将渡河，闻之大喜。遂于玉帐结五彩楼，备翟茀之服，从以香舆，列旌旗箫鼓三十里，亲往迎迓。虽雾鬟风鬓，不胜掩抑，而翠消红泫，娇态逾增。自此由秦入蜀，迄于秉钺滇云，垂旒洱海。人臣之位，于斯已极。圆圆皈依上将，匹合

大藩，回忆当年牵萝幽谷，挟瑟勾阑时，岂复思有兹日。是以鹤市莲塘，采香旧侣，艳此奇逢，咸有咳吐九天之羡。

《圆圆曲》发表时，吴三桂势力正盛，自然不能预卜其败亡，更难以预测陈圆圆的命运。陆次云是这样说的：

其蓄异志，作谦恭，阴结天下士，相传曰"多出于同梦之谋"。而世之不知者，以三桂能学申胥以复君父大仇，忠孝人也。曷知其乞师之故，盖在此而不在彼哉？厥后尊荣南面，三十馀年，又复浪沸潢池，致劳挞伐，跋扈艳妻，同归歼灭，何足以偿不子不臣之罪也哉。

钮琇则说：

延陵既封王，圆圆将正妃位，辞曰："妾以章台陋质，谬污琼寝，始于一顾之恩，继以千金之聘，流离契阔，幸保残躯，获与奉匜之役。珠服玉馔，依享殊荣，分已过矣。今我王析珪胙土，威镇南天。正宜续鸾戚里，谐凤侯门。上则立体朝廷，下则垂型裨属。稽之大典，斯曰德齐。若欲蒂弱絮于绣裀，培轻尘于玉几，既蹈非耦之嫌，必贻无仪之刺，是重妾之罪也。其何敢承命？"延陵不得已，乃别娶中闱。而后妇悍妒绝伦，群姬之艳而进幸者，辄杀之。唯圆圆能顺适其意，屏谢铅华，独居别院。虽贵宠相等，而不相排轧，亲若娣姒。

圆圆之养姥曰陈，故幼从陈姓，本出于邢，至是府中，皆称邢太太。居久之，延陵潜蓄异谋。邢窥其微，以齿暮请为女道士，霞帔星冠，日以药罏经卷自随。延陵训练之暇，每至其处清谈，竟暮而还。府中或事有疑难，遇延陵怒不可解者，邢致一二婉语，立时冰释。常曰："我晨夕焚修，为善是乐，他非所计耳。"内外益敬礼焉。今上之癸丑岁，延陵造逆，丁巳病殁。戊午滇南平，籍其家，舞衫歌扇，穉蕙娇莺，联艑接轸，俱入禁掖。邢之名氏，独不见于籍，其玄机之禅化耶？其红线之仙隐耶？其盼盼之终于燕子楼耶？已不可知。然遇乱能全，捐荣不御，皈心净域，晚节克终。使延陵遇于九原，其负愧何如矣！

一说"跋扈艳妻，同归歼灭"，一说"捐荣不御，晚节克终"，都是与《圆圆曲》这一信息源脱榫的随意发挥。

还有两位名气更大、地位更高的人物，也有过类似言论。一位是尤侗（1618～1704），字同人，号悔庵，晚号艮斋，又号西堂老人，江苏长洲人，康熙十八年（1679）中博学鸿辞科，授翰林检讨。一位是毛奇龄（1623～1713），字大可，号西河，萧山城厢镇人，明末诸生，清初避兵于县之南乡深山，筑土室读书，康熙十八年（1679），中博学鸿儒科，授翰林院检讨、国史馆纂修等。二人都参与了《明史》的纂修，应该掌握更多的材料，而关于陈圆圆的叙述，却极其简略。

尤侗《艮斋杂说》说："圆圆陈氏，吴下女伶，予少时犹及见之。转入田皇亲家，吴三桂见而悦之。城破，闯贼取之去。吴之举兵，为圆也。既为平西王夫人，宠贵无比。"只说"吴三桂见而悦之"，不说"吴三桂见而娶之"。毛奇龄《后鉴录》说："先是，三桂与戚畹田宏遇游，观宏遇所买金陵娼陈沅者而悦之，请聘以千金，不许。宏遇死，始以千金买他姬易之，嬖甚。贼将刘宗敏毒淫，知其事，亲围三桂宅，缚其父襄而拽陈沅去。三桂初闻变，已遣使入降在道，及得沅信，乃拒关，至是力战。"不说田宏遇"献"陈沅于三桂，却说"宏遇死，始以千金买他姬易之"，一切都是金钱交易。尤侗、毛奇龄是史家，惜墨如金，不肯重复四传的细节，虽大致轮廓相近而情味殊异。

至于白话通俗小说，直到光绪十年（1884）松排山人编《铁冠图忠烈全传》，第四十六回始有"为红颜冲冠一怒"，叙吴三桂接见闯使，"见他说得入情入理，主意犹未决"；明日差去的家人自京回，先后问："家中平安否？""父亲平安否？"，吴三桂皆不措意；及问："陈夫人平安否？"家人答道："陈夫人被闯贼取去了。"

书中写道：

> 这句话不入耳犹可，吴三桂一闻此言，不觉怒火中烧，拔剑砍案，大骂："闯贼你忒欺人太甚，我与你誓不两立！"

据说阿英有旧藏道光十六年（1836）四宜斋抄本《铁冠图分龙会》二十一回，未见。冠以《铁冠图》之名的小说，当出于《圆圆曲》问世许久之后。作者行笔匆匆，并未将小说的味道做足。

四

就在此类"陈圆圆传奇"风靡之时，即纷纷有人提出异见。如刘翼明（1607~1688），字子羽，号镜庵、越台，青州诸城人，官利津县儒学训导。近人张鉴祥《题记》称之为"千古义士"，其好友王无竟被仇家杀害，母老弟幼，不能诉讼，胶州知州收受贿赂，偏袒仇家。刘翼明挺身而出，在青州衙门前，披发连哭三昼夜，迫使知府将案件调出，使三年冤情得伸，恶人遭到惩处。此事被纪圣选编成《青衿侠传奇》，广为流传。刘翼明于康熙二十一年（1681）七十六岁时著《海上随笔》①，《自引》云："所感者振笔直遂，以追其所见，或入故人手，或子弟稍知爱惜，未始不可以会心耳。"张鉴祥亦谓："此其老年手书笔记，虽仅存数十番，均是至理名言，于世道人心，三致意焉。"其《圆圆歌》一则云：

> 吴梅村作《圆圆歌》，因国初有得虚名者而发。其曰"冲冠一怒为红颜"，盖借题以为君父，原属欺世耳。

直斥《圆圆歌》"原属欺世"，符合他"青衿侠"的性格。

又如刘健《庭闻录》，自序云："先中宪公居永昌，曾著《吴三桂传》及《滇变记》二种，皆纪逆藩之事。越数载，火焚故居，满目蓬蒿，《南中

---

① 王宪明校点：《海上随笔》，《全清小说·康熙卷》十一，即将由文物出版社出版。

杂说》虽行世，视所失稿，仅存十之一耳。滇变距今四十馀载，谈往事者，无稽之言，人各一说；无他，地远事久，以讹传讹故也。不孝健，当日趋庭，所受教，惧久而忘，因举所闻犹能记忆者，书之于丹，粗分六帙，录其大概。虽略而不详，然以视耳食之谈，窃自以为有闻。"中云：

> 陈沅之事，言者多殊。陆次云《陈沅传》，以夺沅者为李自成，不知其为宗敏也。传文虽详，究未确。其点缀处，尤多已甚之词。又有云：崇祯辛巳年，田宏遇进香普陀，道经苏州，购沅以归。三桂奉命出镇，宏遇饯之，出沅佐觞，三桂悦之，以为请，宏遇许俟终年。后果送至骧宅，骧不敢受，仍归田氏，而客以报。三桂时有入卫之命，疾驰赴京，欲乘便取沅。中途闻刘宗敏踞宏遇宅，挟沅日事酣宴，遂大怒，出关乞师。有又云：吴妓陈沅、顾寿，并名噪一时，田宏遇以重价市寿，而沅名更高，不易得。会其婿以细故得罪，欲求好，无以通媚，百计购沅以献，宏遇善之如初。未几，宏遇卒，骧入都，三桂使人持千金随骧市沅，既得，骧遣送宁远。京师陷，刘宗敏踞宏遇宅，闻沅、寿名，索之。寿从优人私逸，而沅先为三桂购去。宗敏于是斩优人七，而击骧索沅。骧具言送宁远已久，宗敏不信，拷掠备至。二说彼此微异。至谓三桂入卫之时方欲取沅，与谓沅在宁远者，皆非也；唯吴梅村《圆圆曲》为得其真。当日梅村诗出，三桂大惭，厚贿求毁板。梅村不许。三桂虽横，卒无如何也。

刘健评陆次云"传文虽详，究未确。其点缀处，尤多已甚之词"，十分到位。虽亦言"唯吴梅村《圆圆曲》为得其真"，且辩解道："京师陷，刘宗敏踞宏遇宅，闻沅、寿名，索之。寿从优人私逸，而沅先为三桂购去。"然按前引《再生纪略》四月初七日载："城中有吴下歌姬陈元、顾寿等与男优私约潜逃，事发，枭男优七人。"则刘健四十馀载之后"追忆趋庭所闻"，难免有误。既然陈元与顾寿，皆与男优潜逃，则未被三桂购去可知。

又如刘墉（1694~1768），字原圃，号畅亭，河南新郑人。康熙五十九年（1720）副榜，雍正五年（1727）起，官福建莆田、德化、南平、南靖、崇安及台湾漳化知县，升直隶景州、遵化知州和顺宁知府。公务之暇撰《片刻馀闲集》①，其一云：

吴祭酒《圆圆曲》，举世传诵。因之陆子云士（次云）作传，沈子次云（虬）作记，无非欲附传不朽耳。但云士并不考时论世，多为悬揣附会之说。如圆圆本是周奎之家姬，乃云为田畹所得，以曲中有"相见初经田窦家"一语而误。不知"田窦"为戚里之通称。若田指田畹，窦又何属耶？至云甲申春，妃谋所以解帝忧者于父，不知甲申之前，田妃已没，是祭酒之《永和宫词》，云士并未寓目，所述圆圆说田畹闻贼诸语，悉以己意揣摩，劈空妆点，阅之令人失笑。史传李自成不近女色，且甫入都城，即匆遽东行，仓荒西遁，岂暇与一女子细谈衷曲？传中所载，命群姬唱西调，拍掌以和之，形容陕西贼人之状态，固无不可者，然非当日之情事也。最可异者：三桂追贼，并未回京，乃云"复京师觅得圆圆，喜泣交集"，不解何所考证。曲中明叙"剑阁云深起画楼，散关月落开妆镜"，不几传与诗大相刺谬乎？中段述三次侦者，三番问答，试思三事出于一时，岂有待三侦方知之理？直同演剧之儿戏矣。末以三桂逆命，多出于同梦之谋，尤属呓语，大不及次云所记，实情实事，直捷简明，足以证信，可为祭酒之功臣也。世止知有陆传，多未见沈记者，兹并录之，俾有识者读《圆圆记》而知余言非诬云。再考田贵妃居承乾宫，东宫也，庄烈帝寔宠幸之。然帝与周后，伉俪最笃，极加敬礼，后亦贤淑贞静。袁贵妃居翊坤宫，乃西宫也。后每礼袁而抑田，持大体，非妒也。田妃偶失周后欢，帝即遣妃居永和宫备省，复得后之一言方始召还，岂有觅美女分宠之事？崇祯末年，江南大珰进女乐，帝稍留连，田妃即具疏以谏，帝温旨嘉纳，为之立罢，亦不应有谋进美女以解帝忧之事。沈陆二人观书不多，各逞臆见，厚诬帝后及妃，斯亦不可以不辨。

---

① 欧阳健校点：《片刻馀闲集》，《全清小说·乾隆卷》五，将由文物出版社出版。

善歌者與居家常十數人日夜謳歌不輟以此破其家
由是謳者不來家居無聊有一子甚戀顧其女倩而慧
恆教之歌蓋以自樂也父死失身為妓予邑金衢道貢
二山之子若甫往金華省父道出滸關見之悅輸三百
金贖之歸室人不容二山見之曰此貴人縱之去不責
金贖田皇親覓女優於姑蘇得元歌舞冠一部西既
贖金田皇親宴於皇親家出女樂侑酒時平西入關
破闖賊入京都父雛以五千兵破賊數十萬于
討賊苦形勞神必報君父讎以五千兵破賊數十萬于
永平連戰至都邑已疲弊數月矣至是賊走復始解甲歇

粵雅堂叢書

刘埕对陆次云、沈虬二传，批评甚厉，谓其"并不考时论世，多为悬揣附会之说"，"悉以己意揣摩，劈空妆点，阅之令人失笑"，"直同演剧之儿戏矣"，"尤属呓语"，结论是"二人观书不多，各逞臆见"，是为的论。

此外，亦有叙陈圆圆事歧义者。如邹枢撰《十美词纪》①　一卷，首有康熙二十年（1680）仲冬凌霄漫序，称："中有陈圆圆一传，则与圆圆同时，大约生于胜国天启年间。"此书共记十位美人：巧蝴蝶、如意、陈圆、卞赛、沙才、梁昭、李莲、朱素、罗节、琵琶妇，每篇附词一首，故名"词纪"。其《陈圆》曰：

> 陈圆者，女优也。少聪慧，色娟秀，好梳倭堕髻，纤柔婉转，就之如唷。演西厢，扮贴旦红娘脚色，体态倾靡，说白便巧，曲尽萧寺当年情绪。常在予家演剧，留连不去，后为田皇亲以二千金酐其母，挈去京

---

① 　欧阳紫雪校点：《十美词纪》，《全清小说·康熙卷》十一，即将由文物出版社出版。

师。闻又属之某王，宠冠后宫，入滇南终焉。

邹枢，字贯衡，号酒城渔叟，吴江人，与陆次云同乡，却并不随声附和，仅言："闻又属之某王，宠冠后宫，入滇南终焉。"某王或可为吴三桂，但绝口不提引清兵入关事。

又有徐树敏、钱岳同辑《众香词》六集，康熙二十九年（1690）刻本。其第五"书集"收陈元词三首，前有小传云：

> 陈元，字圆圆。初为女优，名擅吴中，与某公子有生死盟。田皇亲购得之，公子盗劫之江中，误载他姬以还。盗再往，已有备矣，力战易归。已而事露，祸且不测。公子度不能争，遂以献。既至，无宠，杂配梨园中。三桂以父荫入觐，皇亲出家伎侑，一见陈元，问乡里，遂属意焉。酒半，则供奉者已易人矣。盖家伎有上、次两班，初出供客，犹其次也。三桂频问陈元，皇亲知其意，辇送旅中。时边报益急，三桂一宿驰去。既而流贼陷京师，陈元已为贼部权将军某所得。三桂入关，首遣亲骑四出，悬重赏购归，宠之并嫡，官中呼"陈娘娘"。壬子以前时，达官解饷至滇。官本吴人，娘娘召见便殿，问吴中某某无恙乎，皆平昔所交厚者，盖犹未忘情也。

小传言田皇亲购得陈元，有公子与之争，无奈，遂以献。既至，无宠，杂配梨园中。皇亲家伎，有上、次两班，陈元初出供客，犹其次也。此一叙写，证明"才艺擅绝一时"，不过是后人的夸大。吴三桂虽情有独钟，亦仅一宿之缘。纵写陈元已为贼部权将军某所得，未言三桂入关即为此也。其首遣亲骑四出，悬重赏购归，是"购归"而非"夺回"，与"冲冠一怒"，颇有差违。

在叙事上最有摧毁力的，是李介的《天香阁随笔》①。李介（1619～1690），又名寄，字介立，号昆仑山樵、萍客、白眼狂生、因庵，江阴人。母周氏，为徐弘祖（徐霞客）之妾，因不容于嫡母，有孕而出之，生介，育

---

① 欧阳健校点：《天香阁随笔》，《全清小说·康熙卷》七，即将由文物出版社出版。

於李氏，遂以李为姓。李介性颖异，博闻强识，少应郡试，拔第一，既而悔之，弃去。顺治六年（1649）奉母居定山，授徒为业，终身不娶。母卒，隐居由里山（花山）之山居庵。著《天香阁随笔》二卷，其纪吴三桂伐陈元事云：

> 平西王次妃陈氏，名元，武进奔牛人。父好歌曲，倾赀招善歌者与居，家常十数人，日夜讴歌不辍，以此破其家。由是讴者不来，家居无聊。有一子甚黠，顾其女倩而慧，恒教之歌，盖以自乐也。父死，失身为妓。予邑金衢道贡二山之子若甫，往金华省父，道出浒关，见之悦，输三百金赎之归。室人不容，二山见之曰："此贵人。"纵之去，不责赎金。

> 田皇亲觅女优于姑苏，得元，歌舞冠一部。平西既破闯贼，入京都，宴于皇亲家，出女乐侑酒。时平西入关讨贼，苦形劳神，必报君父雠，以五千兵破贼数十万，于永平连战，至都邑，疲敝数月矣。至是贼走，复始解甲欢饮，有一夕之乐。见元艳甚，而音歌又精，独数数顾视元。及元捧觞为寿平西前，平西连举数大觥。是夜，皇亲送元平西军中。

最关键的一点是：吴三桂是在"既破闯贼，入京都，宴于皇亲家"时，第一次见到陈元的。苦形劳神、疲敝数月的吴三桂，始解甲欢饮，有一夕之乐，见陈元艳甚，而音歌又精，方中己意，则"冲冠一怒为红颜"不能成立，明矣。李介居江阴花山，陈圆圆是武进奔牛人，二地接壤，近在咫尺，他之叙陈圆圆家事，应非讹传。

李介言事的可信性，复可以他事核实之。如同乡贡二山之子贡若甫，往金华省父，道出浒关，见之悦，输三百金赎归。查《江阴县志》，贡二山名贡修龄，万历四十七年（1619）进士，四十八年（1620）任浙江东阳知县，为政清廉，按抚流民。摄义乌事，内补刑曹，晋少参，出任浙漕。其子贡若甫往金华省父，道出苏州府浒墅关，可证其人其事，非好事者虚构。陈元为贡若甫的正室所不容，二山见之曰："此贵人。"纵之去，不责赎金，确是世家名门之风。

《天香阁随笔》又如说其兄甚戆，三桂镇滇日，命人访其母兄：

> 会平西镇滇中，正妃质于都，元独从，平西宠之专房。元有数智，得家人心，皆畏而爱之，事事如正妃。平西移檄江南，为访其母兄。抚按下之武进，榜于通衢旬日。其兄戆而村居，不知也。其亲戚知之，奔以告其兄，不敢认。细察檄中姓名居址，果其妹也。逡巡久之，为众人怂恿，乃敢自言于官。官发人夫传而去。元闻母兄至，拥侍女百馀骑，出郭来迎。其母耄年，见□装飞骑至，已惴惴矣。及相近，元跳下马，抱母而泣。母不知为己女也，惊怖死，久之乃苏。由是不乐居府中，数请归。平西乃厚赀遣之。

崇禎初圓圓為戚畹田氏歌妓後以贈吳三桂明亡圓圓留京師賊招三桂意猶與既而知圓圓為賊所得遂請討賊三桂鎮雲南問圓圓宗黨謬以陳玉汝對乃使人以千金招致之玉汝笑曰吾明時老孝廉豈為人寵姬叔父即謝弗往陳貨郎至三桂觴之曲房持玉盃戰栗墜地厚其賜歸之　　又韓耕遠客江西值亂

按《武进阳湖县志》卷三十"杂事·摭遗"云：

> 圆圆，金牛里人，陈姓，其父曰陈货郎。崇祯初，圆圆为田戚畹歌妓，后以赠吴逆三桂。明亡，圆圆留京师，贼招三桂，三桂意犹与。既而知圆圆为贼所得，遂请讨贼。三桂镇云南，问圆圆，宗党谬以陈玉汝对，乃使人以千金招之。玉汝笑曰："吾明时老孝廉，岂为人宠姬？叔父即谢弗往。"陈货郎至，三桂觞之曲房，持玉杯战栗坠地，厚其赐归之。

县志曰"其父"，李介曰"其兄"，稍有差异；然乍见圆圆，一曰"持玉杯战栗坠地"，一曰"惊怖死，久之乃苏"，皆活现于纸上。陈圆圆出身贫贱，当可论定。

通过以上材料的梳理，便可得知：无论小说创作，还是史书记载，陈圆圆与吴三桂的情事，都是由《圆圆曲》派生的。正如徐鼒所说："按诸传记非有真据，皆依附吴伟业《圆圆曲》而为之词，存之以广异闻可也。"①

五

那么，吴伟业为何要将吴三桂的降清与陈圆圆绾合起来？这就要从他屈节事清寻找原因了。

论者出于对吴伟业的偏袒顾惜，向以"降臣裹挟""有司敦逼""双亲畏罪"为之解脱。如顾师轼《梅村先生年谱》云："时先生杜门，不通请谒，当时有疑其独高节全名者。会诏举遗佚，荐剡交上，有司敦逼，先生控辞再四，二亲流涕办严，摄使就道，难伤老人意，乃扶病出山。"此处之"降臣"，指孙承泽、冯铨等，"有司"，指马国柱等。阮葵生《茶馀客话》②则揭示了在朝廷中枢极力荐举他的关键人物——陈之遴：

> 陈海昌之遴，荐吴梅邨祭酒至京，盖将虚左以待。比至，海昌已败，尽室迁谪塞外。梅邨作《拙政园山茶歌》，感慨婉惜，盖有不能明言之情。

刘声木《苌楚斋随笔》，更道出了吴伟业"出仕二姓"的原委：

> 吴梅村祭酒伟业，才华绮丽，冠绝千古，及其出仕国朝后，人怜其才，每多恕词，盖不知当时情形也。祭酒因海宁陈相国之遴所荐起，时在顺治十五年。当时相国独操政柄，援引至卿相极易。未荐之先，必有往来书札，虽不传于世，意其必以卿相相待，故祭酒欣然应诏，早已道路相传，公卿饯送。迨至祭酒已报行期，而相国得罪遣戍，欲中止则势有不能，故集中咏拙政园山茶，以志感慨，园即相国产也。及其到京，

---

① 《小腆纪年》卷四。
② 欧阳健校点：《茶馀客话》，《全清小说·乾隆卷》八，将由文物出版社出版。

政府诸公以其为江南老名士，时方延揽人才，欲不用，恐失众望，因其前明本官祭酒，仍以祭酒官之，非祭酒所及料也。祭酒若早知其如此，必不肯出。世但知其为老母，而不知亦为妻少子幼，故偷生恐死，甘事二姓。人生一有系念，必不能以节烈称。祭酒所系念有四：官也，母也，妻也，子也，宜其不克以身殉义，得享令名。后虽悔恨，屡见之诗词，然已无及矣。

吴伟业之"出仕二姓"，不是外力所逼，而是内力所吸。汲引他的陈之遴（1605~1666），字彦升，号素庵，海宁盐官人。弘光授左春坊左中允，赴闽主持乡试途中逃回海宁。清军破城，他即率先投降。顺治二年，授秘书院侍读学士。五年，迁礼部侍郎。六年，加右都御史。八年，擢礼部尚书，加太子太保。九年，授弘文院大学士。七八年间，平步青云，位极人臣。其《念奴娇·赠友》云："行年四十，乃知三十九年都错。"自画出无耻变节的嘴脸。陈之遴还向洪承畴献计："掘孝陵，当泄尽明朝秀气。"此议卑劣，可谓丧失天良。陈之遴曾以二千两买下苏州拙政园，吴伟业《咏拙政园山茶花》小引曰：

> 拙政园，故大弘寺基也，其地林木绝胜。有王御史者，侵之以广其基。后归徐氏最久。兵兴，为镇将所据。已而海昌陈相国得之。内有宝珠山茶三四株，交柯合理，得势争高，每花时，钜丽鲜妍，纷披照瞩，为江南所仅见。相国自买此园，在政地十年不归，再经谴谪辽海，此花从未寓目。余偶过太息，为作此诗。他日午桥独乐，定有酬唱，以示看花君子也。

吴伟业笔下，王御史是"侵"，镇将是"据"，陈相国是"得"，遣词似极有分寸；然身在北京的相国，买下二千里外"广袤二百馀亩"的拙政名园，区区二千两银子够吗？足见在经济上，陈之遴也是不干净的。

物以类聚，人以群分。陈之遴引荐吴伟业，是因其子直方娶吴女为妻。儿女亲家，可为奥援。吴伟业虽以名节自许，为了功名利禄，明知陈之遴斑斑劣迹，反在诗中写道："近年此地归相公，相公劳苦承明官。真宰阳和暗回斡，长安日日披薰风。"肉麻地赞美是真宰良相。吴伟业之欣然就道，就是相中陈之遴之独操政柄，"意其必以卿相相待"，甘愿与之沆瀣一气。

人算不如天算。陈之遴因交结贿赂内监，顺治十五年（1658）下诏革职，抄没家产，全家二百多口流徙辽东。吴伟业进了北京，荐主却得罪遣戍，欲中止则势有不能。初虽太息"陈相国谴谪辽海，此花从未寓目"，仍幻想有"他日午桥独乐，定有酬唱"之日。午桥者，裴度别墅。裴度晚年居此，与白居易、刘禹锡作诗酒之会，不问人间事。吴伟业以陈之遴拟"午桥独乐"的裴度，自己便是"定有酬唱"的白居易了。

然而，"折取一枝还供佛，征人消息几时归"的愿望，终究未能实现。吴伟业既未受到重用，却枉担了"贰臣"之名。当时的社会舆论，对他非常不利。黄宗羲《南雷文定》前集卷十《张南垣传》云：

> 梅村新朝起用，士绅饯之。演传奇至张石匠，伶人以涟在座，改为"李木匠"。梅村故靳之，以扇确几，赞曰："有窍。"哄堂一笑，涟不答；及演至买臣妻认夫，买臣唱："切莫题起朱字。"涟亦以扇确曰："无窍。"满堂为之愕眙。

张南垣名涟，故演传奇至张石匠，伶人避忌，改为李木匠；而演至买臣妻认夫，买臣唱"切莫题起朱字"，正切吴伟业事新朝的痛点。"有窍""无窍"，为吴中方言，意谓在行，不在行；引申为有门，没门；有出息，没出息。虽属戏谑，贬损之意俨然。

刘献庭《广阳杂记》道：

> 顺治间，吴梅村被召，三吴士大夫，集

虎丘会饯。忽有少年投一函，启之，得绝句云："千人石上坐千人，一半清朝一半明。寄语娄东吴学士，两朝天子一朝臣。"举座为之默然。

黄宗羲、刘献庭都说"道路相传，公卿饯送"，吟诗看戏，"意其必以卿相相待，故祭酒欣然应诏"，是当做喜事来办的，哪有丝毫"被迫就道"的样子？

又有沈冰壶，字心玉，号梅史，浙江山阴人。岁贡生，乾隆元年举鸿博。其《重麟玉册》"李映碧"条附记云："当时钱牧斋、吴梅村、龚芝麓、陈素庵、曹倦圃为'江浙五不肖'，皆蒙面灌将人也。"堪称鄙夷至甚。

造化弄人，求荣取辱。吴伟业临终写道："吾一生遭际，万事忧危，无一刻不历艰难，无一境不尝辛苦，实为天下大苦人。"有人评说：这是个人遭际之不幸，也是整个时代的悲剧，纯是故作多情。吴伟业最苦最苦的"境"与"刻"，乃在"早知其如此，必不肯出"的懊悔，是偷鸡不着蚀把米的烦恼。反之，如果陈之遴不倒，依然权势炫赫，吴伟业飞黄腾达，还会有丝毫苦恼么？

面对诸如"江浙五不肖""两朝天子一朝臣"的嘲讽，吴伟业最迫切的问题，是为自己的耻辱解脱。白居易给了他适时的启发，他在《琴河感旧》序中写道：

> 余本恨人，伤心往事。江头燕子，旧垒都非；山上蘼芜，故人安在？久绝铅华之梦，况当摇落之辰。相遇则唯看杨柳，我亦何堪；为别已屡见樱桃，君还未嫁。听琵琶而不响，隔团扇以犹怜。能无杜秋娘之感、江州之泣也！

吴伟业"恨"什么？恨自己不争气，恨自己错误估计形势，出来做了大清朝的官。为求得污点的自我救赎，最佳方案是择一负罪更重的人，以诗文形式回护美化。

从明亡的角度看，不足十几万的八旗兵，能战胜泱泱大明王朝，多说是出了范文程、洪承畴、吴三桂三大汉奸。分而论之，范文程因不得重用，而腼颜事清；洪承畴被俘绝食数日，劝诱归降：虽于大节有亏，皆有无奈之处。唯吴三桂拥有重兵，引狼入室，东夷遂吞我中华，最不容恕。吴伟业乃仿《长恨歌》而作《圆圆曲》，竭力表达如下价值判断：吴三桂作为明臣，理应抵御清兵，结果却投降了；但他的选择是"冲冠一怒为红颜"，此情大有可原。吴伟业此一魔法的奥妙，只须将这七字拆分开解，便可立知分晓：

（一）"冲冠一怒"

怒的是谁？自然是"贼"，——闯贼，李自成农民起义。吴三桂引清兵入关，是陈圆圆被李自成掳掠霸占。在古今多少人眼中，"李自成""刘宗敏"，就是邪恶的代名词。对于"贼"的痛恨，唤起了普遍的共鸣。

毛奇龄撰《胜朝彤史拾遗记》①，是为明历朝后妃立传。其卷六崇祯朝，除庄烈皇后、皇贵妃田氏外，破例立"青霞女子""昭仁宫宫婢"二人。青霞女子，青霞室中答应女也，"贼入宫，女子共奔入乾西，阖户自焚死"。根本算不上"后妃"的青霞女子，由于不愿被贼凌辱自焚，故入了后妃传。另一则曰：

> 昭仁宫宫婢费氏，为贼得，自称昭仁主，贼以献自成。自成令宫监验之，非是，以赐贼帅罗让。费氏曰："吾虽非主，然故名家子，必欲犯者，须以礼。"帅乃张宴集诸渠豪饮，拥入室。费氏挟刃舂帅喉，连刺数渠，遂自刭。临刭曰："吾之不能杀自成，天也。"时诸宫宫人多殉者，不得其姓氏。

梅兰芳访美所携之《刺虎》，本事出此。宫女费贞娥云："奴家费氏，小字贞娥。自幼选入宫闱，以充嫔御。蒙国母娘娘命我服侍公主，不想流贼篡夺我国，逼死君父，一家骨肉，死于非命。可笑那些臣子，竟没有一个为国报仇泄恨，难道如此奇冤，就干休了不成？我想忠义之事，男女皆可做得，为此我在宫中，将那一匕首藏于身旁，又假装公主模样，指望得近闯贼，杀此巨寇，替君父报仇。不想又将奴赐与他兄弟一只虎为配。罢，且待

---

① 欧阳健校点：《胜朝彤史拾遗记》，《全清小说·康熙卷》十一，即将由文物出版社出版。

他来时，奴自有道理。"诸如此类，皆为暴露"流贼""荒淫"之例证。

青霞室答应女，不过"贼入宫"，尚未有犯，即自焚而死；宫婢费氏为贼帅罗让所得，已答应"须以礼"。姑以《胜朝彤史拾遗记》卷四武宗朝"刘美人"较之：

> 正德十二年，上幸大同，驻跸偏头关，遍索女乐于太原。美人偕众妓杂进，上遥见美人，悦其色，及聆讴，大喜。遂从榆林还，再召之，载以归，命为美人，大见宠幸。初居豹房，后渐入西内专寝，饮食起居，必与偕，言事辄听。左右或触上怒，阴求之，辄一笑而解。江彬诸近幸，虽甚贵倨，见必触首，以母事之，呼之曰"刘娘娘"。

毛奇龄著《武宗外纪》[①]，亦载其事曰：

> 上驻偏头时，大索女乐于太原。偶于众妓中，遥见色姣而善讴者，拔取之，询其籍，本乐户刘良之女，晋府乐工杨腾妻也。赐与之饮，试其技，大悦。后自榆林还，再召之，遂载以归。至是随行在，宠冠诸女，称"美人"，饮食起居，必与偕。左右或触上怒，阴求之，辄一笑而解。江彬诸近侍皆母呼之，曰"刘娘娘"云。

连康熙间的刘墉，都知"史传李自成不近女色"，明武宗在太原街头，公然大索美女，其狂悖荒淫，十倍于书之于纸的"刘宗敏"，而戏曲却不斥其丑，反美之曰《游龙戏凤》。

之相與抱持，喜泣交下，變之甚於前。吳每酒酣拔劍起舞，作發揚蹈厲之容，圓圓清歌以和之，蓋欽其不可一世之概，而傾身事之。圓圓可謂知人，而延陵以一婦人之故，始縞素與師，豔妻之禍，又烈於在昔奪人家國於牀第衽席者百倍也。

---

① 高伟英校点：《武宗外纪》，《全清小说·康熙卷》十一，即将由文物出版社出版。

（二）"为红颜"

"红颜"也者，特指女人美丽的容颜，亦指年轻美貌的女子，词性应属褒义。至于"为红颜"，问题就出来了。若为"红颜"做了蠢事、傻事、错事、坏事，"红颜"就成了惹祸之由，就有了"红颜祸水"之说。《荀子·君道》说："为人主者，莫不欲强而恶弱，欲安而恶危，欲荣而恶辱。"为说明"要此三欲，辟此三恶"，引用时语曰："好女之色，恶者之孽也；公正之士，众人之痤也；修道之人，污邪之贼也。"将"好女之色"置于诸恶之首，可见此说之早。吴三桂本是准备归顺李自成的，因其霸占了他的"红颜"，一怒之下做了引清兵入关的鹰犬，陈圆圆遂成了亡天下的"恶者之孽"。

沙张白《陈圆圆传》结末云："延陵以一妇人之故，始缟素兴师，艳妻之祸，又烈于在昔夺人家国于床笫衽席者百倍也。""艳妻之祸"，即"红颜祸水"之祸也。汪景祺的《读书堂西征随笔》①，大约是最早明指陈圆圆为"红颜祸水"的小说。汪景祺（1672～1726），字无已，号星堂，浙江钱塘人，康熙五十三年（1714）举人，雍正二年（1724），为年羹尧西宁大营幕僚。其自邢州取道晋阳、河东，入潼关、雍州，凡路之所经，身之所遇，心之所记，口之所谈，咸笔之于书，是为《西征随笔》。及年羹尧败，处斩籍没。1928 年，于故宫封锢箱中检得《西征随笔》残稿。中有《女子之祸》云：

> 明末流贼之起，始于裁驿递。驿递之裁，倡于御史毛羽健，成于科臣刘懋羽。健官京师，娶妾甚嬖之，其妻乘传至，立遣去，迅雷不及掩耳。羽健恨甚，遂迁怒于驿递，倡为裁驿卒之说，而懋附和成之。一时游手十馀万人，倚驿递糊口者，无以为生，相率为盗。张献忠亦驿卒也，流毒中原，颠覆宗社。两人首祸，万死不足赎也。
>
> 吴三桂饮田皇亲嘉遇家，嘉遇出歌伎侑酒，其中有陈沅者，色艺冠伦。三桂醉，长跪向嘉遇乞沅。嘉遇曰："吾老矣，谢世后当以持赠。"

---

① 欧阳蒙雪校点：《读书堂西征随笔》，《全清小说·雍正卷》第二册，将由文物出版社出版。

李自成陷京师，三桂方镇山海关，自成遣人招之，三桂已纳款矣。时嘉遇已死，遗命家人送陈沅至三桂所，以兵戈载道，未遑也。三桂侦知陈沅为刘宗敏所得，闻之自成。自成谕宗敏以陈沅还三桂，宗敏不可，三桂遂不降，自成竟灭。女子之能祸人家国如此。

其言三桂侦知陈沅为刘宗敏所得，闻之自成。自成谕宗敏以陈沅还三桂，宗敏不可，则李自成非昏庸之君。而末句"女子之能祸人家国如此"，就是传统的"女祸论"。把罪责推到女人身上，正是传统文化的通病。

（三）是谁"冲冠一怒为红颜"？

主语是吴三桂。对于《圆圆曲》，褒之者甚夥，颂扬的对象便是吴三桂。如宋谋场认为："把三桂比作周瑜，把周瑜赤壁破曹保全小乔，比作三桂一片石破闯重夺陈沅，对吴三桂极力赞美。"[1] 章培恒更说："《圆圆曲》最动人的所在，并不在于批判了吴三桂的罔顾君亲大义，而在于讴歌了陈圆圆的美丽，她那可怜的身世和在爱情上的悲欢；也在于讴歌了吴三桂对爱情的坚贞、捍卫爱情的勇敢，并倾诉了个人在群体缠缚下的悲哀与痛苦。"[2] 戴宏华索性说："追赃索饷是使吴三桂理智上作出叛顺降清的选择的原因；圆圆被虏则是吴三桂叛顺降清的感情上的激发点。"[3] 将吴三桂主动做汉奸、引清兵入关的劣迹，不着痕迹地掩盖、转移了。于是，吴伟业也顺势掩盖了自己屈节事清的难堪，寻找到心理的平衡了。

明末的政治力量，除了"冲冠一怒为红颜"的吴三桂，"烧杀淫掠"的李自成起义军，还有谁呢？——还有关外虎视眈眈的清兵！到了《圆圆曲》里，都略而不书了。帝京被攻破，万民遭涂炭，接踵而来的扬州十日、嘉定三屠，统统淡出视野之外了。而这一效果，正是心虚的变节者所希冀的。

---

①　宋谋场：《吴梅村〈圆圆曲〉疏解》，《晋阳学刊》，1981 年第 1 期。
②　章培恒：《元明清诗鉴赏辞典·序》，上海辞书出版社，1994 年。
③　戴宏华：《两句诗，一个悬疑》，《中学语文》，2010 年第 12 期。

乾隆四十一年（1776），诏令国史馆修编《明季贰臣传》，分为甲乙二编，"俾优者瑕瑜不掩，劣者斧钺凛然"。入甲编者为"积有功勋"者，入乙编是"毫无建树"者。乙编名单如下：

孙得功，马光远，沈志祥，谢升，金之俊，胡世安，田维嘉，沈维炳，房可壮，刘汉儒，黄图安，高斗光，王永吉，王铎，王无党，左梦庚，许定国，赵之龙，梁云构，刘良佐，刘应宾，苗胙土，张凤翔，吴伟业，夏成德，冯铨，李若琳，谢启光，孙之獬，李鲁生，吴惟华，土国宝，鲁国男，陈之遴，刘正宗，周亮工，钱谦益，魏管，潘士良，李犹龙，王之纲，任珍，梁清标，党崇雅，卫周祚，载明说，刘余佑，龚鼎孳，刘昌，孙承泽，熊文举，薛所蕴，李元鼎，傅景星，叶初春，张若麟，唐通，董学礼，骆养性，陈之龙，柳寅东，方大猷，陈名夏，高尔俨，张忻，张子端，白广恩，南一魁，张缙彦，孙可望，白文选。

吴伟业、陈之遴、钱谦益，赫然在列。乾隆谓钱谦益是"有才无形之人"，指其"狂吠之语"，"其意不过欲借此掩其失节之羞，尤为可鄙可耻"，吴伟业借《圆圆曲》以掩饰自己的秽行，实为异曲同工。尚不清楚《明季贰臣传》名单排列顺序之由，吴伟业比陈之遴、钱谦益靠前，则乾隆对吴伟业的鄙薄，似更胜钱谦益。《圆圆曲》赢得诸多之共鸣，实与一班"大节有亏"者有关。热心作《圆圆传》的四位，都是由明入清者，陆次云、钮琇、沈虬还做过知县，也可算作是"准贰臣"，附和吴伟业以自慰，是再自然不过的了。

六

《圆圆曲》为什么能够奏效，且获得长久的喝彩？这一文化现象所隐含的深层次问题，尤其值得反思。

儿童观剧，辄问："好人坏人？"人皆笑其幼稚。以老成眼光察之，史上有些不好的事，不好的人，或者说很坏的事，很坏的人，一经诗人小说家品题、铺叙、粉饰、演说，就会变得不那么坏、不那么不好了，确实有些殊不可解。如安史之乱，就是显例。

安史之乱爆发，印证了金圣叹的名言——"乱自上作"。宋徽宗虽有三宫六院，偏要穿过地道与李师师幽会。好在这李师师从不干政，与蔡京、高俅绝无勾连。唐玄宗就不同了：他宠幸的杨贵妃，原是寿王之妃，父夺子妻，来路本就不正。杨国忠因妹宠而任宰相，安禄山复"母事贵妃"，引来杨、安交恶。昏君、外戚、藩镇，由杨贵妃一人牵线，失德败行，驯致群小当道，国事日非。白朴《梧桐雨》甚至说，安禄山是"单要抢贵妃一个，非专为锦绣江山"。如此浅显明白之事，白居易却做成"歌颂坚贞爱情"的《长恨歌》，令人百思不解。

偶读王夫之《读通鉴论》，见其对白居易的尖锐批评，令人震撼。"知人之难久矣"一节中说：

> 李德裕引白敏中入翰林，既为学士，遂乘武、宣改政之初，夺德裕之相，竭力排之，尽反其政，以陷德裕于贬死，而乱唐室。夫敏中之不可引而使在君侧，岂待再计而决者哉？德裕之初引敏中也，以武宗闻白居易之名，欲召用之，居易老而德裕以敏中进。然则知敏中者以居易，用敏中犹其用居易也。居易以文章小技，而为嬉游放荡、征声逐色之倡，当时则裴中立悦其浮华而乐与之嬉；至宋，则苏氏之徒喜其纵逸于闲捡之外而推尚之；居易之名，遂喧腾于天下后世。乃覈其人，则元稹之死友也。稹闻谪九江而垂死惊坐，胡为其然哉？以荡闲踰捡相昵于声色，而为轻浮俗艳之词以蛊人于淫纵。当其时如杜牧者，已深恶而欲按以法矣。稹鬻身奄宦，排抑正人，以使河北终叛，而为唐之戎首；居易护为死党，不得，则托于醉吟以泄其青衫之泪。敏中为其从弟，与居与游，因之而受君相之知，梦寝之所席而安者，居易耳。若此而欲引为同心，以匡君而卫社稷，所谓放虎自卫者也，而德裕胡弗之知也！使武宗欲用居易之日，正色而对曰："此浮薄儇巧之小人，耽酒嗜色，以淫词坏风教者，陛下恶用此为？"则国是定矣。李沆、刘健之所以允为大臣

也。而德裕不能，其尚有两端之私与？不然，则已习未端，心无定衡之可持而易以乱也①。

王夫之"此浮薄儇巧之小人，耽酒嗜色，以淫词坏风教者"的判语，与当代教科书推崇白居易为"正视社会现实、关心民生疾苦的伟大的现实主义诗人"，截然不同。安史之乱后，历经肃宗、代宗、德宗、顺宗、宪宗、穆宗、敬宗、文宗，至于武宗（814～846），任李德裕为相，对内打击藩镇，对外击败回鹘，史称"会昌中兴"。王夫之评价道："唐之相臣能大有为者，狄仁杰而外，德裕而已。武宗不夭，德裕不窜，唐其可以复兴乎！"武宗原欲用白居易，李德裕不肯直指其浮薄儇巧，亟引其从弟敏中为翰林学士，原属委曲求全。及宣宗继位，白敏中以怨报德，极力排挤李德裕，使之被贬出局。故王夫之说："唐之乱以亡也，宰执大臣，实为祸本。大中以来，白敏中、令狐绹，始祸者也。"②

白居易于元和元年（806）作《长恨歌》，距安史之乱结束，不过四十三年。白居易不去总结沉痛的历史教训，却以"汉皇重色思倾国"，彰明昭著地逢君之恶。唐玄宗从儿子手中夺走杨玉环，"一朝选在君王侧"，岂非伪造历史？"天生丽质难自弃"，乃营造卑贱妾妇心理，仿佛天下好女就该任由君王蹂躏。其年杨贵妃二十六岁，唐玄宗六十高龄，谈得上什么钟情？有人也许会说："三千宠爱在一身"，唐玄宗对杨玉环确有真爱；那么请问：唐玄宗与梅妃之间，有真正的爱情么？"六宫粉黛无颜色"又作何讲？难道六宫中的她们，就没有"爱的权利"么？泛爱主义的贾宝玉，尚且表示"弱水三千，我只取一瓢饮"，唐玄宗何不将三千粉黛统统放出，专一爱杨玉环一个，"缓歌慢舞凝丝竹，尽日君王看不足"呢？其时杨家势倾天下，杨国忠不顾天下成败，循私误国，"渔阳鼙鼓动地来"，"宛转蛾眉马前死"，完全是咎由自取。所谓"七月七日长生殿，夜半无人私语时"，纯是无端的捏造。将平人"在天愿作比翼鸟，在地愿为连理枝"的善良愿望，转嫁在昏君艳妃

---

① 《读通鉴论》卷二十六《宣宗》
② 《读通鉴论》卷二十七《昭宗》。

头上，尤为荒唐。以"此恨绵绵无绝期"的"长恨"，转换公众本应鄙夷谴责的视线，作为朝廷重臣与有影响力的诗人，白居易此举，实为下流。袁枚乾隆十七年（1752）赴陕西任职，途经马嵬驿，写下七绝《马嵬驿》："莫唱当年长恨歌，人间亦自有银河。石壕村里夫妻别，泪比长生殿上多。"可谓当头棒喝。人民大众的苦难，比唐明皇和杨贵妃的悲欢离合，更值得关心。

重读白居易的《与元九书》，其中固说"文章合为时而著，歌诗合为事而作"，却也洋洋得意夸饰己作受倡妓欢迎的盛况：

> 及再来长安，又闻有军使高霞寓者，欲聘倡妓，妓大夸曰："我诵得白学士《长恨歌》，岂同他哉？"由是增价。又昨过汉南日，适遇主人集众娱乐，他宾诸妓见仆来，指而相顾曰："此是《秦中吟》《长恨歌》主耳。"

恬不知耻，跃然纸上。在不存在爱情的地方侈谈爱情，将亵渎爱情的男女扮成"情种"，肉麻当有趣地吹捧，让世间痴男怨女误以为是天底下的爱情绝调，以掩盖其令人不齿的丑行，是白居易浮薄儇巧的伎俩。与《长恨歌》以"七言歌行的双璧"享誉文坛的《圆圆曲》，问题要严重得多。吴三桂是公认的汉奸，背叛本民族的败类。《圆圆曲》写吴三桂因陈圆圆而引领清兵入关，什么国家，什么民族，什么骨气气节，都可以不要。这是什么"借离合之情，写兴亡之感"？不讲是非，不讲善恶，贻毒无穷。

近年流行一种"了解之同情"的理论。就字面上讲，是在了解的基础上看待历史人物，不要简单地以当代人的是非观念，去评判其是非功过，要深入当时的历史情境，以一种"悲悯之情"去体味把握。偶见"豆瓣"网有《所谓"了解之同情"》①，中曰：

> ……隋炀帝并非只是一个荒淫无度的昏君，唐太宗也并非只是一个宽厚仁爱的皇帝，吴三桂并非生而奸佞，和珅也并非骨子里就视财如

---

① https://www.douban.com/note/482849731/

命；甚至李鸿章、汪精卫等国人口中的卖国贼，也定有着审慎的思索，追寻着不为人知的大义。每个人的每个决定，身后都有着相当复杂的背景，以及深深的无奈。

"同情"一词，有不同的含义。其一曰：对他人的不幸，表示关怀、怜悯。此为平常人所理解者。其一曰：心志相同。如《史记·吴王濞列传》："同恶相助，同好相留，同情相成，同欲相趋。"如果因秉持"了解之同情"，将自己化为与历史人物心志相同，即与其"同恶相助，同好相留，同情相成，同欲相趋"，以致将史上很坏的事，很坏的人，如十恶不赦的吴三桂、汪精卫，说成不那么坏、不那么不好，甚至说他们有"不为人知的大义"，问题就太严重了。一出《四郎探母》，既有艳妻之爱，又有慈母之孝；既有盗钺箭之勇，又有一夜还之信，大唱特唱了一百年，将变节者的本质之丑，生生遮掩住了。一面让四郎在北国安做驸马，一面又让十二寡妇征西，难道不是民族心理的悲哀吗？

要之，"了解之同情"作为学术问题，可以继续进行讨论；作为大是大非的底线，对于事实上的汉奸，是决不能以"了解之同情"加以纵容的。

2021 年 8 月 15 日初稿

2022 年 5 月 25 日改定

《聊斋》与儒学

杜贵晨

蒲松龄是讲故事的高手。《聊斋志异》叙事构思圆活、情节曲折，有堪称精妙绝伦者。但蒲松龄作为真正的作家，不徒为讲故事而讲故事，而是通过生动有趣的叙事，寄托或表达人生的某种感悟或义理教训。这些感悟、义理、教训，或出自作者的阅历经验，或出自生活阅历，或得自阅读（包括道、释经典，百家杂说）。蒲松龄本为儒生，一辈子教书，最熟悉的是儒家经典，《聊斋》故事多与儒家典籍息息相关。读者如果同时熟悉儒典，便不难发现那光怪陆离的狐鬼故事中，不时点染含化儒典辞藻与思想。有时儒典的一句话，一个观念，到蒲氏笔下就能幻出一处人天妙境，仙凡佳话。使人不知其是在讲故事，还是在说义理，讲教训；又不知其为概念化，还是化概念。只觉其融艺术与学问为一炉，变态多端，不可思议，达到了儒家义理与诗的融合。

兹就阅读所见，略论分说如下。

一 《聊斋》与儒家成"名"之"聊"

《聊斋志异》原题《志异》或《鬼狐传》，后定名"聊斋志异"。"聊斋"或说为蒲松龄的斋名，还未便断定。但从书中《狐梦》（卷四）作者被称和自称"聊斋"① 看，"聊斋"为蒲松龄斋名或又是别号都是很可能的。进而以"聊斋"冠为所著原题"志异"之前，称《聊斋志异》，自然就与原题《志异》或《鬼狐传》的名义会有不同。所以，"聊斋"无论作为蒲松龄

---

① 蒲松龄著，任笃行辑校：《聊斋志异》（全校会注集评），齐鲁书社，2000 年。本文引此书原文或评语均据此本，说明或括注卷次篇目。

的斋名或别号、书名，都是读者需要明白了解的。

但是，这个问题向无确解，不能不说是读者的一个遗憾。对此，笔者不敢说已经找到了答案，但亦愿不揣浅陋，勉为一解，或聊胜于无。

按《说文》："聊，耳鸣也。从耳，卯声，洛萧切。"今见文献中用此义者，如《楚辞·九叹·远逝》："耳聊啾而僙慌。"今言"聊天"或亦用此义。但主要用其后起衍生义，有三：

一为依靠、依赖。如《战国策·秦策一》："上下相愁，民无所聊。"在这个意义上后世组词有"聊赖"，意谓凭借、寄托。如蔡琰《悲愤诗》："虽生何聊赖。"谓活着而无所寄托、凭借，即今常用词"无聊"或成语"百无聊赖"的意思。

二为姑且、暂且。《诗经·魏风·园有桃》："聊以行国。"同书《泉水》："聊与之谋。"屈原《九章·哀郢》："登大坟以远望兮，聊以舒吾忧心。"《左传·襄公十一年》："聊以卒岁。"均为无奈勉为之辞，乃从"聊赖"义引申而出。

三为愿、想。如《诗经·桧风·素冠》："聊与子同归兮……聊与子如一兮。"

这些意义都从古人必读书中来，蒲松龄读经科举，肯定是熟悉的，从而以"聊"名斋，进而用为书名、别号，应不出此三义，甚至三义并用，也是可能的。

但是，笔者以为：以"志异"之事属之于"聊斋"，还不仅仅是从上引诸义例而来，应当与孔子学说有一定的联系，并因此而具有了特定的意义。或者纵然没有这样一层实际的联系，却可以作有这种联系来看，构建出其所应有之特定的意义。

就今见先秦儒家诸典籍检索，与孔子相关用"聊"字似仅一处，即《荀子·子道》载：

> 子路问于孔子曰："有人于此，夙兴夜寐，耕耘树艺，手足胼胝，以养其亲，然而无孝之名，何也？"孔子曰："意者身不敬与？辞不逊

与？色不顺与？古之人有言曰：'衣与！缪与！不女聊。'今凤兴夜寐，耕耘树艺，手足胼胝，以养其亲，无此三者，则何以为而无孝之名也？意者所友非人邪？"孔子曰："由志之，吾语女。虽有国士之力，不能自举其身。非无力也，势不可也。故入而行不修，身之罪也；出而名不章，友之过也。故君子入则笃行，出则友贤，何为而无孝之名也！"①

这段文字托子路与孔子问答，讲"有人"行事至孝，却无"孝"之名声，以论君子成名之道。孔子在答语中认为，这个人无"孝"之名可能的原因，一是他虽行能尽衣食日用之养，但"身（举动）""辞（言语）""色（表情）"等即今所谓"精神赡养"的方面可能做得不到位，也就是没有做到《孝经》所说的"生事之以礼"，《孟子》所说的"大孝终身慕父母"（《万章上》），所以还不能完全称得上"孝"之名；二是如果他在如我们所谓物质与精神两方面的赡养都做得很好了，却还是没有得到"孝"的名声，那就应该是他没能"友贤"，即没有交上好朋友，从而没有人为他揄扬延誉而"（孝）名不章"。所以，一个君子的成名正如这个人的为"孝"，要"入则笃行，出则友贤"，内外兼修，才能真正赢得孝子的名声。

以上引《荀子》中孔子的话，虽重在后者即"友贤"的教诲，但一面从总体来看，这是与《论语》载"子曰：'君子疾没世而名不称焉。'"（《卫灵公》）的教导相关，先秦文献记载中孔子对君子成名之道的进一步思考，当有可能引起很少不汲汲以求名的后学们的注意。从而因其引古人云"衣与！缪与！不女聊"为说，使"聊"字与古代士人普遍关心的成名之道有了可能的联系。这一点虽然只是或然而非必然，但对于学者、文人这班最会思想的"动物"来说，我们宁愿相信这对于他们的使用"聊"字会有所启发。

按唐杨倞于"衣与"三句下注云："缪，纰缪也。与读为欤。聊，赖也。言虽与之衣，而纰缪不精，则不聊赖于汝也。或曰缪，稠缪也。言虽衣服我，稠缪我，而不敬不顺，则不赖汝也。"此说并举两解，但据孔子答语

---

① （战国）荀况著，杨倞注：《荀子》，《诸子百家丛书》，上海古籍出版社，1989年，第168页上。

仅从"身""辞""色"三方面说来看，前解"缪，纰缪也"云云不确，当从后解，虽衣食供养不差，但态度上"不敬不顺"为是。又杨注并云三句另见《韩诗外传》，唯前二句作"衣予，教予"。可见"衣与"三句当为先秦社会上说孝养之道流传颇广的熟语，而一旦经孔子说"孝之名"所称引，则在客观上便与君子成名之道建立起了某种意义上的联系，其中就包括了这里所重点考察的"聊"字。

虽然"衣与"三句之中，"聊，赖也"是说做儿子的尽孝，只在衣或者还有食的方面都供给得很不错了，但"身""辞""色"却表现得"不敬不顺"，做父母的也就"不女聊"即不再依赖这样的儿子，乃从受供养的父母一面讲的。而在另一方面，也正是由于父母"不女聊"之故，做儿子的也就失去了"聊"以成孝之名的依靠，而无所成名。这样一来，岂非"聊"与不"聊"，就成了欲得孝子之名的关键，而与君子成名的普遍之道联系在一起了！

据刘洪强著文①考证，最早以"聊斋"为斋名的是北宋后期的名臣邹浩（1060～1111），字志完。常州晋陵（今江苏常州）人。著有《道乡集》。集中有《谢仲益惠兰》诗，其前半云：

> 邻家得兰惜不得，数本分来好颜色。儿童见之喜欲颠，惊回午梦松江侧。起随斤斫聊斋前，面势栏干相并植。氤氲犹带凤山云，弥天道安端我即。

又有诗题《思聊斋》曰：

> 泮宫聊尔耳，卒岁亦优游？昔已腾佳誉，今应属胜流。竹声锵密雪，桂影弄高秋。为尔犹牵思，天涯一转头。

从这两首诗可知"聊斋"当为邹氏中进士前居家读书科举的书房名。后至明清之际又有谭贞默（字梁生，又字福征、孟恂）"曾经用'聊斋'为书

---

① 刘洪强：《〈聊斋〉名义考》，《蒲松龄研究》，2008 年第 4 期。

斋名"，李日华《味水轩日记》为之释义曰"无不足之谓聊也"，"蒲松龄应该更多的是从谭梁生处受了启发"，可备一说。

刘文发现的重要性在于使我们知道，至蒲松龄以"聊斋"为书房名，至少是历史上第三位了。但蒲松龄"聊斋"之义是否就是邹、谭二位的简单沿袭呢？当然不是。首先，蒲松龄长期淹蹇名场，决非谭贞默的"无不足之谓聊"。至于蒲氏长期教书科举生活，与邹浩"泮宫聊尔耳"之读书科举的"聊斋"显然更为相近，但是若与上考《荀子》载孔子的话使"聊"字与君子成名的普遍之道相联系起来，可能就接近完美的解释了。

这个联系就是，作为蒲松龄的斋名、自号，并进而为书名的《聊斋志异》之"聊"的意义，非必如用于一般行文只可能作一义解，而是应有尽有。即除了兼具原有为依赖、依靠和姑且、暂且等二义之外，还可以结合了《荀子》用"聊"字有与君子成名之道的联系，和宋人邹浩以读书科举之书房为"聊斋"之命义综合考量，进而《聊斋志异》的书名可包含以下义项：

1. "聊斋"之"志异"。又含二义：一是于"聊斋"之室中所作的"志异"，二是出自"聊斋先生"之手所作"志异"。

2. "聊"以"志异"为事之"斋"。这里"斋"以指室，进而指人。《聊斋志异》全名又含二义：一是不为世用，"聊"以"志异"为生；二是无所成名，唯以"志异"为成名之"聊（赖）"。

我认为这两大义项都可以用来解释《聊斋志异》之名，而其中第二义项之第二解，当更能反映作者的处境心思，以及此书创作的实际，并符合于作者命名此书之意。

我这样认为的理由，除有上引《荀子》《道乡集》为文献上可能的根据之外，还在于自《楚辞》以降，古典诗文中用"聊"字多关无奈失意之情绪。而蒲松龄肯定不是得意之人，所以这个"聊"作依赖、依靠与姑且、暂且义解的话，"聊斋"就应当为失意而欲有所"聊（赖）"、姑且居住之斋。这正合乎《聊斋自志》所说"独是子夜荧荧……妄续幽冥之录……仅成孤愤之书。寄托如此，亦足悲矣"的处境与情绪。

然而其"寄托如此"之"此"是什么呢？显然就是他所称"幽冥之录"

"孤愤之书"的《聊斋志异》。那么"聊斋志异"的意思，也就应该是说以于"斋"中"志异"而为"聊（赖）"。但其"聊（赖）"所求，却非仅为消遣度日，而是如《自志》接下所说："嗟乎！惊霜寒雀，抱树无温；吊月秋虫，偎栏自热。知我者，其在青林黑塞间乎！"其中"惊霜寒雀"以下四句为自谦之辞，实乃登高必自卑，意在引出对"知我者"希的感慨与渴求，言外则是孔子"疾没世而名不称"之儒者为传名计的考虑。这就可以归结到上论《荀子》载孔子所称引用"聊"字的意义上来了。

从并无旁证蒲松龄确系从上引《荀子》的"聊"字或《道乡集》的"聊斋"得到启发而有如此的寄托来看，我们似不便以《聊斋志异》之"聊"有成名之"聊（赖）"的意义。但是，我们从蒲松龄用"聊斋"为室名别号虽不为独创，却第一个用为小说书名来看，蒲松龄给"聊斋"的命义应与"志异"密切相关。

这只有结合了其《聊斋自志》才容易看得清楚。《自志》结以"知我者"云云，一面表明其落拓乡塾，仅能为"志异"的不得已之情；另一面也表明其虽功名蹭蹬，不得已以"志异"为著作，但仍非仅游戏消遣之作，而是寄希望于此书能使自己为世人所知，死而不朽。这个意思使我们即使不能确定《聊斋志异》之"聊"与上引《荀子》中"聊"字有实际的联系，也可以因上引《荀子》载孔子论君子成名的道理，而想到《聊斋志异》之"聊"，其实正应该理解为有期以"志异"为"聊（赖）"而成名方面的考虑。

总之，《聊斋志异》之称名取义，似近而远，似浅而深，似单纯而实丰富。既寓有作者穷困潦倒无聊才著书（小说）以遣怀的悲愁，也不无儒者以传名为大，因《荀子》载孔子称引使"聊"字与君子求名相联系之意义的可能。虽然，如果我们能够举出蒲公确因读《荀子》此说而取"聊斋"为室名进而为书名、别号的直接证据，也才好最终能够服人，但学术史上类似疑案探讨的经验表明，极少有最后能够做到那等铁证如山的情况出现。从而如《聊斋志异》之"聊"并全名的意义，这种实是因为不易解才似乎不必解，而至今无解之不怪而怪的问题，倘以为有一虽不尽可靠却不无根据的假说，总比停留在无可问津的茫无头绪要好一点的话，那么本文之作，就应该可以得如王渔洋评《聊斋志异》所谓"姑妄言之姑听之"的宽待了。

二 《考城隍》之儒家——理学心态

《考城隍》为《聊斋志异》卷一首篇。该篇写廪生宋焘被请赴阴间试，录为城隍，实为阳寿已尽，死转阴间为官。但阎王为其纯孝所感，破例"给假"即增寿九年，而后再赴阴间之任。故事不仅荒唐，而且与书中其它志怪有所不同，几乎专在宣扬旧时一般民众所普遍迷信的"死生有命，富贵在天"与轮回报应观念，而完全分析不出近世研究者往往更喜见的"歌颂"或"批判"之意味，从而颇不为学者所重，有关论述很少，遂使其价值得不到充分的认识与评定。但是，作为《聊斋》一部大书的"开篇之作"，其备受今人冷落之状，很可能隐含了《聊斋志异》研究中的某种缺失，故试说如下。

《考城隍》作为《聊斋》"开篇之作"的用心与意义，清人评点实有所注意。如但明伦于篇末评曰：

> 立言之旨，首揭于此。一部大文章，以此开宗明义，见宇宙间唯仁孝两字，生死难渝……

何垠于本篇下评曰：

> 一部书如许，托始于考城隍，赏善罚淫之旨见矣。篇内推本仁孝，尤为善之首务。

所说虽均为推阐旧时道德伦理，今人或以为陈腐，但是，这就是中国，在蒲氏著书与何氏评点的清代，无论做官为民，立身行事，著书立说，均"推本仁孝"，实乃天经地义，光明正大。读者不当以今天社会伦理观念的要求与思想文化的习惯而视若无睹或轻易抹杀。此中道德伦理、思想文化具体内容的是非曲直，可不必论。但说由此可以见得，蒲氏尽管写的是当时不能登大雅之堂的小说，但其著此书之初，就抱定了遵《易传》"圣人以神道设教"阐扬儒家伦理道德，惩创人心，教化世俗，并个人聊以成名的信念。

虽然《聊斋志异》创作时间漫长，作者身世阅历，思想心态，与世推移变化，又"文章染乎世情"，诸篇旨趣前后不能不有所变化，但从今见作者手稿乃以此篇冠首看，可知其为小说"立言"以惩创人心、淑世匡俗的态度与用心一以贯之。这种态度与用心的本质基本上是孔孟正统的儒家观念，从而今人从《聊斋》看到的蒲氏之进步思想云云，也基本上只是其正统儒家观念中合理的成分，当然也偶有这种成分带有革命性的进步①。

《考城隍》"推本仁孝"的"立言之旨"，主要从本篇虚构阴间选拔城隍的考试中，宋生以仁心被取，又以孝行得增寿九年的奖励故事得以形象体现。但又未止于此，更借考题与答卷的描写，寄寓其对"为政"（《论语·为政》）之"赏""罚"得当的看法。考题"一人二人，有心无心"二句，与宋生答卷中"有心为善，虽善不赏；无心为恶，虽恶不罚"四句，大约因为属于清人不难明白，而今人却不易明白之用典，所以清人未作注，而今人难为注，以致从未见有人注说评论。但这显然是非要有所了解，才可以通观全篇意旨的，所以不能不有所解说。

按考题与答卷诸语，应是明清科举中人多能熟诵的话头。"一人二人"之"一人"，即"人"字，"二人"即"仁"字，乃以破字寓《孟子》"仁也者，人也"（《尽心下》）句意，根本即《论语》仁者"爱人"（《颜渊》）、"为政以德"（《八佾》）的仁政理想。"有心无心"即下文宋生文所解"有心为善，虽善不赏；无心为恶，虽恶不罚"四句的略语。四句中心讲为政执法用刑的标准，唯重动机，完全不看效果，是典型的唯"心"主义。所以，冯镇峦评稍有异议云：

> 此为高一层议论，可通其理于圣学。昔半痴居士为之解曰："中人以下，虽有心为善亦赏；中人以上，虽无心为恶亦罚。"更为圆通。

---

① 杜贵晨：《"仕途关窍"说》，《党校论坛》，1989 年第 9 期。

此解一定程度上注意到从动机与效果的结合上看问题了，但仍不够彻底；而且因人而异，两套标准，不仅不是"法律面前人人平等"，而且谁为"中人"以下或以上，殊难掌握，不易实行，所以也不是什么善策。

总之，这里无论作者、评者，都唯重或偏重在从"心"即动机论刑赏，而人"心"难测，空口无凭，结果必然会使刑赏任意，轻重失衡，哪里还会有但明伦氏评说的"造物赏罚之大公"？但是，比较冯氏所称半痴居士之解的说易而行难，蒲氏的观念就完全不可行，是犹孟子"迂远而阔于世情"①了。

蒲氏这种显然迂腐的"为政"观念根本于孔孟的"仁"学、"仁政"思想。但是并非从《论语》《孟子》引出，甚至虽与孔、孟遥为相关，但直接是后世宋儒理学思想的响应。《朱子语类》说"诚意章"云：

> "如恶恶臭，如好好色，此之谓自慊。"慊者，无不足也。如有心为善，更别有一分心在主张他事，即是横渠所谓"有外之心，不可以合天心"也。

他没有说到"虽善不赏"。后二句出处无考，或者就是蒲松龄的推衍。而无论如何，四句原本理学，是无可怀疑了。这表明蒲松龄至少在"选贤与能"和"为政"的政治观上，所信奉是宋儒极端的唯"心"学说。

蒲松龄一生有数十年都在做馆与应试，《四书》并朱注几乎是他每日诵习的功课，积见成识，久而忘返，受程朱理学的影响而自觉不自觉地信奉之，实在有很大的必然性。从而蒲松龄《聊斋志异》首篇寓"立言之旨"，即推本孔孟，标榜朱子，以儒家——理学为全书开宗明义，正是他儒生本色和此书思想的时代特色。

每一个人都是时代与环境的产物。对于《聊斋志异》的这一特色，今人无论喜欢与否，都是而且必须是客观的存在，我们生当后世的读者可以不赞成他，但应该认识并谅解它。而且儒学虽在近世痛遭挞伐，但那是我国自古

---

① （汉）司马迁：《史记》，中华书局，1998 年缩印《四部备要》本，第 821 页。

以来乱世或乱世初平时的常态，并不证明儒学一无是处。否则，中华文明五千年垂统，近两千馀年何以主要由儒学为国家民族思想的维系？

当然，比较孔孟正统思想，宋儒理学的唯"心"主义有空疏无实不切世用的毛病。虽然如此，但作为受到佛教禅宗思想濡染的更加精致的新儒学，单从中国人精神文化的发展来看，它重视人之心灵的返观、体验、分析与塑造的态度与做法，对于文学特别是小说写人艺术的发展，其实有过促进作用，不可盲目否定，一概抹杀。

最后顺便说到，《考城隍》虽属"鬼话"，其思想推本孔孟，标榜朱子，儒家——理学意味甚浓，但其因俗化民，塑造宋公人格，纯真纯孝，生死不渝，特别是宁肯不做官而归养老母，终能以纯孝格天，增寿成全，还是有感人之处的。至今看来，也未必不有讽世的意义。至于其临末有句云："有花有酒春常在，无烛无灯夜自明。"但明伦评曰："亦自写其胸襟尔。"由此可见蒲松龄的人格理想，即很希望做官，"仁以为己任，不亦重乎"（《论语·泰伯》），但如果做了官，也一定要有恬退之心。若一味想着做官，做大官，便有可能不择手段，为所欲为。这就是要先做人，后做官。如此一来，一篇就不仅曲终奏雅，而且成全作者以小说所寄寓"为政"之旨，"自写其胸襟"恐怕还在其次。

三　《瞳人语》《画壁》与"非礼勿视"

《论语·颜渊》载：

> 颜渊问仁。子曰："克己复礼为仁。一日克己复礼，天下归仁焉。为仁由己，而由人乎哉？"
>
> 颜渊曰："请问其目？"子曰："非礼勿视，非礼勿听，非礼勿言，非礼勿动。"

由此可知，孔子以"仁"学的修养，根本在"克己复礼"。"克己复礼"的功夫有四目，即依次在己之视、听、言、动上，都能克制内心的欲望，依礼而行，然后才能达至"仁"的境界。而四目之中，首在"非礼勿视"。《聊斋志异》于此一端甚为关注，有不少直接相关的描写，兹以卷一《瞳人语》与《画壁》两篇并说之。

《瞳人语》写长安士方栋才子无行，"每陌上见游女，辄轻薄尾缀之……偶步郊郭，见一小车……车幔洞开，内坐二八女郎，红妆艳丽，尤生平所未睹。目炫神夺，瞻恋弗舍，或先或后，从驰数里。忽闻女郎呼婢近车侧，曰：'为我垂帘下。何处风狂儿郎，频来窥瞻！'婢乃下帘，怒顾生曰：'此芙蓉城七郎子新妇归宁，非同田舍娘子，放教秀才胡觑！'言已，掬辙土飏生。生眯目不可开。才一拭视，而车马已渺。惊疑而返。觉目终不快。倩人启睑拨视，则睛上生小翳；经宿益剧，泪簌簌不得止；翳渐大，数日厚如钱；右睛起旋螺，百药无效……"

又《瞳人语》下篇为《画壁》，写"江西孟龙潭，与朱孝廉客都中。偶涉一兰若，殿宇禅舍……两壁图绘精妙，人物如生。东壁画散花天女，内一垂髫者，拈花微笑，樱唇欲动，眼波将流。朱注目久，不觉神摇意夺，恍然凝想……女回首，举手中花，遥遥作招状，乃趋之。舍内寂无人；遽拥之，亦不甚拒，遂与狎好……乐方未艾……见一金甲使者，黑面如漆，绾锁挈槌……似将搜匿……朱跼蹐既久，觉耳际蝉鸣，目中火出，景状殆不可忍……"

虽然从生活到小说，故事总是多起于"视"的，因此我们不便仅因为故事起于"视"而断定其与"非礼勿视"之观念有关。但是，这两篇小说不同于一般写因为见到了什么而引发故事的作品，而是一因追窥陌上之"芙蓉城七郎子新妇"而招致辙土眯目得眼疾，并从题目上就强调了"视"为故事的关键；一因"注目"天女之随侍"垂髫者"而生淫心，遭金甲神搜捕，身陷危境，几经恐怖，也突出了非常之"视"的影响。从而两篇故事虽然很不相同，但其发端皆从主人公目迷于色开始，可知其所惩戒，乃在见色起淫心，正从《论语》论君子修身首重"非礼勿视"而来。

按蒲松龄《聊斋志异》于卷一即连续两篇敷衍书生见色思淫故事，为轻薄子说法，应该就是从他所朝夕诵习的《论语》之上引二章而来。他应是对此"圣学"修养"克己"四目的次序颇为介意，以为孔子以"非礼勿视"居首，太是练达人情，洞明世故了，值得以小说为之演义一番，于是便有了此作。

但是，蒲松龄一下就想到并写成见色思淫故事，却不直接从"非礼勿视"上来，而还经由孔子关于"色"之论述的过渡。上引"颜渊问仁"章谓孔子教人"非礼勿视"，是就一切视而"非礼"者言，肯定包括了女色，却应该不仅是女色。所以，假若就"非礼勿视"做全面的演义，见色思淫尽管可以作为故事的中心，却至多是其核心部分而已。所以，蒲松龄从"非礼勿视"只是想到并写成见色思淫的故事，应该有诸多"勿视"中以"色"为最的考量起了作用。

这种考量自然主要从生活阅历中来，但同是载在儒典的孔子等儒家代表人物对"色"的看法，很可能也给了他提醒。如《论语·学而》载孔子曰："贤贤易色。"(《学而》)以"色"作比强调尊贤为上的态度；又载孔子曾感叹说："吾未见好德如好色者也。"(《子罕》)也是把"色"之对男人的吸引力看得无比强大。这吸引力自然首先从对眼球开始，这应该就是上引孔子论"克己"的四目，首言"非礼勿视"的原因了。换言之，蒲松龄大概因此深明孔子首重"非礼勿视"之意，主要是从"坊民所淫"(《礼记·坊记》)的角度考虑的，所以他以小说淑世，对孔子"非礼勿视"的理解与化用，就只在写女色上弄笔，并在逐意转深之中，对各种不同情况有了具体的分析和区别的对待，始成一篇篇花团锦簇般文字。

《聊斋志异》写对女色之"非礼勿视"的具体分析与区别对待，表现在首先是把男人违背"非礼勿视"而邪视女人的情况分为两类：

一是对平民或异类女子的"非礼"而视却属出于真情的，多发生在历尽曲折终能与女子成为眷属的故事。如王子服对婴宁的一见着迷，被婴宁取笑为"个儿郎目灼灼似贼"(《婴宁》)的描写即是。

一是对上层妇女或女性神祇，只因"秀色可餐"而肆目亵渎者，如本文所论两篇中方栋、朱孝廉"非礼"而视的对象：一为"芙蓉城七郎子新妇"，一为散花天女之随侍"垂髫者"，结果都受到了惩罚。似在蒲松龄看来，前者虽属"非礼"，却毕竟是发生在下层又是人狐之未婚两性之间，一面"礼不下庶人"（《礼记·曲礼上》），又"饮食男女，人之大欲存焉"（《礼记·礼运》），即使非礼，也属造次可原。又其后来毕竟成了夫妻，所以几乎未予任何谴责；而后者不然，乃对仙妇神女之非礼，贼目淫心，肆行亵渎。这在不伦之外，还兼为犯上，是绝对不能允许的。所以，作者让他们一一吃了苦头。

由此可以看出蒲松龄男女之大防的态度与认识，只是"束身名教之内，而能心有依违"①，乃有限度地从权而超越礼法的羁绊而已。

其次，除如上两类"非礼"而视的结局，一得佳偶，一受肉体或精神的痛苦，判若地天之外，同属于后一类故事的《瞳人语》和《画壁》中，蒲松龄把他的这种分析与区别，贯彻得每况愈深，各极其妙。这体现在《瞳人语》所拟大致是现实的场境，方栋"非礼"追视的是"芙蓉城七郎子新妇"，既为"现行"，又"或先或后，从驰数里"，发展到"言"与"动"，情节实属恶劣，所以他受到的惩罚是生翳疼痛，几至于失明；《画壁》中的朱孝廉只是对壁画神女垂髫侍者"注目久"而心荡神驰，属"精神出轨"，并非有实际"言"与"动"的"现行"。所以，作者仿唐人《枕中记》，改道人而为老僧，作法给他的惩罚，仍不过使其历幻境遭受恐怖与惊吓，而后感悟，并通过这个故事寄寓"幻由人生""非礼勿视"的道理而已。

通过两篇小说情节、结局的相较，可知蒲氏为小说，笔锋纵恣，墨洒淋漓中，似同而异，似是而非，抑扬高下，法度俨然，不失分寸，各极其妙，岂非小说圣手！

与此相类的还有卷二《董生》，写董生一见"竟有姝丽，韶颜稚齿，神仙不殊"，便行轻薄，遭至狐女"诉诸冥曹。法曹谓董君见色而动，死当其罪"。结果虽然未至于死，但"病几危，半年乃瘥"，也受到了应有的惩罚。他如卷一《画皮》写"太原王生，早行，遇一女郎……急走趁之，乃二八姝丽，心相爱乐"，结果遭受恶鬼之害，几乎至死，也是一个戒人不要见色

---

① 鲁迅：《中国小说史略》，人民文学出版社，1973年，第193~194页。

起意，即"非礼勿视"的故事。

最后要说到，孔子讲"非礼勿视"，即使单从对女色方面看，固然有"礼坊民所淫"（《礼记·坊记》）的效果甚至是其主要的用心。但是，与《老子》主张"不见可欲，使民心不乱"不同，孔子不赞成绝情断欲，而且观"子见南子"可知，孔子甚至不反对与女性交往，而只是主张男女交际要有一个"礼"的限度而已。甚至在他看来，"礼"并不一定是真正爱情的障碍。这突出体现在《聊斋志异》中故事，男主角凡见色即起淫心者，下场一定可悲。如卷四《杜翁》写杜翁梦中被误勾魂至阴间，还阳"途中遇六七女郎，容色姣好，悦而尾之"，结果误入歧途，投胎化为猪；而男主角凡能见色不乱、克己从礼者，后来必定得到好处。如卷四《小谢》所写陶生虽"凤倜傥，好狎妓"，但"有婢夜奔，生坚拒不乱"，后因不以轻薄对待秋容与小谢，而能够一娶双美，给人以"名教中自有乐地"（《世说新语·德行》）的想像。蒲松龄《聊斋志异》所秉持并演绎的，正是孔子的这种"非礼勿视"的思想态度，体现的是在蒲松龄看来一位真正儒者与女性应该如何交往的准则。

依笔者愚见，这一准则可能偏于谨慎，或说显得有些保守，但如果不被歪曲或滥用，就大致是合理的。而由此可见，蒲松龄在两性关系的认识上，基本上仍是一位传统的儒者，还未到某些学者专注于寻找作品进步性时所期待"反封建"的地步。

四　《娇娜》与儒家"好色论"

卷一《娇娜》写交友之道和两性关系的不同境界，实是儒家"好色"观念的演义与升华。

我国古代儒家不谈爱情，但谈"男女"，谈"好色"，尽管只是从男性立场上说的。这方面的言辞零星散见于以孔孟为代表的先秦诸儒的著作里，自身并不成系统，但若综合分析并概括起来，也可以称得上是一种理论，姑名之曰"好色论"。

儒家"好色论"说来话长。简单说来,根源于人性修养的认识。《中庸》所说:"天命之谓性,率性之谓道,修道之谓教。道也者,不可须臾离也,可离非道也。"

然而"天命"之"性"是什么?"孟子曰:'口之于味也,目之于色也,耳之于声也,鼻之于臭也,四肢之于安佚也,性也。'"(《孟子·尽心下》)但最有名是其引告子所说:"食、色,性也。"(《孟子·告子上》)同样意思的话还见于《礼记》曰:"饮食男女,人之大欲存焉。"(《礼运》)

这就是说,在儒家看来,"色"即今天所说人的性欲,是人性一分为二中仅次于"食"的本性之一,当然是不可以抹杀的。所以《孟子》中又说:"好色,人之所欲……知好色则慕少艾,有妻子则慕妻子。"(《万章上》)而且这并不一定妨碍人在德行方面的发展。《孟子·梁惠王下》:

> 王曰:"寡人有疾,寡人好色。"对曰:"昔者太王好色,爱厥妃。《诗》云:'古公亶父,来朝走马,率西水浒,至于岐下,爱及姜女,聿来胥宇。'当是时也,内无怨女,外无旷夫。王如好色,与百姓同之,于王何有?"

又,《礼记·祭义》:

> 文王之祭也,事死者如事生,思死者如不欲生,忌日必哀,称讳如见亲,祀之忠也。如见亲之所爱,如欲色然,其文王与?

这就是说,"好色"并不一定妨碍于圣道。由此可见,后儒"存天理,祛人欲",特别以"好色"为士行不端的表现,甚至以女色为"祸水"的偏见,并不合于以孔孟为代表的先秦儒家之道。

但是,以孔孟为代表的先秦儒家,虽然认可了"色"为人性中仅次于"食"的本质之一,却又认为除了如大舜、太王那样的圣人之外,对于一般人来说,"好色"既是修齐治平之最大的妨碍,同时又是修为所可能比拟的最高境界。《论语》:"子曰:'吾未见好德如好色者也。'"(《子罕》)又:"子曰:'已矣乎!吾未见好德如好色者也。'"(《卫灵公》)虽然孔子两次所言意思并无不同，但一件事、一句话要说到两次，或者无论何种原因出现两次，说者的用心或此后的结果，肯定就不一样，必是有所加强了。而且几乎同样是"好德"与"好色"的比较还见于《大学》云："所谓诚其意者，毋自欺也。如恶恶臭，如好好色，此之谓自谦。"

因此，"子曰：'吾未见好德如好色者也。'"的初衷值得注意，就是在他看来，作为一个人，其本性最好的是一定是"色"而不是"德"。修为君子之道，就是要做到"好德"能够超过"好色"。否则，就非常危险了。《论语·季氏》就把"色"作为君子"三戒"之一：

> 孔子曰："君子有三戒：少之时，血气未定，戒之在色；及其壮也，血气方刚，戒之在斗；及其老也，血气既衰，戒之在得。"

《荀子·君道》甚至有引"语曰：'好女之色，恶者之孽也。'"这句话读者虽不被很多人注意，却可以说是它开了我国后世男人对女性最大的偏见"女人祸水"① 论的先河。

所以，儒家一面从伦理学说上提倡重"德"而轻"色"，《论语·学而》：

> 子夏曰："贤贤易色。事父母，能竭其力，事君，能致其身。与朋友交，言而有信。虽曰未学，吾必谓之学矣。"

又，《中庸》云：

> 去谗远色，贱货而贵德，所以劝贤也。

另一面则为了把"好色"限定在一定范围内，重设礼教之防，却又防不胜防。《礼记·坊记》：

> 子云："寡妇之子，不有见焉，则弗友也，君子以辟远也。故朋友之交，主人不在，不有大故，则不入其门。以此坊民，民犹以色厚于

---

① 旧题（汉）伶元撰《赵飞燕外传》："宣帝时，披香博士淖方成，白发教授宫中，号淖夫人，在帝后唾曰：'此祸水也，灭火必矣！'"

德。"子云："好德如好色。诸侯不下渔色。故君子远色以为民纪。故男女授受不亲。御妇人则进左手。姑姊妹女子，子已嫁而反，男子不与同席而坐。寡妇不夜哭。妇人疾，问之不问其疾。以此坊民，民犹淫泆而乱于族。"

这些做法要达到的目标，应该就是《毛诗序》论诗所说"发乎情，止乎礼义"，具体说就是《史记·屈原列传》评《诗经·国风》所谓"好色而不淫"（《屈原贾生列传》），即在"人之大欲"的"好色"与后天培养才有的"好德"之间走"中庸"之道，于以约束人之个性为目标的"名教"中求一乐地。蒲松龄《娇娜》就是演绎以孔孟为代表儒家的这种"好色论"形象体现。

《娇娜》写书生孔雪笠访友天台不遇，结识狐仙公子皇甫氏，先后得睹香奴、娇娜、松娘三仙女，并娶阿松为妻，而娇娜别嫁。松娘虽然貌美"与娇娜相伯仲也"，但娇娜曾使孔生一见钟情，并曾施神术救过孔生性命。所以，孔生真正的恋人是娇娜，却因为当时娇娜"年约十三四……齿太稚"，所以娶了娇娜姨姐18岁的松娘。而孔生对娇娜的恋爱，已是痴到"除却巫山不是云"的地步。所以，后来皇甫家有难，孔生舍身相救，为了娇娜几乎失去性命。但是，即使后来娇娜丧夫为寡，别园而居，日常"棋酒谈宴，若一家然"，但与《聊斋》多写一娶双美的模式相反，本篇写孔生终于还是未娶娇娜以补足过去的遗憾。

对于《娇娜》故事这样结局，篇末"异史氏曰：余于孔生，不羡其得艳妻，而羡其得腻友也。观其容可以忘饥，听其声可以解颐。得此良友，时一谈宴，则'色授魂与'，尤胜于'颠倒衣裳'矣。"可见本篇立意不在于写"艳妻"，而在于写"腻友"；不在于写性爱，而在于写无性之爱，即今所谓"红颜知己"，或"精神恋爱"。在蒲松龄看来，男女精神上的彼此相许，契合感通，远胜于肉体上的结合即"颠倒衣裳"。由此可见，单就这一篇而言，蒲松龄所张扬的可说是中国十七世纪的"柏拉图式爱情"。

但与柏拉图为了回到"理念世界"而肯定唯精神的恋爱不同，《娇娜》

中作者所赞赏孔生以娇娜为"腻友"并非初衷，而是做不成夫妻的情况下不得已而如此，和最后虽然能够纳娇娜为副室做夫妻了，却又自我克制与娇娜保持并限定在这种"腻友"关系。因此，《娇娜》写孔生与娇娜的关系不是纯粹想象中的精神交往，而是受各种外部条件规约下的现实行为，是在不止一种可能情况之下出于某种价值观念的个人选择，其中儒家的"好色论"起了关键的作用。

使笔者一下就想到儒家"好色论"的是本篇主人公的姓氏族裔，为"孔生雪笠，圣裔也"。这是《聊斋志异》一书近500篇作品写及大量人物形象中，除卷二《汤公》提及"孔圣"而并无描写之外，所写唯一姓孔的人物，又特别强调其为圣人之后，应非无意为之。这是因为，皇权时代孔姓作为圣人之家氏，有特别崇高的地位。除历史人物外，小说中人物形象极少设为孔姓的。有之，则往往为儒家思想观念的化身或传声筒。如清乾隆中李绿园《歧路灯》写孔耘轩、孔慧娘父女，就是这类人物形象的典型。

蒲松龄为山东人，终生尊孔读经。他命名本篇主人公为孔雪笠，又特别强调其为"圣裔也"，可知其写孔生的艳遇，不可能不是按照一位圣人之徒所应有的样子，也就是按照儒家"好色论"的要求来塑造孔生，使之成为名教中自有风流的典型。从而我们有理由把它与书中各种写男女之事的其他作品区别看待，而"大胆假设"其为一篇阐发儒家"好色论"的文章，进而从具体描写"小心求证"其是否果然如此。

首先，《娇娜》写孔生"为人蕴藉，工诗"，正如其名"雪笠"，所友皇甫公子"呈课业，类皆古文词，并无时艺。问之，笑云：'仆不求进取也。'"也是一位淡泊名利之士。两人爱好文学的共同特点，是他们随情节向"是真名士自风流"方向发展的基础。这一发展在孔生方面是"好好色"，由香奴而娇娜，急欲得妻的心情一步步紧迫，直到不得已与松娘成为夫妻；在皇甫公子方面则不仅善解孔生之意，而且慎重其事，积极物色，助之使成。这一过程所体现的，除二人友谊之外，就是孔生对"好色"的倾慕和皇甫公子对孔生急欲得妻之同情的理解。这一理解的实质是对儒家"饮食男女，人之大欲存焉"与"知好色，则慕少艾"说法的认同与服从。或谓风流，实际只是儒家"好色论"认识的基础，乃人性之常。

其次，《娇娜》写孔生虽然风流，但美色在前，绝无忘情之举；虽急欲得妻，却一定是等待皇甫公子为之物色。不仅对所喜欢的香奴总不过"目注之"，而且自见娇娜之后，"悬想容辉，苦不自已。自是废卷痴坐，无复聊赖"，简直就到了非娇娜不娶的地步，但一经皇甫公子解说掇弄，马上舍娇娜而娶松娘。对此，读者不能不怀疑孔生对娇娜的感情与其择妻的愿望，何以唯皇甫公子是听？

这里可能的解释：一是孔生对自己内心真正感情的压抑克制直至抹杀，二是他对古代婚姻礼教的恪守与顺从。具体说就是孔生"好色"以至有非娇娜不娶之心，乃"发乎情"，而终于放弃另娶是"止乎礼"。这个礼就是《孟子》所说婚姻凭"父母之命，媒妁之言"（《滕文公下》）。因为需要凭"媒妁之言"，虽然孔生急欲得妻，也已经有了自己的心上人，却不能自己与她去决定这件事，而一定要求并等待皇甫公子出面为媒；因为无论男女婚姻都需要遵"父母之命"，所以虽然孔生真爱的是娇娜，但既然能为娇娜主婚的姨父兄都以为娇娜"齿太稚"而不宜，那么这就相当娇娜的"父母之命"不从，娇娜不可违背，他也只好放弃所爱，而娶了貌似娇娜的松娘为妻。

值得注意的是《娇娜》写松娘"画黛弯蛾，莲钩蹴凤，与娇娜相伯仲也"颇耐人寻味。读者细品可知，虽然孔生娶松娘之后"甚惬心怀"，但毕竟貌似而不是娇娜，仍然有违孔生的初衷。这不止在今人看来，乃人生大遗憾，清人何垠点评也说："娇娜一席，却被松娘夺去。使孔生矢志如雷轰时，未必不有济也。"为之抱憾，设想也诚为有理。但如果是那样，孔生岂不成了《青凤》（卷一）中的狂士耿生？虽如愿娶了娇娜为妻，却在人格上有违圣教，又将不合为"孔生雪笠，圣裔也"的身份了。

这里关键在于作者所预设孔生"为人蕴籍"。蕴籍，何垠注引《前汉书·薛德广传》注云："宽博有馀也。又注：多所蓄积也。"在孔生被强调为"圣裔也"的前提下，其"为人蕴籍"，当是指其性情学问，尤其是儒学的修养，"宽博有馀""多所蓄积"。从而在"娇娜一席"之事，虽有儒学所承认的"好色"乃人性之常，但关键时能够而且必须"克己复礼"，保全其

"圣裔"人格的纯粹。因此，孔生的能够割舍娇娜与不惧五雷轰顶，看似判若两人，其实同一为儒学"克己"功夫的体现。只不过前者为自我精神上舍己的"革命"，后者为自我身体上舍己的"革命"。正是这两方面的"革命"，体现了孔生的"为人蕴籍"，也就是其修养的"宽博有馀"和"多所蓄积"，不愧为"圣裔"。

第三，由上可知，《娇娜》一篇所写孔生，是一位"好色而不淫"的儒雅风流之士。因为其风流，所以一时把持不住，未能做到"非礼勿视"，蕞尔小过，能够得结娇娜为心上人，观娇娜为其说肿块之由"宜有是疾，心脉动矣"可知；因为其儒雅，所以终能够做到"非礼勿言，非礼勿动"，"克己复礼"，一切循礼而为，所以坐失良机，仅得艳妻，而与理想伴侣娇娜失之交臂。但也正是因为其风流儒雅，所以关键时能冒五雷轰顶之险，以性命酬报知己，表现出"士为知己者死"的大丈夫气概。从而虽因格于礼法而未得娶娇娜为妻，但其内心实已以娇娜之丈夫自任，而又远过于所谓"夫妻本是同林鸟，大限来时各自飞"的普通夫妻，而能以同生共死相许！

总之，《娇娜》不是普通爱情题材小说，更不仅是一般写友谊与"红颜知己"的故事。它的内涵正如孔生为人的"蕴籍"，但明伦评所谓"蕴籍人而得蕴籍之妻，蕴籍之友，与蕴籍之女友。实以蕴籍之笔，人蕴籍，语蕴籍，事蕴籍，文亦蕴籍"，玉成孔生是一位"好色而不淫"的君子榜样，风流儒雅名士的典型。

这一典型形象一定程度上体现了蒲松龄的人格理想。不仅从小说总反映作者心理的真实看，而且从本篇写孔生落拓无归，不得已做了皇甫公子的塾师，与作者为同一身份看，孔生这一人物形象可以视为作者理想人格的体现。而篇末"异史氏曰：余于孔生，不羡其得艳妻"云云，则体现了蒲松龄对异性朋友即红颜知己的向往，也是老先生天性自然风流儒雅的真实流露，当时虽可以称"率性之为道"，但恐为道学家所不喜，从而有进步性。即使今天航天探月的时代，能公开宣称羡慕有"红颜知己"的男士又能有多少！

然而，"异史氏曰：余于孔生，不羡其得艳妻，而羡其得腻友"即娇娜这位红颜知己云云，只是蒲松龄为要孔生做一个他所认为标准的"圣裔"人物而发，却有意无意地忽略了孔生内心的真实要求，那就是对娇娜的爱情。如果不然，他还可以并且应当提到孔生其实是违心地娶松娘仅得"艳妻"，而使娇娜徒为"腻友"不得"艳妻"之份，自己也因此不得"色授魂与"与"颠倒衣裳"即"灵"与"肉"合一之圆满的情爱。换言之，孔生的理想应是"艳妻"而兼"腻友"，却不幸实际主要是因为他"为人蕴籍"，中了皇权礼教的毒害太深，致使"该出手时"，未"出手"，铸成两情终身可望而不可即之人生最大的遗憾！岂不可惜、可叹而又可怜？

　　蒲松龄在《娇娜》中对爱情的轻忽与漠视，显示他作为一位传统士人思想上"束身名教之内"的根本特征；而对孔生得"腻友"的叹羡，则体现出其虽"束身名教之内"，却"心有依违"，具某种企图有所突破的愿望与冲动。由此我们可以体会历史上新思想、新观念的成长以至社会进步的艰难与希望。同时这种成长与进步又不应该以全盘否定过去的基础为代价，正如我们可以遗憾于孔生的以礼节情的小儒习气，却不能不赞赏他临难不惧为知己者死的大丈夫作风。

　　因此，《娇娜》虽为短篇，但小中可以见大。它一面生动地体现了儒家风流"好色不淫"的真实意义，其底限就是精神上不免出轨，但行动上必定守礼；一面客观上反映了中国历史发展到清初，个性解放思想在礼教重压下成长的艰难与曲折，于作者与其所写人物的浑然不觉之中，显示了这种艰难曲折的复杂与深刻性。本篇男主人公"孔生雪笠"这个名字，或从柳宗元《江雪》一首化出。《江雪》诗云："千山飞鸟绝，万径人踪灭。孤舟蓑笠翁，独钓寒江雪。"（《全唐诗》卷三五二）从篇中所展现作者对人物内心感受的麻木，深味其中几乎彻底的悲凉，不能不令先觉的读者有"独钓寒江雪"的感受。其在表面的欢笑中"蕴籍"的几乎无可觉察的痛苦与无奈，不正是人生往往而有之境遇的真实写照吗？

五　《青娥》《红玉》与"钻穴相窥，逾墙相从"

　　我国古代宗法制度下一夫一妻为主导的婚姻制度记载，最早见于《周礼

·地官司徒下》："媒氏掌万民之判，凡男女自成名以上，皆书年月日名焉。令男三十而娶，女二十而嫁。"可知至晚周代的婚姻是由官府的"媒氏"按册判合的；又《礼记·昏义》曰："昏礼者，将合二姓之好，上以事宗庙，而下以继后世也，故君子重之。是以昏礼纳采，问名，纳吉，纳征，请期，皆主人筵几于庙，而拜迎于门外，入，揖让而升，听命于庙，所以敬慎重正昏礼也。"又可知经官判合后的婚姻，从缔结到完成仍有由主人主持的固定的仪式。总之，中国自周朝臻于完备的古代婚姻制度，基本上是一种由政府而家族掌握的"配给制"。

大约到春秋战国之世，礼崩乐坏，婚姻大事的判合权，开始由代表官府的"媒氏"逐渐转移到子女的"主人"即父母一方，"媒氏"只起从中说合与证明人的作用。《诗经·齐风·南山》即曰："取妻如之何？必告父母……取妻如之何？匪媒不得。"又，《孟子·滕文公下》载孟子答周霄问"君子之仕"曰：

> 丈夫生而愿为之有室，女子生而愿为之有家。父母之心，人皆有之。不待父母之命、媒妁之言，钻穴隙相窥，逾墙相从，则父母国人皆贱之。古之人未尝不欲仕也，又恶不由其道。不由其道而往者，与钻穴隙之类也。

这番话虽然不是专讲婚姻的，但是也把那时婚姻的制度与观念讲得具体清楚了，那就是必待"父母之命，媒妁之言"，而决不可以"钻穴相窥，逾墙相从"。

这成为后世至"五四"以前中国婚姻的金科玉律。如果有谁敢不遵"父母之命，媒妁之言"，而"钻穴相窥，逾墙相从"，那肯定是被"父母国人皆贱之"。然而这个制度完全不顾婚姻当事男女个人的权利与愿望，从而妨害当事人的幸福，进而阻碍社会的发展，其日益遭到婚姻当事青年男女和其他有识之士的怀疑与反对，是不可避免的。只是比较有整个皇权制度作靠山的礼教的压力，这种反对的声音往往显得微弱，有时还显得不够理直气壮，有些吞吞吐吐罢了。

《聊斋志异》中的《青娥》（卷五）与《红玉》（卷二）两篇，就是这种反对"父母之命，媒妁之言"，而又不够理直气壮，显得吞吞吐吐的作品。这两篇分别因"钻穴相窥"与"逾墙相从"而起的爱情婚姻故事对古代婚姻礼教的冲击，使我们想到乒乓球赛中"打擦边球"的场景与效果，虽从圆满与可靠的角度看曾着实为之担心，而不够令人惬意，但毕竟是命中了。

　　《青娥》的故事说，"霍桓……聪惠绝人。十一岁，以神童入泮"。隔壁邻家"有女青娥，年十四，美异常伦"。霍一见钟情，而求婚不得，"行思坐筹，无以为计"。一日，偶得外来道士赠以小铲神奇，"顿念穴墙则美人可见，而不知其非法也"，遂穴墙入青娥闺中，"酣眠绣榻"。事发，"众指为贼，恐呵之。始出涕曰：'我非贼，实以爱娘子故，愿以近芳泽耳。'众又疑穴数重垣，非童子所能者。生出镵以言异。共试之，骇绝，讶为神授。将共告诸夫人。女俛首沉思，意似不以为可。众窥知女意，因曰：'此子声名门第，殊不辱站。不如纵之使去，俾复求媒焉。诘旦，假盗以告夫人，如何也？'女不答。众乃促生行。生索镵。共笑曰：'骙儿童！犹不忘凶器耶？'……仍自窦中出"。因此之故，霍桓后与青娥由官断为婚。青娥随父成仙而去，霍又用小铲凿石壁追入仙府，与青娥共做神仙夫妻。篇末异史氏曰"钻穴眠榻，其意则痴；凿壁骂翁，其行则狂"云云。

　　《红玉》的故事说，"一夜，（冯）相如坐月下，忽见东邻女自墙上来窥。视之，美。近之，微笑。招以手，不来亦不去。固请之，乃梯而过，遂共寝处。问其姓名，曰：'妾邻女红玉也。'生大爱悦，与订永好。女诺之。夜夜往来，约半年许"。后为冯父发现制止，"生跪自投，泣言知悔，女亦自愧，曰：'妾与君无媒妁之言，父母之命，逾墙钻隙，何能白首？'"乃为生荐卫氏女自代，而后辞去。但后来卫氏遭权豪侮辱而死，冯生也身陷囹圄，红玉乃飘然而来，救冯生出狱，为之抚子持家，并帮助相如中举，家道复兴。

　　两篇故事各有不少枝蔓，意义也颇为复杂。这里都拟不论及，而只说两篇故事中关键情节，分别是"钻穴相窥"和"逾墙相从"。这两种行为除了从来为礼教风俗所禁止之外，更明明白白是上引《孟子》一书中所严厉抨击的。这在日以《四书》教读为业的蒲松龄与他的文友、门生们，当是无不熟悉而且奉为圣教不敢有违和有任何不恭的。但从《青娥》写"女入门，乃以镜掷地曰：'此寇盗物，可将去！'生笑曰：'勿忘媒妁。'"看，蒲松龄显然有意与《孟子》中的这两句圣教开一点玩笑，而且正如但明伦评已经涉及的，女曰"此寇盗物"云云，还可能就是从《周易》"匪寇，婚媾"（《屯·六二》）的爻辞脱化来的。

蒲松龄以如此戏谑的态度对待儒家经典，这本身就需要有些勇气。当然，他的勇气与谐谑的程度也很有限，从《红玉》篇特意借冯父与男女主角之口，把"逾墙钻隙"的行为着实数落了一番看，蒲松龄对故事以这样的描写开始，颇有些不自安，觉得必须要如此表白自己的立场与孟子和"父母国人"无异，甚至在别样的场合如《姊妹易嫁》（卷三）中借妹之口曰："父母之教儿往也，即乞丐不敢辞。"蒲氏以为这样才对得起自己是一位做教师人的身份与良心。但因此一来，我们反而不能不置疑于蒲老先生，这里又何必以如此情节作故事的开始，更何必把由此开始的故事之结局一写为夫妻双双成仙，一写为男主人公科举发财，都是那么圆满而诱人呢？

我想其中道理不难明白：蒲松龄肯定是不敢直面那时的婚姻制度和礼教风俗而反对之，却又显然不满意于其中的弊端，便忍不住以小说给它一点讽刺，"钻穴""逾墙"的情节于是便产生了。这既在宏观上是儒学对《聊斋志异》影响的表现，又具体是蒲松龄教书可能年年都要念叨《孟子》的这几句话，同时在做小说的结果。至于其虽然写了男女主人公"钻穴""逾墙"的结果好之又好，却又不得不把这种行为"骂曰"一番，也可以看出他身为教书先生，一面要做那时世俗标准的人伦师表，一面又要有新颖的意识把小说写得好的矛盾处境及其左右为难，从而造成两篇小说在表达对礼教的不满与对青年男女自由恋爱自主婚姻的肯定上，都显得不够理直气壮和吞吞吐吐。

尽管如此，两篇小说各以终偕佳偶的美满结局，至少是显示了"钻穴""逾墙"虽为人所笑，但如果是出于真情，又能向礼教妥协和运气好的话，最后的结果还可能很不错。从而告诉青年人，完全可以自由自主地寻求个人恋爱婚姻生活的幸福，而不必死守"父母之命，媒妁之言"的礼教！

总之，这两篇小说的关键情节都自《孟子》脱化而来与古代婚姻礼教"打擦边球"的事实，使我们不能不十分重视儒学对《聊斋志异》的深刻影响，格外注意蒲松龄塾师身份与其小说创作的关系，力求从此一角度推进《聊斋志异》文本的解读。

最后要补充说明的是，关于《青娥》"钻穴相窥"情节脱化自《孟子》一事，赵伯陶先生《〈聊斋志异〉注释小议》一文曾经揭出，并在引《孟子》"男子生而愿为之有室"一段话后又有评论说：

> 《青娥》一篇，将《孟子》所说"父母国人皆贱之"的行为，用于迫不得已之中，并非否定儒家的婚姻观，也并非追求现实婚姻的自主与自由，其主旨在于肯定情痴与孝心的统一，没有过多地偏离儒家的价值观……蒲松龄在构思小说的有关情节时明显受到《孟子》上述一段话的启发，但又不是有意唱反调①。

此评诚为卓识。本文见解略有不同的地方是认为蒲松龄这样做的动机，虽然决非公开否定儒家婚姻观，但也决非要人恪守这种婚姻观不越雷池一步，而是以一种戏谑的态度与口吻来消解礼教的刻板与森严，至少是在使人们看到这里面有经也可以有权，引起对这种婚姻观的怀疑。加以蒲氏从《孟子》所受启发同时成就了另一篇小说《红玉》的一大关键情节，有同样的与礼教"打擦边球"的效果，所以本人在拜读赵先生的高论之后，仍还要有此一说。

六　《莲香》与《诗》《易》等杂考

《聊斋》卷二《莲香》亦为名篇。其所以能为名篇，今人或多从写男女情事真挚动人，曲折跌宕、荡气回肠处看，无疑是对的。但其所以达到这样

---

① 　赵伯陶：《〈聊斋志异〉注释小议》，《蒲松龄研究》，1994 年第 4 期。

的效果，却由于立意构思，写人状物，叙事抒情，无不从中国传统文化深厚土壤中来，所谓根深叶茂，醇厚甘甜，非寻常略知书之编故事人所可以写得，从而也只有从学问入手，才可以深入了解其内涵，试从其立意到写人叙事之学问渊源论说如下。

《莲香》写桑生"为人静穆自喜，日再出，就食东邻，馀时坚坐而已"。偶因东邻生之戏言，先交接狐女莲香，后迷恋鬼女李氏。莲香虽为狐，但非采补者流，故桑生无害；但李氏既为鬼，阴气太重，即出无心，交接之中，亦必有损于桑生。莲香屡次苦劝无效，乃不得已舍桑生而去。后桑生因与李氏交接日久濒死，莲香又早为之采药备用，飘然而来，与李氏一起将桑生救活。后来李氏耻为鬼，还魂为张氏女燕儿；莲香亦耻为狐，因受李氏启发，死后转世为韦氏女。张、韦二女分别为桑生妻妾，以"两世情好，不忍相离"，遂请于桑生，使二者前世"白骨同穴"，"亲朋闻其异，吉服临穴，不期而会者数百人"。结末异史氏曰：

> 嗟乎！死者而求其生，生者又求其死，天下所难得者，非人身哉？奈何具此身者，往往而置之，遂至觍然而生不如狐，泯然而死不如鬼。

这番话应该就是作者蒲松龄自道一篇的立意了。虽然不难明白，但近世少见有从这一角度批评讨论者，岂非辜负作者卒章道破之用心？

按本篇描写首出桑生，另有李氏与莲香并为女主角，却题曰《莲香》，当是因为莲香既为篇中两女主角之一，同时又是左右乃至支配了鬼女李氏与桑生关系，并使桑生始终得到成全的人物，乃一篇实际的中心。

但从全篇的命意看，李氏与莲香一鬼一狐，到头来鬼惭为鬼而借尸还魂并复其前世面目，狐惭于为狐自求早死而后转世乃得人身，代表的是鬼狐异类且惭为非人，乃生生死死，求为世人，表现出对人的崇尚，对人生的向往。这自然不仅在于莲香、李氏虽分别为狐鬼而求为人之真形，还在于她们都对桑生有真正人的感情即爱情。这表现在莲香虽深恋交合，但更是百般爱惜桑生的健康；李氏虽以阴气害桑生几乎死，但诚如她所说："与郎偕好，妾之愿也；致郎于死，良非素心。"后亦能辅助莲香共救桑生于濒死之际，表现了人道之心与男女感情。

因此，以二者虽非人类，却都能知人身之可宝、人情之可贵，对人生执着向往，对比桑生虽立天地之间而得为人，却不自爱惜，好色伤身，几乎死于非命，濒死之际，又贪生怕死至"但念残息如丝，不觉失声大痛"，迂腐而且无用，即所谓"觍然而生不如狐，泯然而死不如鬼"，便形成对桑生强力的针砭。从中强调的乃是人生在世，当知好自为人，首在爱护此难得之身，即做到《孝经》所教导："身体发肤，受之父母，不敢毁伤，孝之始也。"倘如桑生，虽"静穆自喜"，实际却操守不坚。一为色所迷，濒死不悟，甚至不如狐鬼之迷人者，尚能有一线之明，未泯之善！岂不就是孔子所感慨："已矣乎！吾未见好德如好色者也！"（《论语·卫灵公》）

本篇意义表达的关键在写鬼女李氏借尸还魂为张燕，燕出嫁桑生后，自述"还魂"之由曰："尔日抑郁无聊，徒以身为异物，自觉形秽。别后愤不归墓，随风漾泊。每见生则羡之。昼凭草木，夜则信足浮沉。偶至张家，见少女卧床上，近附之，未知遂能活也。"而"莲闻之，默默若有所思"，遂有后来莲产儿后暴亡转世，十四年后再嫁桑生事。对此，但明伦评曰："鬼耻为鬼，鬼已人矣。狐虽生，终非人也。鬼以身为异物，自惭形秽而求生；狐得不以身为异类，自惭形秽而求死乎？狐不死不得为人，是狐之耻为狐而卒得为人者，由有感于鬼之耻为鬼而然也。故下文只以耻于为鬼作收，已是两边都到。"可知《莲香》一篇，以一男二女之故事情节论，可说是写情爱之私；以情节发展之立意深心论，却是借写桑生生不如狐、死不如鬼，以讥弹世间男子，迷色伤身，违于孝道者。其意若曰：鬼狐尚且知道努力为人，何以人而不善自为之，竟不如鬼狐吗！

因此，这个故事所要表达的中心思想，与全书压卷之《考城隍》一脉相承，即"一人二人"的"仁"。具体说即《孟子》曰："仁者，爱人。"（《离娄下》）这个"爱人"包括爱自己，也爱他人，即《论语》所谓"夫仁者，己欲立而立人，己欲达而达人"（《雍也》）。在李氏形象的意义，还有所谓"无心为恶，虽恶不罚"的一面，也值得一提。

《莲香》写人叙事更多体现《聊斋志异》以学问为小说的特点，可从

《莲香》之篇名说起。莲香，谐音"怜香"。这对于该狐作为女性形象而言，似不可解。但在本篇，莲香对鬼女李氏，始以为敌，终乃化敌为友，篇中写"李亦每夕必至，给奉殷勤，事莲犹姊。莲亦深怜爱之"，又写"莲益怜之"，"莲曰：'窈娜如此，妾见犹怜，何况男子。'"三复"怜"之，写出了作者以狐为雌性而得名"莲香"以谐音为"怜香"的理由。

上引莲香"妾见犹怜，何况男子"语，自《世说新语·贤媛》"桓宣武平蜀"条注引《妒记》化出。《妒记》曰：

> 温平蜀，以李势女为妾。郡主凶妒，不即知之。后知，乃拔刃往李所，因欲斫之。见李在窗梳头，姿貌端丽，徐徐结发，敛手向主，神色闲正，辞甚凄惋。主于是掷刀前抱之，曰："阿子，我见汝亦怜，何况老奴！"遂善之①。

《妒记》，南朝宋虞通之撰。从该条妾为"李势女"还可以认为，本篇与狐女莲香相对，写鬼女以李氏为姓，也一并自本条化出。

由鬼女姓李，进而鬼女借尸于张姓女还魂为张燕，情节的发展又自然借径于成语"张冠李戴"，同时正如篇中已经点出的，鬼女再生后容貌美丽如故，诚所谓"似曾相识燕归来"。"似曾"句出宋代晏殊《浣溪沙》，原词曰："一曲新词酒一杯，夕阳西下几时回？无可奈何花落去，似曾相识燕归来。小园香径独徘徊。"这就是说，鬼女再生后姓张名燕之情节的进一步发展，又自此词脱化而来，从而因"燕"之一字，使故事、人物平添许多诗意。

但是，"李"又谐"履"，故篇中写李氏赠桑以履，桑玩履则李至，李至而桑生损。此一情景，不免使人想到"李下不正冠，瓜田不纳履"。虽匪夷所思，却正是艺术构思联类无穷所可能发生的。同时，按《周易》："履道坦坦，幽人贞吉。象曰：幽人贞吉，中不自乱也。"（《履·九二》）马振彪《周易学说·履卦第十》引李士鉁曰："阳为人，二居泽中，一阴掩之，幽

---

① 徐震堮著：《世说新语校笺》，中华书局，1984年，第375页。

蔽之象。履得中道，无行险徼幸之心。虽见幽蔽，守其志节而不变，故曰贞吉。"① 由此似又可知，本篇写李氏赠履，履之意象实蕴李氏虽为鬼女即"幽人"，但心中"坦坦"，"守其志节而不变"，合于"贞吉"之象，所以到头来能再生享受人间爱情的幸福。这也许有嫌于穿凿，但是，《聊斋志异》频用《周易》言辞义理，即使本篇也不仅此一见（详下），所以我们宁肯认为是作者有从《履·九二》爻辞之义设为履之意象的用心。

然而，有关莲香情节的设计不逊色于李氏。莲香为狐女，"狐"谐音"弧"，弧即古代的木弓。篇中写莲香为桑生生儿子延续后代，据《礼记·内则》："子生，男子设弧于门左；女子设帨于门右。""设弧"应该同时是写莲香为狐和能为桑生生儿子的理由，即因设为莲香为"狐"而谐音"设弧"，应该生儿子；又因设莲香生儿子而被"设弧"即写为狐女形象。

不仅如此，莲香死后再生，而为"韦氏"女，隐义更为丰富。"韦"，本即柔皮，性柔韧，可以做弓弦。这里"韦"即隐指"韦弦"。弦即弓线，状紧直。《韩非子·观行》载："西门豹之性急，故佩韦以自缓。董安于之心缓，故佩弦以自急。"后世因以"韦弦"指他人对自己有益的劝诫。莲香为狐时，能向桑生进逆耳忠言，死而转世为"韦氏"女之义，即所谓"弧佩韦弦"，意谓能时时规劝桑生守身进德的人。当然是作者所欣赏肯定的，也就是本篇为什么首出桑生，却以"莲香"为题的根本原因了。

又如上述及，"狐"谐音"弧"；本篇故事起于狐女莲香，因鬼女李氏间入，而桑生受害几死，仍由狐女莲香求治病愈恢复如初。这一情节的逻辑，不免使人想到蒲松龄时代读书人无不熟悉的《周易·睽》："《象》曰：睽，火动而上，泽动而下。二女同居，其志不同行。说而丽乎明，柔进而上行，得中而应乎刚，是以小事吉。天地睽而其事同也。男女睽而其志通也。万物睽而其事类也，睽之时用大矣哉！。"与"上九，睽孤，见豕负涂，载鬼一车，先张之弧，后说之弧，匪寇，婚媾。往遇雨则吉。"其中"二女同居，其志不同行""男女睽而其志通""睽之时用大矣哉"等语，分明就是本篇

① 马振彪著，张善文整理：《周易学说》，花城出版社，2002 年，第 117 页。

人物关系进而情节设计的逻辑根据；而"载鬼一车，先张之弧，后说之弧"之象，岂不又是本篇狐开色迷桑生之始，中间鬼女加入，又狐脱桑生之难以终之象！其得《易经》之理，竟又如此深密。

至于本篇写"桑生，名晓，字子明"，也用意非浅。按《诗经·鄘风·桑中》是一首男女相悦于桑林的情诗。全诗三章，以女子口吻，三言"期我于桑中"，求偶急切。而本篇写鬼、狐二女，竞相来男主角处求欢，情景有似于诗中女子，故因其"期我于桑中"设男主角为桑姓。另外，佛教也有不三宿于桑间之说。又命桑生名晓，字子明；"子"乃天干之子，时当夜半，亥尽子生，寓其迷色伤身，死而复活，故曰"子明"。

以上本篇所秉《论语》《孟子》《诗经》《周易》等儒典及其他经史为小说肌理的特点，清人何垠于篇末总评早已指出：

> 莲以怜称，李以履著，同归于桑，曰相连理。揆其托名假义，为狐为鬼，并属于虚。故夫女也借身，无异张冠李戴；莲兮再世，何殊弧佩韦弦！至若两属秘密，并慕窃窥，纳李垂危，依莲复活，正《易》所谓"见豕负涂，载鬼一车，先张之弧，后说之弧"者矣。夫何游魂漾泊，宛如兔死狐悲，寒食凄凉，只有墓门草宿，一片迷离景况，只令魂销。浮屠氏不三宿桑间，良有以也。

此评虽仅言大略，但细读可知其已批隙导窾，逐节指点出此篇解读要领。唯是仍需要读者好学深思，才可以有详细的了解。

《莲香》以儒典等经史为小说肌理的事实，进一步突出表明，蒲松龄《聊斋志异》以儒家观念为宗和以学问为小说的思想艺术特点。其对儒典等经史运用之妙，远不止于辞藻上的信手拈来，而是烂熟于心中，熔化于笔墨，挥洒自如中学问与小说浑然无间，正诗画之所谓神来之笔，尽成化境。读蒲氏此篇，不有以上出入经史诸解，不影响其为优美的小说，从来多数读者都是这样欣赏的；而倘能以如上出入经史的眼光深入来看，则会进一步知其小说之优美背后，更有文化底蕴的博大与醇深。其似俗而雅，似浅而深，正是使从"一代正宗"王渔洋到普通士人雅俗共赏的根本原因。

七 《白于玉》中的"王请无好小色"

蒲松龄因一生淹蹇场屋未能科举得功名之故，颇怀郁闷，著之于《聊斋志异》，就有了如《叶生》《司文郎》《贾奉雉》等讽刺抨击科举制度弊端的作品，脍炙人口，也受到研究者的重视。但对于其他虽非专注科举制度本身，而实际涉及非浅的作品，往往就忽略了。《白于玉》（卷二）就是这样一篇被忽略的鄙薄科举制度的优秀小说，其构想之奇妙，再一次证明了蒲松龄以学问为小说的优势，同时提供了《聊斋志异》与传统文化特别是儒学联系又一佳例。

按《白于玉》写秀才吴筠有才名而贫，"（葛）太史有女绝美"，因人与吴筠约以吴倘能"青庐奋志云霄"，当以女妻之。于是筠大喜亦颇自信，但结果"秋闱被黜"，婚事蹉跎。时有秀才白于玉来，教吴以修道成仙之术，吴生以生子延后和恋葛氏女拒之。但后在白于玉的帮助下，吴不仅飞升得赏玩天界众仙女之美，共饮酒为乐，而且与其中一仙女春风一度生子，并因此绝意功名人世，一心向仙：

生于是使人告太史，身已将隐，令别择良匹。太史不肯。生固以为辞。太史告女，女曰："远近无不知儿身许吴郎矣。今改之，是二天也。"因以此意告生。生曰："我不但无志于功名，兼绝情于燕好。所以不即入山者，徒以有老母在。"太史又以商女。女曰："吴郎贫，我甘其藜藿；吴郎去，我事其姑嫜：定不他适。"使人三四返，迄无成谋，遂诹日备车马妆奁，嫁于生家。生感其贤，敬爱臻至。女事姑孝，曲意承顺，过贫家女。逾二年，母亡，女质奁作具，罔不尽礼。生曰："得卿如此，吾何忧！顾念一人得道，拔宅飞升。余将远逝，一切付于卿。"女坦然，殊不挽留。生遂去。

结果吴筠虽未"青庐奋志云霄"，却不仅得了仙女，而且仍旧得到了太史之女，可说是仙凡绝色兼得，还有了儿子延嗣并科举做官，光大门楣，可谓人生得意。这就远非"青庐奋志云霄"而只娶太史女一位太太的结局所可比了，故曰"白于玉"。

本篇题曰"白于玉"，当从流行宋真宗《劝学诗》"书中自有颜如玉"设想而来。虽为成仙秀才之名，但注此而写彼，实在是说未必"书中自有颜如玉"，亦即不一定走科举功名的路才可以娶美女，更有不习时文科举，不图功名富贵，而可以娶到比凡间美女更美之仙女的途径，那就是修道成仙。其意若曰：科举不中不是什么大不了的事，修道成仙比科举功名的路要好多了！

毋庸讳言，比较"书中自有颜如玉"，这条路固然新奇，却更加不可靠。但作者之意却并不在仙之有无，"白如玉"之可能与否，而是借此给科举功名以鄙薄之色，一抒其胸中抑郁无聊之气。因此，本篇虽未直接讽刺抨击科举制度，也没有说功名无凭，或如何没有价值，但其以吴筠并无科举功名而坐拥双美，有子成名，己身升仙等旧时种种人生梦想的实现，鄙薄了科举功名对人生的意义。而且在蒲松龄的同题材小说中，这是表现得最为豁达洒脱的一篇，因而独具特色。

《白于玉》写士子落第娶仙女成仙人以鄙薄科举功名，机杼当袭自唐人小说《柳毅传》写柳毅落第行侠，而得娶龙女并成仙人的故事，可不具论。这里我们更关注的是本篇写白于玉要吴筠弃科举以学仙的劝告，实际是一篇故事情节发展转折的关键：

> 生笑曰："仆所急不在此。且求仙者必断绝情缘，使万念俱寂，仆病未能也。"白问："何故？"生以宗嗣为虑。白曰："胡久不娶？"笑曰："'寡人有疾，寡人好色。'"白亦笑曰："'王请无好小色。'所好何如？"生具以情告。白疑未必真美。生曰："此遐迩所共闻，非小生之目贱也。"白微哂而罢。

以上据各家校注，略无不同，都标点"寡人有疾，寡人好色""王请无好小色"为引语，或注出《孟子·梁惠王下》。其实只有"寡人"二句为《孟子》原文，"王请无好小色"一句却在《孟子》中绝对没有，而是蒲松龄引伸《孟子》论"好色"的意思，仿《孟子》"王请无好小勇"句式捏造出来的。

"王请无好小勇"句出《孟子·梁惠王下》：

> 王曰："大哉言矣！寡人有疾，寡人好勇。"对曰："王请无好小
> 勇。夫抚剑疾视，曰：'彼恶敢当我哉！'此匹夫之勇，敌一人者也。王
> 请大之！"

这段话在《孟子》本篇答梁惠王"好货""好色"之前，乃因"小勇"
而言"大"勇。却并没有延续这一辩论方式进一步有"小货""小色"之
说。大约蒲松龄反复诵习《孟子》至此，浮想联翩，因孟子论"好勇"之
有"小勇"，念及"好色"也当有"小色"。由此可见蒲松龄读《孟子》以
至读经的思想状态，绝非盲从古训遵注解经，而是独立思考，灵机一片，乃
至于有如今天"戏说"的倾向；这直接影响了小说创作的构思，形成《聊
斋志异》以学问为小说的创作特色。

这种特色在普通读者也许浑然不觉，或有觉察而以为这种如同诗文中
"掉书袋"的笔法，未必就有什么好。但在至少在一部分学者读来，应不难
感受到其来自经典的意味与戏谑的风格。如清人冯镇峦《读聊斋杂说》就曾
经指出："《聊斋》于粗头乱服之中，略入一二古句，略装一二古字，如
《史记》诸传中偶引古谚时语及秦汉以前故书，斑驳陆离，苍翠欲滴，弥见
大方，无上点小家子强作贫儿卖富丑态，所以可贵。"但他没有特别抉出蒲
松龄"略入""偶装"中对儒典的偏爱与戏谑态度，以及由此而形成的风
格。这种态度与风格是蒲松龄学识渊博，又因无名位而较少拘束风流倜傥的
人格在小说创作中的体现，决非达官文人所可能和愿意有的。

蒲松龄在《白于玉》中就读用《孟子》游戏三昧所创造"小色"即凡
间女子之美的概念，使白于玉轻而易举地完成了对吴筠弃"书中自有颜如
玉"而向道学仙的说辞，而篇中随后有关仙家更多佳丽的描绘，自然是展示
白秀才心目中所谓的"大色"即仙姝之美了。这就形成了一个以仙家之美的
"大色"与凡间"颜如玉"之"小色"对照的空中楼阁，达至以修道学仙之
更高一筹鄙薄科举功名的艺术效果。

值得注意而更非庸手可及的是，蒲松龄并没有因此使人间之"颜如玉"

真正相形见绌，而是通过对葛氏女矢志不渝，终嫁吴筠为贤妻良母的结局，进一步表达了即使在人间，真正内外兼美的"颜如玉"，也不仅从"书中"来，而是必然是嫁所当嫁，不会以男子的科举功名与否为转移的。这里虽然有"女子从一而终"的礼教落后成分，但作为对全篇主题的有力支持与小说以团圆结局的需要，这一处理也还可以说是成功的。

八 《夜叉国》与"子欲居九夷"

《聊斋志异》研究中，《夜叉国》几乎从未引起学者们的注意①，实在是一个很大的遗憾。原因以下将随文溯及，这里先指出它其实是《聊斋》作为蒲松龄"孤愤之书"中寄托最为广大而独特的作品。

《夜叉国》写"交州徐姓，泛海为贾。忽被大风吹去"，入夜叉国。见夜叉"牙森列戟，目闪双灯，爪劈生鹿而食……徐大惧，取囊中糗，并牛脯进之。分啗甚美"；又为夜叉"束薪燃火，煮其残鹿，熟而献之"，教以熟食之法。于是得夜叉信任，"聚处如家人"，并"携一雌来妻徐"，生二子一女。因夜叉之"天寿节"，徐得节礼"骨突子（珠）……五十之数……一珠可直百十金"。后因"接天王"之宴，"众又赞其烹调……大夜叉掬尽饱，极赞嘉美，且责常供……于项上摘取珠串，脱十枚付之……俱大如指顶，圆如弹丸"。"居四年馀，雌忽产，一胎而生二雄一雌，皆人形，不类其母。众夜叉皆喜其子，辄共拊弄……一日，雌与一子一女出，半日不归。而北风大作。徐恻然念故乡，携子至海岸，见故舟犹存……父子登舟，一昼夜达交……至家，妻已醮。出珠二枚，售金盈兆，家颇丰。子取名彪。十四五岁，能举百钧，粗莽好斗。交帅见奇之，以为千总。值边乱，所向有功，十八为副将"。后彪又迎养其母与弟妹，皆来中国，名"弟曰豹，妹曰夜儿，俱强有力。彪耻不知书，教弟读。豹最慧，经史一过辄了。又不欲操儒业；仍使挽强弩，驰怒马。登武进士第。聘阿游击女。夜儿以异种，无与为婚。

---

① 这是截至 2008 年的情况，其后就陆续有专文探讨。

会标下袁守备失偶，强妻之。夜儿开百石弓，百馀步射小鸟，无虚落。袁每征，辄与妻俱。历任同知将军，奇勋半出于闺门。豹三十四岁挂印。母尝从之南征，每临巨敌，辄擐甲执锐，为子接应，见者莫不辟易。诏封男爵。豹代母疏辞，封夫人"。

这个故事分明是写异国风俗，但篇末异史氏曰："夜叉夫人，亦所罕闻，然细思之而不罕也：家家床头有个夜叉在。"竟然顾左右而言他，而且俗不可耐了。这大概是本篇少受研究者重视的原因之一，但我很疑心蒲老有意作此呕人语，以掩盖其篇中放言夷夏、伤时骂世之意。

《夜叉国》的放言夷夏、伤时骂世之意，自然突出表现在写徐之幼子从一商口中初闻"副将"，不知为何名。"商曰：'此中国之官名。'又问：'何以为官？'曰：'出则舆马，入则高堂；上一呼而下百诺；见者侧目视，侧足立；此名为官。'"这一番对话写中国官文化中人性扭曲的丑态，真如颊上三毫，读之如觉芒刺在背！特别它又写徐一家除徐本人之外，夜叉与所生二子徐彪、徐豹，一女夜儿，都虽然不识字，或"不欲操儒业"，但个个武艺高强，因徐而归中国之后，各建功立业，光大门楣。但明伦评曰：

> 母不唯佐夫教子，亦且执馘献功。封男爵可也，封夫人亦可也。盖以其夫人而男儿者也。

又评曰：

> 夜叉之子，粗莽好斗，其种然也。而建功勘乱，则忠；泛海寻亲，则孝。至诚所感，菩萨化身，遂远害于毒龙，果得逢于母弟，帆风天助，奉母而归。以视席厚履丰，板舆迎养，其难易迥不相侔矣。豹也既操儒业，复作虎臣，如熊如罴，难兄难弟。而且女能贯札，佐婿奇勋，母克披坚，为儿后劲。娘子军全摧巨敌，夫人城同建一门，盛矣哉。

这番评点洞若观火，实获作者之心。即作者于此虽然并未置一辞，但其写夜叉夫人母子如此，写中国的"官"如彼，岂不使后者相形见绌？又岂不使读者在赞叹夜叉夫人母子的同时，也为中国"官"的怯懦孱弱深感遗憾，而怒其不争？

《夜叉国》放言夷夏、伤时骂世之意，更集中寄寓于对卧眉山夜叉国风俗的描写。它写卧眉山夜叉虽然只是"物"，生活也只如原始人的茹毛饮血，但待人接物，有仁有义。如徐误入夜叉国，虽为异类，但由于他能够尊重夜叉，又有做熟食的一技之长，即受到众夜叉包括"天王"的接纳，并不断给予更高的礼遇。特别在徐并无要求的情况下主动为其置妻，更是这位不速之客不曾想到的。又那里"天王"与臣下的关系，虽有上下，但如父子家人一般。迎接"天王"的礼节，也只是夜叉们"东西列立，悉仰其首，以双臂作十字交。大夜叉按头点视，问：'卧眉山众，尽于此乎？'群哄应之"，又"天王"先食，然后群下一顿肉饱而已。

因此，徐初入夜叉国时，还曾担心被吃掉没了性命，但渐渐就大致入乡随俗了。虽然徐毕竟存"非我族类"之念，又家国念切，终于还是伺机回到了中国的家乡，但他决不是因为夜叉待之不好，又在那里居大不易才回乡的。而且很显然，徐回乡以后的家富子贵，都源自从夜叉国所受惠。因此，读者倘不泥于篇末"异史氏曰"插科打诨似的戏结，那么篇中写夜叉国的几如羲皇古风，只能是看作对理想国的一种美好想象了。而这一想像的出发点，就是对当时中国现实制度文化的不满。

这种不满在篇中虽如上引仅微露而已，但就篇中写夜叉国待徐之恩义，但明伦于"大夜叉……脱十枚付之"下评曰：

> 物有赏赉之恩。国而夜叉，曷取诸：初入其处，群起而争啗之矣，乃糗糒并牛脯进，而怒即稍解也；釜甑煮熟并进献，而喜即时形也。且乐不欲独，而为敬客焉；珍不敢私，而为之献上焉。怜其鲧，而予以琴瑟之好；赏其劳，则赐以骨突之荣。是夜叉其国，而不夜叉其俗也。夜叉其面，而不夜叉其心也。今有入其乡，而秦越视之，鱼肉视之，供之者已罄其赀，而求得未厌；事之者已竭其力，而受者若忘。方且尽其室家而灭之，方一夺其子女而私之。此乡之人，视卧眉山众为何如？不且误入毒龙国哉？夜叉且恐为人所凌，吾愿见夜叉，不愿见此人矣。

但明伦所说"今有入其乡"之乡与"此乡之人"，显然是指其当世的中国。而但氏的评论，正是篇中隐而未发的意思。因此，由篇中仅微露和但明伦评所揭示的，这种以夜叉国之虽朴陋无文，却亲仁尚义，礼貌出于真诚自然，与中国以"官"为代表的文化的对比，达至对中国制度文化的全面针砭与批判，才是本篇中作者所寄托真正的"孤愤"。看不到这一点，或只相信篇末"异史氏曰"的诨说，就难免不造成对本篇认识与评价上的遗珠之憾！

《夜叉国》以异国风俗对比讽刺中国皇权制度风俗文化的认识与设想，溯源还应该到《论语》中孔子"欲居九夷"的思想。《论语》载："子欲居九夷。或曰：'陋，如之何？'子曰：'君子居之，何陋之有？'"（《子罕》）又载："子曰：'夷狄之有君，不如诸夏之亡也。'"（《八佾》）这些语录，历代注家意见纷纷，乃至有完全对立的看法，都不必说。而但从本篇的写作看，蒲松龄显然是肯定了孔子以为九夷虽陋，却有比中原还更可居的优越性；那里的"天王"即"君"，也不象中原的天子，"天高皇帝远"，令人惧怕如虎狼而且厌烦的；那里的一切虽然朴陋到茹毛饮血的地步，但"物"之相与，似乎更平等，也更"人性"。否则，"九夷"既然比中原"陋"，孔子为什么还有移居那里的想法呢？

所以，应是因此，蒲松龄笔下的夜叉国，看似粗陋，实质却几乎就是一个充满原始儒家伦理道德之纯朴仁厚的世界，唯是非我族类而已。自然，蒲松龄也通过徐姓形象演绎了孔子居夷之道，那就是《论语》中孔子答"樊迟问仁"所说："居处恭，执事敬，与人忠。虽之夷狄，不可弃也。"（《子路》）我们看徐事夜叉们所表现的恭敬忠顺、小心谨慎等，就可以知道这一形象思想性格塑造的根据，乃从孔子这番话启发而来。

因"子欲居九夷"而以异国或少数民族所建国度之制度风俗与中原相对比作历史之反省的，明清学者中殊不少见。如明谢肇淛《五杂俎》卷四《地部二》中就说：

> 孔子当衰周，欲居九夷，此非戏语也。夷狄之不及中国者，唯礼乐文物稍朴陋耳。至于赋役之简，刑法之宽，虚文之省，礼意之真，俗淳

而不诈，官要而不繁，民质而不偷，事少而易办，仕宦者无朋党烦嚣之风，无讦害挤陷之巧，农商者无追呼科派之扰，无征榷诈骗之困。盖当中国之盛时，其繁文多而实意少，已自不及其安静，而况衰乱战争之日，暴君虐政之朝乎？故老聃之入流沙，管宁之居辽东，皆其时势使然。夫子所谓"夷狄之有君，不如诸夏之无"者，其浮海居夷，非浪言也。鞑靼之狞犷，而敬信佛法，爱礼君子，得中国冠裳者皆不杀，即配以部落妇女①。

这是不是有点"崇洋媚外"了？然而相率而言者颇多，如顾炎武《日知录》卷二十九《外国风俗》云："历九州之风俗，考前代之史书，中国之不如外国者有之矣。"同篇又引宋余靖言："燕蓟之地，陷入契丹且百年，而民亡南顾心者，以契丹之法简易，盐麦俱贱，科役不烦故也。"蒲松龄以形诸小说的这一方面的思考，正是接续了谢、顾等人的这种认识，而使之空前地被赋予了小说的表现形式，《夜叉国》也因此成为《聊斋志异》中寄托最为广大而独特的小说。

但是，蒲松龄能接续这种认识而形诸小说，更深层的原因恐怕还在于他生当清初满洲贵族统治还处在上升阶段，眼见入主中原的满洲贵族与汉族士人性情好尚、风俗文化之异，而油然生出其间确有优劣高下的感慨，为中国人的"丑陋"而有某种隐忧，遂有此"孤愤"之作。这从篇中写夜叉夫人"母女皆男儿装，类满制"，就可以得到坚强的证明。由此可以看出，这不仅在《聊斋志异》中，而且是清初罕见的一篇冷眼考察满汉文化差异的现实意义极强的小说。

以上对这篇小说意义的发现与发明，使我们对蒲松龄的为人可有一点新的认识。那就是他虽然一生沉抑乡塾，谈狐说鬼所反映也大都是下层普通人特别是下层士人的寿夭穷通、悲欢离合，至高也只是虚构到个别达官的故事，似乎只是一位普通的关注社会现实生活的志怪者了，其实不然。由于其

---

① （明）谢肇淛著，傅成校点：《五杂俎》，《明代笔记小说大观》（二），上海古籍出版社，1999年，第1571页。

所长期诵习与教授的儒家典籍与当时学界风气的直接影响，也由于现实的感召，在他的思考与创作中，仍有以天下为己任，关注国家民族制度风俗文化兴衰的一面，于本篇有"子欲居九夷"之心，可以见之。

九 《辛十四娘》与《诗经·行露》

《聊斋志异》卷三《辛十四娘》写冯生与狐女辛十四娘的"情缘"，自然是蒲氏的创作，但故事构造却似乎部分地从《诗经·行露》反面结想而来，试比较论说如下。

按《诗经·召南·行露》曰：

> 厌浥行露，岂不夙夜，谓行多露。
>
> 谁谓雀无角？何以穿我屋？谁谓女无家？何以速我狱？虽速我狱，室家不足。
>
> 谁谓鼠无牙？何以穿我墉？谁谓女无家？何以速我讼？虽速我讼，亦不女从。

本诗三章：一章三句，二、三章各六句。蒲松龄当时教读《四书》，必据朱注。因举朱熹《诗经集传》为证，其于第一章三句下释曰；

> 赋也。厌浥，湿意；行，道；夙，早也。南国之人，遵召伯之教，服文王之化，有以革其前日淫乱之俗。故女子有能以礼自守，而不为强暴所污者，自述己志，作此诗以绝其人。言道间之露方湿，我岂不欲早夜而行乎？畏多露之沾濡而不敢尔。盖以女子早夜独行，或有强暴侵凌之患，故托以行多露而畏其沾濡也。

这就是说，本章所写为女子自道。乃谓女子拒绝男子之邀约，托言虽欲早夜而行赴会，但凌晨行道，多露沾濡，行有不便。其真实的意思，是担心遭到男子的强暴侵凌，却又不想直接回绝，故委婉拒之。

如上《行露》本章描写的反面就是女子"多露"而行，遭遇不良男子的强暴等非礼对待，即今所谓性骚扰或性暴力。《辛十四娘》的故事就是这样发生的：

> 广平冯生，少轻脱，纵酒。昧爽偶行，遇一少女，着红帔，容色娟好。从小奚奴，蹑露奔波，履袜沾濡。

这里的"少女"即辛十四娘。她后来的称与冯生的"情缘"就由此而起，具体则起于她作为一个美貌少女，于"昧爽"之际"蹑露奔波，履袜沾濡"，被轻薄子冯生"心窃好之"。因此种下冯"薄暮醉归"再一次相遇时的近乎纠缠式的求婚，中间"生曰：'小生只要得今朝领小奚奴带露行者。'"一笔，正是承上点出这一开端的描写乃用《诗经·行露》句意，乃作者以诗为小说之巧思。

全篇故事的这一开端，既是冯生"少轻脱，纵酒"的轻薄行为，却又是辛十四娘作为"少女"未能"以礼自守"，"带露行"所招致，后来二人所遭种种磨难，皆由此一节非礼之合而来，又仍然是合于《行露》的反面。诗的第二、三章分别涉及"狱""讼"，朱熹释第二章曰：

> 兴也。家，谓以媒聘求为室家之礼也。速，招致也。贞女之自守如此，然犹或见讼，而召致于狱。因自诉而言，人皆谓雀有角，故能穿我屋。以兴人皆谓汝与我，尝有求为室家之礼。故能致我于狱。然不知汝虽能致我于狱，而求为室家之礼，初未尝备。如雀虽能穿屋，而实未尝有角也。

又释第三章曰：

> 兴也。牙，牡齿也。墉，墙也。言汝虽能致我于讼，然其求为室家之礼，有所不足，则我亦终不汝从矣。

这就是说，两章近乎重复同一个意思，即因为男方未能备礼求为室家，女子不从而招致男方提起诉讼。女子虽因此入狱，但仍坚持谴责男方"求为室家之礼，初未尝备"，并表示自己为无辜和坚决拒绝的立场。

如上《行露》二、三章描写的反面，从大的方面说就不是女子被诉讼入狱，而是男子被诉讼入狱。虽然严格说来还应该是那女子对该男子提起诉讼并把他送进监狱，但小说各取所需，显然不必也不太可能讲求逻辑到那般地步。从而我们在《辛十四娘》中看到的，就是冯生又因为人"轻脱、纵酒"，招致楚银台公子的嫉恨与报复，诬以杀人罪拟绞。幸而辛十四娘千方百计，竭力营救，冯生方免于一死。冯生因此几乎致死的教训，顿改前非。而辛十四娘为冯生料理一切，置女自代，而后仙去。

在辛十四娘的保护、规劝与经理之下，冯生的结局也相当美好。但比较一般这类小说往往夫妻比翼双飞，冯生却未能随辛十四娘一起成仙。这个道理应该就是何垠评所说："轻薄之态，施之君子则丧吾德，施之小人则丧吾身，能守斯言，虽至圣贤可也，岂但神仙哉！辛十四娘名列仙籍而不与俱，正恐佻脱者非其器也。"这一情节所显示的应是蒲松龄到底未能完全原谅冯生。其所以如此，又应是与"异史氏曰"所言作者自己"尝冒不韪之名"，深受其害，如今"言冤则已迂"，唯是不敢不"刻苦自励"的写作动机有关，即以冯生之终于未能随妻成仙的安排，体现作者自悔与不敢放松警惕的心情。

当然，我们说《辛十四娘》从《诗经·行露》反面设想而来，主要是指其立意与框架结构。从人物形象的塑造来看，辛十四娘虽为"行露"女子，在"以礼自守"上不无微疵，但她后来能深自警惕，恪守闺训，非礼不嫁，又妇道甚谨，事冯生有始有终，所以最终能够成仙；冯生对辛十四娘最初的态度与做法固然轻薄，但其情出于真诚。又后来虽然因轻薄贾祸，但出狱后能痛改前非，所以结果也还是到了好处。比较《行露》的事简而情深，《辛十四娘》的故事显然更加放大而多理趣，因此而有了增加人物和充实意义的可能，包括使楚银台公子做了"速我讼""速我狱"的恶人，以其最后受到惩罚，下场可悲，体现了对善的张扬。总之，如同任何可能并值得比较的事物，《辛十四娘》与《行露》之间的可比性是有限的。而且这种可比性的本质不是简单的翻案模拟，而是作为对《行露》的小说化诠释，构成了《辛十四娘》构思立意之重要成分。这是本篇的一个创造，也是《聊斋志异》全书的一个突出特点。

至于蒲翁自谓"言冤则已迂"之事,冯镇峦评说:"聊斋才人,于朋辈中出轻薄语,或亦有之。然余观其议论心术,君子人也。"但明伦评也说:"余说有鉴于此,故于先生之戒人也,低徊之而不去。"唯是已无可考证。但是,如果做一个大胆的猜测,则篇中写冯生讽刺楚银台公子"君到如今,尚以为文章至是耶"一语贾祸,虽不一定是蒲翁实事,却有可能是他的实情。

尽管如上本篇写作蒲松龄个人遭际的因素已无可考证,但由以上考论可知,这是一篇一定程度上带有蒲松龄自我忏悔性质的小说。引起他忏悔的自谓"言冤则已迂"之事,当时或曾使其遭受困窘,后来也未必不有负面的影响,但肯定是久已不能释然于心。于是偶因《诗经·行露》写及应对男子之邀约,女子虽戒"行多露",还难免遭人"速我讼""速我狱"的怨情,而深感人心之叵测,世事之难料,游世之难工,而抑郁不平,更神思兴会,夺胎换骨,颠倒生发,加以巧思,遂有这样一篇托以"情缘"惩戒"士类"之"轻薄"的小说。同类作品尚有卷七《仙人岛》,其中提出的"轻薄孽",可作为此类作品题材的概括。

《聊斋志异》化用《诗经》不止见于本篇,有的已经前人指出,如卷二《凤阳士人》下何垠评曰:"似从《诗》'甘与子同梦'翻出。"但本篇从反面借壳《行露》的构思特点,旧本无注说;如今《诗经》已经很少人能够通读,又很不容易读懂,一般难得从本篇见及《诗经·行露》的影响,所以拈出一说。

十 《土偶》《鸦头》与"从一而终"

皇权时代要求女子的"三从",出《礼记·郊特牲》曰:

> 天地合而后万物兴焉。夫昏礼,万世之始也。取于异姓,所以附远厚别也。币必诚,辞无不腆。告之以直信。信,事人也。信,妇德也。一与之齐,终身不改。故夫死不嫁……妇人,从人者也:幼从父兄,嫁

从夫，夫死从子。"其中"嫁从夫"之义，即"一与之齐，终身不改"，故夫死不嫁。

这一教条又常表达为"从一而终"。其实，上引《礼记》的"嫁从夫"应该正是自"从一而终"而来。

"从一而终"出《周易·恒卦》："六五，恒其德，贞，妇人吉，夫子凶。《象》曰：妇人贞吉，从一而终也。"即是说妇人"从一而终"，是"贞吉"之象，必定得到好处。因此之故，而有《礼记》的"嫁从夫"和后世的"嫁鸡随鸡，嫁狗随狗""饿死事小，失节事大"等各种或雅或俗的婚姻教条。其对生活尤其女性的影响，几乎无人可以脱避。从而古代小说包括《聊斋志异》，都有许多婚姻故事描写这个"从一而终"现象，如卷四《土偶》、卷五《鸦头》等都是鲜明突出之例。

《土偶》写"沂水马姓者，娶妻王氏，琴瑟甚敦。马早逝。王父母欲夺其志，王矢不他。姑怜其少，亦劝之，王不听……以死誓……命塑工肖夫像，每食，酹献如生时"。结果马姓本应绝嗣，却因为王氏的这种"苦节"感动冥司，破例准许其夫之鬼以"土偶"与妇合而生子。这使"闻者罔不匿笑；女亦无以自伸"，后由县令据"鬼子无影"论验证，又其子"长数岁，口鼻言动，无一不肖马者。群疑始解"。这个故事的核心观念即"妇人贞吉，从一而终也"。从故事发展的主要因果关系与结局看，蒲松龄显然是肯定、赞赏和维护这种"从一而终"的礼教原则了。但从其又写冥司"奖励"王氏与"土偶"生子看，也还是对王氏这种"从一而终"深抱遗憾，所以才虚构出王氏与"土偶"之合以生子的鬼话来。

又进一步从《鸦头》的描写看，蒲松龄对"从一而终"的理解其实与礼教又有所不同。

《鸦头》写勾栏中狐女鸦头，经其母得金后同意许与王生"一宵欢"（即接客）。鸦头乘机与王生"宵遁"，异地过起了清贫而如意的夫妻生活。却不料后来生变：

> 女一日悄然忽悲，曰："今夜合有难作，奈何！"王问之。女曰：

"母已知妾消息，必见凌逼。若遣姊来，吾无忧；恐母自至耳。"夜已央，自庆曰："不妨，阿姊来矣。"居无何，妮子排闼入。女笑逆之。妮子骂曰："婢子不羞，随人逃匿！老母令我缚去。"即出索子絷女颈。女怒曰："从一者得何罪？"

这个故事中"从一而终"甚至成为了女子发自内心的要求，似乎更加合于皇权礼教对女性的要求了。但这只是表面现象。蒲松龄既没有为王氏的"从一而终"提供合理的解释，也没有无条件地赞赏"从一而终"。两篇描写中某些看似极端礼教化的成分，既是蒲松龄作为小说家又做馆教书为人师表不得不做出的一种姿态，也是其为不与当时占统治地位的皇权礼教正面冲突而仅形调侃的一种方式。试析如下。

首先，《土偶》中作者虽已使王氏所生子经官私人等，据当时可称为"亲子鉴定"术的"鬼子无影"理论验证过了，"群疑始解"，作为小说已可谓极尽弥缝之能事，使至少在蒲松龄和他期待中的读者都可以感到放心，也就是在那一时代人们的认知观念上，这个"谎"已经说得够"圆满"，不应该再对王氏夫死之后生子再有什么疑问了。

然而不然，清代评点家何垠在本篇末的评语，却只是个两字句："诧异。"他"诧异"个什么？就颇可令人寻味。

倘若是指一般鬼故事的虚无实际，乃人尽皆知，何垠当不会从这一角度生出什么"诧异"。否则，《聊斋志异》为"鬼狐传"，几乎每一篇都要令他"诧异"了。所以，我推想他的"诧异"，应还是把故事中王氏夫死之后产子作实事看，而把小说写其生子的原因，为冥司准其夫之"土偶"来与交合认为虚构。就是说这个故事在何氏看来，王氏一定是未能守节，私下与他人通奸而怀孕生子，为了掩饰此一当时被视为奇丑之事，乃捏造灵异，把县令等世人都蒙蔽了。

由此可知，无论蒲松龄对本篇所写自信与否，读者中却仍未免有持怀疑态度的。这种怀疑态度的实质，至少是以为"从一而终"并不会有那般感天动地之效果，当事人于其善报完全不必寄什么希望。《土偶》故事在清代接受中为人所怀疑的实际，也许不是蒲松龄所能够想到和愿意看到的，却是因其所叙述故事的本身自然生出的阅读效果。

其次，如果说《土偶》中王氏的"从一而终"主要出于对礼教的遵从，但仍然强调了王氏与其夫生前"琴瑟甚敦"，而没有完全归结到遵从礼教的话，《鸦头》中对鸦头这一方面的描写，就似乎绝对是从"从一而终"之礼教出发的了。

然而，其又不然。比较《土偶》的描写，《鸦头》中对"从一"的具体运用，可说已经走向了皇权礼教的反面。这主要是因为鸦头与王生眉目传情、色授魂与在先，而母之许鸦头与王生"一宵欢"在后，并且是王生、鸦头在赵贾的帮助之下对鸦母软硬兼施促成的，所以有后来鸦母欲拆散二人婚姻的变故，并引出鸦头大呼"从一者何罪"。在这种情况下，鸦头的"从一"虽表面上是皇权礼教"嫁从夫"的"一"，但实际是对自由恋爱、自主婚姻的坚守。蒲松龄应不是没有感觉到这一点，而是有意通过这一描写强调"从一而终"只是男女双方间自觉自愿的事，而不必听命于父母，特别是不能盲从于父母的乱命。

类似情节还出现《白于玉》中写葛太史女儿看上了贫却有才的吴郎，后虽吴郎辞婚，父母也欲其另适，但葛女仍坚持说："远近无不知儿身许吴郎矣。今改之，是二天也。"虽然其所标举完全是皇权礼教之义，但事实上的过程所体现却主要是女子个人的意志，葛女所说实际是用皇权礼教的"从一而终"为其坚守自由恋爱的武器了。

综上所述，无论从作者主观上的全部或从其创作主客观的统一上来看，这两篇小说虽各都标榜"从一而终"，却不足作者愚执女子"从一而终"落后观念的文本根据。他在这一方面的思想确实并无太多超越皇权礼教的成分，但从全书写及这一类问题的内容来看，他总能在具体描写中蕴藉有对女性痛苦的某种体谅，包括《土偶》中特别点出王氏与其夫生前的"琴瑟甚敦"，实是作为王氏"从一而终"为其夫守节在个人感情上的理由。

蒲松龄小说对女性痛苦的体谅在他篇中也有生动的表现，如卷二《水莽草》写祝生误食水莽草而死之后，"母号涕葬之。遗一子，甫周岁。妻不能守柏舟节，半年改醮去。母留孤自哺，劬瘁不堪，朝夕悲啼"，并未对改嫁再醮之妇有任何微词；又同卷《耿十八》写道：

> 新城耿十八，病危笃，自知不起。谓妻曰："永诀在旦晚耳。我死后，嫁守由汝，请言所志。"妻默不语。耿固问之，且云："守固佳，嫁亦恒情，明言之，庸何伤！行与子诀，子守，我心慰；子嫁，我意断也。"妻乃惨然曰："家无担石，君在犹不给，何以能守？"耿闻之，遽捉妻臂，作恨声曰："忍哉！"言已而没。手握不可开。妻号。家人至，两人扳指，力擘之，始开。

后来，耿死为鬼，却得东海匠人之鬼帮助返魂再生，"由此厌薄其妻，不复共枕席云"，也只是比较客观地描写了人之"恒情"，并未对夫死改嫁有何苛论。

在这个问题上，蒲松龄的体谅极有分寸，如卷五《金生色》中同样夫死不守的木姓女，却因母亲海嫁，"自炫求售"，乃至于丧期中与无赖子通奸，结果遭到报应而死于非命；卷七《牛成章》写牛死后，其妻郑氏舍下少子幼女，"货产入囊，改醮而去"，使子女受尽磨难，结果为牛成章之鬼报复而死。这两个故事表明，在蒲松龄看来，夫死改嫁固无不可，但是如果做得太过于不近人情，就是应该受到谴责的了。

值得注意的是，《聊斋志异》在一定程度上谅解女子夫死再嫁的同时，还通过某些故事针砭了男子的始乱终弃和富贵易妻，甚至反对再娶。前者如卷六《云翠仙》写梁有才"寡福，又荡无行，轻薄之心，还易翻覆"，在甘言卑辞得娶云翠仙之后不久，即听信人言，思鬻妻为娼以筹措赌资，结果落得"系狱中，寻瘐死"的下场。又卷四《姊妹易嫁》写妹代姊嫁后云：

> 毛郎补博士弟子，往应乡试。经王舍人庄，店主先一夕梦神曰："旦夕有毛解元来，后且脱汝于厄，可善待之。"以故晨起，专伺察东来客，及得公，甚喜。供具甚丰，且不索直。公问故，特以梦兆告。公颇自负；私计女发鬙鬙，虑为显者笑，富贵后当易之。及试，竟落第，偃

赛丧志，赧见主人，不敢复由王舍，迂道归家。逾三年再赴试，店主人延候如前。公曰："尔言不验，殊惭祗奉。"主人曰："秀才以阴欲易妻，故被冥司黜落，岂吾梦不足践耶？"公愕然，问故。主人曰："别后复梦神告，故知之。"公闻而惕然悔惧，木立若偶。主人又曰："秀才宜自爱，终当作解首。"入试，果举贤书第一。夫人发亦寻长，云鬟委绿，倍增妩媚。

后者如《黎氏》（卷四）写谢中条"佻达无行，三十馀丧妻，遗二子一女"。一日，谢路逢黎氏，野合后纳为继室。后谢以公事外出，归至"寝室，一巨狼冲门跃出，几惊绝。入视子女皆无，鲜血殷地，唯三头存焉"。异史氏曰："士则无行，报亦惨矣。再娶者，皆引狼入室耳；况于野合逃窜中求贤妇哉！"这个故事表明，在蒲松龄看来，男子丧妻之后，如果已经有了子女，就不必再娶，客观上也是一种有条件的"从一而终"。

两篇如上情节在唐宋以降小说戏曲中不难见到，即使在《聊斋志异》中也不很引人注目。但在《聊斋志异》中，它们与写女子"从一而终"故事的综合，可使我们看到蒲松龄虽然根本上未脱男权主义的立场，但其已经努力不片面要求于女性，而是在一定条件下（如妻亡而遗有子女）同时要求男性对自己的妻子也能够做到"从一而终"，即如《狐联》（卷二）中焦生所说："仆生平不敢二色。"

十一 《辛十四娘》《霍生》与"非礼勿言"

《论语·颜渊》载孔子答颜渊问"仁"学之目云："子曰：'非礼勿视，非礼勿听，非礼勿言，非礼勿动。'"这四"目"的实质是要人谨慎自己的言行，否则会有不好的结果。但是，由于孔子给这种谨慎的做法定了一个标准即"礼"，而"礼"是自周公制订下来以后基本上不能变的，所以，随着社会的发展，特别是"五四"后经常的"批孔"以来，四"目"逐渐成为儒家僵化迂腐之教条的代表，而为世人所弃。

其实平心而论，孔子四"目"的不能与时俱进，只在乎其中的"礼"是不能变的，倘能把"非礼"的"礼"视之为一个随时代不断进步的道德法纪，四"目"岂不是为人处事、治国安邦的善规良方？这个道理仅从书本到书本做考论，很难得有一致的意见，但一经事实的证明，就不容置疑。小说虽然绝非事实，但其一定意义上作为生活的模仿，有"事实胜于雄辩"的感染说服之力，所以本章前文曾举《瞳人语》《画壁》等篇论及蒲松龄小说对"非礼勿视"的演绎，今再就《聊斋志异》演绎"非礼勿言"的表现略作探讨。

这里先须指出，上引孔子"仁"学四"目"中，尤其"非礼勿言"其实是中国人处世最早的经验之一。所以，早在《论语》之前，《尚书》已云："唯口出好兴戎。"（《大禹谟》）又云："唯口起羞。"（《说命》）《大戴礼》亦云："皇地唯敬，口生垢，口戕口。"因此，孔子讲"非礼勿言"，其实是他对前人在这一方面生活经验的体认与总结和发扬。

而在小说中，至晚宋元话本就已经有过《错斩崔宁》的故事，以"劝君出话须诚信，口舌从来是祸基"。这篇话本后来由冯梦龙编订收入《三言》的题目，就是《十五贯戏言成巧祸》。也就因此之故，这里讨论作为一位老塾师蒲松龄先生《聊斋志异》中有关的描写，固然不可不溯源到《论语》"仁"学四"目"的影响，但更进一步应该把包括四"目"在内前人有关的总结和表现，都视为古人社会生活经验的反映。这即使在以下例举蒲氏小说中的表现，也更突出地表现为是生活的教训，尽管也可以视为'非礼勿言"的演义。

《聊斋志异》卷四《辛十四娘》写"广平冯生，少轻脱，纵酒"。因此得有艳遇，也因此招致大祸：

> 邑有楚银台之公子，少与生共笔砚，颇相狎……翼日公子造门……且献新什。生评涉嘲笑，公子大惭，不欢而散……会提学试，公子第一，生第二。公子沾沾自喜，走伻来邀生饮，生辞；频招乃往……公子出试卷示生，亲友迭肩叹赏。酒数行，乐奏于堂，鼓吹伧仃，宾主

甚乐。公子忽谓生曰："谚云：'场中莫论文。'此言今知其谬。小生所以忝出君上者，以起处数语略高一筹耳。"公子言已，一座尽赞。生醉不能忍，大笑曰："君到于今，尚以为文章至是耶！"生言已，一座失色。公子惭恚气结。

虽然冯生的冤枉主要是楚银台公子豺狼狠毒所强加，但冯生自负文才，不能慎言，因此招致公子报复，诬以杀人论死，也正是血的教训。

故事的结局虽然是冯生有辛十四娘百计救出，但狱囚窘辱，酷刑榜掠，已是受尽苦楚。对于这个教训，蒲松龄结合自己的经历结以"异史氏曰"云：

> 轻薄之词，多出于士类，此君子所悼惜也。余尝冒不题之名，言冤则已迂，然未尝不刻苦自励，以勉附于君子之林，而祸福之说不与焉。若冯生者，一言之微，几至杀身，苟非室有仙人，亦何能解脱囹圄，以再生于当世耶？可惧哉？

这是对才士出语轻薄痛下针砭，自然是合于并发扬孔子"非礼勿言"的教导了。

《聊斋志异》写口孽更为恶劣者，当推卷三《霍生》：

> 文登霍生，与严生小相狎，长相谑也。口给交御，唯恐不工。霍有邻妪，曾与严妻导产。偶与霍妇语，言其私处有赘疣。妇以告霍。霍与同党者谋，窥严将至，故窃语云："某妻与我最昵。"众不信。霍因捏造端末，且云："如不信，其阴侧有双疣。"严止窗外，听之既悉，不入径去。至家，苦掠其妻；妻不伏，榜益残。妻不堪虐，自经死。霍始大悔，然亦不敢向严而白其诬矣。严妻既死，其鬼夜哭，举家不得宁焉。无何，严暴卒，鬼乃不哭。霍妇梦女子披发大叫曰："我死得良苦，汝夫妻何得欢乐耶？"既醒而病，数日寻卒。霍亦梦女子指数诟骂，以掌批其吻。惊而寤，觉唇际隐痛，扪之高起，三日而成双疣。遂为痼疾。不敢大言笑；启吻太骤，是痛不可忍。

这个故事颇不雅逊，又因《聊斋》一贯之风格流为狐鬼勾当，加以异史氏曰"死能为厉，其气冤也。私病加于唇吻，神而近乎戏矣"云云，很大程度上转移了本篇真正的意义。但是，从故事本身特别是"霍始大悔"看已不必再思，即可以明白此篇欲给人的教训，也正是要慎言。至少是教人要嘲谑有度，无伤大雅，也就是"非礼勿言"了。

人生，说话是最高的艺术。"非礼勿言"仅是说话的一个方面。说话艺术的最高境界是恰到好处。《论语》载孔子曰："可与言而不与之言，失人；不可与言而与之言，失言。知者不失人，亦不失言。"（《卫灵公》）然而这就难了。所以退而求其次，就是"非礼勿言"。如果还不好把握，那就在不知如何是好之际想想俗语云："沉默是金。"但是，能沉默也不容易，所以钱钟书先生字"默存"。而又有俗语云："三年学说话，一生学闭嘴。"

二○○八年六月二十八日初稿
二○二二年十一月二十四日改定

杜贵晨，男，1950年生，山东宁阳人，山东师范大学文学院教授。

※　※　※

不知菱价

张怡《谀闻续笔》卷三，写一监司"登对"（答皇帝询问），神宗问菱价，对曰："不知。"他日择按察，上曰："向有不知菱价者为谁？"宰执请其故。上曰："朕欲知四方利病，须忠信人。如菱价，杜撰一个，有甚不得？"菱价事虽小，不知便说不知，不随意杜撰以塞责，确为忠信之人。（斯欣）

《聊斋志异》铸本异文当非抄者擅改

王子宽

2022年初，蒙《全清小说论丛》不弃，第一辑刊登了拙文《〈聊斋志异〉手稿探秘》（以下简称《探秘》）。拙文核心观点是：在仔细考察手稿中蒲松龄大量的亲笔修改痕迹后，发现作者修改《聊斋志异》文句的规律是："在内容不变的前提下，文字化繁为简，将长句压缩成短句，生动繁复的直接引语改作简洁明快的间接叙述。这是蒲松龄修改文字一直遵循的原则。"（详阅《探秘》第三节）与《聊斋》现存半部稿本相比较，发现《聊斋志异》铸雪斋抄本（后文简称《铸本》）中的异文与《聊斋志异》现存半部手稿上的修改，竟遵循同一化繁为简的规律，再加上对其他异文的分析，判定这些异文不可能是抄者擅改，而应该是《聊斋》作者自己修改的；进而追溯铸本之源，应来自《聊斋》的另一部手稿，虽然这另一部手稿已佚，但铸本是这部已佚手稿的再抄本。

拙文发表后，蒙李灵年先生关注，并告之袁世硕先生在为任笃行《聊斋志异（全校会注集评本）》作的序中（后文简称《袁序》），对《铸本》异文的观点与我不同。欧阳健先生遂将《袁序》的电子版发来，供我参考。

我对《聊斋》的关注是多年前的事，时过境迁，现在兴趣早已转移，所以对《聊斋》研究现状颇为陌生。尽管这样，对当初铸本研究的一些观点还是有点自信的，尤其是可能存在《聊斋》的第二部手稿、铸本是第二部稿本的再抄本这一观点，敝帚自珍，一直坚持，所以对两位先生的关心与帮助就特别感动了。

袁世硕先生在《聊斋》方面的研究是很有影响的，他的观点不能不格外重视。《袁序》认为："与原稿本相对照，则可以看到铸雪斋抄本并不是最接近原稿的本子，相反地倒是现存诸抄本中最不接近原稿的本子，不仅文字上歧异特多，比青柯亭刻本还多，而且有许多地方显然是擅自删改。"

《袁序》评价铸本的这一观点，鄙人难以苟同，以为至少是不严谨的。

一、说铸本是"最不接近原稿的本子"，这个断语不严谨，至多说："铸本是最不接近现存稿本的抄本"，请注意，是现存稿本，而不是泛泛地说"原稿"。我们现在没有证据证明《聊斋》只有这一部手稿，也没有证据证明现存手稿就是《聊斋》的最后定稿，因为现存手稿中还有作者大量的修改痕迹。《袁序》只是将铸本与现存的半部手稿本作比较后得出这一结论，从局部的证据中得出证明全局的结论，这在逻辑上是不够周延的。据鄙人判断，《聊斋志异》还有一部已佚的手稿本。铸本不是依据现存稿本抄的，而是以与现存手稿有许多不同的另一部手稿为底本抄的。这另一部手稿是蒲松龄晚年手订的，其修订文字遵循的规律是化繁为简，同时在"异史氏曰"的改写、附则的增减、故事情节的严谨等方面也有不少调整，这些改写与调整都不是抄写者所能擅改的。这部已佚手稿，与现存稿本相比，有大量的异文，《袁序》说"文字上歧异特多"是不错的，本来就是两部不同的《聊斋》手稿，怎么能要求其文字完全一致？铸本与现存稿本之间文字上的差异，是两部产生于不同时期、不同手稿之间的差异，与抄录者无关。这些差异主要是文字风格的差异，基本上不存在对错的问题。作家到晚年，往往会对自己年轻时的创作风格不满。扬雄晚年就认为自己少年之作是"童子雕虫篆刻"，"壮夫不为也"；杜甫"沉郁顿挫"诗风也是成于晚年，至于他早年的诗现在能确指的也没几首；陆游一生诗歌创作数量非常大，他自己说"六十年来万首诗"，也就是说他六十岁时已经创作了万首诗。但我们现在看到陆游手订的《剑南诗稿》，仅收 9000 馀首。陆游活到 86 岁，早年的诗当多被删掉。蒲松龄文字晚年转向简约，这是完全可能的。顾炎武《日知录》卷十九曰："辞主乎达，不论其繁与简也。"文字主要要表达准确，很难用繁简来定对错，人的阅历境界会随年龄而变化，年轻时繁花似锦，何妨老年时枯寂如僧。从文字风格看，现存稿本或可称之为繁本，则铸雪斋据抄的稿本就是简本。以繁本为标准，则简本就是错误的；但反过来，如果以简本为标准，则繁本又变成错误的了。所以，以现存半部手稿为标准校对铸本，进而判定铸雪斋"擅自删改"显然不合适。

二、说铸本"有许多地方显然是擅自删改"，这是《袁序》无根据的揣测，不足采信。铸本传承有序，"根正苗红"：铸雪斋抄本抄自朱绁家抄本，朱绁家抄本抄自蒲家稿本，铸本是蒲家稿本的再抄本，其间传承脉络十分清晰，可靠性不容置疑，袁世硕先生在《铸雪斋和铸雪斋抄本〈聊斋志异〉》（下面简称《袁文》）一文中对此有令人信服的考证。从逻辑上分析，铸本中大量的、系统的、规律性的异文，只可能出现在三个环节上：第一个环节是铸本，第二个环节是朱家抄本，第三个环节则是从蒲家借来的稿本。如果问题出在第一个环节，被怀疑的对象自然就是铸本抄者、铸雪斋主人张希杰了。在印刷术不发达的古代，用手工抄写的原始办法传承书籍文化是很常见的，《聊斋志异》早期流传中，就有许多不同的抄本。诚然，用手抄形式传播书籍文化，效率低，容易错。但只要是负责任的认真的抄者，抄写中的错往往都是无意的、无规律的、少量的，不可能是有意识的、大量的、成系统的、有规律的。而我们在铸本中看到的大量异文都是有规律成系统的，说明这些异文不可能是抄写者之误。抄书者最基本的抄书道德就是要忠实于原作，不随意妄改，既不能修订，更不能改编，铸雪斋作为一个抄书者，不会不知道这个道理。我们现在找不到有力的证据，来证明铸雪斋"擅自删改"，如果仅仅依据铸本与现存手稿本的不同来断定铸本擅改，是显然不妥的，因为铸本中的异文，可能是铸本擅改，也可能是铸本据抄的原稿本来就是这样的，就此简单判定铸本的擅改之罪，何以服天下？此外，铸雪斋抄本中的异文是从首至末大量存在的，一部《聊斋》数十万字，将全书文字整饬一遍，工作量相当大。且不说铸雪斋主人张希杰有没有这个能力，就算他自认为有这个能力，他挥汗如雨完成这项工程的时候也应感到自豪，他的"贡献"也自然会在序跋中有所谈及。但我们今天在他的抄本中连此类暗示也看不到，难道他甘当无名英雄？说一句对不起铸雪斋主人的话，我们今天还关注铸雪斋、关注张希杰，主要就因为他抄了一部《聊斋志异》并且存留了下来，而不是因为他写了多少篇自己的诗文。杜甫两句诗令人感叹："满目悲生事，因人作远游。"铸雪斋主人的境遇有点类此。他如果不是附上《聊斋》的骥尾，不是因蒲松龄这个人，三百年后的今天，有谁会想起天壤之际还有个铸雪斋主人张希杰？铸本中大量的异文如果是铸雪斋所改，铸雪斋主人是决不会不提及自己的"贡献"的，他没有提及，是因为这些异文与他无关。由此可以判定：铸本异文不可能出现在第一个环节。

可能出现异文的第二个环节是朱缃家的抄本。朱家在借来蒲家"原本"后，"乃出资觅备书者亟录之，前后凡十阅月"乃成。可知朱家的《聊斋》稿是出资雇职业抄书者抄的，职业抄书者有可能抄错抄漏，但不可能也没能力去全面系统地改动蒲氏原作，所以，朱家擅改嫌疑也可排除。

排除了前两个环节后，产生铸本异文可能的环节就只剩朱家从蒲家借来的《聊斋》原稿了。铸本异文的根源当出自朱家从蒲家借来的《聊斋》原稿上，这部号称原稿的《聊斋》手稿，其实应是蒲松龄《聊斋》稿的修订稿。朱家据抄的就是这部《聊斋》修订稿，朱家抄本是《聊斋》修订稿的再抄本；铸雪斋又依据朱家抄本，形成了修订稿的三抄本，三本一脉相承，同源于蒲家的《聊斋》修订稿。就一般常识言，铸本不过是蒲家原稿本的再抄本，过程清清楚楚，并不复杂，怎么可能一部书稿传抄两遍，就变得如此面目全非、变成是"现存诸抄本中最不接近原稿的本子"？这显然很不近情理。况且，铸本异文与现存稿本中作者的修改习惯同出一辙，我们断定铸本据抄的本子是《聊斋》作者晚年的修订稿是有依据的，不是臆想猜测。只有在认定了《聊斋》修订稿的存在后，铸本中其他的改动，如"异史氏曰"的改写、"附则"的增补，"王评"的取舍等就一并顺理成章地得到合理的解释。

《袁序》中许多被指为铸本擅改的例子，其实是可另作解释的，未必就是铸本擅改的"罪证"。如《袁序》举的《考城隍》例：稿本"予姊丈之祖宋公讳焘，邑廪生"，铸本作"宋公讳焘，邑庠生"，删去了"予姊丈之祖"五字，又将"廪生"改为"庠生"。细审《聊斋》近五百篇故事，大多数都是这样开头的：某某，某地人，然后展开故事叙述。如《侠女》："顾生，金陵人。"《胡四姐》："尚生，泰山人。"《王成》："王成，平原故家子。"

《石清虚》："邢云飞，顺天人。"《珊瑚》："安生大成，重庆人。"等等。这种介绍人物的写法使人物、故事处于真假虚实之间，扑朔迷离，似可信，似不可信。志怪小说最初主旨是为了"发明神道之不诬"（干宝《〈搜神记〉自序》），故极力强调故事的真实性。而蒲松龄《聊斋》却是有寄托的"孤愤"之书，《聊斋》中的实，其实是虚，而虚却是实；实，不过借此名头，以展开下文；故事情节是虚幻的，但虚幻才是批判社会的实。所以涉及人物时，虽然都有名有姓有籍贯，但都比较泛。如果说"予姊丈之祖宋公讳焘"，那人物关系就坐实了，这个宋公就是与蒲松龄有葭莩之亲的宋公，不可能是别的宋公，人们是可以去查去落实的。如果只说宋公，那就泛了，就可以免去许多纠葛。本来小说就是虚幻的，"假作真时真亦假，无为有处有还无"，无奈中国传统向来把故事当作实事。《聊斋》早期作品中有一篇名曰《喷水》，并没有什么深意，不过民间传闻罢了，故事记载清初山东名人宋琬家的一件异事。（宋琬字玉叔，山东莱阳人，顺治四年进士，官至浙江、四川按察使，清初著名诗人，与施闰章一道被称作"南施北宋"。）王士禛读到这篇故事，怀疑故事的真实性，婉言批评说："玉叔褓襁失恃，此事恐属传闻之讹。"其实，狐妖鬼魅的故事哪有真实可言，"传闻之讹"乃成故事，渔洋先生未免胶柱鼓瑟。蒲松龄或受这则王评影响，才把易被人落实的"予姊丈之祖"五字删去，铸雪斋作为一个抄书者，没有删这五个字的任何理由。《捉狐》《三生》中也有同类删改，现存手稿本《捉狐》："孙翁者，余姻家清服之伯父也，素有胆。"铸本作"孙翁素有胆"；《三生》："刘孝廉，能记前身事，与先文贲兄为同年，尝历历言之。"铸本作："刘孝廉能记前身事，自言。"把会被人落实的"余姻家清服之伯父""与先文贲兄为同年"等字删掉。这也只能是作者出于某种考虑自改的，不可能是抄书者擅改，因为我们实在找不出抄书者有任何改动的理由与必要。

"庠"原指学校，孟子说："夏曰校，殷曰序，周曰庠。"在学生员称庠生。廪生则在严格意义上是指每月可在官府领取生活补贴，即领有廪米的生员。此制始于明初，生员月给廪米，多少有差，谓之廪膳生员，省称廪生。廪生还有名额上的限制，制度上的管理等。所以如果一定要区分庠生、廪生，可以说庠生从周朝开始就可以有了，而廪生则到明清两朝才有；廪生可以称庠生，庠生不一定可以称廪生。从《明史》的相关记载看，廪生制度最初管理还是比较严的（参见《明史》卷六十九选举一）。明清数百年间，社会上廪生庠生常混用，并没有很严格的区分。《考城隍》现存手稿本说宋公是"邑廪生"，铸本改作"邑庠生"，二者并没有严格意义上的区别，甚至改为"邑庠生"可能还更准确，因为廪生是有"职数"限制的，并不是所有的生员都可以领到廪米成为廪生，宋公可能就只是一个庠生，铸本把"廪生"改作"庠生"可能更妥。《袁序》把改廪生为庠生作为铸本擅改的证据是很无力的。

《袁序》又举《狐谐》例，言铸本将现存稿本中万福"家少有而运殊蹇"改为"家贫而运蹇"，与后文所说"乡中浇俗，多报富户役，长厚者至碎破其家。万适报充役，惧而逃，如济南，税居逆旅"等情况相矛盾。《袁序》认为，铸本前文说万福"家贫"，后文却说万福被"报富户役"。如果万福"家贫"，怎么会"适报充役"？前曰贫，后成"富户"，显然矛盾，所以《袁序》以为这"显然是删改者粗心所造成的"。我倒认为这里恐怕是《袁序》"粗心"，而不是"删改者粗心"。稿本说万福"家少有"，铸本说"家贫"，"家少有"与"家贫"有很大的区别吗？依正常人的理解，二者之间最多只有贫穷程度上的一点差别，用"家贫"替换"家少有"，行文上没有大的矛盾，倒是"家少有""家贫"与后面的"富户"却都有点矛盾。所以如果一定要说前后矛盾，那首先应该是作者蒲松龄描写时的前后矛盾，而与抄者无关。《袁序》不去指出蒲松龄的前后矛盾，却把浑水全部倒在铸雪斋头上，这很难说是公平的。

《聊斋》中有大量的描写都提到贫，《说文》释贫曰："贫，财分少也，从贝从分。"可见贫是指钱被分掉，钱少了，所以贫，还不是身无分文的赤贫，不是绝对的贫。蒲松龄笔下的贫，通常都是泛指，只是与富相对应的一个词，是相对贫，不是绝对贫，不是我们今天所理解的旧社会贫下中农的那种贫。如《胡四娘》中的程孝思，"剑南人，少惠能文"，"家赤贫，无衣食业，求傭为胡银台司笔札"，既曰"赤贫"，应可申请"社保"救助了吧，却还能去官府中"司笔札"，这在今天应该也算是当上"公务员"了，能穷到哪里去？《西湖主》中，"陈生弼教，字明允，燕人也，家贫，从副将军贾绾作记室"，这位家贫者是副将军的秘书。《颜氏》："顺天某生，家贫，值岁饥，从父之洛。""授童蒙于洛汭。"这位家贫者是私塾老师。《蕙芳》中"马二混，居青州东门内，以货面为业，家贫无妇"，这位穷得娶不起老婆的人是做小生意的。《书痴》中的郎玉柱"家苦贫"，但他家祖上曾"官至太守"，瘦死的骆驼比马大。《竹青》中"鱼容，湖南人，忘其郡邑，家贫，下第归，资斧断绝"，这个家贫者还能去参加科举考试。《聊斋》中此类例子指不胜屈，可见蒲松龄笔下的贫者有的在社会上还是有点地位的，所谓贫多是相对的贫，不是绝对的贫。尽管这样，这相对的贫者，在那个不公平的黑暗社会里，还是会受到压榨，压榨之后也还是会有点"油水"的。《狐谐》中万福是个老实人，正是乡间黑恶势力压榨的好对象。报富户役把他报上，主要的还不是因为他富，富不富是次要的，主要是他老实，而且还有点油水，压榨起来难度不大。万福反抗不起躲得起，就跑到济南躲起来，还侥幸有了一场艳遇，真是傻人有傻福。《促织》篇也有与此相类的事，故事写一个老实的读书人被猾黠里胥报充里正役：宣德皇帝爱斗促织，华阴令欲媚上，"以一头进，试使斗而才，因责常供，令以责之里正"，"里胥猾黠，假此科敛丁口，每责一头，辄倾数家之产"，"邑有成名者，操童子业，久不售，为人迂讷，遂为猾胥报充里正役，百计不能脱，不终岁，薄产累尽"，几近家破人亡。这里的关键是成名"为人迂讷"，还有些"薄产"，好压榨。小说最后结局与其说是喜剧，不如说是悲剧，万福如果不逃到济南去，如果没有遇到那个诙谐可爱的狐女，恐怕就是一个悲剧的下场。看来，"乡中浇俗，多报富户役"是黑暗社会一个普遍现象，跟被报者富或不怎么富，甚至是贫没有太大关系。《聊斋》反映的是当时的社会现实，蒲松龄在《聊斋》故事中说的贫，多是就一般意义而言，很多情况下都是泛泛而言，很难确指。《狐谐》前文说万福"家贫"，后面又说被"报为富户役"，大概就是这种情形，一定要说是行文前后矛盾，未免过于较真。

《袁序》及《袁文》中所举铸本的大量异文，绝大多数都比原稿文字更简约。有的铸本异文不仅简约，而且更合理。如《袁序》所举的《竹青》例，铸本将鱼容"家綦贫"改为"家贫"，省了一个"綦"字；省一个"綦"字还在其次，重要的是改"綦贫"为"家贫"比原来合理。綦者，极也，甚也，主人公鱼容还能去参加科举考试，应该不至于极贫，他"下第归，资斧断绝"，那是临时的困难，不足证明他极贫，所以删去"綦"字显然更为合理。

细考被《袁序》指为铸本抄者擅改的例子，多数都是可以再商酌的，有的删改则显示出改动者的深思熟虑，不是一般抄书者所能做到的。鉴于举例之繁琐，恕不赘述。总之，《袁序》说铸本擅自删改证据不足，立论欠妥。

袁世硕先生或许已经感觉到，一味指责铸本擅自删改，证据不足，难以服人，所以他曾经有一个设想，在《铸雪斋和铸雪斋抄本〈聊斋志异〉》一文中说："朱氏抄本的底本当是蒲氏原稿的副本。""估计张作哲（从蒲家）借出的可能并非手稿本，而是一部誊录供借抄的副本。"[①] 初次看到袁先生的这个设想欣喜异常，真有"闻人足音跫然而喜"的感觉。因为如果朱抄本的底本是蒲氏原稿的副本，铸本抄自朱家抄本，则铸本就是蒲家原稿副本的再抄本，这就避开了铸本与现存稿本的直接"对撞"。因为将铸本与现存稿本直接对比，二者之间确实存在许多异文，如果以现存稿本为正，则铸本只能被打入"另册"，铸本始终好像是"庶出"，在"嫡出"的现存稿本面前，总是抬不起头。这其实也是《袁序》作者的推理逻辑。现在突然说朱家抄本所据的可能是"副本"，好像事情就有点"转圜"了。其一，既曰"副本"，严格意义上说就不是现存手稿本，要比较铸本与《聊斋》手稿本之间的异文，就要去找"副本"来比较，找现存手稿本比较是找错对象了。其二，既曰"副本"，焉知作者在誊录"副本"时没有对全稿作系统的订正？这与拙文《探秘》主张铸雪斋抄本是《聊斋》另一部手稿的再抄本有相近之处。本来怕自己主张蒲松龄还有另一部手稿之说会被人以为是"异端邪说"，现在有人提出"副本"说，鄙人似乎胆气壮了不少。

---

① 详见袁世硕著：《蒲松龄事迹著述新考》，齐鲁书社，1988 年，第 387 页。

可是，当我反复阅读《袁文》第四节"朱氏抄本的底本当为蒲氏原稿副本"时，发现此处《袁文》多为不肯定的词语，如估计、可能等，作者甚至还自己设想编了一段"先稿出手录，寒舍别无副本，希尽速抄毕掷还"的话，最后得出"从当时的多种情况分析，朱家通过张作哲从蒲家借来的本子，当为《聊斋志异》的副稿"的结论。在松软的基础上怎么起高楼？考证最重证据，可靠的证据才是坚实的基础。《袁文》在得出这个结论的过程中，没有什么证据，没有一道是"硬菜"。其次，副本是相对于正本而言的，副本不过是正本的抄本，正副本之间，不能有大量的异文，如果有大量的异文，那就不能叫副本，应该叫修订本，"副本"之说并没能解释铸本中出现大量异文的这一现象。

所以，我坚信，《聊斋志异》除了现存的这半部手稿外，应当还有一部手稿，这部手稿在《探秘》中被称为"第二部手稿"，或也可称为《聊斋》订正稿，其文字较现存手稿更为简洁，情节内容方面也有不少增减删改。尽管这部手稿已佚，但他像一个隐藏在门后的人，人固然看不到，但影子已经看到了。

王子宽，男，1945 年 1 月生，福建福州人，福建师范大学文学院副教授。

※　※　※

程璠知丰城

方鸿飞《广谈助》卷十七："程璠知丰城，凡山川道途、人物名氏，一见不忘。为邑三年，识其居民且半。"程璠，字仲韬，明道先生程颐之诸父。出任丰城县令，能将山川道途、人物名氏，识记不忘。为邑三年，识其居民且半，可谓难得之良吏。（斯欣）

《粤行纪事》中的南明掠影

欧阳蒙雪

　　《粤行纪事》①，瞿昌文撰。《笔记小说大观提要》："昌文之祖为式耜，燕京既毁，开府粤西，力支撑半壁之计。卒之天意亡明，以身殉国，同炳日星。昌文南行觅祖，间关万死，克达目的，因作《粤行纪事》三卷。读之犹觉忠臣孝子，凛凛然有生气。"有《知不足斋丛书》本、《丛书集成初编》本、《笔记小说大观》本，《全清小说》选本据《知不足斋丛书》本校点。

　　瞿式耜（1590～1651②），明代政治家。字起田，号伯略，别号稼轩，常熟（今属江苏）人。出身世宦之家，拜钱谦益为师。万历四十四年（1616）进士，次年任江西永丰知县。天启年间，因太监魏忠贤专权，辞职家居，不与阉党同流合污。崇祯元年（1628）任户科给事中，其间连上奏疏，抨击魏忠贤馀党，为被害人昭雪，扶持正气。因后金不断南侵，曾连上奏疏，要求增储军粮，讲求武备，并举荐徐光启、李之藻、孙元化等能臣。唯此举触犯当权者利益，不久削职回籍。清兵入关后，先后在福王弘光朝，桂王永历朝屡任要职，坚持抗清。永历四年（1650），清兵自全州攻桂林，朝臣互诋，粮饷匮乏，桂林大乱，城中无一兵，决意留守桂林，以死报国。最后从容就擒，不屈而死③。光绪《常昭合志·人物志》瞿式耜传后，附昌文传："孙昌文，字寿明，性豁达。年十七，念其祖在远，欲往省。父母惜其年少，不听。一日早起，襆被独行，家人觉之，急倩人赍资用，追及之杭州僧舍。微服隐名，冒锋刃，涉波涛，几死者再，然后得达，式耜诵退之'知汝远来'

---

① 欧阳蒙雪校点：《粤行纪事》，《全清小说·康熙卷》二，文物出版社即出。
② 瞿式耜就义时间，有 1650 年、1651 年两说，该处所引宋林飞《江苏历代名人词典》为 1651 年。《粤行纪事》记瞿式耜就义时间为十二月十七日卯刻，并注明"大清《时宪历》置闰在辛卯春二月，其十二月十七，即《大统历》闰十一月十七也"，故瞿式耜就义于 1651 年 1 月 8 日。
③ 宋林飞主编：《江苏历代名人词典》，江苏人民出版社，2019 年，第 167 页。

之句，且喜且悲。荐授翰林院检讨。式耜殉节后，裹骨归，又几落虎口。式耜以没后，英爽脱之，著有《粤行纪事》《倦知小记》。""知汝远来"，语出唐韩愈《左迁至蓝关示侄孙湘》："知汝远来应有意，好收吾骨瘴江边。"祖孙情深，呼之欲出；该诗颔联"欲为圣明除弊事，肯将衰朽惜残年"，更是瞿式耜自身的写照。

入粤原因。顺治二年乙酉（1645），清兵南下，江南失陷；丙戌（1646），鲁藩入海，唐王遇害，两粤之势日蹙：

> 文是时省祖之志，愈坚且亟……然楚囚相对，父母日夕焦劳，且时念王父母暌隔天外，寝食俱废，稚子不能代忧，又弗忍坐视，唯蚤暮西粤一行，劝王父黄冠还故乡，愿足矣。

黄冠，用草编成的斗笠，为农夫所戴。丙戌（1646）九月，收到瞿式耜家书："丙戌……二月十五日与新抚交代，野服轻舠，日寻桂林佳山水，颇惬泉石之怀，而念念唯望烽烟稍息，觅路东还，以黄冠再见故乡为幸。"① 当是时，靖江王亨嘉之乱已平，瞿式耜广西巡府之职被代，擢兵部右侍郎，但他认为唐王伦序不当立，不入朝，退居广东。朝代更替，家道中落，父亲操持家事，祖父回乡的愿望，只能长孙瞿昌文去实现了。

瞿昌文于十二月初一日离家，经飓风烈日、瘴雨黑雾，及饿寒、劳苦、惊怖，四月十六日在芷芋镇（广东吴川）登岸，踏上了两粤的地界：

> 从化州雇车辆至陆川县，淫雨泥泞，盘折五日，汩没垢面。晤郁林兵使者颜可及，方知王父三年来出死入生，几危复安，肖然南天一柱，履虎尾而不咥也。陆川一百里至北流县，北陆俱隶梧州，及容、藤、岑、博四邑，庆国公陈邦传久自制其疆域，分镇设官征粮，骄纵不法。

瞿昌文到陆川的时间是四月下旬，距收到家书的时间已过去三年，永历政权成立，两粤成为抗清中心。"履"卦卦辞："履虎尾，不咥人，亨。"踩

---

① 瞿果行编著：《瞿式耜年谱》，齐鲁书社，1987年，第64页。

到了老虎尾巴，比喻处于险境。唐房玄龄等《晋书·袁宏传》引《三国名臣颂》："仁者必勇，德亦有言；虽遇履尾，神气恬然。"① 用在这里，是对瞿式耜极高的评价。永历朝有瞿式耜这样矫矫立名，建白多当帝意的能臣②，但更多有陈邦传这样的不法之徒。陈邦传善于逢迎，亨嘉之乱破城有功，封富川伯，将李成栋反正的功劳据为己有，进庆国公，甚至请世居广西如黔国公故事，自制疆域，跋扈殃民。桂林失陷后，"陈邦传谋劫驾，帝遂冒雨而走，诸臣在后，多被劫掠"③，没有抓到永历帝，"阴使人刺杀宣国公焦琏于武靖州，函首献降"。两者鲜明的对比，体现出瞿式耜的难能可贵，更体现出永历朝庭的内部已经大坏了。

五月初五至苍梧，会郡守束玉，得知"定兴侯何腾蛟殉难，湘潭诸勋帅投戈转战，楚疆幅裂，滇将赵印选败入桂林，全州复陷，西省呼吸如朝露"。《明史·何腾蛟传》有其殉难经过：

> 腾蛟议进兵长沙。会督师堵胤锡恶进忠，招忠贞营李赤心军自夔州至，令进忠让常德与之。进忠大怒，尽驱居民出城，焚庐舍，走武冈。宝庆守将王进才亦弃城走，他守将皆溃。赤心等所至皆空城，旋弃走，东趋长沙。腾蛟时驻衡州，大骇。六年正月，檄进忠由益阳出长沙，期诸将毕会，而亲诣忠贞营，邀赤心入衡。部下卒六千人，惧忠贞营掩袭，不护行，止携吏卒三十人往。将至，闻其军已东，即尾之至湘潭。湘潭空城也，赤心不守而去，腾蛟乃入居之。大兵知腾蛟入空城，遣将徐勇引军入。勇，腾蛟旧部将也，率其卒罗拜，劝腾蛟降。腾蛟大叱，勇遂拥之去。绝食七日，乃杀之。

李自成死后，其众数十万悉归何腾蛟，腾蛟军势大震。题授黄朝宣、张先璧为总兵官，与刘承胤，李赤心，郝永忠，袁宗第，王进才，马进忠等，分别统军开镇湖广，时称"十三镇"。但诸将对何腾蛟之令逗留观望，东下

---

① 程志强编著：《中华成语大词典》，中国大百科全书出版社，2003年，第824页。
② 张庭玉：《明史·瞿式耜传》。
③ 江日升：《台湾外记》。

战败，何腾蛟威望受损。诸将又扬言乏饷，多次大掠，初建十三镇以卫长沙，至是皆自为盗贼①。何腾蛟殉难后，农民军四处溃散，缺少补给，屡屡犯境：

> 薄暮束君归，叩其故。言忠贞营李赤心、高必正各勋镇，从临武、蓝山、江华、永明战败，阑入贺县，蹦怀集、封川，将屯踞梧州，岌岌势莫支。赤心者，闯贼李自成养子。自成败于潼关，帅馀部三十万众自秦出楚，薄洞庭而军。自成死，赤心统署如故，势仍负嵎。何公腾蛟时为楚抚，单骑招降，十三营将，悉请予通侯爵，王许之。然赤心虽受羁縻，性枭鸷，所过屠戮焚劫无孑遗，狼子野心，终未易本来面目也……文谓诸当事曰："忠贞固赤眉、铜马之流，既受汉家列爵，均王臣也。今丧师失地，阑入郡县，君辈宜早为侦探，裁尺素书，规以大义，星驰粮糗劳其军，遣一介使止之，合章诣阙下待命。夫安插之宜在本兵，粮饷之拨在司农，乃既不能报之于先，又不能安之于后，脱激成变，咎将谁诿？"束等唯唯。

收编农民军，壮大了抗清的队伍，但永历朝庭内部党争激烈，农民军缺少补给，大掠城池，沦为盗贼。这是刚到粤西的瞿昌文所不能了解的。

> 于六月初一日从封川入山，跣足徒步于赤日丰草中，毒瘴弥漫，行数里辄昏晕仆地。次日达文德巡司，遇职方高淳、魏光庭，相挈同赴开建县。城中枯脔塞道，熏炙掩鼻，宿城外文昌祠。县令吴之仪出，袖不掩两肘，鹄面鸠形，劳瘁。文解囊，得束君所赠之少存者，分赠之十金。随别光庭先行，刺促枳棘山谷中蹒跚者五日，举目腐尸，洞流俱牛马骨血。渴则溯水源，挹其稍清者啜之。

战争的过程是残酷的，南方瘴气就多，加之战乱，更显得凄惨。有丁魁楚那样拥有私兵大发端砚之财的阁臣，也有吴之仪这样狼狈的县令，永历朝

---

① 张庭玉：《明史·何腾蛟传》。

的国家机器，已经破败不堪了。

> 及（六月）十六日至平乐府，晤郡守朱君议沆，惊闻王母夫人竟于五月二十八日病终于大墟舟次。是时，王父以滇焦两营主客构斗之变，坐镇城中调谕之，不及视含殓……文即乘其马，疾回阳朔，与焦侯会晤。语长久，悉知全阳失陷情形，主客构斗故。

王夫之《永历实录》："永历三年春，湖南复陷。赵印选、胡一青、杨国栋、马养麟之兵，聚保桂林，粮益乏。琎曰：'桂林固吾泛地，然诸帅至，有客主谊，空营舍为诸帅居，悉桂赋为诸帅食，吾礼也。'遂屯平乐。"瞿共美《东明闻见录》："（滇营）部署不严，路过多行劫掠。焦新兴部将赵兴，好刚使气，怒滇营之横，遂治兵相攻，杀滇兵四五人，几成肘腋之变。留守巫诏新兴语之曰：'国家危在旦夕，方赖诸将军协力同心，共扶社稷，岂容私斗！'两军皆感泣。焦新兴杀赵兴以谢滇将，事始得释。"徐鼒《小腆纪年》："明焦琏杀其将赵兴。兴，良将也，然好刚使气……琏斩兴以谢滇将，事得释。然死不以罪，粤人惜之。白贵战死，兴与刘起蛟相继诛，焦营从此弱矣！"

> （1649年9月）初十日，焦新兴自全州抱病回阳朔，文往候之。语次愤愤，谓滇营之反客为主也。文曰："廉蔺之事，公岂未之知耶？"新兴曰："谨受教。"

廉蔺之事，《小腆纪年》："琏以讨劫盗刘成玉，帅师东下，遂赴梧州。初，刘成玉者，平乐隶也；为永国公曹志建榷税官，与抚军鲁可藻之旗鼓赵玉相狼狈。可藻丁艰居舟中，成玉利其赀，掠之。琏怒，讨成玉。成玉奔志建军，两军几哄。瞿共美谓志建曰：'方今天子蒙尘，强敌四逼；唯藉群公固廉蔺之交，继桓文之业。乃忘大仇而修细隙，天下后世其谓之何哉！'志建悟，杖杀成玉，事始解。"倪在田《续明纪事本末》："（1650）九月，孔有德入灌阳，曹志建奔恭城。焦琏曰：'灌阳，浔、贺、柳、梧之障也！'亲往救之，资以马仗，视其军立，乃还。"《小腆纪年》又曰："然主将衅虽释，而众军士益如水火。王师之袭平乐也，将士疑为志建兵，殊无斗志，以致于败。"主客构斗一直没有解决，最终导致了桂林的失陷。

> 顺治六年己丑（1649）六月，昌文既抵桂林。桂林山水灵异甲天下，文昌门之南有刘仙岩，北门外有明月洞。漓江之东有七星岩、龙隐岩，皆奇峰插天，玲珑盘折。而伏波山矗立城东，与靖江藩邸中独秀山对峙，尤为峻异。至日宿舟次，明蚤登伏波山，谒关壮缪庙，见王父题额，曰："学本尊王。"又题一联，曰："浩气塞两间，万古纲常永赖；威灵宣八表，千秋带砺全凭。"凛凛然鞠躬尽瘁之志，上通神明矣。

桂林山水甲天下，游览伏波山关帝庙时，看见祖父写的题额"学本尊王"。"尊王"即"尊王攘夷"。王，指周王朝。攘，排斥。夷，指古代各少数民族。春秋时代，周王室衰微，诸侯割据，少数民族时常侵扰。齐桓公、晋文公等相继奉行拥戴周王室、排除少数民族的策略，称霸一时。后用作效忠统治者排除少数民族侵扰的口号，这里显示了瞿式耜抗清的决心。"浩气塞两间，万古纲常永赖；威灵宣八表，千秋带砺全凭"，这是瞿式耜对关羽的褒奖，也是对自己的激励。

> 四年元旦，行宫大朝，文随列班行焉。是日，宴抚按勋将。夜阑，人静灯息，斋中几案间忽发烟焰，烧毁书籍大半，文窃怪不祥。初七夜二更，王父书案间灯盏锡质者无故自掷地，分裂三片，又屋瓦无故飞立地上，心益怪之。初十日，定南王差官持咨文、书启十余函达督师，次滇、焦、卢、杨各勋，大抵陈说天命，指譬人事。王父曰："我岂不知天命耶？顾臣节所在，死而后已。"遣其使而还其书。是月，宝丰伯罗成耀弃梅岭，走韶州，大清兵下南雄，过清远，直逼五羊。王移跸梧州，王父即遣文同中军总兵官徐高至梧，迎驾返桂林……（八月）廿日，同邑陈职方璧，字崑良者，亦泛海来至桂林。王父留置幕中，谘议累日，极言："纪纲大坏，政地乏主，持国事者，天留硕果相公一人，唯蚤赴行在，以慰圣眷。"文曰："有留守，得有桂林；有桂林，得复浔

梧。今王父弃桂林，入行在，是舍危而就安也。独不思桂林危，梧肇独能安乎？且不舍危于丁亥春武冈随跸之时，乃偷安于此日全永告急之时乎？"王父颔之。

关于天命，要从亨嘉之乱说起：

> 忆乙酉岁，王父抚粤军，驻节梧州，靖江王亨嘉谋窃神器，自称监国，署置臣僚，桂林、平乐、柳庆、思南、太平，望风从逆，未受伪命者，止梧浔二郡耳。王父守节拒抗，密请东师，檄止狼兵勿应靖调。未几，逆王袭梧，逼王父朝服以朝，不从；逼敕印，不从；加以刀斧，不为动。遂系入一小舟，挽上桂林，幽于邸，家口发置梧州，无许一人随行。省会藩、臬、府、县僚属，俱先拜伪制，咸目笑抚军为几上肉。

靖江王亨嘉不是皇室世系，妄图篡国，受到瞿式耜的强烈抵制。他在《与儿书》中，对此作了说明：

> 桂王为神宗第五子，出封楚之衡州，以避寇入粤，栖于醒州。崇祯十七年（1644），桂王薨逝，遗二王子：一为安仁，一为永明。安仁居长，正枝嫡派，当弘光失国之后，即应照伦序立之。余以弘光元年闰六月到梧，时皇太妃同安仁、永明，俱停舟水次。余朝见安仁，见其丰姿气度，真天日之表也！亟驰书总督丁光三，谓"以亲以贤，更无逾此"。而光三已先接虔抚万元吉咨文，为闽中业拥立唐藩监国，随具贺表达闽，并以咨西粤抚按，其事遂寝。然余之不服靖江王，而甘受其逼辱者，非为唐王也，为桂之安仁王也……岂意不一月，而安仁一病遂不起！余于丧次谒永明王，见其丰姿气度，不减安仁，而浑厚笃诚更过之。兼向闻永明有异瑞种种。私念将来其终有望乎？[①]

安仁王之死，王夫之《永历实录》：

---

① 王竞成主编：《中国历代名人家书》，国际文化出版公司，2009年，第369~370页。

时端皇帝晏驾，桂恭王嗣立，与上同居梧州。魁楚莅粤，以寓公礼相见，恭王不怿，稍见于色。会思文皇帝由疏远为闽帅所推戴，桂邸序次当壁，思文皇帝颇疑忌焉，密旨谕魁楚侦动静。自端皇帝以敦让传国，恭王固无他志；桂邸中涓王凝禧亦质朴，无喜事心。魁楚以宿怨欲因事中王，王不知也。一日，故举酒就恭王饮。魁楚大言："天下倾乱，殿下为高皇帝子孙，能勿忧耶？"王曰："宗国破败，孰能忘忧！倘得藉先生力削平之，俾孤假手以报高皇帝，死且不朽。"问答间，亦偶相酬酢耳。魁楚遽以奏闻。他日，复持酒就上饮，问如前，上唯唯而已。魁楚亦以奏闻。未浃月，桂恭王暴薨。或曰魁楚奉密旨为之也。上仅赖以安，而心恒惕恻。魁楚用是加太子太保、兵部尚书。

安仁王为桂王第三子，永明王为第四子，安仁王死后，唐王被杀，瞿式耜和丁魁楚拥戴永明王为永历帝。面对异族的入侵，永历帝作为最正统的继位者，只要登高一呼，天下必然云集响应，又将会是一个光武中兴。但父兄相继突然薨逝，永历帝惊恐害怕，又生性懦弱，加之没有学习过帝王之业，故始终处在一个被挟持的状态，随波偷生。瞿共美《粤游见闻》："（安仁）王英明特达，才略过人，有知人之鉴。尝曰：'居安可寄社稷，临难不辱大节者，唯瞿公一人而已。'……一日宴罢，夜半疾作，急召瞿式耜入，付以后事。执手流泣曰：'孤负先生。'顾王弟永明王曰：'国家事，一听瞿先生处分。'……式耜恸哭曰：'王乃汉光、唐肃之流也，天不祚明，早夺其年，悲夫！'"瞿式耜《丁亥（1647）正月初十再书寄》家书云："永明既立，吾念已尽，吾身可隐，吾实不愿受职，无奈一时乏人，上意苦不肯放，只得又入辔锁之中：而时势适值其难，仅仅一隅，岌岌不保。若既立之为君，而遂弃之以图自全，岂不得罪天下万世？因是勉强支持者两月馀，而究不免于西迁。西迁以后，局面未知何如，亦唯力是视，以尽吾拥立之初心耳。"又云："人见我两年内自给谏而府丞，而巡抚，而侍部，而拜相，似乎官运利极矣！以我观之，分明戏场上捉住某为元帅，某为都督，亦一时要装成局面，无可奈何而逼迫成事者也。其实自崇祯而后，成甚朝廷？成何天下？以一隅之正统而亦位置多官，其宰相不过抵一庶僚，其部堂不过抵一杂职耳!"① 永历朝的国运，在成立的时候就注定了。

> （1650）是月（四年元月），户部尚书吴贞毓、礼部尚书郭之奇、兵部侍郎万翱、吏科给事中张孝起、朱士鲲等，合疏参左都御史袁彭年、詹事府詹事刘湘客、吏科都给事中丁时魁、工科左给事中金堡、兵科右给事中蒙正发，下诏狱杂问。王父连拜七疏救解之，五君卒得宽释。

此为"永历打虎"。《通鉴辑览明季编年》："时由榔诸臣各树党，从成栋至有曹华、耿献忠、洪天擢、潘曾纬、毛毓祥、李绮，自夸降附功，气陵朝士；自广西从由榔至者朱天麟、严起恒、王化澄、晏清、吴贞毓、吴其雷、洪士彭、尹三聘、许兆进、张孝起，皆自恃旧臣，诋斥曹、耿等。久之，复分吴、楚两党：主吴者，天麟、孝起、贞毓、化澄及李用楫、堵允锡、万翱、程源、郭之奇，皆内给马吉翔、外结陈邦傅②；主楚者，都御史袁彭年、少詹事刘湘客、给事中丁时魁、蒙正发、金堡，皆外结瞿式耜、内结李元允。元允方握政柄，彭年等倚为心腹，揽权殖货，势甚张，时人目为'五虎'。彭年等谋攻去吉翔、邦傅，权可独擅也；令堡疏陈八事，劾邦傅'十可斩'，吉翔及中官庞天寿、大学士起恒、化澄与焉。起恒、化澄乞去，天麟奏留之。堡与时魁等复相继劾起恒、吉翔、天寿无已，太妃召天麟，面谕'武冈危难，赖吉翔左右'，令拟谕严责堡等。天麟为两解，卒未尝罪言者；而彭年等益怒不止。由榔知群臣水火甚，令盟于太庙；然党益固不能解。"《明史·瞿式耜传》："时成栋子元胤专朝政，知敬式耜，袁彭年、丁时魁、金堡等遂争相倚附。六年正月，时魁等逐朱天麟，不欲何吾驺为首辅。召式耜入直，以文渊印畀之，式耜终不入也。未几，腾蛟、声桓、成栋相继败殁，国势大危。朝士方植党相角，式耜不能禁。"瞿式耜没有参与党争，但处在了旋涡的中心，却没有解决的办法，永历朝的国祚一去

---

① 瞿果行编著：《瞿式耜年谱》，齐鲁书社，1987年，第74页。
② 陈邦傅，《知不足斋丛书》本为陈邦传。

不复返了。

十一月初一日，得广城被围急警，相顾失色。次日，谒中堂朱公天麟，案间见秦王孙朝宗入贡章奏，书甲子不书正朔，称启不称臣。初十日，朱中堂走使呼语云塘报至，初四日广州府陷，江宁伯杜永和等走入海，留督肇庆南阳伯李元引疏请援兵甚亟，举朝汹汹。文拟具疏，请驾幸桂林。稿就，走商之中堂，时已更馀矣。至朝门，见内侍惊惶奔走无绪。随趋入内阁，遇庞天寿。天寿执文手，指甲入腕，哭失声，乃知初五日桂林亦陷。司礼监杨守明飞棹至梧，详陈是日申刻大清兵破城，各勋镇败走阳朔、永福，城中止存督师瞿某、兵部侍郎张某二人，标丁与巷战不利，守明随溃兵，星夜下平乐兼程来至者。文魂悸肠裂，不谓于前月初十在舟次，遂与王父永诀耶？

《明史·瞿式耜传》："（1650）九月，全州破。开国公赵印选居桂林，卫国公胡一青守榕江，与宁远伯王永祚皆惧不出兵，大兵遂入严关。十月，一青、永祚入桂林分饷。榕江无戍兵，大兵益深入。十一月五日，式耜檄印选出，不肯行，再趣之，则尽室逃。一青及武陵侯杨国栋、绥宁伯蒲缨、宁武伯马养麟亦逃去。永祚迎降，城中无一兵。式耜端坐府中，家人亦散。部将戚良勋请式耜上马速走，式耜坚不听，叱退之。俄总督张同敞至，誓偕死，乃相对饮酒，一老兵侍。召中军徐高付以敕印，属驰送王。是夕，两人秉烛危坐。黎明，数骑至。式耜曰：'吾两人待死久矣。'遂与偕行，至则踞坐于地。谕之降，不听，幽于民舍。两人日赋诗倡和，得百馀首。至闰十一月十有七日，将就刑，天大雷电，空中震击者三，远近称异，遂与同敞俱死。"瞿共美《东明见闻录》："督标致远将军戚良勋率三马至，施而请曰：'公为元老，系国安危，身出危城，尚可号召诸勋，再图恢复。'留守曰：'四年忍死留守，其义谓何？我为大臣，不能御寇，以至于此，更何面目见皇上、提调诸勋乎？'遣之出城。"王夫之《永历实录》："孔有德猝犯小榕江，诸将不战而走。式耜驰皇令，召诸将城守，无应者。式耜乃沐浴易衣，坐署中。通山王蕴舒驰入告曰：'先生受命督师，全军未亏，公且驰入柳，为恢复计，社稷存亡，系公去留，不可缓也。'式耜不应。蕴鉥涕泣，曳其袖，固请上马。式耜从容应曰：'殿下好去，幸自爱！留守，吾初命也。吾此心安者死耳，逃死而以卷土为之辞，他人能之，我固不能也。'"瞿式耜虽鞠躬尽瘁，竭力支撑，但终难挽回永历朝灭亡的命运。"从容待死与城亡，千古忠臣自主张。三百年来恩泽久，头丝犹带满天香"，这是瞿式耜临难前的绝命诗，杀身成仁，舍身取义，表达了对明朝的忠心。

刘声木《钱澄之论〈节义传〉》：

> 桐城钱饮光茂才澄之，有《建宁修志与姚经三司李书》云："《节义传》风教所关，而当事于丙戌死事诸君子颇有忌讳，禁勿书。汉世祖与隗嚣书云：'足下与吾相去绝远，本非吾乱臣贼子，当时欲为君所为者众众，但事定宜自审去取耳。'夫嚣与世祖同时举事，尚不目以乱贼，岂有本其故物，一姓继起而谓之伪朝？忠于故主，守死不屈，而比之叛逆。古帝王于天下初附，未尝不录降者之功，而听不降者之死。天下既定之后，则必以死事者为忠臣，降者为失节，所以教忠也。不当国家鼎革之秋，则忠臣义士之节不见。今禁丙戌死事者不得名节义，则节义将以何事见，当于何时成乎？"云云。

> 声木谨案：无锡邹流绮□□漪《明季遗闻》云："殉难诸贤，在北都者，易名恤赠，炳耀千秋。其在东南，抗节诸公，亦奉圣明，有详访确议之旨。盖声其罪，未始不悯其心；杀其身，未尝不高其义也。"云云。我朝于胜朝抗节守死者，于乾隆四十一年，奉敕撰《钦定胜朝殉节诸臣录》十二卷。于迎降再仕者，则著录于《贰臣传》□□卷。后人宜知所从事矣①。

乾隆帝念明朝殉节诸臣各为其主，义烈可嘉，更希望以褒奖忠良，教化后人，于是命大学士九卿等集议，将明惠帝建文靖难及明末殉节诸臣汇集成书，以此表彰。乾隆四十一年（1776）书成，共记载 3787 人②。《钦定胜朝

---

① 钱澄之：《所知录 附四种》，黄山书社，2014 年，第 260～261 页。
② 孙成君：《古籍掘金》，四川科学技术出版社，2018 年，第 66 页。

殉节诸臣录》:"乾隆四十一年十一月，大学士等等奉议得瞿式耜定议:'立君竭诚奉上义，全忠全孝贯存亡。'令谥为忠宣。"瞿式耜视死如归的英雄气概得到了清朝的认可，他这种临难不屈、舍身取义的精神正是中华民族传统文化的源泉。

本文对《粤行纪事》的片断记载作了一些补充，参考书目有正史，也有稗史。稗史，也就是小说。姑苏笑花主人在《〈今古奇观〉序》中说:"小说者，正史之馀也。"并解释道:"仁义礼智谓之常心，忠孝节烈谓之常行，善恶果报谓之常理，圣贤豪杰谓之常人。然常心不多葆，常行不多得，常理不多显，常人不多见，则相与惊而道之，闻者或悲或叹或喜或愕，其善者知劝，而不善者亦有所惭恶悚惕，以共成风化之美。"《粤行纪事》也是稗史，所记情节艰难曲折，感人至深，瞿式耜艰贞自守、鞠躬尽瘁的精神永远值得我们学习。

反清复明的运动持续了整个清朝。清朝三百年，在中国历史上处于一个尴尬的地位，更有甚者，将中华民族的衰落归根于清朝的蛮夷统治、闭关锁国。其实，如果大顺朝成立，或是南明再续，鸦片战争还是会发生，中国还是会进入到半殖民地半封建的社会，因为鸡犬相闻、老死不相往来的小农经济社会不会主动去寻求生产力的飞跃;工业革命的产生，对全世界都是翻天覆地的变化。所以我们要重新认识清朝，不能简单地加以否定，清朝的历史也是我们中华民族的历史，拥有真正的文化自信，才能真正迎来中华民族的复兴。《全清小说》丛书的出版，《全清小说论丛》的编订，从这里开始。

欧阳蒙雪，女，1973年5月生，江西玉山人，文献学硕士，福建师范大学闽台区域研究中心馆员。

略论《稗说》作者宋起凤的思维取向

翁银陶

《稗说》① 是明末清初宋起凤所写的文言小说，全书共一百五十篇。就其内容而言，可分为两个方面：其一，记叙明末历史事件、人物事迹、皇宫典章制度，以及当时流传于社会的民间故事；其二，形形色色神鬼有关的奇闻怪事。上述两方面内容的记叙，折射出作者思维中，同时并存有两种截然相反的思维取向。

一　理性的、关注现实的思维取向

理性的、关注现实的思维取向，指的是作者以理性的眼光观察社会，并作理性的分析，进而得出结论，并将其写进《稗说》一书。如：

其一，对胡宗宪抗倭史实的补充。

胡宗宪是明朝中后期驻守在江浙一带抗击倭寇入侵的大臣，他不仅要抗击倭寇，而且还要殚精竭虑剪除依附倭寇的汉人武装，如徐海，便拥有一支颇具实力的武装。《明史·胡宗宪传》在讲述了胡宗宪与徐海的几次交战之后，说徐海最后战败投水而死，而《稗说》卷一《王翠翘》条，则有比较详尽的另一种叙述。其略曰：胡宗宪花重金买下吴中曲部名姬王翠翘，并连同黄金百铤、锦绮等派人赠与为倭寇作向导的海匪徐海，并劝徐海"举军而归朝廷"，海答应。而后，胡公别使间谍，布流言他倭营，谓徐海已窃纳款，将图尔辈馘，倭首果疑，夜提精卒袭海，海大溃。后胡公以计斩徐海。整个过程，不涉及鬼神的参与，其思维取向是理性的、现实的。

---

① 翁银陶校点：《稗说》，《全清小说·康熙卷》四，文物出版社，2022 年。

其二，对戚继光斩子一事的记述。

戚继光是明朝中后期抗击倭寇入侵、后又驻守长城的名将，而"戚继光斩子"更是流传甚广的一件事，此事未见于《明史》，各地所传不尽相同。《稗说》于《戚南塘用兵》条略曰：公遣其子与偏将某出御，坐挫军。公得报，陈师武场，调各路偏裨入侍，令军吏执子与将某进，伏幕下。公盛怒，数其罪，令伏法，诸将免胄跽请至再，不听，并戮之。刑甫毕，夫人飞骑驰传代请死，已无及矣。

其三，对明末女将秦良玉事迹的补充。

《稗说·秦良玉》主要记叙秦良玉带兵的风格。略曰：

秦良玉，其兵数千人，皆步卒，人戴藤帽，裹软铠，铠以楮为之，铅镞不能入。凡临战，臂藤牌，执刀跃入坚壁中，人马遇之立韰。或铁骑四面猝至，各队分一路与角。其陷阵不以骑，唯舞牌贴地进，遇骑则滚而劈其足，立刃人如刈。又说：士卒战阵还少定，必解甲验创，创多而前者，受上赏；创少且后，薄其罚；无创则录罪；数战而全身以归，无馘获，无人畜，无兵仗辎重者，为卖战。卖战者，不力，杖脊，箭其耳，游示军中，置之殿卒。故秦军每斗，悉有死志也。

其四，对明末奸佞魏忠贤恶行的补充。

魏忠贤是中国历史上少有的大奸佞，《稗说》在揭露魏忠贤残害杨涟、左光斗诸公后，说当时举朝结舌，而谄谀颂德之风纷起：京兆太学生某，率六馆诸生伏阙建言，谓厂臣魏忠贤诩赞圣躬，中外大治，请于成贤坊建祠以旌功德。于是各省抚臣交请建祠赐额，天下若狂。又说崇祯皇帝即位后，先黜魏为孝陵净军，旋又下令斩魏忠贤、客氏、崔呈秀、田尔耕、魏良卿，并籍其家，追赠诸言官杨涟等进爵予谥，毁天下生祠。中外大悦。

其五，其他方面的补充。

关于明崇祯帝善政。其略曰：

崇祯朝，帝励精图治。每章奏手自批阅，中夜不寝，有所得，下阁臣议，辄以片纸书某事某先生教之，令小中贵持问。性尚节俭，江浙织造减去什之五；日进常膳，乐九奏，尚食以次献，帝概撤去，止三奏，食列数器，三宫亦同焉。遇旱涝祷请，终月蔬食，旦夕一布袍御殿，忧思溢于天表，至雨旸得时，颜始少霁。宫室一仍其旧，无土木之役，一切声色、货利、玩好之奉皆不事。复谓：词臣积望久，例入政府，恐徒有清誉，而不娴舆情，又令有司考选得入翰林。又，日亟九边饷，不使悬欠，甲仗夹纩属，岁颁以时。凡先朝矿役、珠役、杂榷无益之遣，尽报罢。帝之图治诸大端，殊非前代中主所及。

关于李青山：

> 山左大盗李青山弟明山，素为群大侠，凡河北、魏博、邢、洛，与淄、青间，驰骑数十成群，掠道路行旅，夺县官饷无忌，事发，相率匿青山兄弟所。崇祯辛巳，海内大饥，会宜兴相公再被召，舟过之，青山兄弟裹甲拥百骑出列河干，请曰："传语相公，梁山泊李青山欲造请一言，愿自当一面，为天子捍山左臂，众所望也。"公慨然应允。但其后又收执青山兄弟以下数十余人，槛送京师，杀之。

除上述外，作者理性的、现实的思维取向还延及到某些民间事件的叙述。如《铁老鸦庙》云：居人刘某夫妇，俱凶悍。常诱骗小孩入内，而后杀之做成人肉包出售，后事泄露，乃鸣於官，闻之上，夫妇并磔焉，毁居为隙地。又如《宦盗》云：崇祯间，有外殿中翰吴某居京师，"常伺察京师殷实巨家，先于同巷僦居焉，阴计其僮仆出入丰厚与否。乘夜自键家姬室，独与其妻探所藏胠箧，诸具结束谨密，足履软履，腾身飞屋上，屋瓦无声，能使重关启闭如故，凡密室中盖藏无不立得"。后案破，夫妇并置法，散其仆妾，京师一时喧传衣冠大盗云。

其他民间事件还有《刘定》《还妇成梁》《陈孝子》《海烈妇》《牛符卿》《奕刘二叟》《兖州杨生》等，作者记述的思维取向，也同样是理性的、现实的。

二 非理性的、关注神秘虚幻世界的思维取向

与理性的、关注现实的思维取向相反的，是非理性的、关注神秘虚幻世界的思维取向，这种思维取向所叙述的故事，基本上是虚构的，或以虚构为主。如《昙鸾大师》云：

> 太仓故相国元驭王公家，有女已字徐甫草，徐天殁，女于公夫人前涕泣誓守。女日居小楼，从一婢随，蔬食断腥，时课《金刚经》不辍。一夜，西王母挟诸女真过，授以导引服气之方。自是夜恒与仙真语，语皆入道，或数日不食，夜则仙真摄诸珍菓食之。初，公夫人皆不知，已，家人辈时觉院中香气异常，又闻鸾鹤笙瑟声彻夜不绝。公夫人候深夜，从楼下属听，则环珮履舄交错，乃俯梯穴视，见女已易妆为天人状，而彩褫丹碧，非雾非烟，四坐相向，中列鼎彝乐器丹书不一。楼之广不过数椽，不意其何以容若许也。公夫人大惊愕，潜相归。凌晨，女作常妆，见母曰："夜来得毋惊母耶？儿非他，向为昙鸾菩萨，以一念下谪母家，诸真恐儿益堕，乃相率汲引，不久当归，尚以俗缘少逗尔。"公夫人听之。女后或经月不下楼，而家间内外巨细毕知。年馀，女道成，会徐郎卜葬，女至墓所，为设祭。酹毕，取佩剑自断其髻，纳圹中，曰："践予初志也。"而色沮甚。此时女亦能挟飞仙作碧落游，不久，飞升上天而去。

全篇写仙女昙鸾大师在人世间的活动，世上本没有仙女，更不可能有仙女在人间的活动，故本篇所体现出的思维取向，明显是非理性的，属于关注神秘虚幻世界的思维取向。

再如《舒姑坪》，略曰：富阳县北有舒姑坪，有舒氏二女，父母早丧，相矢不嫁，结茅山中隐焉。有兄某，日采樵得百钱，持为二女饔飧资。历年既久，二女遇仙真，授以服气法，身体光泽，腹渐隆起如娠状。山下村民入山见之，窃疑其与人私，为女兄述其故。兄归，大恚恨，责二女与人野合，

曰："从此辞，无颜复相见也。"二女叹曰："吾辈道几成，以繁言中败，念事欲白，非以身示不可，惜为期尚早，使我不获得飞仙果，亦数也。"二女遂自剖其腹，唯气腾达，炰炰若灰火上炎然。是夜见梦于山下村众，曰："予两人应得上仙，为尔见迫，弃此躯壳，今事白，上帝怜予行节，命作此山土神，尔辈宜庙祀我。"众因建祠，村中凡祈子息者辄应。其兄恸妹无故自殒，亦捐生示异於众，众更建祠村之对岸，亦称土神云。此则故事也同样是以非理性的、关注神秘虚幻世界为思维取向的。

又如《诸葛翊铭》，略曰：明神宗时，一诸生诸葛翊铭见一人若胥吏状，其人自称"冥曹赍榜吏"，曰："因今科榜中一士子，已列名，偶有非行，当易命，予还报主者耳。"生跽请"以己代"。其人曰："明晚仍会于此。"去如飞，倏灭。至期，青衫复至，曰："已为君图今科，得代所易者，事后幸大焚楮锭以酬众，慎勿忽也。"生果中，日会主司诸年友，宴饮交欢，遂忘"焚楮锭"前约。春明当试南宫，先数日，入夜从长安街，见向"冥曹"吏被械而过，顾生叹曰："君何误人乃尔，曩事败矣，当罹严谴。念君甚，复窃得今闱数题名，早为制就挟以入，不负相成终始。"咨嗟别去。生得题录文，阴纳器中，为逻所获，褫名械于市。落魄，不久终。

世上岂有"冥曹赍榜吏"？此则故事明显是编造的，但它曲折反映了古代科举考试中的作弊现象。

又如《李定远度鬼》，略曰：渤海李公人龙，号震阳，出授定远令。县治后旧闭一亭，封扃甚固。老吏云："凡断决罪囚死者，悉纳其魄置窖中，岁久愈益集，覆石加碑于上。相沿久，咸惧其不利，皆置不问。"公掀髯大噱曰："试启焉，祸福唯吾所主，无执邪说以乱听。"遂呼众椎键排闼入，起石，探下则空空深莫极。是夜，凡城中民家与署内院落间，鬼声啾啾，彻晓始已。公廉访远近高衲得十数人，为坛城隍神宇前，先期牒告神，使诸衲贝颂，飨之牲醴冥楮，凡三日夜。乃洞开四门，为楮舟，载以出，焚之。水滨守门者，各见腾出黑眚如前，一饷时方灭。至暮，则城中寂然无闻矣。明日，相率叩厅事，殆数千人欢呼神明父母，为包公再生云。

世上本没有鬼，又何来驱鬼？而且还把驱鬼写得神秘兮兮的。故此篇所述，完全违背理性，违背科学。

除了说神说鬼，《稗说》还记载了不少具神秘功能的各种各样的人。如《张湾道人》载：有春宇道人来到张家湾，在一次酒宴上，有乐妓数人，见道人衫履殊制、嚼饮无算，窃相讪笑。道人故作不闻，客方举觥，恰从妓所失骰具，遍索不得。道人目一少小妓曰："是此子故匿博笑尔。"妓大瞋恨，道人曰："子毋怒，试探裈中何物。"妓按之，具乃覆私处，力擎不得下，妓惊怖啼泣。众知道人作谑，环相请。曰："汝固坐不起耳，起，即当落。"妓起，果坠衩间。外客遂喧哄堂上。它日，外祖携同志三五与道人踏青南郊，饮酒半，道人起曰："诸公各举平生嗜好物一二，予当具壶浆为寿。"众知道人有异，乃姑曰：某嗜脍，嗜鲥鲜；某嗜杨梅，嗜樱笋；某嗜江瑶，嗜卢橘；某嗜鲜荔，嗜熊蹯；某嗜西梁葡萄，嗜上方苹婆菓；矢口交称之。初谓竭南北四时之味，聊难彼尔。道人笑不答，行数步外，于树下引手取食具如盘盏匕箸属，兜置襟袂间，纳坐次。盖皆窑器精妙，非寻常轻见者。还复之旧所，探一大金丝朱榼置众前，启之，则向所称某某诸嗜物毕具。鲜洁端好，味逾常味。时方春中，不意三时众鲜，俄顷致数千里外。众饷其半，咸怀归分饲家人。道人仍取食具纳故处，袖拂之，了不见。众相率拜谢，称仙云。嗣是，道人名籍甚。

这是随意编造的、神秘化的变戏法，即魔术，真正的魔术都需事先准备，互相配合，而绝不可能如此文所写，当场将骰具藏入小妓私处，绝不可能当场变出每人所欲嗜之鲜果。

又如《谲戏》云：

> 来复，万历时进士，于天官、地理、阴阳、术数，以至医卜之学，无不究心焉。官维扬日，政馀退憩，令小吏脱靴，靴曳丈许不得出，公踞榻岸然不顾，吏讶甚，前跽请罪，公笑曰："尔何罪，此特工作不解事，为如许物料耳。"言已，靴及地如故。又尝命他吏更衣，使曳袖，袖甫脱，而一臂坠下，持之则宛然臂也，无他苦。吏惊怖不能语，谓公果损一臂也。公捉臂纳袖中，徐曰："赖予能续，否则食饭具亡矣。"其

谑戏多如此。

此则故事，也是随意编造的变戏法。

上述所举说神说鬼故事、以及具特异功能的种种故事，其思维取向完全是非理性的、是关注神秘虚幻世界的思维取向，其中随意编造的变戏法，也是属于神秘虚幻的世界。

三　同时并存两种截然相反之思维取向的原因分析

宋起凤《稗说》之所以既有以理性的、关注现实的思维取向为撰写原则，又有以截然相反的非理性的、关注神秘虚幻世界的思维取向为撰写原则，缘于我国古代为数不少的文人所共有的"兼容式思维"，即"广泛容纳多种思想"的思维方式，这种思维起始于东汉末年，贯穿于此后整个封建社会。

我国历史上的西汉、东汉是儒家思想盛行的时代，东汉末年，各种军事力量逐鹿于中原，最后形成魏蜀吴三国鼎立的局面。三国末年，魏国的阮籍、嵇康等人，喜玄学、好清谈，玄学指《易经》《老子》《庄子》三部书，《易经》属儒家，《老子》《庄子》属道家；清谈指无拘束、无顾忌、自由谈论天下大事、朝廷大事、人间大事，这是儒家思想兼容道家思想的社会思潮，盛行于魏末、西晋、东晋。东晋后期，刘裕取代东晋，建立宋代，亦称刘宋，历史进入宋及其后齐、梁、陈的南北朝时代，这一时期思想界又增添了道教思想、佛教思想。思想界的大变动，自然导致不少文人形成既执行儒家的基本思想，同时又兼容道家思想、道教思想、佛教思想乃至民间俗神崇拜之思想。与此同时，当然还有一部分文人继续坚守"不语怪力乱神"的纯儒思想。古代文人的兼容式思维，或表现于他们的诗文作品中，或表现于散文、小说、戏曲中。

三国魏末的阮籍《咏怀诗》其十云："宁与燕雀翔，不随黄鹄飞"，儒家主张为国建功立业，流芳百世，而阮籍却说自己不想做像高飞的鸿鹄那样的英雄，而只想与像燕雀那样的平庸之辈为伍；其六十二云："愿登太华山，上与松子游"，说自己只想与神仙赤松子来往。这些都是道家思想的体现。

嵇康在《与山巨源绝交书》中，说自己"每非汤武而薄周孔"，商汤、周武王、周公、孔子，都是儒家所称颂的圣人，而嵇康却说自己经常批评、鄙视这些人。

上述阮籍、嵇康的言论，虽然对儒家有所批评，但并没有否定，只是又容纳一些道家的思想。

自晋朝起，这种兼容式思维则进而体现于文人所作的志怪小说中。晋朝干宝《搜神记》，可以说是现存较早的志怪小说集。干宝曾著有《晋纪》《春秋左氏义外传》，注释过《周易》《周官》，是一个严谨的儒家学者，但他又写《搜神记》，而且在《自序》中说自己想借这部书"发明神道之不诬"，显然，干宝就是一个典型的具"兼容式思维"的古代文人。该书《韩凭夫妇》云：韩凭之妻何氏被宋康王霸占，韩凭愤而自杀，何氏也跳台自尽，宋康王故意将二人墓分开，可是一夜之间，二人墓同时长出梓木，二木根交于下，枝错于上，又飞来一对鸳鸯，交颈悲鸣。作者想借以"发明神道之不诬"，但客观上此"神道"却起了歌颂坚贞爱情的作用。该书所记载的志怪故事，并非都与鬼神有关，如《李寄斩蛇》，写东越国某山中有大蛇为害百姓，地方官信巫祝神蛇之说，每年送一贫家女喂蛇，已用九女，后少女李寄挺身而出，设计杀死大蛇。作者在此故事中所要"发明"的"神道"，乃是赞美李寄的勇敢，或借志怪弘扬人间正道。魏晋时期这类作品还有王嘉《拾遗记》、张华《博物志》、刘义庆《幽明录》、吴均《续齐谐记》等。如《幽明录》有《刘晨阮肇》，其略曰：

> 剡县刘晨、阮肇共入天台山取谷皮，迷不得返。遇二女，因邀还家。至暮，令各就一帐宿，女往就之，言声清婉，令人忘忧。半年后共送刘、阮，指示还路。既出，亲旧零落，邑屋改异，无复相识。问讯得七世孙，传闻上世入山，迷不得归。至晋太元八年，忽复去，不知何所。

这是一则"发明神道之不诬"的美丽故事，流传甚广，故事中的二女没有任何诡异的本领，但刘晨、阮肇下山回到家后，却已经过了七世，这就是"神道"的神秘功能。

再如东晋诗人陶渊明身处晋宋易代之际，其诗文凡作于东晋的，均书东晋年号，凡作于篡夺东晋帝祚而建立的刘宋朝代，均不书刘宋年号，只书干支，这是儒家思想的体现。但陶渊明与周续之、刘遗民等佛教徒多有来往，人称"浔阳三隐"，他还写有《搜神后记》。《桃花源记》即出自该书，这是他心中所向往的、道家所描绘的"秋熟靡王税"、自由随意的理想社会，如果写《桃花源记》也是为了"发明神道"，那么此"神道"乃是道家的"理想社会"。

宋起凤《稗说》卷二《徐福岛》写"登莱出大洋，乘帆一风可至，有岛名徐福，即秦始皇命福求仙航海之地"。说岛上的人均当年五百童男女自相婚配的后代；说岛上"土田甚平坦，悉树五谷桑蔴属。居人傍田结庐，或十数家不等，相聚一巷陌。家各有流泉到门，可供饮濯"等等，其文风颇似《桃花源记》，两文内容也有些相近，看来这两篇文章都是兼容式思维的产物。

陶渊明之后，初唐诗人陈子昂在继承儒家传统、关注现实的同时，又说："余家世好服食，昔尝饵之。"① 对修仙学道又颇感兴趣。

大诗人王维进士及第，且高中状元，但他又信奉佛教，人称诗佛，安史乱后，他常念佛做善事。同时，他又在《终南别业》中说自己"中岁颇好道，晚家南山陲"，中年之后的王维又迷上了道教，他的《赠焦道士》《赠东岳焦炼师》《送方尊师归嵩山》《送王尊师归蜀中拜扫》《过太乙观贾生房》《送张道士归山》等诗，说明王维还有不少道教挚友。

人称李白为诗仙，其《庐山谣寄卢侍御虚舟》云："五岳寻仙不辞远，一生好入名山游。"这说明在李白的思维中，道教神仙文化占有颇为重要的一部分。

_____

① 《陈子昂集·观荆玉篇序》

晚唐忠臣韩偓，白天在朝廷上与悍臣梁王朱全忠作针锋相对的斗争，极力维护唐昭宗的权威，晚上退朝家居时，则换上道袍，其《朝退书怀》[①] 云：

> 鹤帔星冠羽客装，寝楼西畔坐书堂。山禽养久知人唤，窗竹艾多漏月光。粉壁不题新拙恶，小屏唯录古篇章。孜孜莫患劳心力，富国安民理道长。

在书堂内，韩偓穿着道袍，或看书，或逗鸟，或观赏窗外月光，或摘录古篇章，但儒家的"富国安民"事，仍时时牵挂于心中。这是典型的"兼容式思维"。

晚唐福建福清诗人翁承赞有《寄示儿孙》一诗[②]：

> 力学烧丹二十年，辛勤方得遇真仙。便随羽客归三岛，旋听霓裳适九天。得路自能酬造化，立身何必恋林泉。予家药鼎分明在，好把仙方次第传。

林秋明在《开闽宰辅翁承赞》一书收录此诗时，还加注曰："此诗古存福清江阴鳌峰书院。"[③] 可知此诗是翁承赞写给家乡书院学生的。但翁承赞在诗中写的却是烧丹、炼药、成仙之事，难道翁承赞要教他的儿孙及学生如何炼丹、如何成仙？当然不是，从现存史料看，翁承赞从未有过烧丹、炼药、求仙的经历，故这首诗中的烧丹、炼药、成仙，只是比喻。翁承赞的目的是教育他的儿孙及家乡学生，说读书就像烧丹一样，只有付出努力，才能炼出真丹。翁承赞以烧丹作比喻，足见唐朝学道求仙风气之盛。

唐朝之后，人说宋朝苏轼的词作颇多仙风，的确。苏轼的词句，如：《水调歌头·丙辰中秋》："不知天上宫阙，今夕是何年，我欲乘风归去，又恐琼楼玉宇，高处不胜寒。"《沁园春·孤馆灯青》："渐月华收练，晨霜耿

---

① 曹寅：《全唐诗》卷 682。
② 曹寅：《全唐诗》卷 703。
③ 林秋明：《开闽宰辅翁承赞》，香港华文作家出版社，2011 年，第 117 页。

耿，云山摛锦，朝露薄薄。"《西江月·春夜蕲水中》："可惜一溪明月，莫教踏破琼瑶。解鞍欹枕绿杨桥，杜宇一声春晓。"《洞仙歌·冰肌玉骨》："试问夜如何，夜已三更，金波淡、玉绳低转。"上述词句所描写的淡淡月色，令人仿佛觉得似有飘渺仙气流动于其中，加上人的淡淡思念、淡淡忧伤，让读者的思绪仿佛进入飘渺的仙界。

宋代的王安石在政治失意、新法被废除后，转而寄心于佛教，还将自己的宅第捐为寺院，宋神宗还赐以匾额曰"报宁禅寺"。

然而，更能体现南北朝之后，古代文人兼容式思维的，是唐朝及其后文人所写的文言小说。唐五代文人所写的文言小说，即唐传奇，除了一部分反映社会现实外，其馀多为兼容式思维引导下的志怪小说。如：沈既济《任氏传》，写狐女任氏与书生郑六相恋，她忠于爱情，严厉斥责富家公子韦崟对她无礼的行为；郑六须远出就职，想携带任氏一同前往，任氏明知此行自己将有性命之险，但为了不让郑六扫兴，她还是答应了，结果不出所料，途中她果为猎犬所害。再如《裴航》写书生裴航与贫女云英一见钟情，为了爱情，他放弃科举考试，最后与云英终成眷属，而云英原本是仙女，裴航也因此得道成仙。再如《柳毅传》，写落第书生柳毅，回乡途中路过泾阳，遇见洞庭龙君小女在荒野牧羊。龙女嫁与泾水龙君次子，备受丈夫和公婆迫害，故托柳毅带信至洞庭龙宫。柳毅激于义愤，替她投书。龙君之弟钱塘君打败泾水龙宫兵将，小龙女得救，钱塘君深感柳毅为人高义，要把龙女嫁给他，但因言语傲慢，遭到柳毅的严词拒绝。后小龙女不忘柳毅之恩，扮作凡间女子嫁入柳家，二人终成夫妇。小说借志怪以歌颂柳毅见义勇为的高尚精神。

宋元时代，志怪小说成就一般，远不及唐传奇，但进入明代之后，传奇小说却有进一步发展，如《绿衣人传》，写书生赵源生与绿衣女鬼相恋故事。而且在兼容式思维引导下，我国小说还从短篇志怪小说，演变成长篇"神魔小说"，我国文学史上最有名的两大长篇"神魔小说"《西游记》《封神演义》都诞生于明代。《西游记》作者吴承恩（1510~1582），《封神演义》作者许仲琳都是明代中期人，而《稗说》作者宋起凤为明末清初人，估计他生前见过这两部书，至少有听过这两部书的故事。

综上，从魏晋时代开始的、在我国古代文人中不断延续的"兼容式思维"以及因这种思维而出现的志怪小说、传奇小说，必定给明末清初的宋起凤以重大影响，使得他在撰写《稗说》时，一方面，自觉按儒家的尊重历史史实的原则，如实记录明末的某些史实，如胡宗宪抗倭、戚继光斩子、秦良玉带兵风格、魏忠贤恶行、崇祯帝善政、李青山之死等等；同时，又自觉或不自觉依兼容式思维，撰写带有"志怪""传奇"色彩的故事：《昙鸾大师》《舒姑坪》《诸葛翊铭》《李定远度鬼》，以上属道教文化；《张湾道人》《谪戏》，以上属民间俗神文化，等。

而且，较之晋唐的志怪之作，宋起凤的志怪小说还有所发展，如《昙鸾大师》，不仅有作者的叙述，而且还有家人辈"时觉院中香气异常，又闻鸾鹤笙瑟声彻夜不绝"，还有公夫人"俯梯穴视，见女已易妆为天人状"；而且昙鸾大师还收了几个凡人弟子：王元美、屠长卿、王百谷、吴元瑞等人，这些描述，会使得读者产生错觉：既然凡人也能见到仙神的活动，既然仙神有时也生活于凡间，而且仙神还收了几个凡人弟子，那么仙神似乎确实存在，而非作者虚构。这说明宋起凤《稗说》的志怪写作手法，较之前人又有所发展，如果他有幸看到《西游记》《封神演义》这两部神魔大作，他必定会更加坚定自己的写作取向，因为这两部大作中的仙神就跟凡人生活在一起。

翁银陶，1946 年 10 月生，福建福州人，文学硕士，福建师范大学文学院教授。

《卉庵摭言》及其作者考论

罗　宁　毕桂苓

　　《卉庵摭言》二卷，是清代徐键撰写的一部小说，内容涉及人物轶事、异闻怪谈、方俗传说、学术辨订等方面。该书有乾隆四年（1739）刊本，但流传不广，目前的几种小说总目或文言小说提要均未收录此书，国家图书馆出版社 2015 年出版的《衢州文献集成》也没有收入，可见其书颇为罕见。在研究方面，除《续修四库全书总目提要（稿本）》（以下简称《续提要》）有一个提要外[1]，尚未见有论著专论该书或其作者[2]。此书今传本仅见于重庆市图书馆所藏，且只存下卷。笔者最近受欧阳健先生委托整理其书，到重庆市图书馆进行抄录点校，并查找相关资料，草成此文，谨对其书与作者进行考述，以就教于方家。

一　作者徐键及其家世考

　　《卉庵摭言》的作者徐键，字启衷，号卉庵，浙江西安（今衢州）人。《卉庵摭言》卷首题名"西安徐启衷著"（据《续提要》），卷下各门均题名"三衢徐键启衷氏著"，故知其籍里姓字如此。三衢为衢州别名，西安为唐代所置县名，一直是衢州州治、府治所在，1912 年改名衢县，其地为今衢州市城区。徐键其人不见史书记载，通过方志及《卉庵摭言》可钩稽出其人及其家族的一些事迹。

---

①　《续修四库全书总目提要（稿本）》，齐鲁书社，1996 年，第 32 册 13 页下~14 页上。
②　占骁勇《清代志怪传奇小说集研究》提及此书之名而无论述，其书附录之《清代志怪传奇小说集创作刊行年表》亦列其名。见占骁勇：《清代志怪传奇小说集研究》，华中科技大学出版社，2003 年，第 126、340 页。《卉庵摭言》志怪方面的内容其实很少。

《卉庵摭言》的《管窥》门《副启》条称"先高祖侍御公万历时居台中"，其人当为徐任道（1545～1595）。徐任道字仁卿，号弘宇，万历丙戌（十四年，1586）科进士，曾为固始县令。明人黄汝良及王士昌各撰《明文林郎广西道监察御史弘宇徐公墓志铭》①，均述其事。以其曾为广西道监察御史为御史台官，故徐键称之"居台中"。《衢州府志》卷三十三《政事》、民国《衢县志》卷二十二《人物》亦有其小传②。徐任道著有《集虚堂集》《驻春园集》③，今不传。徐任道有子徐应雷，奉养叔父有孝行，未仕④。有孙徐国桁（珩），娶叶秉敬次女⑤。徐氏是衢州大族，徐任道兄弟行有徐可求，曾任四川巡抚，徐可求子徐应秋是著名学者。《衢县志》记其族为"联豸徐氏"，因北宋淳熙（1174～1189）间"楠、杓兄弟登进士，皆为御史"，故名⑥，其族居住在衢县"城西隅灵顺坊"。

徐键之父当为徐之凯（？～1705）。《卉庵摭言》卷下徐键记其父事有三处，一是"先大人在夔州"（《管窥·霜橘》），一是"先大人游闽中，有《荔枝词》四十首"（《管窥·十八娘》），一是"先大人自辰州改任卢阳"（《荟蕞·渡水蛇》），可知曾在湖南的辰州（今湖南沅陵县）、卢阳（今芷江侗族自治县）为官。《续提要》亦称乾隆时徐键父曾任安化县令，可能是《卉庵摭言》的上卷提及其事，但《续提要》未指出其名氏。考《衢县志》，徐之凯曾为茂州（今四川茂县）知州，辰州推官，桂阳县（今湖南桂阳县）令，甘肃安化（今甘肃庆城县）县令，甘肃真宁（今甘肃正宁县）县令⑦。

---

① 郑永禧：《衢县志》卷十九，民国十八年（1929）编，收入《中国方志丛书》，成文出版社，1984年，第2029、2034页。

② 杨廷望：《衢州府志》，康熙五十年修，光绪八年重刊，收入《中国方志丛书》，成文出版社，1983年，2114页。《衢县志》，第2286页。

③ 见《衢县志》卷十五《艺文·集部下》，第1486页。《衢州府志》卷二十九《艺文》仅著录《驻春园集》，见该书第1875页。

④ 《衢州府志》，第2211页。《衢县志》，第2287页。

⑤ 见《衢县志》卷十九《明文林郎广西道监察御史弘宇徐公墓志铭》。《衢州府志》卷三十四《文学》有传，见《衢州府志》，2157页。

⑥ 《衢县志》，第1123页。按南宋有诗人徐楠字晋臣者，淳熙九年（1182）知仙居县，开禧元年（1205）除监察御史（见《全宋诗》，北京大学出版社，1998年，第31490页），应即其人。

⑦ 《衢县志》，第1213、1214、1216页。

《衢县志》卷二十三《人物》有其人小传，亦称曾为泸（卢）阳令，陕西安化令（清初安化县属陕西），茂州知州①，仕履与徐键所述其父相合，因此可知徐键父亲就是徐之凯。徐之凯，字若谷，徐国珩子②。顺治戊戌科（十五年，1658）进士③。康熙七年（1668）任桂阳知县④，十七年（1678）前为安化令、真宁令。十八年（1679）应博学宏词科⑤，未用。二十年（1681）任茂州知州⑥。《衢县志》卷十六《碑碣志》录《清康熙辛亥邑侯李忱重建明伦堂碑记》一文，题"赐进士出身、文林郎、湖广直隶郴州桂阳县知县、前云南临安、湖广辰州两府推官、邑人徐之凯撰文"⑦，由此可知，徐之凯任辰州推官（同知）在康熙七年之前，此前还做过云南临安（今云南建水县）推官。《卉庵摭言》的《荟蕞·雄鸡煞》记徐键兄徐铿"乙酉居先大人丧"，是知徐之凯卒于康熙四十四年（1705）。

徐之凯也是一位诗人。《衢县志》卷十五《艺文·集部》著录其《初学集》三卷，《汶山集》六卷，《流憩集》四卷，"《初学》为其未仕时作，汶山汉郡，四川茂州故地，为其任知州时作。《流憩》有为其晚归林下时作。读其集可以考其毕生之所历矣"⑧。三集均已失传，但文献中尚可见其佚作。《两浙轩录》卷六录其诗八首：《卢阳官舍早春作》应为任卢阳县令时作，《白水歌》写嘉陵江上游支流白龙江（古名白水江或白水河），盖行于川陕道中所作，《扇铁沟》写禹穴（在今四川北川县禹里镇），应作于任茂州前

---

① 《衢县志》，第 2315 页。
② 《衢县志》第 2941 页录徐国珩诗，名下注"之凯父"。《衢州府志》卷三十四《文学·徐国珩》云"次子凯"，疑脱"之"字。
③ 《衢县志》，第 2315 页。又见《两浙輶轩录》卷六徐之凯小传，《四库存目丛书》第 1683 册，第 294 页。
④ 《（光绪）湖南通志》卷一百二十五《职官志·文职·桂阳县知县》，《续修四库全书》第 664 册，285 页下。
⑤ 见《两浙輶轩录》卷六徐之凯小传。
⑥ 《（雍正）四川通志》（文渊阁《四库全书》本）卷三十一〈职官·旧设茂州知州〉有徐之凯，注："浙江进士，康熙二十年任。"又《（道光）茂州志》卷三《文秩》记徐之凯任知州，其名下注文误写作"浙江归安"，当是"西安"，见《中国方志集成·四川府县志辑》第 66 册，巴蜀书社，1992 年，第 369 页。
⑦ 《衢县志》，第 1647 页。
⑧ 《衢县志》，第 1497 页。

后，《什邡别陈餐石汶川大令摄县》大概也是同时期所作。徐之凯为官皆是偏远地区的州县之职，环境艰辛，所以他在《北征将发咏怀》诗中说："波怕洞庭云，船宿沅湘草。黔山动崔巍，滇海伤怀抱。僰爨与我群，瘴疠令人老。"① 仕途不能算是顺利。其原因据说是"以前失印事被议落职，退居林下者二十年"②。徐之凯的诗文作品，可考见者还有丁绍仪《国朝词综补》卷二收《八声甘州》词一首，《衢县志》卷二十七《诗文内编上》收文四首，卷二十八《诗文内编下》收诗二首。其他见于《衢州府志》和《衢县志》的还有一些，尚待辑佚。此外徐之凯还为西安县令陈鹏举编纂了《（康熙）西安县志》十二卷，今有康熙三十八年刻本。《衢县志》说："之凯康熙间陈公聘修《西安县志》，不署己作，盖谦之也。"③

相比衢州、衢县的地方志中常见徐之凯的记载，徐键则很少被提及。《卉庵摭言》的《皇荂·八夫》提到"余庚子入闱"，说明他在康熙五十九年（1720）参加过科举考试，可能是乡试，大约中过举人。邢世铭有《送徐卉庵入都》一诗，应是入京参加会试，因为诗的末句说，"我欲临风赠杨柳，青袍染出与人看"④，用了柳汁染衣袍得中状元的典故⑤，对徐键表示祝福。不过徐键在科举和仕途上应该一无成就，否则就不会在方志上成为空白了。《续提要》说："雍正甲辰，键遵功令，督修堰事，距城二十里，潭曰白马潭，堰曰光禄堰，捍灾御患，乡人德之。"⑥ 他在雍正二年（1724）修堰的事情，可能是《卉庵摭言》卷上的记载。徐键未取得功名，并不意味着他缺乏学识，实际上从《卉庵摭言》来看，尤其是其中的《管窥》一门，颇见其深于文章和学问。他谈论诗歌、文章、艺术、经学、小学，以至物理、动

---

① 《两浙𫐉轩录》卷六。《四库存目丛书》第 1683 册，第 294 页。
② 《衢县志》卷二十三《人物》，第 2315 页。
③ 《衢县志》，第 1497 页。
④ 徐世昌：《晚晴簃诗汇》卷一百五十八，退耕堂本。
⑤ 这是一个出自《云仙散录》的伪典（伪事），参见罗宁《〈云仙散录〉是伪典小说》，《古典文学知识》2018 年第 6 期。
⑥ 光禄堰应是石室堰之别名。《衢县志》卷六〈食货志·水利·石室堰〉记南宋县丞张应麒建堰，三年不成，乃跃马自沈水中，堰址始定，特赠少卿。见《衢县志》第 586 页。这与《卉庵摭言》记张少卿事近似（见后）。

植、医药、习俗、礼制等，显示出广博的学问。邢世铭赠诗有"才名自合传京洛，典则由来重汉官"的句子，并不是泛泛的夸赞之词。徐键于书法之事尤其擅长，《管窥》门中《八法辨》等四条都是有关书法、帖学的讨论，《八法辨》还提到他撰有《卉庵书范》一书，可惜未能流传。清汪启淑编《飞鸿堂印谱》五集四十卷，邀请当时名家作序跋，而徐键于其第二集有跋，云："余自弱冠学书，颇有志希古，于石经、绛、潭暨定武诸榻，虽少涉其藩篱，至玉版篆隶，率多茫昧。"① 其于印篆之艺或稍有不足，但于书学显然用力很深，这篇跋也是正楷书写，可窥其书艺之一斑。

《卉庵摭言》中徐键还提到自己的族人，包括胞兄鈇（《电鬼》）、胞兄镗（《雄鸡煞》）、亡儿焕（《鬼箭》）、侄王路（《饵药戒》）、侄灏（《法帖辨》）、侄沧溟（《报施无凭》）等，并说"侄灏工书法"，"胞兄镗以文艺受知颜学山先生"②，可见家族中文艺之士也不少。

二 《卉庵摭言》的内容

《卉庵摭言》是一部传统的记录见闻的小说，其主要内容，《续提要》写得比较清楚：

> 分人镜、胜略、管窥、荟蕞、皇荂五门，附列细目。"人镜"乃述前贤之嘉言懿行，传纪轶事，共三十五条。"胜略"则纪山川古迹，珍禽奇兽，共三十三条。至下卷"管窥"门，盖考据音韵金石、风俗古迹，大〔抵〕皆有关文章学术。名曰管窥，乃谦词也，亦三十三条。次"荟蕞"，则属杂说异闻，言狐说鬼，凡二十六条。末"皇荂"，则纪当时社会之耳闻目睹、奇事新闻，共二十四条。

《人镜》门为名贤人物的轶事，其取名来自唐太宗语"以人为镜，可以明得

---

① 汪启淑：《飞鸿堂印谱》，上海古籍出版社，1992 年，第 16 页。
② 颜学山是颜光敩，字学山，山东曲阜人，康熙二十七年（1688）进士，康熙三十三（1694）年为浙江学政。见法式善：《清秘述闻》卷三，卷十，中华书局，1982 年，第 75、331 页。

失"(《贞观政要·任贤》)。《胜略》门记名胜古迹、珍禽奇兽。《管窥》门的内容今人常以学术笔记视之，实际上这一直是传统小说的重要内容，胡应麟分小说为六种即有辨订一门。《荟蕞》门为异闻怪谈，有部分条文近于今人所谓志怪小说。《皇荂》门所载为衢州本地的趣闻遗事。"皇荂"得名于《庄子·天地》："大声不入于里耳，折杨、皇荂，则嗑然而笑。"成玄英疏："大声，谓咸池、大韶之乐也，非下里委巷之所闻。折杨、皇华，盖古之俗中小曲也，玩狎鄙野，故嗑然动容，同声大笑也。"① 徐键用此词指里巷传闻，尤其是本地的一些趣闻遗事。

以下分别谈谈《卉庵摭言》各门的情况。先说卷下的三门。

《管窥》门33条，主要谈学术，包括书法、诗文、音韵、训诂、校雠、名物、医药、礼俗等。徐键精于书法，《八法辨》《法帖辨》《潭绛帖辨》《乱书》四条都是专门论述，颇有见解。论诗文者，如《苏公论》条论及苏轼之《范增论》《留侯论》《武王论》三文，《饭颗诗》条论李白、杜甫诗，《锦瑟》条论李商隐诗，可见其深于文学。《袍茧布絮》条论古时袍、茧、布之异，《履舄》条论履舄屐之异，《副启》条论启札形制之变迁，均能令人增益知识和见闻。至于考证之学，可举《丁解》条：

> 《五代史·张弘靖》云："挽两石弓，不如识一丁字。"本姜平子不识丁字来，《续世说》作"个"字解，意味索然矣。以篆法论，亦当讹"丁"为"个"，不当讹"个"为"丁"也。又有谓丁子有尾为科斗者，亦非也。观卵有毛，鸡三足，皆是以无为有，若科斗实有尾，与上下文不合矣。二解似皆未稳。

此条论目不识丁之丁字以及《庄子》中的丁子。《旧唐书·张弘靖传》记张弘靖谓军士曰："今天下无事，汝辈挽得两石力弓，不如识一丁字。"（《卉庵摭言》误作《五代史》）此事孔平仲《续世说·轻诋》转录时，丁字写作个字。徐键从书法的角度，认为不可能是《张弘靖传》在流传过程中将个字

---

① 郭庆藩：《庄子集释》，中华书局，1961年，第450页。

误写成了丁字。他还指出张弘靖之语，原本来自《晋书·苻坚载记》："（苻）坚飨群臣于前殿，乐奏赋诗。秦州别驾天水姜平子诗有丁字，直而不曲。坚问其故，平子曰：'臣丁至刚，不可以屈，且曲下者之不正之物，未足献也。'"古人关于这个丁字的讨论不少，如南宋王楙、明田艺蘅、焦竑等①，大多赞成丁字是个字的讹误，或解释姜平子所说的丁字曲下（下面带钩），不同于丁（下字的古体），但没有人从书法角度谈到这一点：即便文字传抄出现错讹，也是丁错成个字，而不会是个字错成了丁字。至于"丁子有尾"，原是《庄子·天下》中的话，成玄英疏："楚人呼蛤蟆为丁子。"②后来有人以为丁子是科斗（蝌蚪），徐键认为这种解释是错误的，因为《庄子》里说"卵有毛，鸡三足，郢有天下，犬可以为羊，马有卵，丁子有尾，火不热"，都是在说不存在的事情，丁子如果是蝌蚪，那么有尾是正常的事情，故"与上下文不合"。这一质疑是很有道理的。

《管窥》最后一则题名"阙疑"，实际上由 18 条独立的条文组成，都是对一些学术问题和知识常谈提出的看法、心得以及质疑。如第一条："《史记·天官书》二十八宿，独无壁星。奎为文章之府，与斗魁异，今多混称。"指出《史记·天官书》不记壁宿，而奎星与斗魁之魁本来不同，后人多混用。又一条云："《繁露》篇命名全与文不合。"指出《春秋繁露》篇名命名的一个问题。一条云："汉武《柏梁诗》，大匠、园令皆有句，当时才人无一及之，何也？"确实问得很好。

《荟蕞》门 26 条，所记之事多异闻奇谈，间或涉及神怪征应。第一条《八仙》乃记八仙其人其事，末有卉庵曰："八仙之名见《潜确类书》，言不雅驯，近又益以寿星、王母，其装饰有篮荷、鱼鼓等类，更为怪诞穿凿，特以世俗流传，姑为之存其略云。"③《妖狐》记庆阳有狐化美女事；《渡水蛇》记徐之凯自辰州赴卢阳时，有巨蛇渡水，水为之断流。以上二则应系徐之凯

---

① 王楙：《野客丛书》卷二十一《一丁字》，中华书局，1987 年，第 233 页。田艺蘅：《留青日札》卷二《不识一丁》，上海古籍出版社，1985 年，第 116 页。焦竑：《焦氏笔乘》卷一《不识一丁》，中华书局，2008 年，第 32 页。
② 郭庆藩：《庄子集释》，第 1107 页。
③ 《潜确类书》指陈仁锡的《潜确居类书》，八仙见该书卷六十三《方外部·列仙·八仙》。

任官安化、卢阳时的闻见，徐键听闻而记录下来的。《虎伥》记虎伥救虎事；《斗蛇蟾》记蟾蜍与蛇斗而蛇死，人有蹴蟾者足肿至死；《蜘蛛》记蜘蛛为蜂所螫，衔草摩其腹而毒消。这些是关于异物的记载。《渡溺》记澹江于辛卯岁（康熙五十年，1711）覆溺四十馀人；《饵药戒》记有何首乌形如龟，大如斗，徐键侄王路重价购得，食之而死；《没水戒》记左汉昭次子善水性，于七舟并列下潜泳过之，发为一舟底悬钉钩住而死；《河豚戒》记杨允中与妾吃河豚中毒，诸药无效，有人以粪进，二人拒绝食粪而死。这些都是作者亲闻亲见的奇闻异事。

《皇荟》门 24 条，记当地趣闻遗事。第一条《赛会》记瑞仙桥赛会演戏，妇女于河畔架木为台，帏而观戏，有恶少偷窥被骂，乃以利刃断架木之藤，女数十人尽坠河中，众人皆大笑。《僾女》记一女于楼上观戏，踏腐木而陷落，身体卡在楼板之中，衣裙被挂堆挤在楼上，下体裸露，众人大笑，女后自经而死。《坠驴》记有三人骑驴，其公驴与母驴互相追逐，入荆棘丛中，最后人坠驴仆，人脸及腿皆被划伤，衣衫破裂。《老年情痴》记数人高龄而娶妾妇之事。最后一条《报施无凭》实由三则组成，前二记有人被雷电震死之事，而不知其果报。第三则记一不孝子殴打老父，后生一子亦忤逆不孝，但父子二人竟以寿终。此条后有卉庵曰："余呫哔之暇，偶见世所梓《阴骘文》，以生平事证之，无甚愧者，唯于怨、尤二字，不能释然。昔太史公传伯夷、屈原，于天人之际，不胜忿忿也。故余于《摭言》亦以是终焉。"司马迁在《史记·伯夷叔齐列传》中曾因伯夷叔齐之遭遇，对"天道无亲，常与善人"表示过怀疑："余甚惑焉，傥所谓天道，是邪非邪？"《卉庵摭言》首条为应公果报事（见后），而末条复说自己于《文昌帝君阴骘文》诸训诫皆能无愧，那么其所怨尤又是何事呢？也许是对他不得功名的遗憾吧。

《人镜》《胜略》二门在《卉庵摭言》卷上，由于此卷已佚，下面据《续提要》和方志征引略作论述。

《人镜》35 条（《续提要》云），当记有明末清初的一些人物轶事。《续提要》云："首记应公子言明嘉靖间，应公守饶时，因枉杀寡妇幼子致绝嗣，后其子荒淫无度，财败身亡，取以为戒。文后评语，卉庵曰：余《摭言》始此，遂以冠于篇，集中随事属词，先后概不诠次焉。"此为全书第一条，记饶州知州应鸣凤之事①，"前贤之嘉言懿行，传纪轶事"，正属于《人镜》门的内容。《续提要》又说："考书中记载，颇关史实。自序谓'野史稗官，笔削由我'，可见作者旨趣。如中仁庵公、陈章甫诸则，记清军破金陵、南明马士英兵溃事。朱公子、朱未孩则，述吴三桂遗闻。除明季轶事外，则均清初社会情事，亦可见当时之风俗民情。虽不免失之简略，然皆信而有征，亦杂考中有用之著，为谈掌故者所取资也。"这些事情应该都见于《人镜》门。《续提要》引述之事全出此门，并因此称其书为"杂考中有用之著"，可见此门的史料价值最高。《人镜》门中可能也有一些名人传说，如《衢县志》引《卉庵摭言》云：

> 赵清献公读书沙湾，尝步月东岩，闻二鬼语曰："诘旦来者，执其鹜，其人可致也。"黎明，公早至渡头，见一人肩壶榼。舟子方舣船，二鹜忽飞去，其人将涉水，公固止之。是夕风雨中遥闻鬼哭声，意为岩下二厉也。后数日卒有溺死者②。

赵清献公赵抃（1008~1084）是北宋名臣，衢州人，故而徐键在书中记录了一件有关他的传闻。

《胜略》门33条，"纪山川古迹，珍禽奇兽"（《续提要》云），所记名胜古迹有不少是衢州本地的。下面四条文字是《衢县志》引录《卉庵摭言》的，应出于此门：

> 玉泉乡太真洞有仙田，町畦相错，不假耒耜而沟塍宛然。又有金四壁，光铓照耀，以火烛之，灼烁如电。有谓其旁近银矿，故得其馀辉。理或然也。最深邃处为龙潭，澄泓黑魆中，驾（架）一藤桥。父老云：昔有人攀援过之，旁通一径，似鱼兔鸟道，扪萝冥行，抵一岩，闻外有

---

① 《饶州府志》卷六《职官·郡职》有应鸣凤，注："西安人，嘉靖二十四年（1545）任。"当即此人。见《饶州府志》，同治十一年（1872）刊本，《中国方志丛书》，成文出版社，1975年，第933页。
② 《衢县志》卷二十六《杂志·赵清献公轶事》，第2685页。

人语声，盖括苍界也①。

衢州西门外周孝子祠，自宋迄今，肉身挺立，神灵胗胏，而诸舟长年尤肃事唯谨。俗传孝子之母化为绿蟾来探其子，观者如堵墙焉。余庚子春肃拜堂下，见神前灯烛辉煌，蟾耸身凝眸，踞乎座侧，腰脊间绚浅红深绿，目含金碧，光辉动人。或曰：孝子为神时本端坐，后因见母起立。其言似诞。特以蟾状迥异，姑存其说②。

（张）少卿为邑丞，职司水利。距城二十里有堰曰石室，波流悍激，修葺辄毁。乃择良辰，鸠工亲筑，数月堰成。正祭河告竣，遇霖雨，溪流骤溢，势将奔溃。公仰天长叹曰："吾心尽计穷，无能为矣。"遂跃马奋呼，直冲汹涛而没。水势由此渐减，堤得不坏。事闻，赠光禄寺少卿，立祠祀焉③。

涌泉寺清澈一泓水自沙石中喷涌而出，有类鼎沸状。住持曰：一日晨起，见水面多秕糠，谛视则皆自下而上，不知其故。后游北乡，与同人话及。一友曰：吾游青峒，见水流石罅中，不知所出，因以注之。征其日月，良是④。

《胜略》与《皇荂》多记载地方的人事、风俗和传闻，这本来也是传统小说关注的一项内容，如《隋书·经籍志》小说家序云："道听途说，靡不毕纪。《周官》：诵训'掌道方志以诏观事，道方慝以诏辟忌，以知地俗'；而训方氏'掌道四方之政事，与其上下之志，诵四方之传道而观衣（新）物'是也。"《卉庵撦言》在这方面表现比较突出，一些衢州的旧事传说借此得以保存。

三　《卉庵撦言》的评点与版本

《卉庵撦言》在版刻时附有一些评点，不知何人所作。评语以小字印行，

---

① 《衢县志》卷二《方舆·山脉·太真洞》，第180页。
② 《衢县志》卷四《建置·坛庙·周宣灵王庙》，第377页。
③ 《衢县志》卷四《建置·坛庙·张少卿祠》，第396页。
④ 《衢县志》卷四《建置·寺观·涌泉寺》，第429页。

夹在正文两行之间，有一些正文文字右侧有小圈，即所谓点。评语采用清代流行的古文和八股文评点方法写成，包括一般性的夸赞作者徐键的见解和文笔，如"奇论""确见""奇见""确的""奇解""解得好""证确""奇句""妙句""笔意奇矫"等，也有一些对文笔或文章写法的分析，如《皇荂·坠驴》末云"结亦古趣"，《皇荂·刖女》末云"全用滑稽，妙"。评点还喜欢指出作者笔法的取法对象，如《管窥·饭颗诗》评"笔意缠绵，从《辨讳》得来"，说其写法由韩愈的《讳辨》一文而来。《荟蕞·呪蛇法》评"大者丈馀"以下四句说："屹立四句，是左氏笔法。"《管窥·处囊脱颖》评一段自问自答的文字说："奇诠，语致在韩、柳、《公》、《穀》之间。"后面又说："以《公》《穀》始，以《史》《汉》终。"《管窥·苏公论》说"文气亦似苏"。这些评语道出徐键文字的来源，也是当时读书人常常学习作文的范本，即《春秋》左氏、公羊、穀梁三传，《史记》《汉书》，以及韩愈、柳宗元、苏轼等人的文章。

评语有时也指出与作者文字相似的笔法。如《荟蕞·夜光木》评："琐细似史迁。"指其描写细致如司马迁。《管窥·痴梦》正文提到读《列子》，而后评语说："奇崛语，亦似《列》。"说作者在此处故意用了《列子》的笔法。《荟蕞·七星鱼》"自村以东无不厌若鱼者"一句下评："用《庄》恰合。"是说作者用《庄子·外物》里的任公子钓大鱼的文字，那原文说"自制河以东，苍梧以北，莫不厌若鱼者"，① 恰可用于此处。《皇荂·赛会》于"有叫者，号者，立者，仆者，牵引抱持者"下评："《南华》地籁□此情致。"是说《庄子·齐物论》中写地籁的一段也有"……者……者"的句式②。《皇荂·衔豕虎》记一虎于民家衔猪出，虎牙穿猪背不得脱，逾墙时被卡住，"明旦，行墙外者见豕高悬，而不知内有虎；居墙内者见虎直立，而不知外有豕。凭高视之，则豕垂头而虎张口，似一笑一愁者"，评语说："谑而趣，似《语林》《世说》诸书。"

评语也有虚夸和无聊的地方，如《皇荂·粪蝇》中写宴饮时有苍蝇百馀

---

① 郭庆藩：《庄子集释》，第 925 页。

② 郭庆藩：《庄子集释》，第 46 页。

聚集，而众人不觉，"俄而杯盘渐集，污及头面，一人饮爵方覆，正觉臭气逼人；一人食炙未竟，亦觉馨香喷鼻；一人背间班点，犹如沟内虾蟆；一人头上臕臊，颇似厕中癞犬"。这段文字的格调俗陋，评语却说"趣事偏用对偶，六朝人无此丽笔"，以其用排偶句便将它与六朝骈文相比较，并说六朝"无此丽笔"，其实是"无此俗笔"还差不多。《荟萃·虎伥》末卉庵曰："虎之有伥，情状殆不可晓。余以谓天地有威之物，其气感召，类有形神以护之，取物精多，则其神生觉。"这一段是评论分析虎之何以有伥，见解并不高明，评语却说："可谓鬼之董狐。"实在有点拔高的嫌疑。至于《皇荂·老年情痴》记一人七十馀岁，"屡以奸情被获枷责，而终不改"，评语竟说"做鬼也风流"，意趣可谓低俗。

《卉庵摭言》仅有一本传世，现藏重庆市图书馆，全书二卷只存下卷。《续提要》称"乾隆己未四年刻本"，盖上卷有此牌记信息。《贩书偶记续编》卷十二小说家类杂事之属著录《卉庵摭言》二卷，注："清西安徐键撰，乾隆己未鹤和堂刊。"[1] 应是同一本，即重庆市图书馆所藏者。此本半页九行，行二十二字，上下单边，左右双边，白口单鱼尾。卷下前三页为《管窥》《荟萃》《皇荂》三门的细目，目次首页与全书末页均有"重庆市图书馆藏书印"，正文页之首页有"谢兴尧印"。谢兴尧（1906~2006），笔名别号五知、尧公、知非、知是等，四川射洪人。现代学者。1924年入成都高等师范学堂读书，1926年入北京大学史学系读书，1931年毕业，入北京大学国学门研究所学习。先后任教于北平大学女子文理学院、河南大学、国立女子师范学院等学校。1935年出版《太平天国的社会政治思想》《太平天国史事论丛》。1936年创办《逸经》杂志，1945年创办《逸文》杂志。1949年后任《人民日报》图书馆馆长。晚年出版随笔集《堪隐斋随笔》《堪隐斋杂著》等[2]。

谢兴尧在1930年代曾参加《续修四库全书总目提要》的撰写，王云五

---

[1] 孙殿起：《贩书偶记续编》，上海古籍出版社，1980年，第180页。
[2] 参见《谢兴尧自述》，高增德、丁东编：《世纪学人自述》第三卷，北京十月文艺出版社，2000年；柯愈春：《读书种子谢兴尧》，徐俊、严晓星编：《掌故》第二集，中华书局，2017年。

《续修四库全书提要序》一文记其负责史部编年类、纪事本末类、职官类书籍的提要撰写①，谭其骧说他名下若干方志的提要也由谢兴尧代笔②。据《续修四库全书总目提要（稿本）》前所附《提要撰者表》，谢兴尧撰写的部分有 31 册 518 页下至 32 册 550 页上和 35 册 780 页下至 35 册 786 页下，而《卉庵摭言》提要正在 32 册 13 页下至 14 页上。《卉庵摭言》在《续修四库全书总目提要（稿本）》索引中归于子部说丛类杂事之属③，可见谢兴尧负责的不止史部书籍，也有书籍属于子部小说类。《卉庵摭言》的提要标"五知书屋藏"④，而重庆市图书馆的藏本有谢兴尧印，可见这就是谢兴尧写提要所用的原书。此本于目次之《电鬼》《雄鸡煞》旁有红笔写"胞兄鈫"、"铠"，《八夫》旁写"作者"，而《八夫》的正文"余庚子入闱"旁，有"乾四五年、康五九年"红笔批写，这应该是谢兴尧推考作者的生平而加的注释。至于此书是如何流转而到重庆市图书馆的，就不得而知了。此海内孤本经谢兴尧先生之手保存至今，复佚其半，其命运真是令人感慨。

罗宁，男，1971 年 11 月生，四川成都人，文学博士，西南交通大学人文学院教授。

毕桂苓，女，1998 年 10 月生，重庆垫江人，文学硕士，西南交通大学人文学院硕士生。

---

① 《王云五全集》第 19 册《序跋集编》，九州出版社，2013 年，第 436 页。
② 王亮：《民国时期〈续修四库全书总目提要〉考述——以经部文献为中心》，载程焕文等编：《2014 年中文古籍整理与版本目录学国际学术研讨会论文集》，广西师范大学出版社，2015 年，第 345 页。
③ 《续修四库全书总目提要（稿本）》索引册，第 227 页。
④ 五知大概得名于《宋史·李绎传》："绎所至颇称治，自以久宦在外，意不自得，作《五知先生传》，谓知时、知难、知命、知退、知足也。"

孤本文言小说集《阐微录》考论

朱　姗

《阐微录》是清代河南学者吕瀗曾（1684～1750）所著文言小说集。由于该书存世较罕，学界迄今尚未展开专门研究。笔者在查访中州文献时，有幸得见中国国家图书馆藏周作人旧藏孤本《阐微录》。下文拟从作者生平、文学源流、研究价值入手，对《阐微录》作简要考述。

一　吕瀗曾的生平及著作

吕瀗曾，字宗则，号力园，清河南新安（今属洛阳）人。据陈浩《祥符教谕吕君瀗曾墓志铭》，吕瀗曾"卒于乾隆十五年□月□日，年六十有七"，可知其生于康熙二十三年（1684），卒于乾隆十五年（1750），生活时代经历康、雍、乾三朝。吕瀗曾为康熙五十二年（1713）举人，然"将选县令，以母老不欲远仕，请改选，得祥符教谕，遂迎太夫人于开封。居数年，太孺人归，君以长官委办捕蝗，不得随侍，旋以母忧去，哀毁成疾而卒。"① 事迹详见陈浩《祥符教谕吕君瀗曾墓志铭》，以及《中州诗钞》②《中州朱玉录》③《中州先哲传》④《中州艺文录》⑤ 所录传记。

吕瀗曾出身新安吕氏，为豫西著名大族，自明末至清中期，诗名颇盛，

---

① 以上据陈浩：《祥符教谕吕君瀗曾墓志铭》，钱仪吉等编，陈金林等整理：《清代碑传全集》（上册），上海古籍出版社，2018年，第552页。
② 杨淮辑，张中良、申少春校勘：《中州诗钞》卷一〇"吕瀗曾传"，中州古籍出版社，1997年，第275页。
③ 耿兴宗：《中州朱玉录》卷二"吕瀗曾传"，清咸丰二年（1852）刻本。
④ 李时灿：《中州先哲传》卷二六《文苑》"吕瀗曾传"，民国间开封经川图书馆刻本。
⑤ 李敏修辑录，申畅总校补，李宗泉等主编：《中州艺文录校补》卷二四《吕瀗曾传》，中州古籍出版社，1995年，第445～446页。

代有闻人。吕瀍曾曾祖吕维祺，字介孺，明万历四十一年（1613）进士，官至南京兵部尚书，李自成破洛阳城死难，谥忠节。《（民国）新安县志·艺文志》录其《明德堂文集》二十六卷、《存古约言》六卷、《四礼约言》四卷、《音韵日月灯》七十卷、《切法正指》一卷（与吕维祜合撰）、《孝经大全》二十八卷附《本义》二卷、《或问》三卷①。吕瀍曾祖父吕兆琳，字敬芝，清顺治十八年（1661）进士，官福建道监察御史。《（民国）新安县志·艺文志》录其《镜蛆堂古文》二卷、《西乡志过录》一卷、《西乡疾呼草炙书》一卷②，《中州艺文录》另著录其《忠节公年谱》四卷、《镜集》二卷③。吕瀍曾父吕复恒，字敦甫，号清壑，清康熙二十五年（1686）拔贡，官仪封教谕。《（民国）新安县志·艺文志》录其《清壑亭诗集》一卷、《字学析疑》一卷④。自吕维祺以降，新安吕氏一族共出现进士七人⑤，举人、贡生、监生数十人。清杨淮《中州诗钞》称："新安吕氏为中原望族，学术之醇、科第之盛甲于全豫，而诗学尤有薪传……一门扬风扢雅，刻羽引商者至数十人，皆有专集行世。"⑥ "当是时，吕氏方盛，昆弟数十人，皆灵运惠连之选。"⑦ 并非言过其实。在正统文学创作之外，新安吕氏在俗文学领域的贡献亦值得关注。吕瀍曾伯父吕履恒作《洛神庙》传奇，吕瀍曾族侄吕公溥作《弥勒笑》传奇，二部作品在河南戏曲史上具有举足轻重的地位⑧；吕公溥作为清代长篇章回小说《歧路灯》作者李海观的好友，其对《歧路

---

① 吕维祺事迹及著作，见《明史》本传。张钫修，李希白纂：《（民国）新安县志》卷二《寺庙》、卷一〇《仕进》、卷一一《人物》、卷一三《艺文》。

② 吕兆琳事迹及著作，见张钫修，李希白纂：《（民国）新安县志》卷一〇《仕进》、卷一一《人物》、卷一三《艺文》。

③ 李敏修辑录，申畅总校补，李宗泉等主编：《中州艺文录校补》卷二四，第438~439页。

④ 张钫修，李希白纂：《（民国）新安县志》卷一三《艺文》，第1020页。

⑤ 分别为：吕维祺（吕瀍曾曾祖），明万历四十一年（1613）进士。吕兆琳（吕瀍曾祖父），清顺治十八年（1661）进士。吕履恒（吕瀍曾伯父），清康熙三十三年（1694）进士。吕谦恒（吕瀍曾伯父），清康熙四十八年（1709）进士。吕耀曾（吕瀍曾堂兄），清康熙四十五年（1706）进士。吕守曾（吕瀍曾堂弟），清雍正二年（1724）进士。吕公滋（吕瀍曾族侄），乾隆三十七年（1772）进士。

⑥ 杨淮辑，张中良、申少春校勘：《中州诗钞》卷一九《吕燕昭传》，第458页。

⑦ 杨淮辑，张中良、申少春校勘：《中州诗钞》卷一三《吕仰曾传》，第337页。

⑧ 王永宽、白本松主编：《河南文学史·古代卷》，中州古籍出版社，2002年，第839~842页。

灯》的评点是该书流传史上的重要现象①。新安吕氏在科举、学术、诗文、戏剧领域人才辈出，具有重要的文化影响力，奠定了其在河南文坛的一席之地，近年来也颇为文史研究者所关注②。

吕瀁曾为人"性恬静直质"③，治学兴趣广泛，"善音韵、训诂之学"④，著作颇丰。清杨淮《中州诗钞》卷十收录吕瀁曾诗作八首，称其"著《韵可》二十四卷、《古唐诗可》、《毛诗可》，其诗名《力园诗草》"⑤。《(民国)新安县志·艺文志》录其《韵可》二十四卷⑥、《力园诗草》十卷、《二集》失卷数、《阐微录》二卷、《诗可》二卷⑦。《中州先哲传》另著录其《力园文稿》一卷、与昆弟唱和诗集《棣华集》一种，补正《力园诗草二集》卷数二卷⑧。《中州艺文录》另著录其《力园谈医》一卷⑨。然吕瀁曾诸集大多散佚，在笔者目力所及范围内，现存世者仅有河南省图书馆藏乾隆十一年（1746）刻本《毛诗可》《古唐诗可》（附《宋金元诗》）；上海图书馆、河南省图书馆等五馆藏乾隆刻本《力园诗草》十卷；以及中国国家图书馆藏乾隆刻本《阐微录》一卷。此外，据笔者所见，吕瀁曾存世作品尚有散见于《(乾隆)河南府志·艺文志》的《梦月岩赋》（并序）⑩，以及清苏源生《国朝中州文征》收录《墨铭》《剑铭》⑪。在著述之外，据吕履恒《梦月岩集》、吕谦恒《青要集》卷首，吕瀁曾于雍正间

---

① 朱姗：《新发现的吕寸田评本〈歧路灯〉及其学术价值》，《明清小说研究》，2014年第4期。
② 主要研究成果包括：王永宽：《明末至清代新安吕氏家族世系与支派考略》，《中州学刊》，2012年第1期。杜培响：《明清之际新安吕氏家族及文学研究》，福建师范大学博士学位论文，2012年。高险峰：《明清时期新安吕氏家族研究》，河南科技大学硕士学位论文，2012年。郭微：《甲于全豫——明清新安吕氏家族研究》，华中师范大学硕士学位论文，2014年。
③ 李时灿：《中州先哲传》卷二六《文苑》"吕瀁曾传"。
④ 杨淮辑，张中良、申少春校勘：《中州诗钞》卷一〇《吕瀁曾传》，第275页。
⑤ 杨淮辑，张中良、申少春校勘：《中州诗钞》卷一〇《吕瀁曾传》，第275页。
⑥ 《中州诗钞》《(民国)新安县志·艺文志》均著录《韵可》二十四卷，然《中州先哲传》《中州艺文录》著录《韵可》一百六卷，出入较大。因其书已佚，卷帙无考，暂备一说。
⑦ 张钫修，李希白纂：《(民国)新安县志》卷一三《艺文》，第1021~1022页。
⑧ 李时灿：《中州先哲传》卷二六《文苑》"吕瀁曾传"。
⑨ 李敏修辑录，申畅总校补，李宗泉等主编：《中州艺文录校补》卷二四，第445页。
⑩ 施诚修，童钰等纂《(乾隆)河南府志》卷九五《艺文》，乾隆四十四年（1779）刻版增修。
⑪ 苏源生辑：《国朝中州文征》卷五三，清道光二十五年（1845）刻本。

参与校阅以上家集文献①。

《阐微录》为吕瀺曾所撰文言小说集。该书见录于《贩书偶记续编》："《阐微录》一卷，清吕法曾撰，乾隆辛酉刊。"②此外，《中州艺文录》著录《阐微录》，不题卷帙③；《（民国）新安县志·艺文志》据《吕氏家集》著录《阐微录》二卷④，疑其因未见原书而误记卷数。《元明清中州艺文简目》⑤、郎焕文《历代中州名人存书版本录》⑥、吕友仁《中州文献总录》⑦、王永宽《明末至清代新安吕氏家族世系与支派考略》均据上述目录著录《阐微录》。然而，由于《阐微录》存世较罕，学界对该书的考证和研究尚未开展。

笔者所见为中国国家图书馆藏乾隆六年（1741）刻本《阐微录》，不分卷，一册。此本见录于《中国古籍总目·子部》"小说类·文言之属"⑧。全书首有《序》，"乾隆辛酉阳月通海赵城撰"⑨。次《阐微录目次》，盖全书分"人部""兽部""禽部""昆虫部"四部，"人部"下设"丐""盗""优""倡"四子类；全书凡四十三题、五十一则。次正文，首卷卷端题"阐微录"，正文首为吕瀺曾自序，末署"辛亥上巳力园吕瀺曾自述于藏书洞"，知是书约撰成于清雍正九年（1731）前后。正文部分半叶九行，行十九字，小字双行同，白口，左右双边，单黑鱼尾，版心下刻叶次。各则首有标题。卷末附跋语，然仅存首二叶，据跋语称"吕氏力园子辑《阐微录》成，展

① 吕履恒：《梦月岩诗集》，清雍正三年（1725）刻本。吕谦恒：《青要集》，清雍正十三年（1735）刻本。
② 孙殿起：《贩书偶记续编》，上海古籍出版社，1980年，第171页。
③ 李敏修辑录，申畅总校补，李宗泉等主编：《中州艺文录校补》卷二四，第445页。
④ 张钫修，李希白纂：《（民国）新安县志》卷一三《艺文》，第1022页。
⑤ 《元明清中州艺文简目》（征求意见稿），郑州大学中文系资料室，1984年，第179页。
⑥ 郎焕文主编：《历代中州名人存书版本录》，中州古籍出版社，1999年，第366页。
⑦ 吕友仁主编：《中州文献总录》，中州古籍出版社，2002年，第1268页。
⑧ 中国古籍总目编纂委员会编：《中国古籍总目·子部》（第五册），中华书局、上海古籍出版社，2010年，第2124页。
⑨ 今考赵城（1685～1795），字亘舆，云南通海（今属玉溪）人，清康熙五十四年（1715）进士，官至左通政使，《（道光）云南通志稿·艺文志》据《通海县志》著录其《悔斋札记》一种（阮元修，李诚、王崧纂：《（道光）云南通志稿》卷一九四《艺文》，清道光十五年［1835］刻本），疑今已佚。

校之下，适有客至，览一过"，及文中以"主客问答体"重申编纂缘起及全书体例，知此跋语为吕瀺曾自撰。该书卷首钤有"苦雨斋藏书印"朱文方印，书中钤有"国立北平图书馆珍藏"朱文长印，知其为周作人旧藏，后归中国国家图书馆。

据吕瀺曾《阐微录》自序：

> 宁陵先司寇公《无如》所载丐、盗、倡优、禽、兽、昆虫，人人不屑如者也，而犹有难如者，可不惕然省哉！比年来，纪所闻见，及征于他书，凡得若干，名曰《阐微》，例放《无如》。《无如》所有，此不必更有，即以为续《无如》也可。

又据《（民国）新安县志·艺文志》著录《阐微录》："内载人物之微贱而近于忠孝节慈、礼义廉耻者，各为小传，而间加论赞，仿佛吕司寇《无如》一书。"① 可见无论是吕瀺曾的创作初衷，还是后人的接受认知，都将《阐微录》视为吕坤《无如》的续仿之作。今考二书体例、内容，吕瀺曾对《无如》既有继承，亦有新变，下文试细述之。

二 《阐微录》对《无如》的续仿与新变

吕瀺曾对《无如》的续仿具有较为独特的缘由。吕坤（1536～1618）出身宁陵吕氏，为新安吕氏支脉。据吕氏家谱，吕瀺曾九世祖吕鉴弟黑斯生子成，"洪武二年从太祖平寇，有功，迁居宁陵，子孙显盛"② "迁宁陵，另立志"③，此即为宁陵吕氏始迁祖吕成④。吕瀺曾《阐微录序》称吕坤为"宁陵先司寇公"，即源自这一远系亲缘关系。在亲缘关系之外，中州浓厚的理学传统、家族前辈的思想倾向，均对吕瀺曾产生了重要影响。河南作为"理学

---

① 张钫修，李希白纂：《（民国）新安县志》卷一三《艺文》，第1022页。
② 《新安吕氏宗谱》，1932年石印本。
③ 《吕氏新安宗志》，1989年油印本。
④ 吕坤《去伪斋文集》卷八《吕李姓原碑》记先祖迁宁陵事甚详，清康熙三十三年（1694）吕慎多刻本。

名区"，自北宋二程以降，历来具有浓厚的理学传统。新安吕氏对于忠孝节义的伦理规范尤为重视，吕瀿曾曾祖吕维祺撰有《孝经大全》二十八卷，附《本义》二卷、《或问》三卷，颇受世人推崇①，李自成破洛阳城死难（详见清屈大均《河南死节大臣传》）；吕瀿曾祖父吕兆琳与吕兆璜合著《节孝义忠集》四卷；吕瀿曾族弟吕宣曾撰《吕孝妇家传》；清人刘自洁为吕氏撰写《吕氏五节妇传》。在此种家族风气下，吕瀿曾事母至孝，在文学创作中亦体现出对理学思想的推崇。因此，吕瀿曾撰写《阐微录》的出发点，既不同于古代小说假托劝世、从而创造生存和发展空间的常见作法，又不同于以消闲自娱为目的的辑采街谈巷语、道听途说，而是自发地以小说为载体，阐发忠孝节义思想。换言之，宣传忠孝节义是《阐微录》续仿《无如》的创作初衷，也是《阐微录》的主旨，这与吕坤"以明道为己任"的思想一脉相承。

《阐微录》对《无如》的模仿显而易见。在内容上，二者均以地位低微之人和动物为描写对象，由此达到讽喻世风的教化功用，正所谓"无如者，人人不屑如者也……余录无如，诚欲如之"（吕坤《无如序》）。在篇幅上，《无如》收录作品46题、60篇，《阐微录》收录作品43题、51篇，篇幅大体一致。在体例上，二者均不分卷，《无如》设"人类""兽类""禽类""昆虫类"四类，《阐微录》则设"人部""兽部""禽部"和"昆虫部"四部；《无如》在"人类"下设"乞丐""盗贼""倡优"三子类，《阐微录》亦在"人部"下设"丐""盗""优""倡"四子类，体例基本相同。在形式上，《无如》大部分作品之后附有署名"叔简氏曰"的吕坤评语，《阐微录》每篇作品之后亦有署名"力园子曰"的吕瀿曾评语，在形式上亦如出一辙。值得一提的是，《无如》中偶见"叔简氏曰"涵盖多篇作品的情况（例如《虎》《狼》，《猪》《狗》等），《阐微录》每一篇作品后均有"力园子曰"末评，形式较之《无如》更趋整饬。

---

① 汤斌《孝经易知序》："《孝经》注释、笺注凡数百家，近唯新安吕忠节公所著《本义》《大全》最称详备。"（《汤子遗书》卷三，《文渊阁四库全书》集部第1312册，第478页）周中孚著，黄曙辉、印晓峰标校《郑堂读书记》（上海书店出版社，2009年，第17页）卷一："大抵《孝经》注书之繁富，崇今文者，无如吕明德之《大全》。"

尽管如此，正如吕瀍曾自序"《无如》所有，此不必更有""即以为续《无如》也可"，《阐微录》在续仿《无如》的同时，在题材上亦有意识地加以拓展。例如，在选材上，《阐微录》对《无如》选材有所增删调整，兽部比《无如》多出"虎""犰""黄鼠"三题；禽部比《无如》多出"爵""鹳""鸳鸯""鸽""黑乌"五题；昆虫部比《无如》多出"鱼""蟹""蝉""细要蜂""蝼蛄""蛞蝓"六题。同时，《阐微录》根据题材实际情况，对《无如》选题作了灵活处理，例如"叩头虫"于《无如》入"昆虫类"，而于《阐微录》入"人部·丐类"，写乞丐名"叩头虫"，而非实指昆虫。在教化内容上，《阐微录》较之《无如》亦有所拓展，例如《杨花飞》描写乐工巧谏帝王的智慧，《鸳鸯》描写妻子不妒、姜不逾矩的美德，《牛二则》（其二）、《狐》强调子弟教育的重要性，以上题旨均未见于《无如》。更为重要的是，吕瀍曾在《阐微录》中融入了个性化的创作特点，主要体现在以下三个方面。

（一）"纪所闻见"类作品比重的提升

《无如》辑录作品 60 篇，虽不注出典，但绝大部分采撷征引自前朝故事，例如《雷海清》叙述唐明皇乐工雷海清于安史之乱死难，取材于《明皇杂录补遗》（"清"原作"青"），《狐》缩写自唐传奇《任氏传》，等等。其中，作者以个人经历见闻为题材的创作仅有《蔡乞儿》《陈疙瘩》《焦存儿》《鸡》4 则，所占比重不大。今考《阐微录》约有 10 篇作品明确标注出典，如《鹳》取材于杜诗《义鹳行》，《犰》取材于黄衷《海语》等；另有十馀篇作品虽未注明出处，但基本可以考证出自前代典籍，如《秦吉了》见唐张鷟《朝野佥载》卷四、"仁鱼"见明艾儒略《职方外纪·海族》等；以上二十馀篇作品体现了吕瀍曾对前代典籍的广泛涉猎，在性质上更类似《无如》的杂纂体例。但是，《阐微录》中记录作者生平闻见的作品有 21 篇之多；加之个别篇目尚无法考证其时代、出处，若这些作品同样出自作者创作，那么《阐微录》中作者原创作品已趋近半数。相较于《无如》而言，这一比重是较为突出的。

具体而言，《阐微录》个性化的取材主要源自三个方面：其一，家族长辈见闻。例如,《虎二则》（其一）取材自"先世父司农公（引者注：吕履恒）作《义鹿记》"本事,后则取材自"先祖侍御公（引者注：吕兆琳）作《虎异记》"本事。由于吕兆琳别集尚未见存世记录,《阐微录》可为今人了解吕兆琳著作,乃至考察新安吕氏家集文献提供重要线索。其二,作者本人经历。主要包括《犬四则》（其二）记载作者随伯祖父吕履恒仕宦京师期间所见义犬复仇事,其三记载作者随父亲吕复恒筮仕仪封期间养犬"黄虎"事迹；《李黑子》《叩头虫》二则记述作者亲见乞丐事迹；《鼠》《爵二则》（其二）分别取材作者祖父吕兆琳和父执常孟祥府上奴仆事迹。其三,作者亲友转述。例如,《鹊》闻自作者妹夫郭慕韩,《范红玉》《鸽二则》（其二）闻自作者中表兄弟郭仲涵,等等。因此,正如《阐微录》自序"比年来纪所闻见,及征于他书,凡得若干",如果说"征于他书"的作品更多体现了继承《无如》的杂纂传统,那么"纪所闻见"类的作品则使《阐微录》呈现出"记录异闻"的小说家特点。因此,相较于《无如》采撷故事的单一创作模式,《阐微录》事实上兼具子部杂家类"杂纂"和小说家类"异闻"的特点,体现出更为浓厚的小说家笔法、乃至更为明显的文学色彩。

（二）对清中期河南乡绅生活的细致描写

个性化的题材来源和"纪所闻见"的创作方式,使吕瀍曾得以在创作过程中融入大量生活细节,《阐微录》因此成为清代中前期中原乡绅之家生活的写照。例如,《牛二则》（其一）叙述兄弟春耕期间析产争夺水牯,其二叙述秋收时节自家耕牛教子刈麦。从春耕到秋收,主持农事活动是乡绅生活中不可或缺的部分。在耕读之馀,新安吕氏一族多以营造园林为趣,园林不仅是书斋所在地,更是交游宴集的重要场所,在吕氏诗文集中,叔侄兄弟间游园赋诗、谈古论今的场景层出不穷。从吕瀍曾曾祖吕维祺到族侄吕肃高,在几代人手中精心营造的"斗园""掌园""西园""半山园""惜阴园"等园林争奇斗艳,其中亦包括吕瀍曾本人亲手经营的力园。吕瀍曾对力园具有深厚情感,其自号"力园",在《阐微录》的评点中自称"力园子",其诗集名为《力园诗草》,其中多有题咏力园之作。在《阐微录》中,吕瀍曾对力园津津乐道,《蜜蜂》一则借蜜蜂阐发夫妇大义,取材于"力园桃花盛开，群蜂采蕊"之场景；《李黑子》开篇叙述吕家昆仲驾牛车迎母游力园的经历，这正可与吕瀍曾"喜治农圃，家居筑力园，凡春秋佳日，迎母烹鲜剥枣，竟日夕欢"①"方君之未仕也，家居治小圃，植蔬果花木，以娱其亲"②的记述相呼应。同时，吕瀍曾"迎母游园"之举，也体现了其本人事亲至孝的品格。此外，《犬四则》（其二）描写作者随伯父吕履恒仕宦京师期间家中曝晒地黄的细节，《虾蟆》叙述作者采黄精见闻，由此结合吕瀍曾撰写医学著作《力园谈医》的记载，采集和调制草药不仅是生活所需，也是文人日常起居饮食中祛病养生思想，乃至隐逸情怀的体现。这些取材于日常生活的点滴细节，为《阐微录》提供了广泛的题材来源，赋予了《阐微录》浓厚的生活气息。进一步说，《阐微录》对日常生活中义理的生发，其背后正是明清时期理学世俗化的变易，及其对日常生活的渗透。在这一意义上，《阐微录》在实质上展现了一位理学家对日常生活义理的深入思考和细致观照。

（三）作者学术旨趣的体现

新安吕氏具有良好的学术风气传承，尤善小学。吕瀍曾曾祖吕维祺著有《音韵日月灯》七十卷，与吕维祜合撰《切法正指》一卷；吕瀍曾父吕复恒撰有《字学晰疑》。吕瀍曾本人亦以擅长音韵之学而著称，其撰写《韵可》历时三十馀年③，颇受时人推崇，清鲁曾煜《韵可序》称："此暗室一炬，可为近代曰通曰转、不师字母者，发大光明。"④《中州先哲传》称其"精音韵、训诂之学，著《古唐诗可》《毛诗可》，厘正叶音，发明古韵，直继顾炎武后"⑤。令人遗憾的是，吕瀍曾音韵学诸作均已散佚，但是，这一学术旨趣却在《阐微录》中得到体现。具体而言，不同于《无如》以散文体撰写"叔简氏曰"末评的作法，《阐微录》中《象》《黄鼠》《秦吉了》《燕》《爵二则》（其一）《蜜蜂》《蛞蝓》七篇作品的"力园子曰"采用四言诗的形

---

① 李时灿：《中州先哲传》卷二六《文苑》"吕瀍曾传"。
② 陈浩：《祥符教谕吕君瀍曾墓志铭》，钱仪吉等编，陈金林等整理：《清代碑传全集》（上册），第552页。
③ 《（民国）新安县志·艺文志》著录《韵可》："书为瀍曾手自缮写，稿凡三四易，无一笔苟简，盖半生三十馀年疲精竭力于此书，而不自知其劳也。"第1021页。
④ 耿兴宗：《中州朱玉录》卷二《吕瀍曾传》。
⑤ 李时灿：《中州先哲传》卷二六《文苑》"吕瀍曾传"。

式，这些四言诗古意遒劲，是作者才力和诗思的体现。其中，《蜜蜂》末评四言诗亦见于吕璜曾别集《力园诗草》卷三《义蜂行》，而将《蜜蜂》一则文字移为诗序，体现了作者诗歌与文言小说创作的互动。此外，其馀六首四言诗均可在《力园诗草》之外补遗吕璜曾诗作。

在这些以四言诗形式撰写的末评中，吕璜曾表现出对叶音韵部的严格追求。以《燕》末评为例：

> 力园子曰：燕失其雄（叶黄），中夜悲鸣（叶芒）。哺雏翼成，天际翱翔。再归旧巢，依然只身（叶商）。不谓微禽，厥操贞良。

此外，《蜜蜂》"行不轨道"自注"叶斗"，《象》"喷泥数斗"自注"叶主"，《黄鼠》"难充入口"自注"叶苦"，《爵》"女罗寄生"自注"叶商"，《蛞蝓》"设切之下"自注"叶虎"，"一军其南"自注"叶年"。这对于诗文别集而言是常见作法，在小说创作和评点中却较为罕见。事实上，这些韵字含义并不生僻，无论其作何种读音，都不影响读者对作品题旨的理解。因此，吕璜曾此举并非出自小说叙述的需求，与其说是行文必要的注释，不如说是作者在对音韵之学的浓厚兴趣驱使下的踵事增华之举。这虽非本文讨论的重点，但有必要指出，《阐微录》对音韵的精确掌握，是乾嘉时期注重音韵训诂之学的学术风气在文言小说创作中的投射，是新安吕氏家学特点的延续，也是作者学术旨趣在小说创作中的体现。这是《阐微录》个性化的写作特点的一部分，相较于《无如》及其续仿之作，堪称独树一帜。

三　"余录《无如》，诚欲如之"——从"无如式"寓言传统论《阐微录》的小说史意义

《阐微录》作为《无如》的续仿之作，其研究价值不仅体现在与《无如》的对比，同时还体现在《阐微录》自身的小说史意义。中国古代动物寓言具有源远流长的传统，自先秦时期发轫，动物寓言就不可避免地与人类

社会道德观念产生密切关联。一方面，正如《孔子家语·好生》："孔子曰：舜之为君也……是以四海承风，畅于异类，凤翔麟至，鸟兽驯德。"① 动物的归化驯服成为君主道德权威，乃至人类社会道德水准的直观体现。另一方面，从《诗经》《楚辞》中的"动物寓言诗"，到《庄子》《韩非子》《吕氏春秋》《战国策》中借物取譬的动物寓言，动物形象亦常被提炼人格化特征，其行为常被赋予道德角度的考量。唐宋以降，历经韩愈、柳宗元、苏轼，以及明初刘基、宋濂等代表作家的创作和探索，明代中后期出现了寓言创作的繁荣，《权子》《贤奕编》《叔苴子》《艾子后语》《雪涛小说》《古今谭概》等一系列作品形成了寓言创作的高潮，其中动物寓言亦占据较大比重。

值得关注的是，在明中期以降直至清初的寓言创作中，集中出现了一批具有相似艺术构思的动物寓言，其共同点在于，不同于传统意义上动物寓言"经常通过描写包含教训意味和讽刺意义的动物自身行为，来寄托作者的言外之意、弦外之音"②，此类动物寓言集着力于描写地位低微的动物所展现的高尚品格，由此达到讽喻世人的教化功用。从唐人李翱《国马说》到明初宋濂《猿说》，此种艺术构思曾散见于历代动物寓言创作之中，而在明中期以降的得到更为集中的体现，这也正与明代中晚期以降社会风气息息相关，正所谓"其名禽兽鱼虫，其事则人也……盖明之末造，人心世道无不极敝，故士大夫发愤著书，往往如是云"③。

明正德间，陈相《百感录》"取虫鱼鸟兽作为寓言，以寄其不平之感"④，惜其书已佚，内容无考。嘉靖间，陈其力《芸心识馀》"凡禽鸟、兽畜、龙蛇、虫鼠、鱼鳖五部，分门隶事"⑤，其书"大都言物类之灵异有过人者，

① 高尚举、张滨郑、张燕校注：《孔子家语校注》，中华书局，2021年，第131页。
② 普文：《中国古代动物寓言》，北方妇女儿童出版社，1989年，第311~312页。
③ 《四库全书总目·〈可如〉提要》，纪昀、陆锡熊、孙士毅等：《钦定四库全书总目（整理本）》，中华书局，1997年，第1749页。
④ 《四库全书总目·〈百感录〉提要》，第1656页。按：陈相，一作丁相。详见陈国军：《明代志怪传奇小说叙录》，商务印书馆国际有限公司，2016年，第73~74页。
⑤ 《四库全书总目·〈芸心识馀〉提要》，第1737页。

虽若近于语怪，然其警世励俗之心，良亦勤矣"①。万历间，吕坤《无如》明确提出"无如者，人人不屑如者也……余录《无如》，诚欲如之"②的创作主张。其后，董德镛《可如》"取禽兽鱼虫之事合于忠孝节义者，分类摘录，共六十三门……其名禽兽鱼虫，其事则人也。其曰可如者，盖心存乎劝诫也"③。明万历间刊行的《四不如类钞》则分"不如异类钞""不如贱类钞""不如妇寺钞""不如夷狄钞"四部类，"勒成稽古之钞"④。崇祯间，吴震元《忠孝别传》录仆隶、乞丐等人物，及禽鸟、家畜、野兽、水族、昆虫等忠义事迹，凡十五类。明清易代之际，明遗民作家郑与侨《客途偶记》收录"义犬""义猫""义象"等"明末所见闻者二十五篇，多忠义节烈之事"，体现出借动物寓言讽喻明清易代时事的创作意图——"所谓《义犬》《义猫》《义象》诸记，疑寓言以愧背主者"⑤。清代初年，王言《圣师录》"本诸杨子'圣人师万物'句"，收录《白鹇》《鹤》等二十八题，其自序称："然则物何异于人哉？微独无异，抑恐世之不若者众矣！"⑥此外，尚有清佚名《灵物志》选取"万物生于情，死于情"之事例，论证"其精灵有胜于人者，情之不相让，可知也"⑦。此类作品集亦曾引起中外学者的关注⑧。在既有的研

---

① 黄持衡：《芸心识徐序》，陈其力：《芸心识徐》卷首，《四库全书存目丛书·子部》第125册，据明嘉靖刻本影印，第361页。

② 吕坤：《无如》卷首，明万历刻本。

③ 《四库全书总目·〈可如〉提要》，第1749页。

④ 中国国家图书馆藏明万历四十一年（1613）刻本《四不如类钞》书籍残损，为笔者所未见。本文引用《四不如类钞》转引自武新立：《明清稀见史籍叙录》，金陵书画社，1983年，第162~163页。

⑤ 《四库全书总目·〈客途偶记〉提要》，第1903页。

⑥ 上海古籍出版社编：《清代笔记小说大观》（第一册），上海古籍出版社，2007年，第506页。

⑦ 佚名：《灵物志》卷首《自序》，周光培编：《清代笔记小说》（第48册），河北教育出版社，1996年，第187页。

⑧ 主要研究成果包括：凝溪：《中国寓言文学史》第六章《中国古代动物寓言》第四节《〈可如之〉的成就及特色》，云南人民出版社，1992年，第185~189页；杨敬民：《〈可如〉撰者董德镛生平考略》，《哈尔滨工业大学学报》（社会科学版），2019年第2期；张晶：《明末寄情义兽禽鸟劝惩教化杂著研究——以〈无如〉〈可如〉为例》，《北方文学》，2019年第5期；张晶：《董德镛〈可如〉研究》，牡丹江师范学院硕士学位论文，2019年。佐藤一好：《董德镛『可如』小論——呂坤『無如』との関係に注目して》，《大阪教育大学紀要》第56巻第1号，2007《『可如』小論（補説）——董德镛の生涯を中心に》，《学大国文》第51号，2008；《義獣譚集としての馮景「書十義事」》，《日本アジア言語文化研究》（13），2019。后二文为笔者所未见。

究中，由于此类现象尚无固定术语命名，其中部分作品集曾被中外学者称为"明末寄情义兽禽鸟劝惩教化杂著"① 或"义兽谭集"②。

在此类作品集中，最为典型、影响最大者，当推吕坤《无如》。这一结论不仅考虑到吕坤本人的文化影响力，还基于《无如》较之同类作品具有最多数量的续仿之作的事实③。董德镛《可如》在摘录多篇《无如》作品的同时，效仿《无如》的结构与取材，二书具有明显相似性。周亮工《书影》卷七记述"象有夫妇""狗有兄弟"故事二则，称"此二则新吾先生《无如篇》中未载，故录之"④，同样被认为体现了对《无如》的补遗意识。⑤ 同时，周亮工还记录了"余在维扬，闻海陵王侍御相说，广《无如》为二十馀卷，真有益人心，惜未镌行"⑥，可见对《无如》的续仿并非一时一人之举。此外，笔者在查访中州文献时，在清代河南学者李宏志《桥水文集》中新见《无如谳说》一种，其自序称："宁陵《序》云：'予录《无如》，诚欲如之。'今所谳者，兼自省焉。"⑦ 同样与《无如》具有明确续仿关系。因此，考虑到"明末寄情义兽禽鸟劝惩教化杂著"稍显冗长，而"义兽谭集"在题材上未能囊括《无如》等作品集设立"人部"描写丐、盗、倡、优的志人特点，为便于讨论，本文暂将此类作品命名为"'无如式'的文言小说集"。这一概念的具体所指为：明代中后期以降产生的，以吕坤《无如》为代表的，通过描写丐、盗、倡、优等地位卑微之人，或禽、兽、虫、鱼等地位低下之动物所展现的高尚品格，反衬世风日下的社会现状，由此达到教化时人的讽喻功用的文言小说集。

---

① 张晶：《明末寄情义兽禽鸟劝惩教化杂著研究——以〈无如〉〈可如〉为例》。

② ［日］佐藤一好：《董德镛『可如』小論——吕坤『無如』との関係に注目して》。

③ 在本文讨论的作品范围内,：《无如》或许并非唯一产生续仿之作的文言小说集。今考曾国荃撰：《（光绪）湖南通志》卷二五二《艺文志》（清光绪十一年［1885］刻本）、王闿运撰：《（光绪）湘潭县志》卷一〇《艺文》（清光绪十五年［1889］刻本）均载乾隆诸生王荣兰撰《广圣师录》一种，疑其为《圣师录》续仿之作。然《（光绪）湖南通志·艺文志》将该书归入"子部·谱录类"，则其是否为文言小说集尚待考证。在笔者查考范围内尚未查得此书存世记录，暂且存疑。

④ 周亮工：《书影》，中华书局，1962年，第197~198页。

⑤ ［日］佐藤一好：《董德镛『可如』小論——吕坤『無如』との関係に注目して》。

⑥ 周亮工：《书影》，第198页。

⑦ 李宏志：《桥水文集》卷四，清道光十七年（1837）刻本。

在此，有必要对"无如式"作品的概念作进一步辨析。首先，在题材上，"无如式"的文言小说集引入了志人因素，因此在题材范围上与动物寓言集并不完全相同。《无如》设"人类"，与"兽类""禽类""昆虫类"并列；《忠孝别传》卷一至卷四志人、卷五至卷八志怪，在卷帙上比重持平；《四不如类钞》中"异类""贱类""妇寺""夷狄"并举，志人篇幅甚至超过志怪。可见，通过志人、志怪并重的选材，"无如式"的文言小说集由此呈现两重维度的对比思维：其一，志怪维度：通过禽、兽、虫、鱼等地位低下的动物的高尚品格，反衬人类社会的世风日下；其二，志人维度：通过丐、盗、倡、优等地位卑微之人的事迹，反衬衣冠士人的品格卑下。正如《〈忠孝别传〉自序》："要以无情如草木土石且然，况有情乎？异类如鸟兽禽虫且然，况同类乎？鬼道如鬼神妖怪且然，况人道乎？贱人如仆隶、丐优、盗贼、夷狄且然，况贵人乎？"① 也正因如此，较之传统意义上的动物寓言集，"无如式"文言小说集拓宽了取譬范围，在多重维度上强化了警世效果。

其次，在艺术构思上，"无如式"作品的标志在于对比、反衬手法，即，"如"与"不如"的辩证思维。"无如式"作品通过展现衣冠士人与动物（或丐、盗、倡、优之人）在地位、品格上的双重对比，一方面，构成动物（或丐、盗、倡、优之人）自身的低微地位与高尚品格之间的对比，另一方面，也更为重要的是，通过动物（或丐、盗、倡、优之人）的行为反衬世风日下的社会现状。因此，相较于明清时期通过动物故事劝善惩恶的果报类作品，抑或同时期通过讽刺动物行径"以笑醒人"的笑话，"无如式"作品虽然同样以警世为宗旨，却在艺术手法上呈现出本质区别。有必要指出，明清时期尚有部分作品虽然列举动物（或丐、盗、倡、优之人）义举，却并不以对比、反衬为主要艺术手法，其性质更类似忠烈故事的聚合，而非"无如式"作品集。事实上，在明清时期的文言小说创作中，"无如式"作品分布广泛，《聊斋志异》《阅微草堂笔记》《谐铎》等文言小说集中不乏"义狐"

---

① 吴震元《忠孝别传》卷首，明崇祯十三年（1640）刻本。

"义鼠""义犬"等单篇作品，《虞初新志》《樵书》《排闷录》等文言笔记中更是不乏记录动物（或丐、盗、倡、优）义举以讽喻世风的作品。本文所讨论的，即为"无如式"的作品专集。

在这一意义上，《阐微录》通过对《无如》的续仿，在实质上继承了明清时期文言小说创作中"无如式"的寓言传统，对于今人认识"无如式"文言小说集的发展脉络具有重要意义。首先，在创作时间上，"无如式"的文言小说集大多产生于明代中后期至清初顺、康时期。因此，李宏志《无如谦说》约创作于雍正时期，《阐微录》成书于雍正九年（1731）前后，刊行于乾隆六年（1741），二者将"无如式"作品专集的创作时段延伸至清雍、乾时期，有助于今人更为全面地梳理此类作品集的发展历程。

其次，在思想背景上，虽然囿于文献材料，部分"无如式"文言小说集的作者生平事迹、思想背景难以详考，且存在诸如《灵物志》宣扬"万物生于情，死于情"的作品，但有必要指出，具体到《无如谦说》作者李宏志、《阐微录》作者吕瀍曾均为河南理学家，由此可再次证明吕坤及其思想学说在中州地区的文化影响力，对于今人了解《无如》的流传与接受情况不无裨益。更为重要的是，从《无如》到《无如谦说》《阐微录》，反映了中州理学家以小说形式承载文化关怀的创作实践，体现了理学思想在小说领域的渗透和延伸，可为今人考察理学思想对小说创作的影响提供又一典型案例。

最后，在创作题材上，《阐微录》进一步拓展了"无如式"作品的题材范围。在《阐微录》收录的51篇作品中，《牛二则》（其二）和《狐》以子弟教育为题材，不仅未见于《无如》，在"无如式"的文言小说集中亦较为罕见。《牛二则》（其二）通过写自家耕夫乔六蓄养青牛教子一事讽喻时人教子不严：

> 乔六，余家耕夫也。畜青牛，字一子，生三岁矣。刘麦时，乔令雇工驱小牛来，试而用之。及至，不伏驾，因戏谓老牛曰："若生子，何不教之？"老牛忽奋而起，以角触小牛，一时观者无不笑而奇之。余恐

伤其子也，亟令牵老牛还，小牛已伏驾矣。人益奇之。

力园子曰：父母于子姑息，非爱也，故曰"教之义方"。青牛子一触即率教，亦异于不肖子矣。世传老牛舐犊之爱，岂尽然哉？岂尽然哉？

在《牛二则》（其二）中，作者借"老牛"这一特定意象，一反文学传统中延续千年之久的"舐犊之爱"典故，转而叙述老牛对幼子的严格教育，由此营造出较为强烈的反差效果。

不同于《牛二则》（其二）中小牛"一触即率教，亦异于不肖子矣"，《狐》描写了对不肖子孙的严苛惩戒：

有老人者，僦居于某氏宅，苍颜白须，神致闲逸，着道冠，服土色布衣，与人谈，多玄解，亦精岐黄，以故人乐与之交。初，不知其所从来，第呼为"紫花老人"，就其服色称之耳，或称"先生"焉。一日，宴于某家，食甫毕，一客亟欲去，问故，则曰"女病甚"。老人请诊视之，出药一丸，曰："服此自愈。"翌日，女之父诣谢老人。及门，门虚阖，至庭，寂无人，深入，但空宅，东西两壁各县一狐首，血痕犹新。惧甚，趋而出，以语人，始共悟老人者，狐也，二少年狐，其子孙也，女病由是也，遂杀之而他徙焉。封丘广文白先生为余言云云，距今十八九年。

力园子曰：妖狐幻化惑人，其性也，虽老狐不免焉。老人独能于子孙之作恶者杀之。石碏有云：爱子，教以义方，弗纳于邪。老人虽未能使其子孙弗邪于前，而杀于其后，不愈于明知作恶而弗之禁者乎？

在中国古代志怪小说塑造的大量狐仙故事中，狐狸扰人触发的矛盾堪称最为常见的主题之一，由此形成的"狐扰人—人杀狐—狐复仇"模式的作品层出不穷，《聊斋志异》中甚至出现《九山王》这样不惜诱人谋反、诛灭全族的极端事例。但是，吕灏曾在《阐微录》中并未延续狐仙复仇的构思，而是塑造了一位深明大义、杀子谢罪的狐仙形象。事实上，在《狐》

一则中，客人一家仅知道女儿病重，并不知其源自狐狸幻化；紫花老人即便给药后携子孙隐遁，仍不失为通情达理的义狐形象。但是，作者为紫花老人设计了大义灭亲、杀子谢罪的结局，对伦理道义的追求凌驾于亲情之上，义理先行的写作需要与文学史上既有的狐仙形象结合，由此与读者的预设心理形成反差，更为深刻地阐发了教子义方的重要性，以讽喻时人对子孙"明知作恶而弗之禁者"之弊。相较于同题材的志怪小说，堪称较为独特的构思。

《牛二则》（其二）、《狐》两篇作品体现了吕濬曾本人对家族子弟教育的深切焦虑，这与新安吕氏的实际情况密切相关。在新安诸吕中，吕濬曾虽然诗名远不及伯父吕履恒、吕谦恒，堂弟吕宣曾、吕守曾等人，但是，吕濬曾在伯父吕履恒、吕谦恒相继去世后，承担起教育培养幼弟的重任，对于家族学风的代际传承起到承上启下的重要作用——"履恒、谦恒继殁，濬曾以其业教子弟"①"教子弟及其乡人数十馀年，伊蔚与松坪皆从君学者"②。吕宣曾（伊蔚）、吕守曾（松坪）兄弟日后的诗名和仕途超越吕濬曾之上，与吕濬曾的教育栽培密不可分。由此不难理解，吕濬曾对于家族子弟教育具有深切的责任感，随之衍生出强烈的忧患意识和焦虑心态，在其身体力行培养幼弟的同时，这种忧患与焦虑也在《牛二则》（其二）、《狐》的创作中得到映射。同时，就中国古代以子弟教育为题材的小说作品而言，以上二篇作品亦不失为宝贵的探索。

本文对《阐微录》小说史意义的讨论，其意并不在于夸大《阐微录》，乃至"无如式"文言小说集的文学价值。有必要指出，由于"无如式"文言小说集往往存在抽象化的义理思想凌驾于文学叙事之上、说教话语限制作品艺术水准的弊病；同时，囿于部分作者的才识见解和思想水平，部分作品艺术成就有限，例如《百感录》"托意浅近，亦多未雅驯"③，《芸心识馀》

---

① 李时灿：《中州先哲传》卷二六《文苑》"吕濬曾传"。
② 陈浩：《祥符教谕吕君濬曾墓志铭》，钱仪吉等编，陈金林等整理：《清代碑传全集》（上册），第 552 页。
③ 《四库全书总目·〈百感录〉提要》，第 1656 页。

"庞杂割裂，殊无可观。持论尤多猥鄙"①，《可如》篇末的"孔昭氏曰"评点被认为"大抵愤世嫉俗之词"②。因此，此类作品在自身发展中不可避免地存在发展空间有限、难以为继之弊；在文学史上，既难以在明代中后期的文言小说中脱颖而出，又无法与清代风行一时的"聊斋体"诸作相比肩，后人对此类作品亦不甚重视。尽管如此，"无如式"的文言小说集仍不失为以小说体裁承载教化功用的一次有益尝试，在明清文言小说史、中国古代寓言史上均值得引起关注。在这一意义上，《阐微录》作为这一类型的作品在清代中前期的延续，具有较为独特的研究价值。

馀　论

作为明末至清中期河南地区最为显赫的文学世家之一，新安吕氏在以"学术之醇、科第之盛"而"甲于全豫"的同时，对古代戏曲、小说亦表现出浓厚兴趣。吕瀗曾《阐微录》作为新安吕氏家集文献中难得可贵的文言小说集，是新安吕氏参与戏曲、小说创作的又一例证。以吕履恒、吕瀗曾、吕公溥三代作家为代表的戏曲、小说创作实践，对今人了解新安吕氏的文学观念、家族风气具有重要意义；而这也是《阐微录》在新安吕氏家集文献研究中的独特价值。

此外，值得一提的是，新安吕氏与同时期众多学者、文人交游甚夥。其中，长篇章回小说《歧路灯》作者李海观（1707~1790）是值得关注的一位。乾隆四十二年（1777），在李海观年逾古稀之时，吕公溥曾回忆其髫年所见青年李海观前来新安，与"掌园诸昆订莫逆"③之经历，在此之后，李海观终其一生与新安吕氏保持了密切往来。时至今日，李海观与吕瀗曾的交游已殊难考证，但在吕瀗曾《阐微录》付梓的至多六年之后，李海观开始着

---

① 《四库全书总目·〈芸心识馀〉提要》，第 1737 页。
② 《四库全书总目·〈可如〉提要》，第 1749 页。
③ 吕公溥：《绿园诗序》，李海观《李绿园公诗钞》卷首，河南省图书馆藏钞本。引者按：原书页面残损，本段仅存"幼时曾来新""掌园诸昆订莫逆，时余髫"数字，惜无法通读。

手撰写《歧路灯》①。在今人看来，《阐微录》所呈现的一些特质，例如着力于从日常生活中提炼忠孝节义思想，对子弟教育的忧患与焦虑，乃至以小说文体承载教化思想的探索和实践，都即将在李海观的创作中得到更趋极致的体现。

本文系中国社会科学院青年科研启动项目"《歧路灯》及相关清代小说文献研究"（2022YQNQD002）阶段性成果。

朱姗，女，1987年生，北京人，文学博士，中国社会科学院文学研究所助理研究员。

※　※　※

陈守创恤民

戴束《鹊南杂录》，记常熟知县陈守创恤民，以游戏出之，尤觉温雅有趣：有二人越界买盐，遇盐快，一人脱逃，止擒一人。公谓曰："你二人同伙买盐，那一人何处去了？"答曰："走了。"曰："你不会走么？——站起来，试走吾看。"其人不解，走到二门外，仍到堂上跪下。公曰："你不会走？——再走吾看。"其人复如前。公曰："你果不如那一会走！你再出头门走走看。"其人走下堂，有衙役私语之曰："老爷教你去，你如何不会老爷意？"其人方去。良久，问衙役曰："那人如何不来？"曰："走了。"唤盐快责之曰："两个盐徒，你放了一个，本县也放了一个，不公平么？造化了你，饶你三十大板子。"逐出。（斯欣）

---

① 《阐微录》卷首赵城《序》撰成于乾隆六年（1741），该书付梓或在此年或稍后。据乾隆四十二年（1777）李海观《歧路灯序》："盖阅三十岁以迄于今而始成书"（栾星编著：《歧路灯研究资料》，中州书画社，1982年，第95页），可知李海观着手撰写《歧路灯》的时间约在乾隆十二年（1747）前后，而李海观对《歧路灯》的构思时间当更早于此。

《红杏楼杂记》的内容特色与史料价值

吴家驹

《红杏楼杂记》是道光年间刊印的一部笔记体小说。作者李仲子，广东番禺人，活动于乾隆末至道光年中，尝寓广州、武昌等地。与工部主事陈诗（愚谷）、都督张仁、荆州太守景福泉等过从。作者一生漂泊，谋食四方，直至晚年的辛卯之岁（1831）"授徒江乡"，方有条件在"授课之馀，晴窗静处"，将昔日所记零星笔记汇编成集，取名《红杏楼杂记》，道光二十年（1840）由丹柱堂刊行。

全书 4 卷 91 篇，内容较为芜杂，既有所见所闻的奇闻怪事与异宝灵鬼传说，又记录了作者生平游历的名胜古迹及经历的重要事件。许多内容有着积极的思想意义与生动的故事情节，不少还保存了珍贵的历史信息，这里就其主要方面略作归纳与阐述。

一　反映清代中期的社会生活，表达作者的价值取向

1. 揭露社会的黑暗与险恶

作者用笔记的形式，向我们描绘了一幅清代社会的众生图，揭示了社会的黑暗与凶险，如《药孩》篇，典型地反映了社会的一个侧面：

> 楚北省垣之市有二人，扛一大竹篮，内载一小孩，沿街行乞。其小孩约年十岁，其形奇丑，头小如碗，面色黝黑，眼鼻斜歪，两脚夹住其颈，两手挛曲，肚腹低陷，卧于篮内。市人悯之，争与钱米。见者哄传，传入县署。时王公恕堂宰江夏，闻其状，诧曰："有孩若是，必有因。"密唤役着二人扛小孩来看。役往唤二人，扛至。王公吩咐扛进内

署，逐二人出。随看小孩口动似能言，令家人询之。小孩垂泪细语曰："我本村童，因在村外游耍，被二人拐去，将我捆住，掷下一大瓮，用药水沉浸。用木一根插瓮边，将我头发栓紧，只出一头，日将米糊灌吃。浸七八日取出，将我两脚屈在项下，夹住颈，将两手屈曲，又掷下瓮，浸十馀日取出，故其形如此也。"……王公一一记之，即着锁二人入署，升堂鞠讯。二人供曰："此孩是胎生，非药屈也。"王公怒甚，加以夹打，二人供招，委系拐得，用药屈成。讯问尚有别孩否？二人供曰："拐得小孩十馀口，皆屈死，所存者唯此孩耳。"

拐骗儿童，摧残并利用残疾儿童行乞谋利的罪行在清代不乏其例，《药孩》篇为我们作了活生生的诠释，这一案例，对今天的审案和治安也有一定的借鉴和警示作用。

社会复杂，五花八门的行骗伎俩让人防不胜防，《幻术》篇则写的是一个精心策划的骗术，说是广州某人偶失一金钏，有道人过其门，言能照大圆光，知失物处，于是延请作法。道人用炉一座，烧香其中，烟散后，现镜一面。按所示，果然找到了金钏，某信以为神：

> 道人自夸，谓此小试其锋耳，且能照家宅大事，某即请照家宅。作法如前，见镜现一人，峨冠博带，南面坐。悬一牌，上写楷书云"我是前朝显宦，有藏金十万，瘗宅内。后以赃败，无有知之者，湮没久矣。今房主之孙，吾后身也，藏盍付之"等语……某大喜，欲明日掘发。道人曰："谈何容易？凡天地财宝，城隍司之，上帝主之，必奉批准，始可行。"乃跪求道人设法。道人即为作疏，申城隍，请帝旨。爰同诣庙焚疏。次早，出小北门外山坳僻静处，焚香候旨。俄而半天似有物，飘飘飞下……即其所焚原疏，末有朱笔批云："批禀准开发。须先在鼎湖山庆云寺建道场七日，然后举行。"计七日醮须费千两，然费千而得数万，其利溥矣。
>
> 于是速备物，蹋吉束装，买舟，招道人同往鼎湖山。是晚泊舟五仙门，道人亦负行李，登舟同宿舟内，候夜半潮起扬帆，舟中安寝。及天

明，行已远矣。众起，不见道人，举舟无知觉者。骇极，急启箱视之，空空如也，所带千金，化为乌有。

故事告诉我们，人以不贪为宝。人一旦有了贪欲，便给奸人行骗以可乘之机，人心难测，世道险恶，尤当谨慎。

这方面的篇目还有《孖舡艇》《剑仙》。前篇写见财起意，谋财害命；后篇写路见不平，拔刀相助，声张正义。

2. 歌颂男女相爱和婚姻自由

对爱情的赞美和歌颂是小说亘古不变的题材，本书也不例外。

《陈彩凤》篇，写南海有一位书生，聪敏而有才气，受一富户延请，馆于西塾。暮春之时，繁花似锦，书生在园中散步，邂逅富户侄女陈彩凤。彩凤因父母双亡，自幼养在叔婶处。两人相遇，一见倾心，后私订终身，密约幽会。而富户也看中书生才学，意欲同意，但尚犹豫未决。同邑有一土豪，见彩凤貌美，买通富户之弟，欲结婚姻。彩凤誓死不从。富户之弟恼羞成怒，于是率人伏于暗处，趁书生与彩凤幽会时将两人拿下，解赴公堂。县令甚开明，审度良久，判曰：

此中原委，业已访明，并核供招，而情尚可原……王道本乎人情，业已黾勉同心，合判成全佳耦。

《风雨易妻》篇，则记述了一个富有戏剧性的故事：阳春县富户陈氏子，自幼聘定徐女为妻。后陈子患天花，麻脸驼背，而徐女娇娆绰约，画中人一般。邻乡儒生韦氏子，家清贫，幼时聘定郑女为室。韦子长大后一表人才，而郑女青唇黑脸，容貌甚丑。知之者都说天公错配了这两对人。恰巧这两家在同一天娶媳，又在迎亲途中相遇，而此时雷雨大作，遂同避雨破庙中。雨小后已值日暮，晦暝不清，昏黑中抬错了新娘坐的轿子。至夫家时已近初更，仓促成亲，送入洞房。韦氏子看新娘光艳夺目，异乎所闻；徐女偷看新郎，美秀而文，虽知途中出了差错，也有心相许。而富户陈氏子自惭形秽，急登床，以被蒙首；新妇亦唯恐郎窥，以袖障面。直到晨起，陈氏子才发现新娘并非其人，以妍易媸，不胜愤懑，于是告上公堂。县令叶公在探明各方意愿后判决：

> 陈子已成优俪，讼则终凶……以故雨师引线，风伯为媒，人何与
> 焉？天作合矣。贫富自安于命，妍媸各配其宜。其一切奁妆，判归各
> 女。仰父母即日亲自讨回，送婿家无违。速速！

这两则故事都是写婚姻纠纷，县官判狱。在父母之命，媒妁之言占主导地位的封建社会，作者通过判案的形式，表达了尊重个人意愿、追求婚姻自由的思想，在那个时代是难能可贵的。

3. 宣扬惩恶扬善因果报应

惩治邪恶，褒扬善举体现了社会的公正和人类的良知，但受时代局限，作者在宣扬这一思想时打上了浓厚的因果报应的色彩。

《雷击毒妇》篇，写南海人梁五，年五十馀，喜得一子。孩子满月之日，宰鸡市蔬，邀友庆贺。梁去集市买酒，妻陈氏外出汲水——

> 先是有悍妇居于邻右，曾与陈氏争斗，今闻其生子，触起旧恨。窥
> 陈氏往涌汲水，急奔至其家，四顾无人，见其子在床，抱起入厨，见锅
> 中汤正沸，将其子掷汤中而逃。陈氏汲水回，视锅中其子浮于上，骇绝
> 仆地。梁市酒菜回……见妻仆地，锅中见子，大惊痛绝，亦倒地……半
> 晌，梁苏而妻气已绝。村人嘈嘈议论。时正日午，忽天际黑云密布，大
> 雨倾盆，电光缭绕，雷声甚疾。村人见电光中，雷神手揪一妇人，掷于
> 村口，霹雳一声，将妇击死。顷刻雨止，众往观之，乃梁之邻妇也。衣
> 服烧毁，背有朱书四字，似篆似籀，不能辨识。

《避债奇遇》篇，则是写广州城西关外十三行有一商人，借了外商二三千两银子，因故不能按期偿还。除夕日，债主逼债上门，其势汹汹。商人外出躲债——

> 抵一庙，思欲入神案前桌围内驻足，以俟鸡鸣。乃见一人先卧于

此，问曰："子胡为在此？"曰："避债耳。"问所逋几何？曰："五六金之间，因催迫，故畏而逃。"转叩商曰："先生亦胡为乎哉？"曰："与子同病，但子欠毡上之毛耳。我欲与子商，今囊中有十金，盍持归清账度岁，让此片席地与我暂息可乎？"其人喜出望外，欣然叩谢而去。

抵家……妻怪问银所由来，因缕述所遇。其妻曰："此客恩不可忘，家有斗酒只鸡，我在家烹调，尔延客回家避寒守岁，不愈于在庙孤寂乎？"夫即往邀客。

妻杀鸡于檐下，适鸡肾随浸井下，妻刀起片石，探手摩挲，触手累累如鹅卵，起而视之，白光灿然，银也。于是频频提出，倏忽已堆积矣。

这家人因客而意外获宝，但并没有藏匿不语独自占有，而是对商人说："君能济涸辙，我邦当救燃眉。"用这些银子帮商人还清了借贷。商人感激，"招同入伙开行"。

这两则故事，一写恶有恶报，一写善有善报，表达了作者嫉恶如仇和有善必报的善恶观。

4. 记述粤地生活与出海遇险故事

作者出生广东番禺，又长期生活在广州，因此书中有很多内容反映了粤地的生活，如《广州大水》《乌稍蛇》《冤案》《神鞋》《胡三》《百花冢》等。又因粤地濒临大海，不少内容又与海洋有关，如《蛋民廿七》，写廿七在海边发现大蚌；《张保郑一》，写张入海为盗，后接受招安，官至金门镇总兵；《崖岛》《泥龟》《飘洋遭风纪异》篇，写出海遭遇大风，飘流海外。尤其是《飘洋遭风纪异》一篇，详细描述了朱某做生意从满剌咖回粤途中，遇飓风打沉船只，漂流到一个叫伽蒲哑的岛上，历经千辛万苦艰难返乡的经过。

《红杏楼杂记》内容丰富，限于篇幅，本文只能就其主要特色作一点评介。需要指出的是，书中有不少内容是带有封建迷信思想的，如《天师收怪》《城隍灵籤》《瞽目遇鬼》等，这是本书的糟粕之处，也是那个时代人们认识上普遍存在的缺陷，是我们阅读时必须注意的。

二　写作手法精湛，不乏生动有趣的情节与巧妙构思

写作上，作者自云："事皆征实而无荒诞之词，文颇率真尚乏警炼之句。"但实际上，作者文思缜密，用笔精到，不少故事写得意趣盎然，兹举两例：

如开篇《石猴子》，写有一凶徒，身躯雄伟，膂力方刚，能举数百斤铁炮，因其肤色白皙，混名粉金刚，日游荡街市中，恃力凌人，为害一方。将军都统福公来粤，听说此事，欲除之。将军手下有一回族健卒，身材短小，皮黑如铁，貌似猕猴，力举千钧，名曰石猴。平时以大铁链加以重石系其颈上，以伏其性。这一日，将军命石猴与金刚角力，并赏以蒸饼五十枚、牛肉十斤、酒二瓶。石猴领命饮食顷刻而尽。以上，作者竭力渲染了粉金刚与石猴的凶横和勇力，读者自然而然期待下面的两强相遇，激烈打斗。然而，作者笔锋一转，写道：

> 从人拥石猴出，遨游于街市上。见粉金刚从西市来，身披短衣，露胸曳履，面有醉容，旁若无人，大踏步而走。从者指曰："此是也。"石猴笑曰："此骆驼耳。"急趋而前，与金刚迎面，叱曰："可站立，毋遽行！"金刚斜目视之，骂曰："小小猕猴，人则人耳，不成人相，敢与我语耶？"石猴曰："尔以臂力凌人，素称强汉，我不与尔角。尔头上能捱我一指，就算好汉。"金刚大怒，咆哮如虎，厉声喝曰："何处来此野种，敢在金刚头上打指头？尔指是降魔杵，吾亦不惧！"街市人见石猴与金刚语，围而观之，闻此言群附和嘈曰："金刚头上岂不能捱一指耶？我等实不信。"金刚闻嘈嘈，更怒，俯身而下，以头相触曰："来、来、来，吾岂惧汝！"石猴伸右手第二指，向金刚头上一击，訇然一声，其头已裂开，脑髓流地而死矣。

故事戛然而止，出人意外，大有四两拨千斤之效，引人入胜。

又如《林三跳》篇，写的是打虎之事。提起打虎，人们很自然地会联想

到武松，武松景阳岗打虎的情节太精彩了，因此，以这一内容为题材的故事并不好写，但在作者笔下，却描述得活灵活现。

故事是说清远人林三跳，善拳棒，臂力甚强，能举三百斤石臼。附近山中多虎，往往食人。为除虎患，林同徒弟数人入山寻虎：

> 至一山岩外，生高草，腥气扑鼻，虎匿草中。林用快钯拨草，虎跃出。林用钯击虎。虎势猛，用爪格钯，钯断两截，林空手搏虎。虎向林扑，林俯身。虎用爪揸林，林急将双手近前，使尽力将虎臂揸紧。虎一移身，林用肩斜将虎颔顶住，虎不能动，以后两爪箍林腿。林紧揸虎臂不放，与虎箍作一团，滚在地上。徒众看见，掩面而逃，只剩林与虎滚来滚去。虎一挣扎，林复紧箍。约半时许，虎力已懒；林尚贾馀勇，乘虎爪略软，急抽手用拳，尽力向虎胁打去，正中虎胁，内骨断数条。虎负痛松爪。林用脚踢虎胁，虎大吼。林挥拳击虎头，虎倒地，气如缕。林拾巨石击虎，虎立毙。林荷虎归，报县呈验。

这一段描写，有条不紊，层层推进，紧张激烈，绘声绘色，给人以如临其境如见其人之感，不由人不感叹作者行文用笔之精妙。

三　游记、灾异记、名人传记中保存了不可多得的历史资料

作者对自己一生游历过的名胜古迹或经历的重大事件，多有描述，这为我们了解当时的历史和社会状况提供了的珍贵的资料。

如《黄鹤楼》篇，记录了当年作者登临该楼时的所见所闻：

> 楼在湖北武昌汉阳门城上，高百尺，势极崇峻。俯临大江，矗然耸立。楼分二层，下一层祀吕仙。其像纶巾道服，手态如生，旁有卢生睡像。上一层仍是吕像，身披羽衣，跨白鹤，手持玉笛横吹，飘飘然有凌空飞腾之势。四面窗棂缀采画，桄雕梁，穷极华丽。楼前空阶约数亩，

两旁白石为栏。右有小轩数楹，乃画家售卖字画之所。中一八柱大厅，粉壁朱檐，雕甍绣闼。厅后空阶之上，复一中厅。厅后一门入，又一阶有土台，上植酸枣树一株，已枯。树旁一亭，颜曰"酸枣亭"。转曲有大厅，极堂皇，朱扉画栋，乃在城当道。有司之官，送往迎来，燕会之处所，少者唯园林花木池亭而已。此楼素称名胜，每于春秋佳日，车马喧阗，游人杂沓，歌童清客，吹竹弹丝，备极闹热，天下名楼，以此为最。

大家知道，雄峙在江汉交汇处的武昌黄鹤楼有着千年历史，但它屡建屡毁，屡毁屡建，每次建筑的规模和形制不尽相同。我们今天能够见到的最早影像，是清同治十年（1871）英国人汤姆森所拍摄的黄鹤楼照片，那是经咸丰战乱黄鹤楼被焚后于摄前三年新建成的楼，共三层。而在这之前，我们只能凭古画和文字记载了解它的大致模样：三国时期，黄鹤楼是夏口城角瞭望守戍的一座军事岗楼，后演变发展成供游玩宴请的观赏楼。在唐、宋、元时期，黄鹤楼的形制都是二层，到了明代，增为三层。清代黄鹤楼多次重建，但绘制于明末清初的《武昌江岸图》和乾隆初年出版的雍正《湖广通志》，都显示该楼为三层。而此篇记述为二层，且作者云："余客武昌，时相过游。"按照常理来说，去过多次的地方，不应该发生记忆上的差错，那么，是不是作者当时游历的黄鹤楼确实只有二层呢？这为我们考证清中期黄鹤楼的形制提供了十分宝贵的资料。这篇杂记没有交待游楼的具体时间，但从篇中所述为客居武昌时，可以推断，应在清代嘉庆年间（1796~1820）。

黄鹤楼与吕洞宾的传说有关。相传吕曾在黄鹤楼乘鹤而去，羽化登仙。因此，从元、明起，黄鹤楼就成为供奉吕洞宾和道家传道、修行、教化的重要场所。篇中所记一层祭祀吕仙、二层供奉吕像及周边场景，无疑是当时黄鹤楼的真实写照。

《雷峰塔》是书中又一篇有关名胜古迹的杂记，写于嘉庆九年（1804）：

余甲子同先兄北上，路过浙江，往游净慈寺，曾见此塔，高十数寻，塔身砖泥剥烂，无塔棱，无级，其色红灰。塔脚有大洞，数乞丐聚处其中，污秽殊甚。

又写到有关白蛇的传说：

> 旧传下有白蛇在焉。其蛇始末乃曲本中所载《白蛇记》：昔有青、白二蛇，化妇人，迷惑许宣；后与法海禅师斗法，水漫金山。法海以紫金钵盂服蛇，压于雷峰塔下。曾有偈云："且待塔顶开花，方许白蛇出现"等语。后因有鸟衔树子坠塔顶，生树开花；白蛇在下震动，一夜被雷火烧成如铁。

这里的偈语，与通常流传的法海留偈"西湖水干，江潮不起，雷峰塔倒，白蛇出世"（冯梦龙《警世通言·白娘子永镇雷峰塔》）不同，反映了白蛇故事在创作演变中的多样性，是十分有趣的。

此外，有关名胜古迹的记载还有：《五仙观》，写梁时五位老人手持禾穗，各骑一羊至广州，倏不见，只留五羊，顷化为石，故称广州为羊城、穗城的美丽传说；《白云山胜境》，写广州城北白云山及山中龙王庙、濂泉寺、景泰寺诸名胜；《鼎湖山》，写广东肇庆鼎湖山和庆云寺开山禅师栖壑的遗闻佚事。

有关灾害的记录，以《汉镇大火》最为详尽。汉镇即汉口，是今武汉的一部分。从地理上看，武汉三面环山，不利于热量的扩散；而长江、汉水和众多湖泊又为风提供了良好的通道，因此武汉历史上火灾频仍，且一旦起火，风助火势，不易扑救。但大家所熟知的，大概就是光绪十年烧毁黄鹤楼的那场大火。其实，嘉庆年间火灾造成的损失同样是十分严重的。当时，作者"流寓武昌，目击其事"，文中记述：

> 嘉庆戊辰四月二十夜二鼓，汉镇分府前大街药铺有一人敲门买甘草。店伙开药柜，此药已无，捻纸点火，上楼取药，误将火纸掷药笼中，实时火起，焰上瓦面，顷刻之间，火势大作，烧出铺门，一直延烧居民铺户。喊救。官兵闻报，各持救火器具奔至。其火势猛烈，汉镇苦

无水车，官兵徒手抢拆，焦头烂额，声若山崩。

这场大火一连烧了三天三夜，制府汪稼轩一筹莫展，情急中，向火光中叩首，为万民乞命。直到二十三日午后，大火才"暂小暂灭"。火后统计，"被火处所街衢约有十馀里，计烧毁各行铺店并居民庐舍、祠坛、庙宇约一万二千馀家，巡司衙署二所亦被烧毁，各行店货物烧了不下千百万"。作者不由浩叹："亘古以来，从未有如此大火灾者也！"

《广州大水》篇则写的是乾隆四十年（1775）广州发生的二百馀年未遇的特大水灾：

> 乾隆乙未，自入春以来，雨水连绵不绝。交五月中，间日下雨；六月初，日日有雨；二十日起，倾盆大雨，一连三日。至二十三夜，平地水深三四尺。越秀山水陡发，山中地冒水出。北城外白云山水涨，涌流而下，城东城北内外一带，水势漫浸，至七八尺之高。城门水鼓难开，有司急令数百人拉城门，亦不能动。东北居民漂没，哀号震天。廿四午刻，雷声隆隆，霹雳一声，将城北水关击开，城里之水流出城外沙河，至东濠；城外之水入水关，延流出珠江，然后水势渐消，而东北民居庐舍倾圮，百不存一，淹死男女，不计其数。

书中还有部分内容是名人传记或名人佚事，在某种程度上可补正史之阙。

如《吴都督补传》中的传主吴六奇，官至总兵，是清初一位传奇性的人物，也是文学作品蒲松龄《聊斋志异·大力将军》、钮琇《觚剩·雪遘》、蒋士铨传奇《雪中人》以及金庸先生《鹿鼎记》中的主角或重要人物。篇中记述吴六奇生平，特别是写他早年落魄时受查继佐的善待以及发达后与查的交往甚详。

又如《张太史》篇，写乾隆进士、翰林院编修、清代岭南四家之一的张锦芳事迹，兼及其弟张锦麟举人，一位同样具有才华的岭南诗人。

《湛尚书罗浮访仙》，写明末学者、礼部尚书湛若水晚年慕道、求仙不成之事；《黄状元杖对》，写明末宰辅黄士俊因易代之际逡巡不愿赴死，受人嘲讽之事；《严殿撰》，写康熙进士、礼部左侍郎严我斯未中式前的一段佚事。

这些作品，既是野史，又富含文学的元素，亦庄亦谐，生动有趣。

吴家驹，男，1950年1月生，江苏无锡人，汉语言文学、图书馆学双学士，南京师范大学研究馆员。

※　※　※

郑贵妃

郑贵妃宠冠后宫三十八年，神宗欲立其子为太子，导致"国本"之争，遂被认定是祸国殃民的妖孽。查慎行《人海记》卷上，却以凄婉的笔触，写了郑贵妃贫贱的故事：其父承宪，贫甚。以女许孝廉某为妾，临别悲恸，孝廉悯之，遣还，不责聘。郑感其意，脱只履与孝廉，矢报。已而入宫，大得幸。念前事而忘孝廉名，命小珰售履于市，索直若干，无应者。时孝廉计偕（赴京会试），闻而往，合其履。妃泣告于上曰："非若人，妾不及执巾栉矣！"亡何，孝廉谒选得善地，历官盐运使。郑贵妃脱只履赠孝廉、命小珰售履于市、孝廉闻而合其履，细节相当感人。（斯欣）

晚清来华传教士汉文小说的中国观建构初探

王丽君　吴巍巍

晚清时期的来华传教士为了宣扬教义，试图理解并迎合中国读者的需要，努力在文学阅读与传播基督教信仰之间达成一种微妙的平衡，尝试用中文撰写小说或将《圣经》改编成通俗小说，以引起中国读者的兴趣，由此产生了为数不少的传教士中文小说。这类小说的创作目的在于宣扬基督教教义、传播西方文明，因而常在文本中借助"福音救世"的叙事结构和描摹"他者"形象的手法，肆意丑化和扭曲中国与中国人的形象，呈现出一种负面落后的"中国观"。

一　晚清传教士汉文小说概说

"一种外国宗教要在任何社会中取得进展，它必须适应该社会成员的要……新宗教的教义和习俗相对来说是否格格不入；它出现时的历史环境如何；宣传它的方式如何。"[1] 应元道先生指出中国基督教本色化运动的大致内容：富有中国文化质素；把基督教与中国文化合而为一；能适合中华民族的精神和心理；能使中国基督徒的宗教生活和经验合乎中国风土人情[2]。传教士汉文小说的兴起正是十九世纪以来新教传教士实施本色化传教策略卓有成效的努力之一。

韩南教授（Patrick Hanan）在 2000 年 12 月发表的《中国十九世纪传教士小说》中首次指出，"传教士汉文小说"意指基督教传教士及其助手以小说形式著述的中文叙事文本，内容上具有浓厚宗教色彩。简而言之，"传教

---

[1] 费正清、刘广京：《剑桥中国晚清史》上卷，中国社会科学出版社，2007 年，第 543 页。
[2] 宋莉华：《传教士汉文小说与中国文学的近代变革》，《文学评论》，2011 年第 1 期，第 57 页。

士汉文小说"由晚明耶稣会士开启先声，以中国古代小说之形叙写基督教文化之实，模仿中国古代小说体例和语言，又在其中融入西方宗教和文化内涵；是西方来华传教士为宣扬基督教教义或改变中国人的观念，用通俗生动的白话写作或译述的小说，总体上带有明显的护教特点和宣教倾向。

17~18世纪天主教传教士开启汉文小说写作先河。一些天主教耶稣会传教士采用文化适应政策，如马若瑟在1729年创作的小说《儒交信》，就试图在天主教与儒家学说之间寻找共通点，以便于在华传教，但他这种对异文化的包容态度招致了耶稣会的不满，最终小说也并未得到出版。

至19世纪，大批新教传教士来华传教，他们比天主教传教士采取了更为灵活主动的策略去适应中国本土文化……他们认为小说具有改造社会的功能，容量大，篇幅可长可短，便于充分灵活地解析教义。同时因其叙事性和语言特色，更易于也乐于被普通读者所接受，因而广泛采用小说文体进行创作。新教传教士模仿深受中国民众喜爱的章回小说写作基督教汉文小说，用通俗的白话小说宣传教义，传播与影响力也更大。

新教传教士小说的发展大致经历了两个时期：1850年代之前以原创型的小说为主。从1819年伦敦差会米怜（William Milne）所著的《张远两友相论》到1882年杨格非（Griffith John）《引家当道》，短短数十年间，原创型传教士汉文小说的创作成果斐然。被认为是第一部真正意义上的新教传教士汉文小说《张远两友相论》于1819年问世，作者为伦敦会米怜（William Milne），该书是用问答体写作的章回小说。书中通过两位友人的对谈，张与远二人就基督徒的行为特征与准则、原罪与忏悔、耶稣的品质与忠贞、灵魂永生与死后入天堂或地狱、复活之身与现在之身的不同、有罪之人是否能得到上帝的赦免展开了一系列问答，逐步揭示教义内容，试图实现中国文化与基督教的对话。《张远两友相论》最重要的意义在于它的原创性，作者第一次采用中国传统的章回小说形式阐释基督教。无论对普通读者还是对后来的传教士汉文小说写作，产生了很大影响。

除上述米怜以外，原创型传教士汉文小说的代表性作家及其作品还包括郭实腊（Karl F. A. Gützlaff）《赎罪之道传》《诲谟训道》《小信小福》《是非略论》《常活之道传》《诚崇拜类函》《正邪比较》《生命无限无疆》；理雅各（James Legge）《约色纪略》《亚伯拉罕纪略》；叶纳清（Ferdinand Genähr）《庙祝问答》《金屋型仪》；高第丕夫人（Martha Crawford）《三个闺女》，理一视（Jonathan Lees）《伶俐小孩》《领出迷路》等。

进入 19 世纪五十至八十年代，这一时期传教士更多的是译介各宗教宣传团体出版的著名小说。代表作品有宾为霖（William Charlmers Burns）译《天路历程》，卢公明（Justus Doolittle）译《钟表匠论》，吉士夫人（Caroline P. Keith）和白汉理（Henry Blodget）分别用上海土白和官话译的《亨利实录》，倪戈氏（Helen s. Coan Nevius）译《孩童故事》，博美瑞（Mary Harriet Porter）译《两可喻言》《安乐家》《除霸传》《闺娜传》，杨格非译《红侏儒》等。而最重要的原创小说，当推杨格非（Griffith John，1831～1912）的《引家当道》。

二 "福音救世"的叙事结构

西方的来华传教士为了宣扬基督教义，借助汉文小说将上帝福音播撒到每一个角落、每一个人心里。因此，传教士汉文小说呈现出了"福音救世"的叙事结构，讲述误入歧途的异教徒，在《圣经》的指引下，得以重新回归正途的故事，证明基督教可以拯救"异教徒"脱离"苦海"。

以杨格非的《引家当道》为例，该小说共十六章，主人公李先生犯错后，忏罪归道获得新生并且以自己的行动和所作所为感化家人和邻里，经历了"乐园—犯罪—受难—忏悔—得救"这一过程，教化意味浓厚：

> 自己某村有李某，虽非学士文人，究亦知书明理，人皆称之为李先生云，家道小康，薄有田产，因不足日用，故在外谋生以补之。娶妻何氏，与夫门户相当，幼习文字，性亦聪明，正所谓好姻缘也。新婚之时，琴瑟调和，凡事相助为理，衣食无忧，后生子二女一，器宇不凡，父母视之甚是喜悦，父在外所入之项，归以养家，毫无浪费，母在家，

日事女工，以助用度，一屋之中，愉愉然有真乐也①。

一开始，李先生受过良好教育，家道小康，受人尊重，娶了一个有知识的贤妻，夫妇二人门当户对，且育有两子一女，过着婚姻美满、家庭愉悦的幸福生活。可惜后来李先生出外谋生，误入歧途，钱财耗尽，到了有家不归的地步，破坏了原本的美好生活：

> 不料李先生心无把握，立足不牢，不识人之贤愚良暴，而妄与之订交，被恶少诱入迷途，秦楼楚馆，柳巷花街，恋恋不舍，步步难离，往往掷骰摇摊，抹牌押宝，而且引类呼朋，烹茶饮酒，所有之财，花费已尽。家中之发妻，置之度外，子女之艰苦，亦置若罔闻。归家之日渐少，由渐少以至终不归家。

李先生的犯罪使全家陷入了无尽的痛苦之中，夫妻关系破裂，父子关系淡漠，甚至卖儿卖女才可度日为生：

> 见其妻即反目，见其子女无受肉之情，唯恶待之，后并将其女及次子卖与他人矣，一家之苦，至此极矣。

然而，跌入绝望谷底之际，李先生忽见曙光。他一日流浪至一教堂，听见牧师宣讲福音，便萌生了悔改之意。

> 李先生虽陷溺于众罪之中，心久不安，惜无法以脱之，改过自新之望几若断绝，今忽闻教师之言，悔改之望又萌矣。自此为始，痛改前非，常自祈祷，日新其德。

在经历个人灵魂的重生之后，李先生更加努力工作赚钱，尽责养家，并欲引领全家归信真道。

> 李先生奉教之后，事事令人佩服者，乃实心欲其家人受福也，一面

---

① 杨格非著，沈子星书：《引家当道》，圣教书局，1882年，藏于大英图书馆（15200 C27）。

> 留心贸易，养其全家，一面讲圣经与家人听，而百计千方，引之出邪途，人正道也。

李先生经过多番努力，使其妻子、儿女、长兄、嫂子，以至年老的父母都逐一归信耶稣，全家获取重生得救的喜乐。

此外，《引家当道》还指出，福音可以解决诸多社会问题，如戒毒。李先生的长兄吸食鸦片近二十年，基督教医生告诉他们福音可以戒毒："天下最能救人者，乃福音，天下最能害人者，乃鸦片。""来此戒烟甚善，请住院中，我必按时发药也，但服药不足之至，兄必诚求上帝赐圣神以助之，方有功效。"经过一段戒毒疗程，长兄终于戒掉烟瘾，身体和心灵仿如重生一般，改过自新，并且重拾失落多年的家庭温暖。

> 其面容光泽，周身筋骨舒畅，大异于前……瘾全戒矣，病全消矣，曰然，身魂皆蒙主救，实为重生之新人也。
>
> 随弟转家，见老亲及妻室也，多年在外，为不孝之子，不义之夫，不慈之父，未一转家，今蒙主救，如死复活，念及家，不能忘情。

郭实腊的汉文小说《赎罪之道传》也出现了相似的"福音救世"情节，小说主人公是明朝的一位翰林，同时他也是一名虔诚的基督徒。

> 明朝年间有一科甲翰林姓林名德表字道显，厦门人氏①。
>
> 其为人最重义，官又高，家又富，才学政望，与尊贵极相契厚，每每于公事之暇，不是他寻友，就是友访他。

林翰林作为小说的线索人物，牵连出一系列人物形象，如吴御史、李老史、李老史的学生苏连幸、半夜到苏连幸府上借宿的陈两、林德昭等等。而小说的主要内容就是这些笃信基督教的儒士相互讨论教规教义。第七回叙述了苏连幸的朋友杨太常为人骄傲贪忌、终日趋迎权贵，听不进苏连幸与林翰林的劝告，纵情酒肉声色，最终酒醉不治身亡。第十一回又有进士昊利得内

---

① 郭实腊：《赎罪之道传》卷一第一回"论贤士教人遵万物之主宰"。

多贪忌，外好滥交，对基督教教义不以为然，与林翰林展开唇枪舌剑的讨论，多次出言不逊。数次交锋后又惧又惊，开始笃信基督，并与朋友讨论耶稣之教。

三 "他者"形象的文学描摹

在"他者"视域下的中国形象具有浓厚的"东方主义"的色彩。狭义的"他者"形象主要指异国异族的人物形象；但从广义上看，作为"他者"的异国异族形象在文本中是以多种形式存在的，它可以是具体的人物、风物、景物描述，也可以是观念和言词，是存在于作品中相关的主观感情、思想、意识和客观形象的总和①。因此，传教士汉文小说的"他者"形象包括中国的人物、景物、环境、器物等各个方面。

在"欧洲文化优越论"的席卷下，西方对中国的崇敬、羡慕、宽容已逐渐被遗忘，来华传教士对中国的看法和立场已发生转变。因而，在传教士汉文小说中，"中国和中国人的形象则变得怪诞愚昧，滑稽可笑、溺婴、狎妓、吸鸦片、赌博、贪污等中国社会的种种弊端被放大"②。

杨格非《引家当道》反映了诸多负面的社会现实问题，如吸鸦片、重男轻女、缠足、一夫多妻制。李先生的长兄染上鸦片烟瘾近二十年，"兄入迷途，受害殊多，而最能害我者，是鸦片也……吸食鸦片近二十年矣"；李太太道出传统中国极普遍的"重男轻女"观念，她因儿子的死亡感到悲痛，却对女儿的夭折不甚在乎："若女死男生，尚可。"李先生也表明自己曾经也有同样的观念："我不闻真道以先，亦重男，而轻女，俗云，女儿是赔钱货，不养也得过。"信教后的李先生也提及对"一夫多妻"的婚姻制度的态度："男有三妻是好汉，女有三夫是歹人，此亦重男轻女之流弊也。"

《引家当道》花费较大篇幅讨论"缠足"问题，主要透过李先生的女儿

---

① 刘洪涛：《对比较文学形象学的几点思考》，载《北京师范大学学报（社会科学版）》，1999年第3期，第71页。

② 张海林：《近代中外文化交流史》，南京大学出版社，2003年，第74页。

道出缠足的弊端。他的女儿因缠足而终夜痛苦呻吟："此夜女与母同寝，足常伸缩，时作呻吟，母在梦中惊醒，始知其女足痛也。"李太太虽然同情女儿缠足之苦，但更担心女儿因放足而影响她将来的婚姻幸福："此女若不缠脚，其将来婚配如何。"李先生反驳一般人以缠足为美的观念，并他坚持为女儿放足，并进一步倡议全中国废除此恶俗。

> 中国缠足之风启自育娘，至于今日趋日下，缠至二三寸短矣。俗云，脚大踮得江山稳，脚小惹得骨头轻。由此观之，缠足非美俗，非福相也。

> 缠足至不善之俗也，切宜改之，急宜改之。此恶俗后必举国同改，然无倡首者为之先，何能望有改之之日乎。

郭实腊的小说也十分关注中国的社会现实，他通过个人的视角与经历对中国进行了重构，勾勒出另一种形象：专制主义、封闭自大以及弥漫于其间的吸鸦片、赌博、嫖妓的社会风气。针对无知民众沉迷鸦片、难于自拔的时弊，他痛陈鸦片的危害，意图通过描写吸鸦片者的悲惨下场警醒世人。小说《悔漠训道》通过主人公万行因吸食鸦片、寻花问柳最终惨死野外，门咨因吸鸦片、赌博家破人亡，后改邪归正，笃信基督的经历，形象地揭示了鸦片的危害。

中国儒林的种种丑态同样没有逃过郭实腊的眼睛。如《赎罪之道传》写到有些考生倚仗家财寻找枪手：

> 且说林翰林为人，见识学问兼全。适才有人文字虽不甚通，家道却十分富厚，不肯读书，独在酒色上用心。忽试期在迩，只好掩人之耳目。因林翰林官高才大，声名昭人耳目，每日求拜门下者不少也，只不肯代为捉刀，替他们黄缘。人有庸才，多借林公之辞自饰。暗想道："黄白之物，何人不动心？"但只林翰林敬畏上帝，视偏党如重罪也，却结怨诚恐惹祸出来。

在郭实腊的小说中，英国大多作为理想的国度，代表着先进与文明，两相对比后，中国则走向了"先进"的对立面。小说《是非略论》发表于1835 年。此书模仿米怜的小说《张远两友相论》，由一系列的对话构成。一个来自广州的名叫陈择善的人，自幼就是孤儿，后设法去伦敦，在那里开了店，生意兴隆。二十五年后他回到家乡，与一个姓李的仇视外国人并充满偏见的朋友展开了一连串辩论。题目中的"是非"不是指向道德命题，而是指海外对华关系的事实真相，尤其是中英关系。这部小说简直就是中国应加入互惠贸易关系的长篇咨文。书中宣称外国人，特别是英国人，既不是"红毛番鬼"也不是"夷人"，而是代表着一种先进的文化。作者提供的证据之一是——大英帝国每年出版不少于一万册图书。根据文化或军事实力，英国不应被作为进贡国来对待。书中咏叹"四海之内皆兄弟也"，意在使读者认识到外商的合理性，他们的富有和实力，好的政府以及外国的先进与文明。该书最后一章谈到了英国的基督教、教育（男女并重）、语言与撰文、婚姻习俗（年轻人应聚会并自主决定他们是否愿意结婚）并且强调了英国妇女的地位。这种英国文化优越论乃至欧洲文化优越论，使布道之举和意在宣扬教义的传教士小说都打上了帝国主义扩张的烙印。郭实腊的小说《大英国统志》叙述了儒士叶楑花随朋友林德豪搭船去英国，旅居异国二十馀年回到家乡，向家乡人介绍英国的宗教、政治、军事、教育、贸易、外交等。作品传达了一种不满情绪，这位朝圣者与布道者在中国处处遭逢着急剧的失落感，他对所来到的这个地方没有政治上的控制权，没有自由贸易的权力，没有布道的机会，甚至被视为蛮夷得不到尊重极为不满。

四 结语

"传教士对儒家经典的解读与阐释，是带着先验的目的与假设的。这些阐释或许合乎逻辑与字面意义，却只是西方式的阐释，服从传教利益的解释，是对本意未能完全参透或有意稍加歪曲的解释。"① 总体来看，晚清来华

---

① 王立新：《美国传教士对中国文化态度的演变》，《历史研究》，2012 年第 2 期，第 68 页。

传教士通过汉文小说而进行的中国观之建构，根本上是出于海外传教目的之考虑而进行的思想宣传和舆论鼓噪，由此对中国的描绘呈现出一个负面而落后的"异教大邦"形象。从本质上看，传教士乃是浸淫西方思维精神和文化理念的异族人士，大都无法摆脱一种狭隘的、带有民族偏见"西方文化本位观"的局限性。这种植根于精神传统的基督教文明指导观念，加上个人对中华传统文化认知的影响，决定了他们理解和研究中国文学和传统文化的重点，乃是中国之"异教"形象及其是"亟待拯救"的"黑暗之地"等突出性主题与诸如此类的话语描述、言论观念等。认识这一点，对我们了解晚清时期西方人之中国观的建构与形成甚为关键。

王丽君，女，1997年10月生，福建邵武人，福建师范大学闽台区域研究中心博士生；

吴巍巍，男，1981年9月生，福建顺昌人，福建师范大学闽台区域研究中心副主任，研究员。

※　※　※

天眼堂

陈学夔《榕城景物录》，叙福建按察使陶垦仲，劾布政使薛大昉贪墨，大昉亦诬垦仲，并逮至京。既而得直，复垦仲职，士民迎者数万人，欢声遮道，有"陶使再来天有眼，薛藩不去地无皮"之谣。后人因竖"天眼堂"于其听政之厅。（斯欣）

《夜雨秋灯录》与兴化

任祖镛

鲁迅在《中国小说史略》第二十二篇中说："迨长洲王韬作《遁窟谰言》（同治元年成）、《淞隐漫录》（光绪初成）、《淞滨琐话》（光绪十三年序）各十二卷，天长宣鼎作《夜雨秋灯录》十六卷（光绪二十一年序），其笔致又纯为《聊斋》者流，一时传布颇广远，然所记载，则已狐鬼渐稀，而烟花粉黛之事盛矣。"

其实，比较王、宣二人之作，就会发现王韬的《遁窟谰言》《淞隐漫录》《淞滨琐话》三书确实很少写狐鬼，皆以烟花粉黛之事为盛。至于《夜雨秋灯录》（包括《夜雨秋灯录》八卷、《夜雨秋灯续录》八卷），反映的是清末腐朽社会，或揭露官商勾结，欺压良民；或抨击封建礼教和婚姻制度，歌颂坚贞的爱情，组成一幅晚清广阔的社会生活的画卷。故事情节曲折，文笔清丽，典雅流畅，把它视为《聊斋志异》后文言小说中最好的一部，也不为过。

一

宣鼎（1832~1880），字子九、又字素梅，号瘦梅，又号邋遢书生、金石书画丐等，安徽天长人。咸丰八年（1858）太平军攻打天长，随生父宣锟移居兴化多年，以卖文、卖书画为生。民国《续修兴化县志·卷十三·人物志·流寓》有宣锟、宣鼎小传：

> 宣锟字冶樵，天长恩贡。避粤匪乱居兴，精子平学，兼卖文，设席吕祖坛。初，人莫之知也。邑弟子群乞代作窗艺，为塾师所悉，大奇

之。复命题往试，挥笔立就。邑中名流始往与谈风骚，析经义锋发韵流，四座倾动，乃相率治馆舍、置讲室，遣弟子就学，礼以上宾。锟古体瓣香唐贤，深得汉魏六朝韵味。邑中长古体者多出其门。与地方宴会，缙绅满庭，锟独衣履垢敝，酬酢其间，风节高峻，一时推重。

　　子鼎，字瘦梅，善画，工书诗，得父遗意，时人谓之三绝。后迁高邮，稿多散佚，唯《夜雨秋灯录》笔记行世。次蕭，亦能文。

宣锟是从廪生选拔出的恩贡生。所谓廪生，是经学政岁科考成绩优秀的秀才，每县总额不过十人，每月有四两廪银补贴。对于多次考不上举人的廪生，每年可选送食廪年久者一人为岁贡生，升入国子监肄业，可担任下级官吏。凡遇国家庆典或颁布登极诏书，朝廷根据当年各省府、州、县学岁贡常额，加贡一次，正贡为恩贡生，次贡为岁贡生。作为恩贡生，宣锟儒学功底较好，能为人代笔写文章是其强项。

道光十二年（1832）九月廿八日，宣鼎出生于天长县。从小过继给曾官凤阳训导大伯广文公为嗣。十一岁能为人写匾额、屏障，挥洒自如；十五岁能写文章，十九岁生母去世，接着嗣父又去世，家道中落。廿四岁遭遇灾荒，"独卧枯寺，中饿几毙"。廿六岁，奉生父命入赘舅父家，生活才有着落。咸丰八年（1858）廿七岁时因避战乱，随生父迁居兴化，是客籍兴化人①。

宣鼎在《夜雨秋灯录·自序》中谈到，全家到兴化后，曾慷慨从军，"几死锋镝。旋又回海上卖画供饘粥"。他身体瘦弱，几次死里逃生，又回兴化卖画谋生，"善画，工书诗"，被时人誉为"三绝"。但所得不多，只够一家饘粥糊口。在兴化五年，经人介绍到淮阳道台幕中做幕宾，也曾到淮阴市售书卖画（《夜雨秋灯录·十丈莲》）。三十九岁到山东谋生，生活艰难，近

---

① 《夜雨秋灯录·自序》说"携家窜东海"。按五代杨吴二年（920）兴化建县，县域东至海边，故"东海""海上"历来是兴化的代称。如泰州学派韩乐吾，有匾"东海贤人"悬于兴化四牌楼。兴化陆西星所撰《东海处士韩乐吾》云："东海有畸士，卓然欲希圣。"明嘉靖状元、隆庆首辅李春芳《致仕抵家谢恩表》云："臣唯与田夫野老歌太平于东海之滨，仰祝圣神谟保至治于万年之远。"皆以"东海"代兴化。宣鼎避兵祸到兴化，也用"东海""海上"代称，并不奇怪。

于和尚化缘。四十岁到兖州滋阳县署做幕宾，开始《夜雨秋灯录》写作，四十一岁离开滋阳，到任城卖书画，稍有节馀。四十三岁时回到兴化，后来举家迁高邮，很多文稿在搬家途中散失，唯有《夜雨秋灯录》稿得以保存行世。

<h1 style="text-align:center">二</h1>

宣鼎熟悉兴化地方掌故，多有写入《夜雨秋灯录》者。如卷一的《雅赚》，就是写郑板桥被扬州盐商所骗的故事：

> 郑板桥先生，书法钟王，参以米蔡，转似篆隶；画则得所南翁家法，更参以徐青藤老人，挥洒雄杰之致，便卓然大家。为秀才时，三至邗江，售书卖画，无识者，落拓可怜。复举于乡，旋登甲榜，声名大震。再至邗江，则争索先生墨妙者，户外履常满。先生固寒士，至是益盛自宝重，非重价，不与索。沈凡民先生代镌小印文，曰"二十年前旧板桥"，志愤也。

这是全文第一部分，总述郑板桥书画特色，给予"挥洒雄杰之致，便卓然大家"的很高评价。然而为秀才时，板桥三次到邗江，不被扬州人赏识；等中进士后，"名声大震"，索画者到"户外履常满"的程度，因而以"二十年前旧板桥"印章表示内心的郁愤。

其后，写邗江商人争媚张真人，欲得先生书联献之：

> 江西定做大笺纸，长丈馀，阔六尺馀，乃可一不可再者，使人婉求先生书，且请撰句。问需值，曰："一千金。"来者允五百。先生欣然，奋笔直扫，顷成上联，云："龙虎山中真宰相。"求书次联，笑曰："言明一千金，尔只与五百，我亦仅与其半。"其人往告商，不得已，如数与之。即书次联，曰："麒麟阁上活神仙。"人人赞叹，工妙绝伦。

写一幅对联要银一千两，可见索价之重。而"人人赞叹，工妙绝伦"，又说明物有所值，也为下文盐商骗画作铺垫：

> 其时，商家因盐政都转，咸重先生，遂争求先生书画，或联，或幅，或簑，或斗方，以为荣。各商皆得之，唯商人某甲，出身微贱，赋性尤鄙，先生恶之，虽重值，誓不允所请。某甲自顾厅事无先生尺楮零缣，私衷羞恧，百计求之，终不得。
>
> 先生性好游。一日，携短僮，负诗囊，信步出东郭，渐至无人踪。视乱坟丛葬间，隐隐有屋角，微露炊烟，花柳参差，笑曰："岂此间有隐君子耶？"甫逾岭，而坟益多，径益窄。再一回头，则有小村落在焉。茅屋数椽，制绝精雅，四无邻舍，又无墙垣；小桥通溪，即至门首。白板上一联云："逃出刘伶禅外住，喜向苏髯腹内居。"上有小额，云："怪叟行窝。"进门，又得一重门，联云："月白风清，此处更容谁卜宅；磷阴焰聚，平生喜与鬼为邻。"额云："富儿绝迹。"庭中笼鸟盆鱼，与花药相掩映。新种芭蕉，才有掌大；乍添杨柳，却比人高。朝南有室两楹，洒扫无纤尘，内置几一、案一、椅四、杌二、木榻藤枕、书橱各一，琴剑、竹搁又各一。案上笔砚纸墨、乌丝尺、水中丞皆备。壁上悬青藤老人《补天图》，女娲氏螺髻高颡，仰视炉鼎中，气冉冉入空际，生气勃发，的为真迹。两壁则素粉如银，绝无悬挂。爱极，不问主人谁是，即就榻趺坐。
>
> 忽一秃发童子自内趋出，视良久，旋诣内，大声呼："有客！"即闻主人在内问讯，命即逐客。所携短僮，殷殷以先生名氏告之。始见主人出，则东坡角巾，王恭鹤氅，羊叔子之缓带，白香山之飞云履，手执麈尾，翩然而来，老叟也。彼此略叙述，语颇投契。问叟名氏，曰："老夫甄姓，西川人，流寓于此。人以老夫太怪，遂名曰怪叟。"问"富儿绝迹"四字何意，曰："扬城富儿，近颇好雅，闻老夫居址，小有花草，争来窥瞩。但此辈满身金银气，一入冷境，必多不利，或失足堕溪水，或花刺钩破衣，或遭守门花庞咶破足，或为树杪雀粪污俊庞。所尤奇者，一日，富儿甫坐定，承尘鼠迹，空隙破瓦堕，正中其额，血淋漓，

乃萎顿去。自是相戒，不敢入吾室。遂以为额，志实也。先生清贫则已，若亦富人，恐于先生亦大不利。"先生叹曰："仆生平亦最恶此辈者。幸福命高，未曾一作富人，得安稳入高斋，领雅教，何幸如之！"

须臾，童子献清茗，叟为之鼓琴，风冷冷然，不辨何曲；唯爱其音调激越，渐转和煦，忽铿然顿止。问："先生能饮乎?"曰："能。"曰："盘餐市远无兼味，奈何?"既而自思曰："釜中狗肉甚烂，然非所以款高贤。"先生性嗜此，闻之垂涎，曰："仆最喜狗肉，是亦愿狗生八足者。"叟曰："善。"即于花下设筵，且啖且饮，狗肉而外，又有山蔬野蔌，风味亦佳。叟醉，又抽剑起舞，光缭缭然；未识果否成容，然观其顿挫屈蟠，不减公孙大娘弟子。正白气一团，忽大声跃出圈外，依旧入座，面不改色。先生起敬曰："翁真高士也，请浮一大白，仆恨相见晚矣！"

视日已下山，先生辞退。叟殷殷送过桥，曰："仆与君，同一不合时宜者，如有馀暇，可着屐过我。"先生曰："不速之客，何惜频来！"由是日一过叟，清谈不倦，醉而后返。交月馀，渐与谈诗词，皆得妙谛，唯绝口不论书画。先生一日不能忍，告叟曰："翁亦知某善书画乎?"曰："不知。"曰："自信沉迷于此，已三折肱。近今士大夫，颇有嗜痂癖，争致拙作，甚非易事。翁素壁既空空，何不以素楮使献所长，亦藉酬东道谊?"曰："劝君且进一杯。"呼儿磨墨："楮先生藏之已久，实满眼无一佳士如先生者，故素壁犹虚。顷既相逢，何敢失之交臂。"

先生投袂而起，视斋中笔墨纸砚已就，即为挥毫，顷刻十馀帧，然后一一书款。叟曰："小泉乃怪叟字，请赐呼，荣甚。"先生诧曰："何翁雅人，与贱商某甲同号?"叟曰："偶相同耳。鲁有两曾参，同名何害? 要有清浊之辨耳。"先生信以为实，即书"小泉"二字与之。叟曰："墨宝非常，从此辉生蓬壁。然不可妄与商人，恐此辈皮相，不能辨珠玉，徒损清名耳。"先生然之。旋又畅饮，归则已二鼓矣。

同人问何之，先生盛夸叟。众曰："邗江向无此人。公所见得无妖魅乎？且彼处丛葬榛莽，向无居人，明当同访，以释其疑。”翌晨，众果偕去，则茅舍全无，唯一湾流水，满地肴核而已。先生大惊，以为遇鬼。旋豁然悟，大叹曰："商人狡狯，竟能仿萧翼故事，赚我书画耶！"归则使人潜侦某甲家，则已满壁悬挂，墨沈淋漓，犹未干也。

先交代总理盐政盐务的两淮都转盐运使都推崇郑板桥，盐商也以求得板桥的书画为荣耀，唯某甲因"出身微贱，赋性尤鄙，先生恶之"，虽重金以求亦不允，在"百计求之，终不得"之后，就在板桥的嗜好上做文章。

某甲了解到板桥"性好游"，就投其所好，设局骗板桥字画。于东郭乱坟丛葬间，建造"茅屋数椽，制绝精雅"，尽管其中"新种芭蕉，才有掌大；乍添杨柳，却比人高"，看得出是新建之所，但因对联与庭中陈设皆合板桥之意，而"两壁则素粉如银，绝无悬挂"，是为下文板桥主动写字画伏笔。板桥因"爱极，不问主人谁是，即就榻趺坐"。这是事件发展的第一步，投板桥之所好，引板桥入笼。

次写主人出来见板桥。不仅穿、戴高雅有风度；与之对话，贬低富儿，切合板桥心意。接着是喝茶、鼓琴，谈到饮酒菜肴，提到狗肉，还说"非所以款高贤"，实际是针对板桥"性嗜此，闻之垂涎"，投其所好。"狗肉而外，又有山蔬野簌，风味亦佳"，还抽剑起舞助兴，使板桥认为对方是"高士""恨相见晚矣"，完全落入圈套。

再用欲擒故纵之法，唯每日款待，不主动开口索书画。"由是日一过叟，清谈不倦，醉而后返"。交往一个多月，渐与谈诗词，"唯绝口不论书画"，倒是板桥自己沉不住气，问对方可知道自己擅长书画；对方却说不知道，板桥就主动要为之补上空空的素壁，主人还说："劝君且进一杯。"显得不急于要他写的样子，以免板桥疑心，然后才喊小童磨墨。而板桥已等不得，"投袂而起，视斋中笔墨纸砚已就，即为挥毫，顷刻十馀幀，然后一一书款"，这时老叟才说自己字小泉，"请赐呼，荣甚。"板桥奇怪怎么和商人某甲同字，老叟说鲁国还有俩曾参呢，结果板桥信以为真，即书"小泉"二字。目的达到后，老叟还提醒他"不可妄与商人"，因为这些人对书画并不了解，分不清好坏，如给他们会白白地损害好名声。板桥认为他说得对，当然更不会怀疑他了。

直到被同行质疑，去实地查看，才发现茅屋全无，先以为遇到鬼，然后才恍然大悟，派人去某甲家侦查，果然他家"满壁悬挂"板桥字画，有的墨迹还未干。文后作者抒发感慨：

> 懊侬氏曰：龙，神物也，风云变幻，天地为冥。人能知其性，且豢之，使俯首就烹割。某甲之设赚局也，布置当行，处处搔着板桥痒处，使彼一齐捧出，毫不吝惜。甲虽市贾，犹是可儿。近则皮相耳食，纯购赝本；强偷豪窃，几类穿窬。使板桥复生，虽有神龙翔矞之计，又复奈何？余故下一转语曰：人道某甲赚本桥，余道板桥赚某甲。

这段话先以龙类比，作为神物的龙，被人掌握了它的秉性，就能控制它，听人所为；某甲正是掌握了板桥的喜好个性而设了骗局，使板桥自觉自愿、毫不吝惜地为之书画，可见这个某甲还是个可儿（能人）。环境描写方面，如写板桥进屋，看到"案上笔砚纸墨、乌丝尺、水中丞皆备。壁上悬青藤老人《补天图》，女娲氏螺髻高颗，仰视炉鼎中，气冉冉入空际，生气勃发，的为真迹。"乌丝尺指用乌丝檀木做的尺，是书画时镇纸用的佳物；水中丞用玉石或陶瓷制成，是供磨墨用的盛水器，这些都为后来板桥写画做好准备，并与下文"呼儿磨墨"相呼应。而"两壁则素粉如银，绝无悬挂"，显然是等候高明的字画，也为下文板桥主动挥毫做了铺垫。在人物描写方面，主人头上戴的是苏东坡改制的角巾，身披东晋大臣王恭披的鹤氅，突出仪态、服饰美好；腰间束着魏晋时羊祜所束的绶带，脚上着的白居易制着的飞云履，显得从容儒雅有风度，从板桥眼中，把主人的装束写到极致。这些描写都为板桥认为遇到高人被骗埋下伏笔。

三

《夜雨秋灯录·自序》说，他出生后十九年不吃荤菜，身体羸弱，"性好佛老，闻人有谈玄者，听之忘倦，而尤爱仆媪说果报鬼怪逸事"。正是从小对鬼怪逸事有浓厚的兴趣，又有到兴化后长期的生活积累，为写《夜雨秋灯录》提供了丰厚的素材。小说中写兴化的故事还有《丹青奇术》《独角兽》《发秀佛》等，写兴化周边地区的故事有东台的《驴化为履》、海陵的《龙梭三娘》等。

《丹青奇术》讲画家鲍打滚，有召亡写真的本领："虽逝者逾十馀载，鲍往墓上，伏地一滚，瞑目久之，起则把笔勾勒，敷色渲染，举示其子孙戚属，无不惊为酷肖"。他先为安徽谢君给亡父追画遗像，不仅神似，还画出颔下有自杀的八字血迹。谢君问了母亲，才知其父是在狱中自杀而死的。其父原为八品官，画上却是三品顶戴；第二天谢兄来信，已为其父请封三品。故事虽短，却为下文画陈孝子遗像作了铺垫：

> 兴化有陈孝子，名嘉谟，国初时增广生员。其父某，与鹾商争海地，兴讼。商负，衔之。会其父往海滨，商嗾灶丁殴之，自踢其子死，告于官。往验，迳诬为其父踢杀。讼两年，商遍贿当道，遂以生父为把持盐务，殴杀人命，拟斩。生号诉诸大府，不直，欲叩阍，知秋决近，恐不及，祷于神，不应。日夜仰天泣，目尽肿。闻巡按御史将至扬，急于神前刺血，写冤状二通，一藏于怀，一捧于手，油纸封固而标题之。文甚长，皆历诉"商横吏贪""父抱黑盆"等语，末有"与其父死而儿亦死""曷若儿先死，而父可或生"两语，尤为酸鼻。书成，公服立河畔，俟巡按官舫，鸣钲鼓乐，从上流下，两岸有司跪接。生乘其不备，突于人丛中跃出，大声呼冤。摊手中状于官舫，自投长河死。巡按悬赏，募捞救，大索三日，不能得。捞出瓜州口，亦无耗。

> 翌晨，巡按素服，亲祭于浮桥口。风大作，日色惨淡，众见水面竖一指出，盖尸犹直立逆流中。负出水，面如生，握拳透爪，切齿穿龈。置于岸，僵立不仆。巡按亲许代昭雪，始仆。阅怀中状词，琐而更哀。立刻坐堂皇，提人证，审讯刑求，商服，遂斩商，而出生父于狱。谕本籍邑宰，善视生父，厚殓生尸。然后奏劾上下承审官，请旌孝子，祀入

乡贤，刊事迹入邑乘。诏许，邑人建祠于学宫西隅，春秋官祭私祭礼
不衰。

　　孝子陈嘉谟舍身救父是真实的事情，兴化四牌楼上就有康熙五十一年十
二月为陈嘉谟悬挂的"烈孝格天"匾额。康熙《兴化县志·卷八·孝友》
与咸丰《重修兴化县志·卷十·孝友》都有陈嘉谟传，内容与《夜雨秋灯
录》略有出入。县志载顺治初年创设盐引，严禁私盐，盐吏与盐徒勾结，编
织罪名，告发在兴化东门外开酒店的陈宏道，其子嘉谟，县学秀才，到江都
县衙为其父辩护，对方诬陷陈宏道通江洋大盗，被囚于扬州府狱。被判死
刑，秋后处决。陈嘉谟想就血书状纸，又焚状子于城隍庙告阴状，投运河自
尽。小说则改为其父与盐商争海地，盐商唆使灶丁殴打其父，并踢死自己儿
子，诬为其父踢杀。把县志胥吏与盐丁勾结牵连陷害，上升到盐商遍贿官
府，官商勾结制造冤案，社会意义要深刻得多。
　　小说的亮点，是鲍打滚为陈孝子追画遗像的经过：

　　　　至道光某甲子，适鲍君来，邑人痛孝子无遗像，求写真。鲍以为事
　　隔百年，难之。邑人请益坚，乃试往殡宫，滚五次，不可得。恐损己
　　名，自剪爪发，刺血书疏文，杂符箓，焚于城隍神祠，跪拜禹步，久
　　之，怀纸笔就神座下宿，嘱庙祝无窥探。漏三下，万籁寂，见龛灯顿
　　缩，阶下若人影，往来甚伙。两廊各出一卒，一长如山魈，一短如僬
　　侥，互揖出门去。少时，闻柝声鼓声，请钥开门声，四褐衣人来，伏阶
　　下，白有词。即见案上设符剑印信，阶下多执戟横刀，若大府体。乐三
　　奏，神金冠蟒服，呵殿出，升堂坐。貌古髯浓，鬓已斑白。判事毕，问
　　褐衣人，曰："孝子来何迟？"曰："孝子现为崆峒山都总管，云程尚二
　　千里耳。"

　　　　须臾，鼓乐大震，列炬如火城。吏白："孝子到！"神伛偻出迎，礼
　　甚恭。肃入，分东西坐。孝子冠服甚都，貌亦丰润。寒暄茗已，神敬白
　　乡人意与画士疏。孝子颦蹙曰："何必尔？"神曰："乡梓情深，欲求音
　　容，为后学楷模，俾瞻仰耳。"一朱衣吏，请入西厢更衣。少时，复就

坐，则衣公服，乌靴露顶，貌极清癯。少定，即更来时服，再拜兴辞。神皇皇送之登舆去，三揖而返。灯光大放，满堂寂然。

鲍蓦如梦醒，即抽毫就灯写就。天明举示人，与孝子曾孙骨气同，鲍未面也。唯首无帽，颈无领。盖国初时，公服上以尺布围颈，投波时，领与帽飘去，故冥冥现形，犹貌当年精卫，由是人益神其术。

写孝子已为崆峒山都总管，离兴化二千里，特为画像前来。借赞扬鲍打滚的神技，宣扬孝子以死救父有好报的结局，是地道的《聊斋》笔法。

《独角兽》写的是兴化的"丐者"，头顶长角，"乞食廛市间，观者围之如堵墙。余曾亦趋视，盖其人顶生一角，矗正中，根束短发如毛，角首微锐而梢，朽如蛊啮"。强调故事的真实性，增加劝世之效。这个乞丐"幼不肖，动辄忤双亲"，父母吃糠，自己嫖妓享乐，"亲死，以芦包葬"；家里遭火灾后，又挑拨亲戚械斗、打官司，假调停牟利。后生病，头顶长一角，疼痛难忍，梦神人告知，在人前说出自己的罪过后，痛才会停止。这样，他从32岁到60岁，"一日不言，一日便痛"。说完后"唏嘘泪下如雨"，自言是"兴化东乡人，无名氏，唯号独角兽"。作者还为他"摹小像"，"赞"中说："其身犹人，其心则兽。兽耶人耶，峨峨穿透。地狱人间，黄泉白昼。"指出他是人面兽心，才受此罪。意在劝人孝敬父母，正道为人。

《发秀佛》写"东海掠网寺"有绫本发秀佛像（东海指兴化），长二丈四尺，横八尺的由来。咸丰《重修兴化县志·卷一·祠祀》载有"晾网寺，在西团"，即兴化东部的西团小海。小说把"晾网"写成"掠网"，可能是误听或笔误。这是讲兴化东乡晾网寺所藏一幅绫本发秀佛像的故事。明嘉靖年间，浙江侍御史叶大钟因弹劾权贵，且拒绝严嵩收买，"被海盗冤扳公曾行贿，革职，廷杖几死，诏收刑狱，论斩。公子伯仲，皆知名士，束手无策"。女儿苹香，年十四，买巨绫，用自己的头发绣佛像与《金经》，二载始成，以求佛保佑其父；而佛像绣成，其父也出狱。苹香因刺绣用眼过度，双目失明。父死前，嘱两个儿子要善待苹香，后却被两个嫂嫂虐待。忽有昆仑奴女到门，说能治苹香病目，治好后要绣双凤"为天孙下嫁助妆"。昆仑女果然治好苹香双目。绣成双凤后，昆仑女为双凤点凤目，双凤竟飞落庭中，昆仑女携苹香各跨一凤，乘云飞升，"家人咸仰首，呼苹姑不应。昆仑女拨云下视，曰：'下界人不须惊讶，苹姑至孝，感动上苍天孙，天孙遣使奉迓，补天上针神缺，从此化去，量不再累嫂嫂看顾矣。'通城士女，无不见女冉冉空际若画图。焚香祈祷，呼苹姑，声如雷，两兄愧悔无地，嫂不为怪也"。

故事说孝能感动上苍，而结尾就妙在"嫂不为怪也"，苹香已上天为针神，嫂嫂巴不得小姑离家。至于她为针神，他们也无所谓，反映了当时普遍存在的姑嫂矛盾的社会现象。

任祖镛，男，1939 年生，江苏兴化人，江苏省兴化中学高级教师，江苏省首批名教师、中学语文特级教师。

※　※　※

李自成斩张国绅

方鸿飞《广谈助》卷二十：侍郎张国绅，素无行。首请李自成称帝，冀为宰相，诱故太仆文翔凤妻邓氏以献，邓知书工诗，以为必幸。自成责之曰："太仆与尔同辈，不能庇其妻子，乃以媚我，真狗彘不如也。"斩国绅，礼邓而归之。（斯欣）

《阅微草堂笔记》中的朱文震

吴修安

一

《阅微草堂笔记》是纪昀于乾隆五十四年（1789）至嘉庆三年（1798）间写成的短篇志怪，内容涉及狐鬼神仙、因果报应、劝善惩恶等乡野怪谭，或亲身听闻的奇情轶事，有意模仿宋代小说质朴简淡的文风，一时享有同《红楼梦》《聊斋志异》并行海内的盛誉。其中有几则关于朱文震的小故事，脍炙人口，至今流传不衰。详列如下：

朱青雷言：有避仇窜匿深山者，时月白风清，见一鬼徙倚白杨下，伏不敢起。鬼忽见之，曰："君何不出？"栗而答曰："吾畏君。"鬼曰："至可畏者莫若人，鬼何畏焉？使君颠沛至此者，人耶鬼耶？"一笑而隐。余谓此青雷有激之寓言也。

朱青雷言：高西园尝梦一客来谒，名刺为司马相如，惊怪而寤，莫悟何祥。越数日，无意得司马相如一玉印，古泽斑驳，篆法精妙，真昆吾刀刻也，恒佩之不去身，非至亲昵者不能一见。官盐场时，德州卢丈雅雨为两淮运使，闻有是印，燕见时偶索观之。西园离席半跪，正色启曰："凤翰一生结客，所有皆可与朋友共；其不可共者，唯二物，此印及山妻也。"卢丈笑遣之曰："谁夺尔物者，何痴乃尔耶？"西园画品绝高，晚得末疾，右臂偏枯，乃以左臂挥毫，虽生硬倔强，乃弥有别趣。诗格亦脱洒，虽托迹微官，蹉跎以殁，在近时士大夫间，犹能追前辈风流也。

朱青雷言：曾见一长卷，字大如杯，怪伟极似张二水。首题《纪梦》十首，而蠹蚀破烂，唯二首尚完整可读。其一曰："梦到蓬莱顶，琼楼碧玉山。波浮天半壁，日涌海中间。遥望仙官立，翻输野老闲。云帆三十丈，高挂径西还。"其二曰："郁郁长生树，层层太古苔。空山未开凿，元气尚胚胎。灵境在何处，梦游今几回。最怜鱼鸟意，相见不惊猜。"年月姓名皆已损失，不知谁作也。尝为李玉典书扇，并附以跋，或曰：此青雷自作，托之古人。然青雷诗格婉秀，如秦少游小石调，与二诗笔意不近。或又曰：诗字皆似张东海，《东海集》余昔曾见，不记有此二诗否，待更考之。青雷跋谓前诗后四句未经人道。然昌黎诗"我能屈曲自世间，安能从汝求神仙"，即是此意，特袭取无痕耳①。

竹吟与朱青雷游长椿寺，于鬻书画处，见一卷擘窠书曰："梅子流酸溅齿牙，芭蕉分绿上窗纱。日长睡起无情思，闲看儿童捉柳花。"款题"山谷道人"。方拟议真伪，一乞者在旁睨视，微笑曰："黄鲁直乃书杨诚斋诗，大是异闻。"掉臂竟去。青雷讶曰："能作此语，安得乞食！"竹吟太息曰："能做此语，又安得不乞食？"余谓此竹吟愤激之谈，所谓名士习气也。聪明颖隽之士，或恃才兀傲，久而悖谬乖张，使人不敢向迩者，其势亦可以乞食；或有文无行，久而秽迹恶声，使人不屑齿录者，其势可以乞食。是岂可赋《感士不遇》哉！

济南朱青雷言，其乡民家一少年，与邻女相悦，时相窥也。久而微露盗香迹，女父疑焉。夜伏墙上，左右顾视两家，阴伺其往来。乃见女室中有一少年，少年室中有一女，衣饰形貌皆无异，始知男女皆为狐媚也，此真黎邱之伎矣。青雷曰："以我所见，好事者当为媒合，亦一佳话。然闻两家父母皆患甚，各延巫驱狐，时方束装北上，不知究竟如何也。"

---

① 此纪梦诗和《红楼梦》贾宝玉梦游太虚幻境意境相似。尤其是"袭取无痕"一词，似道出《红楼梦》和《聊斋志异》之间的创作关联。

朱青雷言：李华麓在京，以五百金纳一姬。会以他事诣天津。还京之日，途遇一友，下车为礼。遥见姬与二媒媪同车驰过，大骇愕。而姬若弗见华麓者。恐误认，思所衣绣衫又己所新制，益怀疑，草草话别。至家，则姬故在。一见，即问："尔先至耶？媒媪又将尔嫁何处？"姬仓皇不知所对。乃怒遣家僮呼其父母来领女。父母狼狈至。其妹闻姊有变，亦同来。入门则宛然车中女，其绣衫乃借于姊者，尚未脱。盖少其姊一岁，容貌略相似也。华麓方跳踉如虓虎，见之省悟，嗒然无一语。父母固诘相召意。乃述误认之故，深自引愆。父母亦具述方鬻次女，借衣随媒媪同往事。问："价几何？"曰："三百金，未允也。"华麓辗然，开箧取五百金置几上曰："与其姊同价可乎？"顷刻议定，留不遣归，即是夕同衾焉。风水相遭，无心凑合。此亦可为佳话矣。

朱青雷言：尝谒椒山祠，见数人结伴入，众皆叩拜，中一人独长揖。或诘其故，曰："杨公员外郎，我亦员外郎，品秩相等，无庸参礼也。"或又曰："杨公忠臣。"咈然曰："我奸臣乎？"于大羽因言：聂松岩尝骑驴遇晴一治磨者，嗔不让路。治磨者曰："石工遇石工（松岩安丘张卯君之弟子，以篆刻名一时），何让之有？"余亦言：交河一塾师与张晴岚论文相抵。塾师怒曰："我与汝同岁入泮，同至今日皆不第，汝何处胜我耶？"

纪晓岚与朱文震是《四库全书》编辑部的同事，既是上下级关系，更是好朋友。他们也都是乾隆第六子永瑢的部下。《阅微草堂笔记》这几则关于朱文震的故事记载，且能看出纪晓岚和朱文震，都深受《聊斋志异》影响，是很喜欢谈神说鬼讲怪的。

二

下面，我们就来深入了解一下朱文震。朱文震，字青雷，号去羡道人，平陵外史，山东济南人。《易经》《说卦》云："震为雷"。又："震，东方也。"东方主春，其神为青帝，故以"青"饰"雷"。平陵，济南章丘也。济南谚语："现有平陵城，后有济南府。"

1. 汪启淑《续印人传》卷四，有一篇《朱文震传》，这是目前最为全面最为权威介绍朱文震的资料：

> 朱文震，字青雷，号去羡，山东历城人也。早孤，家徒四壁，然岐疑好学不倦，尤肆力于六书八分，不屑于作科举文字。独游曲阜，遍观孔庙秦汉碑刻，如欧阳率更之见索靖书，布毯坐卧其间累月，由是篆隶益精。归复就学于族叔祖冰壑先生家，更得指授，用笔用刀之法益进，名亦鹊起。慕太学石鼓，杖策来京师，为紫琼岩主人所赏识，而所见古人法书名画随广。初学写意花卉翎毛，继则擅长山水，几夺麓台、石谷之席。其卓荦不羁之才，一寓于诗。以太学生充方略馆誊录，仪叙州同，选授广西西隆州同知，政声甚美。上游方器重，欲卓异之。去羡以路遥母老，不能迎养恒感戚。及乞养归，斑彩板舆，奉侍数年，克尽子职，旋丁内艰。服阕，北来候铨。会开四库全书馆，需善校篆隶之员，本馆总裁保奏改授京员，得詹事府主簿，充篆隶校对官，卒年六十。予恨相识甚晚，仅同官者数匝，故所得无多，著有《雪堂诗稿》若干卷。

2. 现有资料证明，朱文震与袁枚是很熟悉的。袁枚所著《随园诗话》卷六第一六则：

> 山左朱文震，字青雷，在慎郡王藩邸。善画，能诗，兼工篆刻。偶宿随园，为镌小印二十馀方。余惊其神速。君笑曰："以铁画石，何所不靡？凡迟迟云者，皆故作身份耳。"记其《红桥晚步》云："西风开遍野棠花，垂柳丝丝数点鸦。多少画船归欲尽，夕阳偏恋玉钩斜。"《过扬子江》云："笑对篷窗酒一罂，黄梅时节恰扬舲。凭君说尽风波恶，贪看金焦漫不听。"《雨霁》云："雨霁碧天阔，夕阳蝉复吟。偶然行树下，馀点湿衣襟。"

袁枚在八十岁时有一封《答赵㻛亭先生》："所引松裔夫子、让山高僧、青雷词客，俱已身归道山，坟留宿草。而枚与先生偬然尚存……缘枚年已八十矣，精神瞀乱，文债太多，长于构思，短于考证。又贪于搜寻佳句，有得即书，以致道听途说及梓人错刻者不一而足……奈此书（指《随园诗话》）业已二省翻板，市贾居奇，一时不能家喻户晓，只好将自家藏板悉照来示改正。"（王云五《乾嘉名人手札》、《小仓山房尺牍》）

新红学开山鼻祖胡适，认定《红楼梦》是曹雪芹自叙自传，认定为曹雪芹是曹寅的孙子，后来的周汝昌等并为此做了大量考证，至今为社会多数共识。这一观点就主要来自袁枚。

袁枚在《随园诗话》卷二第二十二条记载：康熙间，曹楝亭为江宁织造，每出，拥八驺，必携书一本，观玩不辍。人问："公何好学？"曰："非也。我非地方官，而百姓见我必起立，我心不安，故藉此遮目耳。"素与江宁太守陈鹏年不相中，及陈获罪，乃密疏荐陈。人以此重之。其子雪芹撰《红楼梦》一部，备记风月繁华之盛。明我斋读而羡之。当时红楼中有某校书尤艳，我斋题云："病容憔悴胜桃花，午汗潮回热转加。犹恐意中人看出，强言今日较差些。""威仪棣棣若山河，应把风流夺绮罗。不似小家拘束态，笑时偏少默时多。"（乾隆五十七年（壬子）刊行的随园自刻本）。《随园诗话》后来的版本中，又加入了"中有所谓大观园者，即余之随园也"一句。

这里可以看出，袁枚和胡适、周汝昌等红学家一样，认为《红楼梦》是曹寅后人曹雪芹所写，但是曹雪芹究竟是曹寅的儿子还是孙子，意见是不统一的。

3. 朱文震与郑板桥

郑板桥《九畹兰花》题记："乾隆二十一年二月三日，予作一桌会，八人同席，各携百钱，以为永日欢。座中三老人，五少年。白门程绵庄、七闽黄瘿瘿，与燮为三老人；徒李御萝邨，王文治梦楼，燕京于文浚石缚，全椒七兆燕棕亭，杭州张宾鹤仲谋，为五少年；午后济南朱文震青雷又至，遂为九人会。因画九畹兰花以纪其盛。诗曰：'天上文星与酒星，一时欢聚竹西亭；何劳芍药夸金带，自是千秋九畹青。'座上以绵庄为最长，故奉上程先生携去。"从题款中，不仅可以看出郑板桥对朱文震不远千里，突然赶到，前来参加聚会的惊喜、兴奋和重视，更表明了他们之间亦师亦友，厚重的感情与友谊。

《板桥先生印册》云："郑为东道主"，朱青雷刻。"舍郑以为东道主"，板桥割去"舍"字、"以"字，便是自作主张。凡作文者，当作主子文章，不可作奴才文章也。又云，"私心有所不尽鄙陋"。朱青雷，名文震，能诗词书画，尤工篆刻。先为高西园门生，后为郑板桥门生，客潍县署中刻此。又云，"康熙秀才、雍正举人、乾隆进士"，济南朱青雷刻。又云，"二十年前旧板桥"，朱青雷镌。

郑板桥还有一段名言："米元章论石：曰瘦，曰绉，曰漏，曰透。可谓尽石之妙矣。东坡又曰'石文而丑'，一丑字则石之千态万状皆从此出。彼元章但知好之为好，而不知陋劣之中有至好也。东坡胸次，其造化之炉冶乎？燮画此石，丑石也，腴而雄，丑而秀。弟子朱青雷索予画不得，以是寄之，青雷袖中倘有元章之石，当弃弗顾矣。"这也说明他们都是爱石一族。

郑板桥在《再答朱生青雷》一文中："承示文章三篇，所见良是，附语亦极其精当。若文章概以冗长芜蔓为胜，则拖泥带水，叠床架屋之作，尽可目之为佳篇，岂足尽文章之能事乎？恐未必也。是知文章之妙，犹如八面观音，横看，竖看，正看，侧看，遗失一面也不可。不但有字句处观看，尤须无字句处求之，此中奥妙，甚非易言。读文如是，作文亦如是，悟此妙旨，造诣自深，一旦下笔为文，自能探得骊龙颔下珠矣。"

这一段话非常重要，其实，"文章之妙，犹如八面观音，横看，竖看，正看，侧看，遗失一面也不可。不但有字句处观看，尤须无字句处求之，此中奥妙，甚非易言"，《红楼梦》已经远远超过了这个效果，可以说是"横看成峰侧成岭"。

两人其他交往非常多，其中朱文震给郑板桥刻印多枚，多次去扬州、潍县看他，在郑板桥文集中均有记载。

4. 朱文震与济南朱家

济南朱家，曾两次抄写传播《聊斋志异》，是《聊斋志异》最早的知音和传播者之一。根据现有材料，只知道朱文震是济南历城人，少孤，父亲很早就去世了。朱文震曾"就学于族叔祖冰壑先生家，更得指授，用笔用刀之法益进，名亦鹊起"。冰壑先生就是济南朱缃的堂弟朱令昭。朱缃的大儿子是朱崇勋，朱崇勋第三子朱瑀，又名衡，号介石，字莪圃，和朱文震的爷爷朱在莪，两人相差一辈，但有一字相同，看来不是宗族关系不是很亲密。但朱文震和济南朱缃家族究竟什么关联，朱缃家族相关资料上没有记载。目前只知道是族人。朱文震辈分较低，和朱崇勋的儿子朱琦基本同龄，但是矮一辈，这说明朱文震祖上富裕，结婚早生子早，家族人口繁衍快。山东有"穷大辈"之说，穷人娶不上媳妇，生子晚，三辈子就会相差一辈子。另外穷人家的女儿做了小妾、丫环，由于生育时间晚，一般生孩子时，父亲已经五六十，七八十了，孩子年龄小，但是辈分都高。

朱缃家族是从明朝万历年间从青州到高唐，后来逃避战乱到过江南，顺治四年才从高唐再搬到济南历城，和青州衡王府有关，有资料说是明衡王后裔。朱文震是老济南？还是从外地迁来？是青州衡王府？还是济南德王府？或者兖州鲁王府？属于朱元璋后裔哪一支？目前无法确定。

《续印人传》只说明济南朱家的朱冰壑，字令昭，是朱文震的族叔祖，朱文震跟随他学习过。但是他们都是朱氏子孙，同宗是没有问题。当时朱家在明朝是国姓爷，在清朝康熙雍正年间，济南朱家绝对是济南名门望族。朱冰壑曾住在趵突泉畔，优哉游哉，不过死后家族很快潦落了，趵突泉畔家园也转卖给他人。

不光济南朱家，《清史稿》中提到朱伦瀚，也说是明裔，朱孝纯是朱伦瀚的三儿子，其《海愚诗抄》有诗提到，在自家贫而无炊，侄朱文震提来酒肉粮食，解了燃眉之急。靖江王府家族朱依韩，也是把朱文震当成一家人的。石涛和尚，就是靖江王府后人。

5. 朱文震与清朝王公贵族

朱文震乾隆初年，先后离开曲阜、济南，到了北京。他先投靠的谁？国子监？允禧？黄叔琳？镶白旗教习、后神木县、安岳知县朱琦？和允禧关系友好的郑板桥？画中十哲中某位画家？目前还不确定，不过他很快在北京站稳了脚跟，而且跟随康熙第二十一子允禧很久。

允禧，康熙五十年正月十一日出生，他是康熙皇帝第三十一个儿子，序齿为皇二十一子。生母为当时仅为庶妃（无封号）的汉族女子陈氏（康熙六十一年雍正尊其为皇考贵人，乾隆元年进位熙嫔，乾隆二年正月初二日卒，享年在四十岁以上）。康熙五十九年，允禧始从幸塞外。雍正八年二月封贝子；五月，即谕以允禧立志向上，进贝勒，这年他只有十九岁。雍正十三年进慎郡王，这年他二十四岁。允禧卒于乾隆二十三年（1758）五月二十一日，终年四十八岁，谥靖。济南朱青雷（文震）《画中十哲歌》也说："紫璏三绝名素彰，天机敏妙腕力强，尺幅动欲浮千艒"。允禧有多首诗歌，是和朱文震画而作。允禧儿子早夭无后，就在乾隆二十四年十二月，乾隆把他的第六子永瑢过继给允禧这个叔叔为孙，封贝勒。三十七年，永瑢进封质郡王。五十四年，再进质亲王。乾隆为什么这么做？他们叔侄年龄差不多，一起在康熙身边，宫内长大，感情深关系好。

《熙朝雅颂集》中允禧有《题青雷画册十绝》："春江渔艇破烟撑，隐隐遥山翠霭横。认取两行风柳外，红墙低映白鸥明。散花溪外水通村，叠嶂浮岚过雨痕。一叶扁舟千点雪，教人错认武陵源。曲榭回廊近水斜，阴浓密树翠交加。日长幽客浑无事，坐对一池红藕花。"

题朱青雷江山清晓图："极目江城晓气昏，千林犹未上朝墩。菰蒲系缆岸边寺，鸡犬眠云湖上村。雨过烟岚山泼黛，潮回沙淑水留痕。一拳许我茅亭住，日日寻僧独叩门。"

允禧礼贤下士，和郑板桥是好朋友，易祖栻、朱文震客邸间最久。乾隆二十一年（1756），允禧已故去两年之久，朱文震作《盘山写景图》，描绘的就是允禧所极钟爱的京东盘山，并在画幅右上空白处，缓笔行书记下一百馀字的长题，记述昔日慎郡王在盘山的遗迹及所作诗句，并感叹"他年有葺盘口者，或可以共采乎"！从中可以看出朱文震对慎郡王的情谊之深厚及补写此图的良苦用心。

允禧生前出过诗集，郑板桥亲自参与抄写出版工作，去世之后还有一《紫琼岩诗钞三卷》诗集，朱文震参与了校对工作。在《紫琼岩诗钞三卷》中，允禧有诗四首提到朱文震。分别是《园居闲晚偕朱子青雷赋》《为朱青雷作修竹吾庐图并题》《晓过清濯亭同青雷朗山小坐》《春日杏花庵同松泠青雷小饮》。由此可见朱文震和允禧等人关系非常好，经常在一起游山玩水，诗酒书画唱和。

永瑢，生于乾隆八年十二月十四日，即一七四三年，卒于一七九〇年。高宗第六子，乾隆二十三年五月袭贝勒，号九思主人。质庄亲王永瑢（1744~1790）是清乾隆皇帝第六子，纯惠皇贵妃苏氏所生。他在十七岁那年（乾隆二十四年，1759）冬天，奉旨过继为其父弘历之二十一叔父、慎靖郡王允禧之嗣后，封贝勒。乾隆三十四年十月管理内务府事务，三十七年十月封质郡王，三十八年九月充四库全书馆总裁，乾隆四十四年二月监管钦天监事务，五十四年十一月晋封质亲王，乾隆五十五年五月初一日薨，享年四十八岁，谥曰庄。

当时没有照相机拍摄照片，但是朱文震却有和永瑢一张合影，实属难得。这是一幅画图，为华冠所画。华冠《为青雷作西园重到图》卷，作于乾隆三十三（乾隆戊子，1768）年冬，款"华庆冠"。现藏辽宁省博物馆。乾隆四十二年有记载"《四库全书荟要》主簿朱文震"，乾隆四十五年此位已经换人。

弘晓在乾隆乙酉年（1765）也曾有诗《赠朱青雷》，对朱文震评价甚高："历下知名士，相逢慰所思。谢诗清且健，秦篆古而奇。鹤径苔痕浅，鸡窗树影移。还期花烂漫，折简待邱迟。"这首诗的含义是很清楚，弘晓早就知道朱文震是济南名士，一直非常想见面，直到今天才相逢，知道他诗歌、篆刻水平都很高，并认为朱文震和南北朝邱迟的文采一样好，写信都等待朱文震来执笔。

陈伯之是南北朝梁朝大将，梁武帝天监元年（502）受了部下的挑唆，起兵反梁，兵败后投降北虏，受封"平南将军"。天监四年（505），梁武帝命临川王萧宏北伐。当时陈伯之在寿阳梁城（现在的安徽寿县）一带屯兵抵抗梁军。萧宏便让记室（类似于秘书的职位）邱迟写信劝他归降。其文章《与陈伯之书》彪炳千古。

《与陈伯之书》是南朝梁文学家丘迟的代表作，更是一篇脍炙人口的招降文字，它是汉末建安以来言情书札的继承和发展，具有很高的艺术成就。该作品发挥了四六句骈体韵文的优长、全文合辙押韵，对仗工整，读起来朗朗上口，文字流畅易懂的特点，晓之以理，动之以情，环环相扣，鞭辟入里，步步紧逼。该文虽是骈文，但用典较少，而且力求摒弃晦涩冷僻之典，尽量写得明白晓畅，具体实在。全文基本使用偶体双行的四六句式，但注意参差变化，具有音乐美及和谐的节律感。文章内容充实，感情真挚。

弘晓家门客钱塘人张宾鹤（1724~1790），馆于弘晓府邸十馀年，后来在乾隆五十六年，怡王府赞助，给张宾鹤出版一诗集《云汀诗钞》。此集中，张宾鹤的朋友明义做了序言，其中也有张宾鹤写朱文震的诗，对其人、其印大加赞赏。张宾鹤和朱文震、郑板桥都是朋友，在乾隆二十一年二月三日，就一起参加过活动，作画喝酒，当时张宾鹤还年轻。诗集中，也有很多诗是写敦诚、敦敏的。由此可见，朱文震和张宾鹤都是王府门客，和这些人，看来也不会陌生。

弘瞻，为雍正之六子，别号经畲主人，袭封果亲王。《啸亭杂录》：果恭王讳弘瞻，宪庙第七（六）子也，嗣果毅王后，善诗词。幼受业于沈憩士尚书，故词归正音，不为凡响。"雅好藏书，与怡府明善堂埒。《清史稿》中说他御下严，晨起披衣巡视，遇不法者立杖之，故无敢为非者。节俭善居积，尝以开煤窑夺民产。从上南巡，嘱两淮盐政高恒鬻人参牟利，又令织造关差致绣段、玩器，予贱值。

乾隆二十八年，圆明园九州清晏火灾，弘瞻后至，与诸皇子谈笑露齿，上不怿。又尝以门下私人嘱阿里衮，上发其罪，并责其奉母妃俭薄，降贝勒，罢一切差使。自是家居闭门，意抑郁不自聊。三十年三月，病笃，上往抚视。弘瞻于卧榻间叩首引咎，上执其手，痛曰：以汝年少，故稍加拂拭，何愧恶如此？因复封郡王。旋薨。予谥。（见《清史稿》卷二百二十）。

弘瞻曾撰《雪窗杂咏》一卷，乾隆二十三年（1758）刻本一册。半叶六行十一字至十二字不等，四周双边，白口，单鱼尾。题"经畲主人著"。无序跋。此本刻弘瞻咏雪诗三十首，后附慎郡王和诗三十首。前有弘瞻"冬夜积雪初晴，因约施静波、顾端卿二客咏雪窗杂诗，并请紫琼叔同作，得长律一首"，云："促膝联吟擘彩笺，重帘灯火夜忘眠。已欣词客相如最，更有家风阮籍贤。深院茶香烟起户，虚窗人静月当天。他时记取今宵景，冰雪襟期翰墨缘。"次为雪意、初雪、雨雪、风雪、听雪、踏雪、雪径、雪屋、雪邨、雪寺、雪山、雪江、雪溪、雪篷、雪樵、雪渔、雪松、雪竹、雪梅、雪月、雪鸿、雪鹤、煮雪、啮雪、积雪、晴雪、残雪、扫雪、再雪、赋雪。是本共计二十八叶，行书，字大悦目，为朱文震所书，刻本末署"时乾隆着雍摄提格之菊月中浣五日奉经畬殿下教谨书。门下士朱文震。"下钤有"臣文震印""青雷"印。这个书写人，就是朱文震。汪启淑在《续印人传》记载，朱文震曾有《雪堂诗稿》，但是现在失传看不到了，这本《雪窗杂咏》可以从某些方面了解朱文震的《雪堂诗稿》，可能他也一起参与，和两个王爷，施、顾两个门客，同时做了雪窗和诗。另外也可能是受李白《别鲁颂》感染，"独立天地间，清风洒兰雪"，集结了自己的作品。《红楼梦》中也多次写雪，尤其是芦雪庵联句，最为精彩。

永忠，生于1735年，卒于1793年，祖父为康熙十四子允禵，就是传说中被亲哥哥雍正夺了皇位的老十四王爷。现有红学观点认为，永忠虽与敦氏兄弟很熟，但未能结识曹雪芹。然在雪芹去世之后，因墨香（1743～1790，名额尔赫宜，是敦氏兄弟的叔父，乾隆的侍卫）而较早读到《红楼梦》。并乾隆三十三年戊子（1768）赋诗吊曹雪芹，题为《因墨香得观〈红楼梦〉小说，吊雪芹》，共三首，是"红学"界一致认为的研究《红楼梦》的重要史料。诗云："传神文笔足千秋，不是情人不泪流；可恨同时不相识，几回掩卷哭曹侯。""颦颦宝玉两情痴，儿女闺房语笑私；三寸柔毫能写尽，欲呼才鬼一中之。""都来眼底复心头，辛苦才人用意搜；混沌一时七窍凿，争教天不赋穷愁。"（永忠《延芬室集》）

永忠不认识曹雪芹，但是认识朱文震，而且时间比较早。在这本书中，乾隆二十九年，永忠有一首诗，是明确写给朱文震的，因为朱文震得到了一方卓文君的铜印，比较珍贵。永忠看后写《卓文君铜印歌为朱青雷赋》：

汉铜小印土花翠，红泥涂出文君字。玉指曾经几度拈，白头吟罢亲钤记。

　　千年之物质无亏，艳魄还疑左右随。芙蓉脸际远山眉，风流想象当
炉时。

　　这首诗说明永忠亲眼看到了卓文君印，而且是朱文震在场，不然就只歌
咏卓文君印了。永忠不认识曹雪芹，但是认识朱文震。而且永忠和朱文震的
上级永瑢以及和弘旿等，在当时的宗室中都以能诗善画闻名，来往关系密
切。在永忠《延芬室集》和弘旿《瑶华道人集》中，保留了许多他们与永
瑢间往来唱和的诗作。乾隆四十三年，即 1778 年，华冠作《永忠像》卷。
现藏南京博物院。永忠《延芬室稿》，手写本；弘旿《瑶华诗抄》，清刻本。
均藏于国家图书馆古籍善本库。

　　卓文君这个铜印，目前找不到了，但是却留下了一幅作品，在上海童衍
方先生手中。《新民晚报》曾报道，童衍方介绍说，他有司马相如、卓文君
印题咏册一本，为纸本，共 22 开，每开纵 20.5、横 14 厘米，内有黄易、陈
豫钟、高垲、汪鋆、张鸣珂、吴昌硕、费念慈、郑文焯、吴湖帆等十九位名
人题咏。红木面裱本，赵叔孺于 1924 年得后重裱，并题签曰："琴心如印，
司马相如及卓文君印真拓本，黄小松手集并跋，甲子中秋重装，叔孺答。"
钤白文印"叔孺"。

　　黄易（1744～1802），字大易，号小松，别署秋庵、秋景庵主等。浙江
杭州人。善画山水墨梅，工书，娴熟隶法，尤精篆刻，刀法浑厚，线条道
劲，为"西泠八家"之一。雅好金石文字，官山东济宁府同知时，广搜碑
刻，自绘"访碑图"十二帧，以记其事。著有《小蓬莱阁金石文字》《洛访
碑目记》《秋景庵主印谱》等。乾隆丁酉（1777）年，清代书画、篆刻家黄
易以家藏"司马相如"印蜕，配得"文君之印"印蜕，遂成合璧，又作考
记，并遍邀名人雅士题咏。

　　1777 年，是乾隆四十二年。这一年，正是朱文震去世之年，他埋葬在了
济宁古柳。就是这一年，在济宁工作的黄易有幸得到了卓文君印真拓本。黄
易亲笔写到："司马长卿玉印扬州马征君秋玉所藏，家有拓本。文君之印，

铜章，朱青雷得自高密单方伯者，印得一方，遂成合璧。乾隆丁酉秋八月钱塘黄易手装。"

这个高密单方伯就是单功擢，也不是简单人物，他是刘统勋的女婿，刘墉刘罗锅的亲姐夫。高密单家是当地大户人家，出了很多官员、进士、举人、诗人和名人。单功擢是一名贡生，做过河北正定知府，直隶布政使。不管是卖还是送，他能把卓文君印转给朱文震，说明他们之间的关系不错。按照朱文震对于篆刻的造诣，估计卓文君这个铜印也不是假货，否则如此大张旗鼓送人题诗，如果让人识破，岂不让人笑掉大牙。

后来被人穿凿附会，把纪晓岚在《阅微草堂笔记》中的卢见曾和高凤翰的故事，转成了朱文震。大概意思是：高凤翰有司马相如一玉印，朱文震有卓文君铜印，朱文震想要来配成一对，高凤翰很严肃地说：不行，凤翰一生所有皆可与朋友共，唯此印及妻不可共。

这个故事是非常不可靠的，后人以讹传讹而已，证据就是纪晓岚《阅微草堂笔记》这则笔记记载。朱文震是高凤翰的学生，高凤翰不可能不顾师徒身份，和弟子朱文震说"妻印不可共"这样的话。

当时为卓文君铜印题诗的名人还有不少，例如：

> 古琴绿绮已无存，径寸犹摹汉篆痕。
> 黄竹箱中谁检点，欲持凤纽问王孙。（高铁农）

> 千金声价重长门，不及佳人小篆存。
> 欲觅临印鸿爪昂，酒旗零落日黄昏。（许柳丞）

6. 朱文震与广西桂林靖江王府

朱文震在广西工作三年，在西隆州做过州同，在临桂六塘司做过巡检，其中和靖江王府后人有着深厚友谊。他们亲如一家。朱文震在乾隆三十五年，在桂林隐山风景区，写下"朝阳洞"三字。靖江王府后人朱依真写了多首关于朱文震的诗，有一首诗如此描写朱文震：吾宗青雷子，嗜饮好似王无功，一月二十九日常不醒，醉语喃喃呼董龙。兴酣好书又好画，白眼瞪天心胆大。另外一首《哭家青雷》："六尺遗孤在，千秋典籍名。竿鱼终蹭蹬，事业类宣成。"

从这里可以看出，朱文震纵情诗酒，不拘小节，而且醉酒之后大骂奸臣，"醉语喃喃呼董龙"。董龙是谁呢？《资治通鉴》卷一〇〇晋纪穆帝永和十二年有记载："秦司空性刚毅。右仆射董荣，侍中强国皆以佞幸进，堕疾之如仇。每朝见，荣未尝与之言。或谓堕曰：'董君贵幸如此，公宜小降意接之。'堕曰：'董龙是何鸡狗？而今国士与之言乎！'"南宋胡三省注："龙，董荣小字。"李白在《答王十二寒夜独酌有怀》一诗歌中："孔圣犹闻伤凤鳞，董龙更是何鸡狗？"。

朱文震为什么要骂奸佞？何以对奸佞恨之入骨？看来是为历史抱屈，是痛恨奸臣误国。奸臣误国者谁？为哪个朝代皇帝抱屈？这也提醒我们，荣国府之"荣"，含义也是"龙"吗？"龙"是指明朝的皇帝？还是清朝的皇帝？看来是明朝皇帝。这些我们都可以继续深入探讨。

7. 朱文震与山西王家大院王如玉

王如玉，字璞园，号岚溪。山西灵石人。他是山西王家大院发展奠基人。早年颖悟，喜好诗文，性格豪爽，广交朋友，于是终日与南北朋友唱和不绝。年长后，投笔从戎，曾官贵州按察使等职。乾隆三十八年，在贵州时，因镇压少数民族起义，跟随大学士温福等战死疆场。死后，朝廷念其忠，赠官太仆寺卿，时年四十一岁。荫一子入国子监，其家族随后快速发展起来。

乾隆二十七年（1762）春，王如玉和朱文震相识于北京。王如玉请朱文震给自己的《岚溪诗钞》诗集做序。朱文震开始初以为先生不能为诗，"迨读其诗，始知其不自矜许如此，而造诣之高又如此也。"

朱文震在序言中表达了自己的文学观点，其认识水平类似于郑板桥所说的立体思想："诗之道大矣哉，有清庙明堂之诗，有感时寓物之诗，有上论古人品骘流辈之诗，有风云月露缠绵绮丽之诗。诗之道难矣哉，有立意之苦，有命题之苦，有选字选韵之苦，有和韵之苦，此未许门外人知之也。余昔在家塾于佔毕之馀，即学为诗歌，十馀年来，无一精长之思，遂弃之去，殆后游历江楚燕赵，闲得交李客山、郑板桥、李眉山诸先生，顾瀚陆、鲍步江、祝荔亭诸同人，偶作攘臂之行，闲为酬唱，金欲引之入社而究未能，信之于心也。"可以看出，朱文震对于如何作诗很有研究，立意之苦，命题之苦，选字选韵之苦，和韵之苦，类似香菱学诗那样，基本都在《红楼梦》一书中得以实践了。

在诗集中，王如玉有《书朱青雷印谱后》《赠朱青雷兼索其刻印章》等诗，对朱文震刻印技艺水平大加赞赏。

8. 朱文震与衍圣公府

朱文震早年和贾宝玉相似，不屑于作科举文字，坚决不参加科举考试，根本就看不上眼什么举人进士功名。自己独游曲阜，遍观孔庙孔林秦汉碑刻，如欧阳率更之见索靖书，布毯坐卧其间累月，由是篆隶益精。归复就学于族叔祖冰壑先生家。在书法篆刻方面进步迅速。朱文震并且帮着衍圣公府的孔继浩校对了一部篆刻著作《篆镂心得》，由此可见，朱文震和衍圣公府关系也不错。

9. 朱文震作《画中十哲歌》

"画中十哲"指清代娄东画派的十位画家。即董邦达、高翔、高凤翰、李世倬、允禧、张鹏翀、李师中、王延格、陈嘉乐、张士英。朱文震说："右余庚申（乾隆五年）学梅村先生所做《画中十哲歌》也。或缔交已久，或私塾淑诸人，意之所属，率而成篇。次序既已无心，轩轾敢云论定。后之览者，望有鉴于此衷，诗固不足论矣（其实这段话是朱文震在乾隆二十三年，又写了一次，书于李世倬一山水画卷上，此卷现藏北京故宫博物院）。

广陵逸士高凤冈，画笔直欲追倪黄，萧然门巷无堵墙。（高凤冈翔）

老阜刻意摩群芳，有时图山更兀苍，病除尚左谁能方，一官漂泊浮江湘。（高南阜凤翰）

紫璚三绝名素彰，天机敏妙腕力强，尺幅动欲浮千觞。（紫琼慎清郡王）

南华山人江左张，磅礴下笔如癫狂，往往独自程明光。（张南华鹏翀）

李公初凤鸣叫朝阳，作图犀利刀剑芒，睇视凛凛含风霜。（李蝶园师中）

东山学士家法良，北苑玄宰分毫芒。（董东山邦达）

青霞琅琊大道王，足茧万里胸包藏，蜀山粤水勤皱勣。（王青霞延格）

陈生市隐同卖浆，鹊华秋色归湖乡。（陈子显嘉乐）

建卿使酒时低昂，烟峦晻霭草木香，丞兮空老双松旁。（张建卿士英）

从以上材料我们可以基本看出朱文震是一个什么样的人了。窃以为，朱文震应该比曹雪芹更有可能写出《红楼梦》来。最重要的证据就是《聊斋志异》对《红楼梦》的影响，高凤翰的《人境园腹稿记》和"柴门临水稻花香"。其次是朱文震现有这些资料，关于诗文观点和袭取无痕。再就是《红楼梦》内容和当时北京大背景。笔者认为若果有曹雪芹，那么朱文震就时时刻刻在其身后，提供了各种帮助，而且多数工作都是朱文震完成的，如果没有曹雪芹，那么《红楼梦》最后的作者就是朱文震。

三

为了供进一步研究，兹将《朱文震年谱》钩画于后：

康熙五十六年（1717），朱文震出生。

父亲不幸去世。（朱依真乾隆四十二年到四十五年，得知朱文震去世，三十五年别离十年后去世，但李文藻四十三年在世，朱文震已经去世。按照六十岁计算，在1720年之前，就是康熙五十七到五十九年生）

雍正六年在济南，曾接受朱令昭、高凤翰指导学习。再迟，高凤翰已去江南任职，直到乾隆六年回胶州。朱文震已经在北京。

乾隆五年（1740）22岁，帮助曲阜衍圣公府孔继浩整理《篆镂心得》。

乾隆七年（1742）25岁左右，在北京作《画中十哲歌》，已经认识接受多人指导。

乾隆十一年（1746）30岁，已经与允禧等人熟悉认识郑板桥范县寄信朱文震论石。（是否国子监太学生）

乾隆十四年（1749）开方略馆，归军机处。当时从国子监选拔人才做誊录工作，具体时间待定。

乾隆十五年（1750）之前允禧有四首诗，与朱文震有关。

乾隆二十一年（1756）二月三日，与郑板桥在扬州做九人会，郑板桥做九畹兰花。

乾隆二十二年（1757）三月，与允禧一起题郑板桥竹兰画卷。为弘瞻抄写《雪窗杂咏》三十首，23年刻印出版。

乾隆二十三年（1758）朱文震刻弘瞻《雪窗杂咏》再次书写李世倬图画中《画中十哲歌》。

乾隆二十四年（1759）在南京，与袁枚刻二十多个章，《随园诗话》有记载，到扬州未见到郑板桥。郑板桥6月12日有信，祝贺朱文震受新主人永瑢欣赏。之前还有两封信，谈论如何写文章，要如八面观音。

乾隆二十七年（1762）为王如玉诗集做序，谈论作诗之苦。冰玉主人弘晓，有题青雷画三诗。

乾隆二十九年（1764）永忠为朱文震卓文君印题诗。

乾隆三十年（1765）弘晓有诗赠朱青雷。（弘瞻此年去世，此前有十一首诗写朱文震）

乾隆三十三年（1768）重到西园图回到永瑢身边华冠有图青山红树图朱乔合作。（此年永忠读《红楼梦》题诗）

乾隆三十五年（1770）任临桂六塘司巡检桂林刻字朝阳洞。（在此前任职广西西隆州同等职，母亲去世服阕三年）

乾隆三十八年（1773 或 1772）入四库馆，充校对篆隶员。（詹事府主簿四库全书主簿?）篆隶校对官与永瑢董浩合作无声联唱卷。与永瑢王宸合作异苔同岭山水图

乾隆四十年（1775）写隶书北风万里白云渡河等句。

乾隆四十二年（1777）永瑢奏折四库全书主簿。胡德琳云：济南朱文震为在莪之孙，乾隆四十二年去世，埋在济宁古柳。

吴修安，1969 年 12 月出生，山东郓城人，在职博士，《齐鲁晚报》记者，《鲁南商报》总经理。

※　※　※

"黑瞎子"

王一元《辽左见闻录》，叙辽左诸兽中，熊为最猛，或怒而与虎争，辄拔树，击之不中，复拔一树。而虎猱巧善跳，终不能伤，遂连拔数百树。熊以力尽自困，虎亦久跳受伤，竟致两毙。熊既勇猛，而行复如飞，人遇之罕有脱者，唯取岐路横行，可以巧避。盖熊额有长鬃，行急则覆于目两旁，但知奋力直追，不能左右视也。辽左呼为"黑瞎子"。（斯欣）

战战兢兢如履薄冰

——校点《南吴旧话录》的心路历程

连镇标

二十多年前，应欧阳健教授之邀，欣然参与了校点《全清小说》的工程。其时恰年壮气盛，窃以为自己所学即古籍整理研究专业，而清代小说语言通俗浅显，绝非先秦两汉著作之深奥艰涩，故心易之。我用数月时间，便校点了《南吴旧话录》《春泉闻见录》《松下杂钞》《在园杂志》《闻见偶录》等五种小说，并一一上交。然此后《全清小说》的出版事宜却如泥牛入海，杳无音讯。对于这种结果，我虽"司空见惯"，却也未免有几分扫兴，几分心酸。

事情的转机出现在四年前，欧阳老师的一个电话，让我兴奋不已。他说，文物出版社出于继承光大中华民族传统文化的宗旨，愿意承担出版《全清小说》这一重任，并以之为国庆七十周年献礼。他希望诸位同仁抓紧时间，对原先的校点本再仔细核对修改，并发电子文本给出版社。我随即从欧阳老师家里抱回先前校点过的四种清代小说（由于年代久远，还有一种《春泉闻见录》已遗失，然已输入电脑），从此便沉浸在整理古籍的海洋中，颇有一种"回归"的感觉。

花了差不多一年时间，先在纸质版本上修改，而后再请人输入电脑，制成电子文本。不久，笔者校点的《南吴旧话录》（收入《全清小说》顺治卷）终于出清样了。劳动的成果即将面世，心中满满获得感。时值新春，其乐融融。然我浏览一下清样，心却为之一沉，殆因为上交的电子文本，在电脑转换过程中出现了偏差，故清样中错别字较多（多为形近字所误），标点符号也有些许出入。而后，我再深入看一遍清样，更加惴惴不安，发现自己原先的断句亦有不妥之处。必须"壮士断腕"，对清样动一番"大手术"，即依循传统的"校勘四法"，对《南吴旧话录》的内容、文字进行全面清理，庶几复其"庐山真面目"。

而要确保校点本的质量，首先必须拥有善本。不须讳言，要获得该书原稿或明末清初的刊本，几乎不可能。然欧阳老师提供的版本，应该说是现存《南吴旧话录》的最全版本。据考证，现存《南吴旧话录》有三种版本：一为嘉庆校刊本；二为光绪旧抄本，它为今人谢国桢所得，上海古籍出版社一九八五年据以影印出版；三为民国四年（1915）刊本。民国四年刊本卷数最多（二十四卷），条数最多，远非嘉庆本、光绪本所能比（笔者无从获得嘉庆本。然据有人考证，它与光绪本的条数、内容大致相同，且二者的内容也多被民国本所收入），故视民国四年刊刻的二十四卷本为原作，殆无庸置疑。有鉴于此，核对清样，即以民国二十四卷本（下称二十四卷本）为底本，以上海古籍出版社一九八五年影印出版的《南吴旧话录》上、下卷（下称二卷本）为参校本，逐字逐句予以比对，以取其真。遗憾的是，上海古籍出版社的影印本仅有二卷，篇幅小，其条数不及民国本的三分之一（保守估计），无法将"对校"这一简易可靠的法则贯彻到底。继而求"本校"，在本条上下文，乃至本书相关诸条之间，串通勾连，以求其真。遇有疑义之处，且有标明出处的，则用"他校"，想方设法找到相关资料，以返其真。既无版本依据，又无史料可查，可谓"山穷水尽"、只得凭一己之见，依理推断，以保其真。此种"理校法"最危险，易出差错，甚至闹出笑话。故笔者心忌之。

如此折腾了一二月，方把清样修改稿寄给出版社。由于改动之处甚多，我仍心有馀悸，生怕编辑同志或校改人员忙中出错，或不太明白修改的意图，故恳求出版社把清样的第二稿再发回，让我过目。无庸说，这个要求已超出正常的出版程序。然《全清小说》的责编刘永海先生很爽快地答应了，数月之后果真把清样第二稿寄来了。这次对清样第二稿的修改，我的心情颇为放松。通过编辑同志的辛苦劳动，清样第一稿的错讹处已基本上得到订正。

然专业的本能却又在警示自己：校书不易，小心陷阱。《南吴旧话录》乃李氏祖孙口耳相授、历经多手、不断补撰引释而成。在这漫长的流传过程中，不仅其文字会出现讹误，而且由于参与者（包括尚纲、汉征）的知识架构并非完善，其补撰引释亦有不甚精确之处，因而该著作的版本价值乃至学术价值，难免会受到一定影响。鉴于是书记载有明一代上海松江一带名人乃至平民的遗闻佚事，可补明史之不足，具有相当的史料价值（当今学者经常引用其中资料），故笔者不自量力，希冀通过此次对清样第二稿的修改（以及此后附录的《校勘记》），不仅要恢复其版本文字之真，同时也要恢复其史料之真，庶几发挥其"古为今用"的功能。

　　为此，笔者再次深入钻研原著，努力弄懂每卷的宗旨、每条的主题，尽量不放过一个晦涩的词、一桩隐秘的典故。对每条主人公的所作所为，不仅要"知其然"，而且要"知其所以然"。唯有如此，方能排除校点途中的"地雷"，不致跌入"陷阱"。同时，尽可能对每卷每条所附录的补撰、引释都予以考辨。而在上次的清样核对中，只是对每卷每条所附录的补撰、引释有疑义时，方进行溯源追根，以求其真；此次则扩大了核对范围，对素以为"无疑义"的资料也进行了地毯式搜索，以保其真。

　　此番工作的进展极为缓慢，亦累亦苦。一是找到其所引资料的出处难。该书引用的资料，上自先秦两汉，下迄明末，经史子集乃至野史杂记，无不涉及。而要一一找到它们，难乎其难。其中有些古籍至今尚未出版，只能依赖其电子文本。无奈上网的古籍版本良莠不齐，许多是"二手货"，难定其文字之是非，其可信度不高。唯有找到以影印形式出现的古籍版本，方能"一锤定乾坤"。一是费时费力。该书每条的正文与补注往往平分秋色，有些条的补注篇幅甚至超过了正文。若不把这些补注的来龙去脉弄清楚，势必会影响到对正文内容的理解，从而出现断句的差错。故花费在寻找相关资料、揣摩该资料意旨的工夫，是无法计算的。然一旦取到了"真经"，再对照该书的相关论述，原先的困惑一扫而空，从而能准确无误地断句标点，其乐难为外行道也。

　　下面笔者拟从几个方面袒露在校点《南吴旧话录》过程中的心迹。

一　对参校本的倚重

上述已提及，现存《南吴旧话录》有三种版本：一为嘉庆本，一为光绪本，一为民国本。嘉庆本不易得，然光绪本已涵盖它，故得一本而兼二本。若此，以上海古籍出版社据以影印的光绪二卷本，作为校点该书的参校本，殆为不二之选择。当然，由于出版时间的不同，光绪二卷本与民国二十四卷本，在文字上的避讳迥然有别。如，二十四卷本避明光宗朱常洛的名讳，"常"字皆改为"尝"字；二卷本则不避"常"字，却避清圣祖玄烨的名讳，改"玄"为"元"。避讳不同，可见二十四卷本的编定时间早于二卷本。然后出者也自有其长处，即编辑者（或出版者）可依据更多的历史资料，以订正或补充前者的错讹或遗漏，使之更趋完善。笔者以二卷本为参校本进行校点的过程中，就深切意识到这一点，故对它倚之重之。下面略详数例，以显其价值与作用。

【例一】卷一《孝友》"张伯阳"条云：

> 伯阳为诸生，屡试不售，遂弃去，训蒙作，居恒不谈时艺。

很显然，"训蒙作"不成话。查二卷本，此处作："伯阳为诸生，屡试不售，遂弃去，训蒙作活，不谈时艺。"多了一个"活"字，"训蒙作活"的意思自明（以教导孩童为生）。不言而喻，二卷本在这里发挥了补缺补漏的功用。

【例二】卷四《才笔》"唐仲言"条云：

> 如解"沟壑疏放"句，云："出于向秀赋'嵇志远而疏，阮心放而旷'"，皆前人所未及。

上述文字，乃本条主人公唐仲言为解析唐杜甫《狂夫》"欲填沟壑唯疏放，自笑狂夫老更狂"的诗句而作。乍一看，文从字顺，无疑义。然笔者查向秀《思旧赋》，原作为"嵇志远而疏，吕心旷而放"，其涉及人物乃嵇康与吕安，而非嵇康与阮籍。二十四卷本的这个错误，二卷本则纠正过来了，"阮"改为"吕"，"放而旷"改为"旷而放"，可见其谨严。

【例三】卷五《俭素》"徐文贞公"条云：

> 万历十七年水灾，市井行舟，鱼鳖入户。徐文贞早膳向不涉腥味，夜尤淡泊，唯日中以二器佐箸。
>
> 公与申文定公乞求荒书云：（注：万历十七）"年来老病增剧，不能出门。"

查《明史》徐阶本传，徐阶卒于万历十一年（1583），而该条正文与注文却记载在"万历十七年"（1589）的所作所为，岂非荒诞不经？幸亏二卷本在上述两处都改成"万历七年"（1579），才不致误导读者。

【例四】卷六《廉介》"顾唯诚"条云：

> 顾唯诚，知马湖府。上司乐其宽易，输供恐后，有杀夺者众共诛之。

表面上看，上述记载简明扼要，文意贯通。然细一琢磨，其中"上司"一词令人生疑。既是顾唯诚的上司，怎会向他"输供恐后"？查二卷本，上述的"上司"作"土司"。土司，乃我国封建王朝对部分少数民族地区委以该族人员文武官职，行政归辖于当地政府，理所当然要效劳于知府。无庸说，二卷本在这里发挥了纠错订正的功用。

【例五】卷十《雅量》"孙文简公"条云：

> 公（司马光）尝省墓，止寺中。有父老进谒献饭毕，来讲《孝经》。公以《庶人》章讲之。

从上下文来看，其中"来"字不合原意。而二卷本"来"字作"求"，表明讲经人是"公"，而不是"父老"，正合题意。

此外，在该条文中，把"《庶人》章不引《诗》者，义尽于此，无赘词也"，置于"《神童诗》见后"句之后，颇为突兀，使人不知其所云。而二卷本的编纂者发现了这一状况，对其中的内容作了补充，增加了一段文字：

《孝经》章末引《诗》，先儒以为后人增益。然匡衡上疏：《大雅》曰："无念尔祖，聿修厥德。"孔子著之《孝经》首章。盖孝，德之本也。乃知由汉以来所传如此，恐实夫子所引也。（《孝经·援神契》）

同时调整了该文的句序，把"《庶人》章不引《诗》者，义尽于此，无赘词也"（《孝经注》），移到上述增加的文字之后。如此一来，上下文意贯通，其义自明。当然，细心的读者如果要"打破砂锅问到底"，彻底弄清《孝经》的《庶人》章不引《诗经》之因，以解当年司马光之惑，就必须读懂《孝经》首章《开宗明义》、第六章《庶人》，领会二者的意旨。经过一番梳理，我们不难发现二者有个共同点，即皆在宣扬"孝无终始"（实行孝道，没有高低贵贱的等级差别，也没有开始与终结的时间区别）的道理，故其理论支撑也是相通的，即《孝经》首章所引用的《诗·大雅·文王》"无念尔祖，聿修厥德"，皆被二者奉为圭臬。

【例六】卷十一《规讽》"宋孝廉"条云：

宋孝廉，在京邸。当江陵（指张居正）夺情，公上书劝奔丧。有曰："欲去者情，欲留者礼。"

上述文中"欲去者情，欲留者礼"，这两句表意清楚，似无瑕疵。然联系上下文以及封建礼教，这两句话绝不可能出自一位封建士人之口。原因很简单，举人出身且作为权相张居正的门客宋尧俞，面临主子遭父丧，必然会从维护主子长远的名位着想，上书奉劝张居正迅速离职返家，恪遵"守孝三年"之规矩。故他绝不可能说出"欲去者情，欲留者礼"（意谓欲离职返家奔丧合乎情，欲留职京都合乎礼）这种"大逆不道"的话。众所周知，在封建社会里礼大于情。在这里，张居正奔丧守孝乃是礼，而"徇两宫之命"留职朝廷却是情，二者不可颠倒。故本条主人公宋尧俞上书的原话，应是"欲留者情，必去者礼。"笔者后来查寻二卷本，正是如此。它纠正了二十四卷本的讹误。

诸如此类。不胜枚举。囿于篇幅，这里就不赘述了。

当然，二卷本亦非尽善尽美，不能盲目倚重。遇与二十四卷本文字相悖时，乃应以事实为准。如：

【例七】卷一《孝友》"刘钝"条云：

> 玙，进士，建宁太守。

二卷本作："屿，举人，建宁太守。"刘玙的科名，一曰进士，一曰举人。而二者的出处，皆注明为：《涌幢小品》。笔者查《涌幢小品》卷二十一《兄绐得归》原文："屿，进士，建宁太守。"可知，二卷本的记载失误。

【例八】卷十《雅量》"宋御史"条云：

> （宋琛）从翰林曾鹤龄先生，事举业。

二卷本作："从翰林曹鹤龄先生，事举业。"一作"曾鹤龄"，一作"曹鹤龄"，孰是孰非？查二人的生卒行状，一为明代永乐时期状元，正统六年去世；一为清代道光时期举人。而宋琛乃明代正统时期进士，与曾鹤龄活动时间相契合。故二卷本作"曹鹤龄"，误。

【例九】卷十《雅量》"孙文简公"条云：

> 温公家先茔在鸣条山，坟近馀庆寺……温公尚矣，今世有此父老耶！（《应庵随录》）

二卷本也引用上述内容，然其出处却注明：《应庵随笔》。查相关资料，尚未见到有《应庵随笔》此书。唯有《应庵随录》（一名《应庵任意录》）一书，该书体裁为笔记小说，乃明代罗鹤（字子应，号应庵）所撰。故二卷本作"应庵随笔"，误。

二 对诸条主人公的敬畏

《南吴旧话录》仿南朝宋刘义庆《世说新语》体例，分孝友、忠义、政绩、才笔、俭素、廉介、谦厚、恬退、阴德、雅量、规讽、敬礼、任诞、闲逸、凤惠、游艺、赏誉、谐谑、旷达、感愤、寄托、豪迈、名社、闺彦等二十四门类。每类之下，设若干条目，每条记述一位人物（卷二十三《名社》、卷二十四《闺彦》除外）的行状。诸条主人公多为有明一代松江地区（今属上海）的名人，或为显宦，或为鸿儒，或为乡贤，皆在各自领域取得杰出成就。然亦有名不见经传的丐者、侍者乃至妓者，他们或为抗倭而殉身，或不图名利，或不畏强暴。其位虽卑，其名虽泯，然其浩然正气令人感佩。不讳言，出于作者浓厚的封建礼教意识与宗教底蕴，该书既收入一些思想迂腐、行为古板乃至愚昧的所谓孝子、节妇，也收入一些思想放诞、行为洒脱不羁的道士佛徒，不过其所占条数并不多。概言之，在《南吴旧话录》诸多主人公身上，其凸现出来的主色调仍是中华儿女的爱国爱乡、廉介谦退、正直勇敢与百折不挠。

正是怀揣对先贤的敬畏之心，故笔者认为，整理好《南吴旧话录》一书，使先贤的懿德高风得以流传，乃今人之义务。而要达到这一目的，在选好参校本的前提下，其重中之重，就是要把好校点关。而要准确校点每条文字，毫无疑问必须读懂主人公的事迹。首先必须彻底弄清每条主人公的姓名、表字、别号，以及科名、仕历、官爵乃至谥号，厘清其父辈乃至祖上家族繁衍、迁徙以及仕历状况。否则，犹如刘姥姥进大观园，面对条中林林总总的称名，茫然不知所措，甚至分不清何者是主人公，以至张冠李戴，闹出笑话来。这是因为《南吴旧话录》作者在给全书数百条目命名时，往往不循史传体例，不按"常理出牌"，弃其主人公的真名不用，而用其表字、别号、官爵、谥号乃至出生地名，其真名仅在文末的补释或墓志中露一下脸。且对出现在条中的主要或次要人物的称呼，往往无固定的体例，或前名后字（如，陆树德与成）或前名后号（如：何三畏士抑），或前号后名（如：张龙湖治），随意而定，颇有混搭之嫌。如，卷五《俭素》"徐文贞公"条中，云："潘蘅斋、充庵，内艰起复。"潘蘅斋、潘充庵，乃亲兄弟。蘅斋是潘允哲的别号，充庵是潘允端的表字。在这里，作者一称其号一称其字，若不联系上下文或不明了潘允哲、潘允端的字、号，则会误将"潘蘅斋充庵"视为一人（前名后字或前名后号）而不断开。鉴此，倘要不"中枪"，就必须做足校点之外的笨功夫。不仅要把《南吴旧话录》中的各色人等，置放到浩瀚巨著《明史》中，以期找到对应的列传；且要把其中的名人显宦，置于明代进士名录、明代诸姓宗族谱系中，以期找到对应的记载（如，该书出现频率较高的潘氏、孙氏、徐氏、董氏、顾氏、冯氏、陆氏、钱氏、莫氏、姚氏等世家大族，科考取功名者多；其历代子孙的显林功绩也势必载入各自的宗族谱中）；还可到当今《中国人名大辞典》《中国文学家大辞典》乃至《辞源》中碰运气，以期找到明代松江子弟的踪影。如此一来，既可佐证、弄清诸条主人公的事迹，也能梳清诸条主人公世代传承关系，以解校点中的困惑。如，卷十八《谐谑》"姚大参"条云：

> 姚体信汝达（一作中），辛卯篚族子。平湖籍，工部主事，南阳知府、福建副使、湖南左参政。

在未查相关资料之前，笔者不敢贸然对上述文字断句，后查得文中的"篚"乃姚篚，为明嘉靖辛卯科举人。而该条主人公姚体信，是姚篚家族的子孙。其中的"辛卯"，正是姚篚获取功名的年份。又如，卷三《政绩》"徐叔开"条云：

> 徐祯稷叔开，丁丑三重子。刑部主事，历任四川副使，终养。

该条主人公徐祯稷，是徐三重的儿子。这里称"丁丑三重"，是说徐三重在万历丁丑年获取功名。同样是以干支称呼科名，然此条与上条的指代不同。此条谓徐三重登万历丁丑科进士，而上条乃谓姚篚在嘉靖辛卯年中举。一为进士，一为举人。这就需要查相关资料方能了然。

必须一提的是，笔者在考辨诸条主人公事迹的过程中，也发现了该书作者（含补撰者、引释者）及编纂者，或一时疏忽，或囿于见识，对若干条主人公的名、字、号的记载，失之讹误。试举数例。

【例一】卷一《孝友》"顾源洁"条云：

> 公讳澄源，字源洁。广南守公长子也。

谓该条主人公顾源洁，名澄源。然同卷"顾砚山"条，却云顾源洁名澄。该条引陈沪海《墓志》详细介绍了顾源洁的祖辈及其子孙：

> 先生姓顾氏，讳从义，字汝和，松之上海人也。顾氏自典午时，即望于东吴。元末，有友实公者，居邑松宅里，后徙邑治。四传而广南守英，起家明经，拜二千石。子澄。澄子二：东川公定芳，官御医；次上川公世芳，官署正。其后（御医）以伯子崇礼贵，赠光禄少卿，实先生之自出。而署正之得阶文林郎者，则以先生为所后也。

这里明确地指出该条主人公顾砚山的祖父，其名澄。一谓顾澄源，一谓顾澄，孰是孰非？很显然，依靠"本校"解决不了问题，唯靠"他校"。据明陆深《俨山集》卷六十三《散官省轩顾公墓志铭》云：

> 公讳澄，字源洁，上海人也。

省轩，为顾澄的别号。又云：

> （澄）有子三：曰裔芳，有美质，娶谈氏；曰定芳，太学生，娶李氏；曰世芳，侧室蔡氏出也。

顾省轩乃陆深之姑父，陆深对其名、字、号自然是最熟悉不过了。故其名为澄，是准确无误的。至于顾澄的子孙数量及其名、字、号，各种记载不一，即便《南吴旧话录》同一书中上下文的记载也相互矛盾。如，上述"顾砚山"条云：澄子二，曰定芳，曰世芳。而《散官省轩顾公墓志铭》却云：澄子三，曰裔芳，曰定芳，曰世芳。殆因为裔芳早卒，故陈沪海《墓志》云：澄二子。至于顾定芳之子，明陆树声在《陆文定公文集》卷八《修职郎太医院御医致仕东川顾公行状》云：

> 公讳定芳，字世安。姓顾氏，别号东川。世上海松宅里人也。子男六：长从礼……次从德，次从仕，次从义，次从孝，次从敬。

结合《南吴旧话录》卷一、二、十四、十六、十七诸卷所载，以及相关文献，可梳理出自元末迁徙松江的开祖顾友实迄顾从赐凡八代世谱体系：

顾友实—顾仲睦—顾文敏—顾英—顾澄—顾裔芳、定芳、世芳—顾从礼、从德、从仁、从义、从孝、从敬、从周—顾天赐。①

同时也可弄清该书所涉及的顾英与其子嗣的字、号、官爵：顾英，字孟育，号草堂，官至广南守。其子：顾澄，字源洁。其孙：顾定芳，字世安，号东川，官御医；顾世芳，号上川，官署正。其曾孙：顾从礼，字汝由。官至太仆寺丞、光禄寺少卿；顾从德，字汝修，号方壶（一号芸阁），官鸿胪寺序班；顾从义，字汝和，号砚山，授中书舍人，官至大理寺评事。由此可见，上述"顾砚山"条所云"其后御医以伯子崇礼贵，赠光禄少卿"（谓顾定芳以长子崇礼显贵，封赠光禄少卿），其中"崇礼"当为"从礼"，殆因音近误。又，卷十四《闲逸》"顾舍人"条云："文博士寿承云，在长安时，过顾舍人汝由砚山斋。"顾舍人即顾从义，其字汝和，非汝由也。汝由，乃顾从礼之字。故该条中的"汝由"，当改为"汝和"。

【例二】卷二《忠义》"朱吏部"条，云：

朱永佑，字闻。诗四房，甲子六名。会一百五十八名，二甲三十一名。

二卷本作：

朱永佑，字闻玄。诗四房，甲子六名。甲戌成进士。

该条主人公朱永佑，其字一曰闻，一曰闻玄。据笔者考证，二者皆误。查《明史》卷二百七十六载："朱永佑，字爱启。崇祯七年进士。"《中国人名大辞典》："朱永佑，明上海人，字爱起。"故朱永佑的表字，当为爱启（或写作爱起，殆为启、起同音之故），而不是闻或闻玄。至于"闻玄"，当为朱永佑的别号。其据是《海东遗史》称："朱永佑，字爱启，号闻玄，南

---

① 参见段逸山：《武陵顾从德族望家世考》，《中国典籍与文化》2018 年第 2 期。

直上海人。崇祯七年进士。"另，明末张煌言亦作《挽朱闻玄少宰》诗。无庸置疑，明末抗清名臣朱永佑，字爱启，号闻玄。

【例三】卷五《俭素》"唐抑所"条，云：

> 公（指唐文献，字元征，号抑所）为朱参政子方之裔。

笔者先后二次核对清样，皆未发现上述文字有问题。直至不久前写校勘记时，再细读该条文时，方悟这句中的"朱"字为错字。它既非朝代之名称，也非主人公之姓氏。而要纠错，就必须彻查史传与族谱。《明史》卷二百十六列传第一百四云：

> 唐文献，字元征，华亭人。万历十四年进士第一。授修撰，历詹事……卒官。赠礼部尚书，谥文恪。

遗憾的是，本传并无涉及唐抑所的祖辈。唯有《南吴旧话录》卷三《政绩》"唐廷美"条，云：

> 唐瑜，字廷美。其先晋阳人，宋御史中丞子方之后。

上述条文出现"子方"的名字，且亮明其身份：宋御史中丞。然此"子方"，是否彼"子方"？这就需要考察二者所述子方的后裔及其官司职是否相符。据《唐氏族谱叙》："唐氏，宋唐子方之裔也。种德翁，不知子方几世孙。今皆不可考矣。"另据《宋史·唐介传》诸史料所载，唐介，字子方，江陵人。宋仁宗时，入朝任监察御史里行；英宗时，为御史中丞；神宗时，拜为参知政事。而"唐抑所"条也称："自种德翁从荆南徙居华亭，遂为华亭人。"可见，唐抑所与唐廷美乃同宗同族。而唐子方的仕履，也是先任御史中丞，后任参知政事，这又与上述两条所载吻合。故"唐抑所"条谓"公为朱参政子方之裔"的"朱"字，应改为朝代之名"宋"。另，二卷本称："唐文献，字抑所，万历丙戌状元"，谓唐文献的表字抑所，亦误。笔者查阅各种资料，均称："唐文献，字元征"，可知"抑所"非表字也。

【例四】卷三《政绩》"朱海曙"条，云：

朱正色（字稺曾，号海曙）戊子乡试，三甲六十五名。

此处漏文，致使表达混乱，把乡试与殿试混为一谈。查《万历己丑科殿试金榜》，第三甲赐同进士出身共二百七十七名，朱正色位列第六十五名。换言之，在明万历十七年（1589）己丑科殿试中，朱正色荣获"赐同进士出身第三甲六十五名"。二卷本亦云："朱正色，上海人，万历己丑进士"故该处应添入表时间的"己丑"，即为："戊子，乡试中举；己丑，三甲六十五名。"否则，原文易使人误会为朱正色乡试，中三甲六十五名（当然，乡试中举者也排名次，却未分一二三甲）。

【例五】卷十五《夙惠》"张庄懿公子"条，云：

（张）昱为张庄简公次子，夭卒。

其中"张庄简公"，误。庄简，乃其时另一显宦张悦的谥号。本条主人公张昱，是张蓥的次子。而张蓥的谥号是庄懿。故该处应改为："昱为张庄懿公次子，夭卒。"

【例六】卷二十《感愤》"赵驭初"条云：

赵东曦，字敏初。上海人也。

查《明史》卷二百五十八列传第一百四十六云："赵东曦，字驭初，上海人。"故条中的"敏初"，当改为"驭初"。

三　对诸条中补撰、引释的审慎

作为对诸条主人公行状的诠释或补充，乃至衍扩，该书的补撰、引释部分占据很大篇幅。其所引用的资料极为广博，不仅涉及大量古籍，还涉及同时代诸多名贤文集、地方志乃至街谈巷语等，内容富赡，具有较高的史料价值。然，金无足赤。作者（含编纂者）虽然"学富五车"，家藏万卷，一旦要从中寻觅出为其所用的各种资料，亦非易事，故难免会"马失前蹄"，讹误频频。鉴此，笔者以审慎的态度，依据现存的各种资料以及电子文本，对该书补撰、引释的内容予以考证，发现其存在两大问题：一是部分引文出处不正确，一是部分引文资料有误。下面分而述之。

（一）引文出处或作者有误

【例一】卷十三《任诞》"陆三山"条，云：

> 松江鲈鱼，长桥南所出者四腮，天生鲙材也。味美肉紧，切下终日色不变。桥北近昆山，江流入海，所出者三腮，味带咸，肉少慢，迥不及松江所出。(《说苑》)

按，《说苑》又名《新苑》，乃汉刘向所撰，为古代杂史小说集，收入自先秦迄西汉的遗闻逸事。这里谓上述条文出自《说苑》，显然不合史实。经查，它出自宋代孔平仲的《谈苑》（一称《孔氏谈苑》）。该书所载多为宋代杂事，内容涉及历史、文学、地理、物产诸领域。故上述引文出处，应改《说苑》为《谈苑》或《孔氏谈苑》。

【例二】卷十四《闲逸》"施子野"条，云：

> 施子野《生查子》调云："寺枕荒塘，时时雪浪吞僧屋。桥头路曲，废井当枯木。如此幽闲，恰好闲人宿。窗敲竹，酒醒茶熟，天水鹦哥绿。

查《明词综》卷五，该诗洵为本条主人公施绍莘（字子野）所作。不过，其名：《点绛唇·泖桥次韵》。换言之，其词牌名"点绛唇"，而非"生查子"。而"点绛唇"的诸多别名（如，点樱桃、南浦月、十八香、寻瑶草、沙头雨等）中，均无"生查子"这一名称。更何况"点绛唇"与"生查子"这二种词牌在字数、句数、押韵的要求均不同："点绛唇"正体双调四十一字，上阕四句三仄韵，下阕五句三仄韵；"生查子"正体双调四十字，上下阕各四句两仄韵。不言而喻，该诗符合词牌"点绛唇"的要求。

【例三】卷十四《闲逸》"陈沪海"条云：

黄处士诗云："偶向东湖更向东，数声鸡犬翠微中。遥知杨柳是门处，似隔芙蓉无路通。樵客出来山带雨，渔舟过去水生风。物情多与闲相称，所恨求安计不同。"

文中谓"黄处士诗"，易使人以为"黄处士"是该诗的作者。其实不然。查《全唐诗》卷五百六十二，此诗乃唐代诗人刘威所作，其题目为《游东湖黄处士园林》。可知黄处士并非该诗的作者，而是诗人所游玩的园林主人。

【例四】卷十六《游艺》"陆文定"条，云：

余不善书，自委字性。然亦岂可尽责之性？此近于不修人事而委命者。晚年知慕八法，然衰者（老）措（指）腕多强，复懒放不能抑首，临池每历（屈）意摹仿，拙态故在，乃知秉烛不逮昼游。欧阳公云："晚知书画真有益，却悔岁月来无多。"（《清暑录》）

按，该条注明上述文字出自《清暑录》，误。经查，上述文字乃出自明陆树声（谥号文定）的《清暑笔谈》。而《清暑录》乃明杨慎所著。二书名相近，作者犯了"张冠李戴"毛病。

【例五】卷十七《赏誉》"陈一夔"条，云：

《吕览》曰："乐正夔一足矣。"《汉书》曰："尧作《大章》，一夔足矣。"倒一字即明。乃《韩非》诸书纷纷一足之辨，何其固也！（《笔麈》）

此段文字有二处失误。一是文中引文"尧作《大章》，一夔足矣"，非出自《汉书》，而是出自《后汉书·曹褒传》；二是文末注明上述文字的出处，亦非《笔麈》，而是明于慎行《谷山笔麈》卷之十四《杂解》。

（二）引文的文字有误

【例一】卷三《政绩》"王中牟"条，云：

诸君文士，必以就食为惭。吾秀才时，亦尝为此。但饱后当思"无产而有恒心"一章，便知古人三旬九食，犹能声出金石，乐处正在个中。

上述文中"无产而有恒心"，当作"无恒产而有恒心"。它出自《孟子·梁惠王上》。其原文为："无恒产而有恒心者，唯士为能。"此处漏掉一"恒"字，与原意大相径庭。

【例二】卷四《才笔》"沈翰林"条，云：

公赠诗云："文思殿上奎章丽，尚爱先朝旧草麻。世俗总传元祐脚，诏书亲访隐侯家。魏公老去犹传笏（原注：先朝赐笏尚存），石庆归来少驻车。起草明光人共羡，凤迎三世一行斜。"（《王文恪公集》）

上述文中，"凤迎三世一行斜"当作"凤池三世一行斜"。经查，该诗为明朝王鏊所作，名曰：《送沈世（一作士）隆》。诗中赞颂沈度及其子孙世代善书，深受历朝皇帝的赏识，字里行间充溢羡慕之情。而"凤池三世一行斜"，乃谓沈度世代子孙凭藉善书而获朝廷恩遇，其中"凤池"借代朝廷，而"凤迎"则不成文意。

【例三】卷十一《规讽》"陈眉公"条，云：

林和靖《猫儿》诗云："纤儿时得小溪鱼，饱卧花阴兴有馀。自是鼠嫌贫不到，莫惭尸素在吾庐。"

上述文中，"纤儿时得小溪鱼"中的"儿"，当作"钩"。此句连同下句，乃谓猫儿以纤细的小鱼钩不时钓得小溪里的鱼，吃饱喝足后往花荫中一躺，其兴致盎然。故"纤儿"在诗中不成话。该诗作者是北宋著名诗人林逋（字君复，赐谥"和靖先生"）所作。他借写猫儿钓鱼、食鱼、饱卧的形态和雅趣，实写自己隐居生活的散淡、闲适，凸现其蔑视功名利禄之心。

【例四】卷十二《敬礼》"杨东滨"条，云：

吾纯孝乡，自昔号多贤士。其隐居不仕，则有三人行之孝义，与仁山之道学，皆冠绝当世。（章枫山《与从侄处仁尺牍》）

查明章懋（世称枫山先生）的《枫山集》卷二《与族侄处仁》一文，其中云："其隐居不仕，则有三八行之孝义"，与上述文中"则有三人行之孝义"相悖离。古人在文中提到人名，有时喜称排行。如，王维《送元二使安西》，元二名元常，在兄弟中排行老二。故"三八行"当为章氏宗族中排行三八的一位成员，而"三人行"则不成文意。

【例五】卷十五《夙惠》"陆伯达"条，云：

> 陈音告越王勾践曰："……孝子不忍见父母为禽兽所食，故作弹以守之，绝鸟之害。故歌曰'断竹，续竹；飞土，逐害'之谓也。"（《吴越春秋》）

上述内容出自东汉赵晔《吴越春秋》。然笔者查阅原著，却发现引文末句有出入。原著云："故歌曰'断竹，续竹；飞土，逐肉'之谓也。"一为"逐害"，一为"逐肉"，孰是孰非？毫无疑问，当以"逐肉"为是。其因是这句的前半句（断竹，续作）是写制作猎具（即弓箭）的过程，后半句（飞土，逐肉）是写狩猎的过程，射出弹丸，击中猎物，追逐被击伤的鸟兽。而这"肉"，正是射手的猎物（成果），岂能说是"害"呢？殆作者（或编纂者）不明了原始社会狩猎生活的真实状况，望文生义，随意而改，或承上文（"绝鸟之害"）而误。

【例六】卷二十四《闺彦》"王凤娴"条，云：

> 女文姊、媚珠，皆能诗，有《贯珠集》。（《名媛诗归》）

查相关资料，主人公王凤娴生有一子二女。长子张汝开，举人，任怀庆丞。长女张引元，字文姝，又字蕙；次女张引庆，字媚姝，二女皆善诗词。殆作者在引用原文时，过于草率，以致把"文姝"写成"文姊"，把"媚姝"写成"媚珠"。

【例七】卷二十四《闺彦》"潘蘅斋之妻□氏"条，云：

> 王朗每以识度推华歆。歆日尝集子侄燕饮，王亦学之……（《世说》）

上述文字，出自南朝宋刘义庆《世说新语》。乍一读，文从字顺，似乎没有差错。然笔者查阅该书《德行》篇，却发现其在"日尝集子侄燕饮"之前，漏掉一个重要的字，即"蜡"字。该处应为："歆蜡日，尝集子侄燕饮"，意谓华歆在蜡日那天，尝召集子侄宴饮。蜡（zhà）日，乃年终祭祀百物众神的节日。《世说新语》刘孝标注曰："晋博士张亮议曰：蜡者，合聚百物索飨之，岁终休老息民也。"故只有补足文字，才符合原意，并正确断句。否则，失之毫厘，谬以千里。

当然，上述引文的出处及内容的讹误，多数是一时疏忽所致。但也从中暴露了作者（或编纂者）在某些领域知识的欠缺。如：

【例一】卷五《俭素》"陆阜南"条，云：

> 穆宗每朝及经筵，默不发一语。（陆阜南）疏请下交为泰，上不豫。

文中"下交为泰"，当为"上下交为泰"。查《明史》卷二百二十七列传一百十五云：

> 隆庆四年，（陆树德）改礼科给事中。穆宗御朝讲，不发一语。树德言："上下交为泰。今暌隔若此，何以劻君德，训万几？"不报。

这里表明本条主人公陆树德（字与成，号阜南）给皇帝上疏，其理论依据是《周易》的泰卦原理。泰卦，上坤下乾，上下交通，阴阳和合，昭示事物之通泰，昌盛兴旺。陆氏藉以批评当时最高统治者不奉泰卦之道，以致君臣上下暌隔，交流不畅，因而也无从弘扬君王的圣德，教诲万民。而上述引文漏了"上"字，不仅使句意不完整，同时也暴露了作者对泰卦的卦爻辞及其义蕴的不熟悉。

【例二】卷二十四《闺彦》"钱文通婢"条，云：

> 尝考此图，而更为之说曰：震南兑西者，阳主进，故以长为先，而位乎左；阴主退，故以少为贵，而位乎右……（《文王八卦图说》）

上述文字标明是出自《文王八卦图说》，其对《周易》八卦方位的阐释，也必然要依据"文王后天八卦图"。而在文王后天八卦方位图中，震东兑西，离南坎北，乃是先贤的共识。而这里却说是"震南兑西"，则就不是作者（或编纂者）一时的疏忽，而是暴露了其对《周易》真谛的把握尚不到家。

【例三】卷二十四《闺彦》"朱敬韬妾"条，云：

> 一切饭食，厨作汁垢不净，若著口中，脑有烂涎，二道流，不与唾和合，然后成味。后腹门入地，持水烂、风动、火煮。如釜熟糜，滓浊下沉，清者在上，散人百脉，与血和合，凝变为肉，从新肉生脂骨髓。（《释禅波罗蜜》）

上述文字，讹误颇多，不堪卒读。查其出处《释禅波罗蜜》，其中"二道流不与唾和合"句中的"不"当作"下"，"后腹门入地"句中的"后"当作"从"，"散人百脉"句中的"人"当作"入"。由此可见作者（或编纂者）对佛教不甚了解。

坦言之，二十四卷本《南吴旧话录》出现的讹误，并不止于上述例句。笔者拟专门撰文，全面深入予以考辨。

连镇标，男，1949 年 10 月生，福建仙游人，文学博士，福建师范大学文学院教授。

※ ※ ※

嘄嘄子非雍正间人

《绛云楼后遇》一卷，题"嘄嘄子撰"。或据文后"予友震泽徐奎伯孝廉有《咏河东君》诗，云：'一死何关青史事，九原羞杀老尚书。'蒙叟有知，难乎其为夫婿矣。庚戌正月上浣一日，嘄嘄子附识"，断其为雍正间人。偶读《南浔人物珍稀年谱》（浙江摄影出版社 2018 年版）刘锦藻年谱：甲午（1894）："试毕，即赁城外兵马司中街一宅迁居，琴书留京同居，并招震泽徐奎伯来寓，颇不寂寞。"则庚戌应为宣统二年（1910）矣。（斯欣）

夜读《全清小说》札记

屈军生

我好文史，喜书法，读过好些明清古体小说，仿佛因此走进了作者的生活，窥见了他们的生存现状、喜怒哀乐和生活意趣。阅读这些作品，汲取其精华并剔除糟粕，可改掉自身的劣根，修正人生的轨迹，完善人格上的真善美，不枉在红尘中走一遭。王筠《箓友肥说》云："或学而有得，或思而有得，辄札记之。"下面是我夜读全清小说的札记，诚请诸君指正。

一 高手在酒徒

"高手在酒徒。"此话一点都不假。古往今来，在酒场上就存有许多奇葩，如痛饮、畅饮、酣饮、豪饮、剧饮、颠饮及鬼饮、了饮、囚饮、鳖饮、巢饮和号饮、偷饮、跪饮、枷饮、牛饮、狗饮，等等。我见识寡陋，还是第一次在书上看到有人竟然会"鼻饮"，其人竟因"鼻饮"绝技而求生。

关于"鼻饮"的事，见于明末清初隐士徐芳所写《藏山稿外编》。徐芳（1618～1671），字仲光，号愚山子、东海生，建昌府南城人，崇祯十三年（1640）进士，明清易代后隐居不仕。《藏山稿外编》中有《鼻饮》一文，抄迻原文如下：

> 近岁，溧水有一令，年少，自喜居官，不守常格。尝捉得一盗，呼捕役至，曰："闻若曹参拷贼，为我一一陈试之。"役举数端，有灌鼻之法。令喜。于是裸盗倒悬堂侧，取烧酒至，以瓶泻入其鼻。盗故善饮，凡瓶所注，皆从鼻窍输入喉中，无涓滴外溢，不唯无苦，而且乐甚。捕注益急，则咽益酣。斯须，尽两瓶，盗已酩然醉矣。令鼓掌大笑，命解

缚付狱，寻释之，曰："此异人，宁失，出之，可也。"邑周生教授金陵，于酒次述其事。

盖尝闻海外有鼻饮之国矣，令以滴酒注入人鼻中，未有不闷绝者。至列之刑拷之中，以为苛法，盗独酣受之，若甘雨之溉龟拆，非犹是五官乎？如曰海外之鼻，彼盗耳又何修，而得海外之鼻于天也？[①]

看来，"艺多不压身"，说不定，在特殊情况下，凭此本事还真得能求生呢。另，我想，在审讯罪犯时，施刑者对囚犯用"辣子汤"猛灌，可能亦受到"鼻饮"的启示。

二　因贪鸭惹的命案

清朝壬寅（1662）五月，安徽合肥庐江县有某村妇某氏，将要宰杀一只鸭待客，而待杀的鸭子逃逸到田间，妇人追赶了半天未捕捉到手。恰好有一位邻居从旁边经过，妇人就委托邻人替自己逮捕鸭子。鸭子投奔进入水池中，邻人黠狡，因用锸把鸭子拍打进入淤泥中，返回来告诉妇人："没有鸭子。"

妇人自己又来到池塘中查看，把自家小儿放在池塘岸边，遍走池塘觅找鸭子，小儿忽翻身跌入池中。妇人返身来救落水小儿，已水溺而亡。妇人心痛不已，返身用衣袖裹小儿尸体回家，在家中自经。丈夫从外面回到家中，见小儿和妻子都僵硬死了，亦自经了。

到了晚上，邻人才与他哥哥到水池边扪泥取鸭，准备烹饪它。突然天雷大震，邻人兄弟以手相向纠缠而被殛死，那个鸭子在他们俩的怀抱中。

真可惜呀，邻人因一时起贪念想盗得邻妇一只鸭子，不料因之而引起邻家三口之死，而自己与其兄长突遭雷击身亡！

人还是要戒贪、嗔、痴，好好作个正真的"人"，才不枉披人皮在世上

---

① 徐芳著，马晴校点：《藏山稿外编》，《全清小说·顺治卷》六，文物出版社，2021年，第50~51页。

走了一遭。

这个故事见清代徐芳《藏山稿外编·雷震盗鸭人纪》。附：《雷震盗鸭人记》原文：

　　壬寅五月，庐江村妇某氏，将杀一鸭饲客，鸭逸出田间，妇逐弗及。适一邻人过，托为捕之。此鸭奔入一池中，邻人狡，因以锸筑鸭入泥，而还报妇曰："无鸭。"妇自往，置儿池边，遍觅，儿忽翻跌入池。妇还救，已绝矣。妇痛甚，返袂裹儿归，自经户内。夫从外还，见儿与妇俱僵，亦自经。到晚，邻人始与其兄扪泥取鸭，将烹之。雷大震，邻人兄弟以手相向纠结而死，鸭在其抱。村中人闻是妇以失鸭故溺儿，而夫妇俱死，方共怪之。及见雷震是人，乃识其故。

　　夫邻人匿鸭，利在鸭耳，岂意祸至杀人？而是妇之子母、夫妻乃俱殉焉。语云："勿以恶小而为之。"信夫！窃鸭，罪不至死，而致殒三人，则与杀三人无异。霆诛捷应，天道固不远矣！①

三　当人好，还是作鬼好？

当人好，有当人的好处，可处在光明之处，不受无穷黑暗寥寂之苦，不受无限寒冻之罪；但也有无尽的烦恼，因衣食住行，因本性而生的七情六欲折磨于人。故有人为痛快就主动弃生，如仰药、投缳、赴水、自刭、自焚……

作鬼亦有无穷的好处："人不能不死，鬼则可以不生。且人之生也，饥寒伺其身，职役劳其形，嗜好攻其情，灾患怵其虑。"

这些优点和好处是那个不愿再作人的丽鬼——"葆翠"亲口给她的衷情者某书生讲的。见清代乐钧著《耳食录》二编卷四《葆翠》一文。而作鬼则无这些实际问题、难题困扰其一生，用心想想，也有些道理存焉。

---

① 徐芳著，马晴校点：《藏山稿外编》，《全清小说·顺治卷》六，文物出版社，2021年，第108~109页。

乐钧（1766~1814），原名宫谱，字元淑，号莲裳，别署梦花楼主，江西临川人，嘉庆六年举人，以诗文得名。其一生落拓。《清史稿》和《清史列传》有传。《耳食录》初编十二卷，二编八卷，梦花楼原刊本稀见，有道光元年（1821）青芝山馆刻本①。

四　发毒誓戒酒

先前有"酒色财"三戒，大概在明代才有了"酒色财气"四戒之说。"酒色财气"是世上很多男人的四大要命恶习，要想从根本上戒掉其中之一，都不是件易事儿。例如《金瓶梅词话》和沈起凤《谐铎》中都有关于戒"酒"的词和文字。再如程世爵撰《笑林广记》之《酒誓》中有酒鬼发毒誓戒酒，但从根本实质上看，还是不想戒掉，这也从一个侧面讲，酒真是个令臭男人入魔的神器呀。而今酒驾已被写入法律的条文中，若犯法会被严惩不怠！又如佛门的真正修行者也是要戒酒的。兹抄录《酒誓》原璧，供大伙儿借鉴：

> 一人嗜酒，日在醉乡。杯中物时不离口，已成酒病。众友力劝其戒酒。嗜饮者曰："我本要戒，因小儿出门未归，时时盼望，聊以酒浇愁耳。子归当戒之！"众曰："赌咒方信。"嗜饮者曰："子若归不戒酒，教大酒缸把我压死！小酒杯把我噎死！跌在酒池内泡死！掉在酒海内淹死！罚我生为曲部之民，死作糟坯之鬼！在酒泉之下，永不得翻身！"众友曰："令郎到底何处去了？"答曰："杏花村外，给我沽酒去也。"

五　这样的老婆真"牛"

常言道："自己的文章，别人的老婆。"先不讲自己的文章，先说说别人家的老婆，不服真不由你。

---

① 乐钧著，邹自振校点：《耳食录》，将收《全清小说·乾隆卷》，由文物出版社出版。

古代有个乡巴佬丈夫与邻人因口角发生斗殴处于劣势时，其老婆突然登场，用实力真本事挽回了败局，为丈夫的脸上贴了金，争了光，长了势。这个别人的老婆真"牛"呀！令许多窝囊的男人羡煞。

青城子（宋永岳）著笔记小说《亦复如是·一乡人》[1]：

> 一乡人与邻里口角斗殴，势不敌。其妻手挟一车轴飞舞登场，众皆披靡。妇掷轴于地，复以手高举碌碡向地一掷，入土尺许，曰："有本事者来与我敌！"众遂散退。闻此妇平日孝姑敬夫，绝无蹊勃之形，一旦急难，不劳交手捍卫，无敢与敌，斯亦奇矣。

六　浅说"平淡"

"平淡"在《辞源》中的解释为："平常自然。南朝梁钟嵘《诗品·晋宏农太守郭璞诗》：'宪章潘岳，文体相辉，彪炳可玩，始变永嘉平淡之体。'也作'平澹'。唐韩愈《昌黎集》五《送无本师归范阳》诗：'奸穷怪变得，往往造平澹。'此皆言诗文质朴。也指人品性淡泊。《晋书·郗鉴传》：'道韵平淡，体识冲粹。'"其在《现代汉语词典》中解释为："（事物、文章等）平常；没有曲折：~无奇｜~无味｜语调~。"

像我们平凡人在生活中都轻视平淡，追求绚烂、精彩与奇崛。孰不知绚烂、精彩与奇崛跟"平淡"是同胎孪生体，没有平淡，就没有对方的存在。许多大人物的人生历程，都是由平淡——绚烂、精彩与奇崛——平淡来完成的。如吕不韦、张子房、东陵侯召平、陶渊明、李煜、苏东坡、王安石、韩世忠、辛弃疾、刘伯温、康对山、唐伯虎、郑板桥诸位。

明代的的内阁首辅江陵张居正对"平淡"有更深刻的人生体味。而清代福建大学者梁章钜在其著作中就有《平淡》一则[2]，引述了张居正的话。其原璧如下：

---

[1] 青城子著，任明华校点：《亦复如是》，将收入《全清小说·嘉庆卷》，由文物出版社出版。
[2] 梁章钜，欧阳荧雪校点：《浪迹丛谈》，将收入《全清小说·道光卷》，由文物出版社出版。

张太岳（按，指明代张居正）集中，甚有见道之语，如云："凡物颜色鲜好、滋味秾厚者，其本质皆平淡。丹砂之根色如水晶，谓之砂床，炼之则极鲜红；花卉含苞，率皆青白色，至盛开，乃有彩艳；红花色亦正白，洗之乃红；解盐初出池，其色红白而味淡，虽少食之，不咸；茗之初採，其芽皆白。此皆物器之最佳者，故凡人之才性，以平淡为上。"刘孔才（按，东汉末的刘邵）《人物志》云："先求其平淡，而后求其聪明，至于才智勇敢，出群绝伦，皆后来之彩色华艳、滋味酡厚者也。"

七 "孔乙己"大名的来源

鲁迅先生在 1918 年写了白话短篇小说《孔乙己》，因其影响深远，被选入了中学语文课本。

虽然周树人先生在文中讲了，"孔乙己"的绰号取自旧时描红本中的三个字。但我还是真没能搞清楚"孔乙己"三字的来源。

顷读清代福建长乐籍梁章钜（1775~1849）撰《浪迹续谈》卷七《上大人》一则①，令我豁然开朗。兹迻抄如下：

余前撰《归田琐记》，载祝允明《猥谈》②，言"上大人，孔乙己，化三千，七十士，尔小生，八九子，佳作仁，可知礼"也，谓此係孔子上父书，近似有理。叶盛《水东日记》③："宋学士晚年写此，必知所自。"似是元末明初（原误为"此"）有此语。既阅《通俗编》④，载

---

① 梁章钜著，欧阳荧雪校点：《浪迹续谈》，收入《全清小说·道光卷》，将由文物出版社出版。
② 祝允明（1460~1526），字希哲，号枝山，明长洲（在今苏州）人。弘治五年（1492）举人，后任广东兴宁知县，迁应天府通判，因病辞官。《明史》卷二八六有传。《猥谈》系祝允明所写笔记小说，共一卷。
③ 叶盛（1420~1474），字与中，江苏昆山人。官至吏部左侍郎，卒谥"文庄"。著有《水东日记》，记明代制度及遗闻轶事，引据诸书，以博洽见称。
④ 翟灏《通俗编》三十八卷，翟灏（1712~1788），字大川，一字晴江，自号巢翟子，浙江仁和人。乾隆十九年中进士，乾隆二十一年起任衢州府学教授、金华府学教授。此书取日用习见之语，分类批比，考辨语义，探索源流，援引颇为详博。同时梁同书尝著《直语类录》，见灏书，自以弗如，乃弃之，别著《直语补证》四百馀条，以补其阙。

《传灯录》① 云，或问陈尊宿，如何是一代时教，陈曰："上大人，邱乙己。"《五灯会元》② 亦载郭功甫谒白云，云曰，夜来枕上作《箇山颂》，谢功甫大儒，乃曰"上大人，邱乙己，化三千，七十士，尔小生，八九子，佳作仁，可知礼"也。公初疑，后闻小儿诵之，忽有省。据此，则知唐末先有此语，北宋时已为小儿诵矣。其文特取笔画简少，以便童蒙，无取义理，祝氏之说，未免附会无稽矣。

看来由"邱乙己"文字变成了"孔乙己"，恐似出自祝允明之手。

八 这样的作品才叫"绝"

"自己的文章，别人的老婆。"现讲讲古代文人自己的文章。明末清初的袁于令（1592~1674），字令昭，又号箨庵，是吴县人，系明末诸生，入清为工部都水司官。他是戏曲作家，著有《金钱记》《长生乐》《瑞玉记》《玉麟符》，尤以《西楼传奇》（简称《西楼》）最负盛名。

如宋荦（1634~1713）在笔记《筠廊偶笔》卷上载有一则文字：

> 袁箨庵（于令）以《西楼传奇》得盛名，与人谈及辄有喜色。一日出饮归，月下肩舆过一大姓门，其家方燕客，演《霸王夜宴》。舆人云："如此良夜，何不唱'绣户传娇语'，乃演《千金记》耶？"箨庵狂喜几堕舆③。

袁箨庵对自己的剧作《西楼》，那是绝对的满意，绝对的认好，绝对的自豪。故他本人与别人谈及《西楼》辄有喜色。而明末祁彪佳（1602~

---

① 《传灯录》是《景德传灯录》的省称。宋释道原撰，三十卷。刊于北宋景德年间。灯能照暗，以法传人，如同传灯，故以为名。为禅宗语录集。
② 《五灯会元》二十卷，宋释普济撰。此书将释道原《景德传灯录》、李遵勖《天圣广灯录》、释惟白《建中靖国续灯录》、释悟明《联灯会要》、释正受《嘉泰普灯录》五书摘要汇编而成，故称《会元》。对佛教禅宗的源流本末，叙述较为明晰。
③ 宋荦著，曾宪辉校点：《筠廊偶笔》，《全清小说·康熙卷》六，文物出版社，2022 年。

1645）在其《远山堂曲品》中，把《西楼》列入"逸品"，品评如下："写情之至，亦极情之变；若出之无意，实亦有所不能到。传青楼者多矣，自《西楼》一出，而《绣襦》《霞笺》皆拜下风，令昭以此噪名海内，有以也。"[1] 看来，《西楼》真不是浪得虚名，作者自豪也是有资本的。

当抬着袁于令的轿夫发表议论都认可、承认《江南儿水·绣户传娇语》曲中"绣户传娇语"是好戏词儿，而不认可《千金记》，足令作者袁箨庵"狂喜几堕舆"！

看来，只有自家的作品，被"阳春白雪"和"下里巴人"都认可，那才是真正意义上的创作成功。

九　要命的贪念

高继衍（一作"珩"，1797～1854年以后）在《蝶阶外史》中记载了孔子后裔孔宪阶（字星庐）讲的一个《木工弟》的故事。

木工某甲，为人简单，有点戆。其妻极婉淑，娘家离夫家有二十多里地。某甲的胞弟十七岁，面如冠玉，一表人材，且读书极聪颖。

一天，某甲因事出外，娘子回娘家看望双亲。而娘家小妹正巧来探望胞姊，却没有在路上碰见。这个小妹芳龄十七，漂亮文静，胜过胞姊。小弟见嫂家小妹来串亲戚，兄嫂都不在家，就治饭招待小妹。

忽降大雨，小妹想冒雨返回。小弟说："雨下得这么大，你如何独自回家？我倘若送你回家，又怕别人闲话。不如今晚你就住在阿嫂的房里，我到邻居家借宿，早日放晴，你再回不迟。"小妹不得已，只好歇下。

邻居家有个场院，来此处的人杂。小弟说明借宿原委，众人都赞小弟此事办得很好。众人中有一个小偷，回家向老婆说了某甲小弟家的事。老婆说："孤身女客在家中，何不下手偷她的东西？"贼汉说："乘人之虚而偷，不义，怎能做这样的事。"贼婆笑贼汉迂腐，说："这么好的机会你不去，老

---

① 祁彪佳著：《远山堂曲品》，《中国古典戏曲论著集成》六，中国戏剧出版社，1959年，第1页。

娘亲自出马!"

另一个无赖子是村里的混混儿,亦起贪念,欲晚上趁机去某甲家占有小妹。这边小妹安寝。贼婆翻墙入室弄出声响,小妹发现,惊恐急起,藏身床下。贼婆摸黑在床上搜检衣被,此时无赖子也摸黑进来,贼婆以为是某甲的小弟来与其嫂的小妹私通,自家平时就喜欢邻家小弟的容貌,不由大喜过望。

黑暗中无赖子摸索求床上之女,贼婆则顺水行舟,纵身投怀。二人酣战正兴,某甲返回,门闩不得进,闻房里淫声浪语,不堪入耳。难道妻子有外遇?某甲怒火中烧,破门而入,解下腰间斧子将一双"狗男女"头颅砍下,用旧包袱包裹。天还未亮,直奔岳丈家告知此事。

岳丈见女婿神色俱变,不知何因。某甲说:"你家女儿败坏门风,我把她与奸夫一块砍杀了。"岳丈大惊,某甲妻子从内室出来,某甲看到妻子,惊愕不已,不知说什么好。

某甲妻子说:"你砍杀的一定是我家小妹与你家的小弟。"说完,岳丈与某甲夫妇赶快去某甲家。一看死尸,不是小弟和小妹。他们从床下搜出小妹,仍战慄不能言,半晌才说:"当初发现贼入室内,就匍匐床下,黑暗中不知何人。"这时小弟亦从邻家返回。大家急忙报官。

县令升堂,让村民来认尸。螽贼承认女尸是自己的老婆,死于贪念,不要某甲抵人命。无赖家人也来领尸。县令访查实情,以某甲疑其妻有奸而误杀人,杖刑。县令又当月老,成全义男小弟与贞女小妹婚事。

由此看,灾祸生于贪念,邪念,所谓巧合,实属必然。贼妻因行窃,保全了小妹的贞洁;无赖因淫心保住小弟的性命。不是人们能预料的。

附:《木工弟》

孔星庐(宪阶)云:"某甲木工,谈者忘其里居,愿而戆。妻某氏,极婉淑,母家邻村,相距廿馀里。弟年十七,美如冠玉,读书极聪颖。一日某甲出,妻适归,妻妹来视姊,两不相值。妹与某甲弟同庚,明靓幽娴,尤胜于姊。弟为妹设馔,天倏大雨,妹欲归,弟曰:'雨幢幢不止,汝独归既不可;吾送汝又无以别嫌,汝宿吾家,我出寄宿邻舍，早旦晴霁，汝自归。'妹不得已宿焉。邻故场院，人众且杂，弟求寄宿，道所以，众贤之。贼某在坐，归述于妻。妻曰：'孤女在室，盍窃诸。'贼曰：'乘人之虚，不义，我不为也。'妻笑其迂，自往窃。时有无赖子，一村之蠹，亦在场院，闻弟言者，谋往就女求合。女已寝，见贼妻入；恐甚，伏床下。贼妻方上床，检衣被，无赖子突入；贼妻疑某甲弟来就女，既睹其俊秀，喜过望。无赖子暗中摸索，贼妻已移船就岸，如白受杵，方极酣畅，某甲归推门，阖而未遂，闻淫亵声甚秒；疑妻有外交，怒火中烧，解腰下斧，次第斫两人。落其首时，窗纸未白，以败袄包两首，奔至岳家。岳见婿神色俱变，问故，甲曰：'若女败门风，已并奸夫杀之矣。'岳大骇！妻亦自内出，甲惊愕，不知所云。妻曰：'所杀者，必吾妹与若弟也。'岳偕甲夫妇同归，验之非是。从床下搜女出，战慄不能言；甦，半日乃言：初见贼，蒲伏，昏不知人。弟亦自邻舍归，鸣于官。令村人认尸，贼出直陈不讳，亦不索抵。无赖子家人亦来领尸。官廉得情案，定某甲以疑杀予杖，俾其弟与女合卺焉。"

外史氏曰："贼妻之窃也，所以代女而完其璞也；无赖子之淫也，所以代男而保其命也，此岂人所能料哉？义男贞女，卒成家室，官之明也，此其中有天在。"[①]

十　装得"不像"

钱稼轩先生在家中设宴招饮。席间，来客陈裕斋先生讲了个文人傥居道观与一狐女相好歪腻的故事。开头"靡夕不至"，忽然间连着好几天"胡媚娘"都不来幽会，他不明白因何致使狐女消失，坐卧不宁。

一天夜里，胡女挑帘含笑而入。文人急不可待地追问："妹妹，何故几天不来？想煞小生矣。"狐女答道："这里新来了一位道士，世人都把他当作神仙。我思忖他说不定真有神术，对我不利，姑且暂时回避他。今天晚上，

---

①　外史氏著，周少南校点：《蜻蛚外史》，收入《全清小说·咸丰卷》，将由文物出版社出版。

我变成一个小耗子，从壁隙暗地里偷看，发现这个道士是个讲大话欺世盗名之人，这种人绝不会有什么神奇的手段，所以我又来与你相会。"文人道："你如何知道新来道士没有超凡的法术呢？"狐女道："假仙伪佛，表现在二个方面：一是保持静默，使世人难测其深浅；二是表现为颠狂，让人以为其有所依托。然而真正静默的人，一定淳穆安恬，但凡矜持者，都是伪装的。真正托于颠狂的人，一定游行自在，但凡张皇者，都是假装的。这就有点像情郎辈所谓的文士，或装迂僻冷峭，让世人以为狷介；或者装纵酒骂座，让世人怀疑其狂妄，同样都是一种骗术。这个道士张皇过火，装得'不像'，所以我就断定他没有过人的真本事。"

钱稼轩先生听罢故事，不由说道："狐女眼光如镜，然而词锋太利，未免不留馀地矣。"

这个故事出自《阅微草堂笔记》的《槐西杂志》①，原璧如下：

陈裕斋言：有僦居道观者，与一狐女狎，靡夕不至。忽数日不见，莫测何故。一夜，搴帘含笑入。问其旷隔之由。曰："观中新来一道士，众目曰仙。虑其或有神术，姑暂避之。今夜化形为小鼠，自壁隙潜窥，直大言欺世者耳。故复来也。"问："何以知其无道力？"曰："伪仙伪佛，技止二端：其一故为静默，使人不测；其一故为颠狂，使人疑其有所托。然真静默者，必淳穆安恬；凡矜持者，伪也。真托于颠狂者，必游行自在；凡张皇者，伪也。此如君辈文士，故为名高，或迂僻冷峭，使人疑为狷；或纵酒骂座，使人疑为狂，同一术耳。此道士张皇甚矣，足知其无能为也。"时共饮钱稼轩先生家，先生曰："此狐眼光如镜，然词锋太利，未免不留馀地矣。"

十一　往往最不珍惜的是现在

孙奇逢（1584~1675）讲："人生最系恋者过去，最冀望者未来，最悠

---

① 纪昀著，曾宪辉校点：《阅微草堂笔记》，收入《全清小说·嘉庆卷》，将由文物出版社出版。

忽者见在。夫过去已成逝水，勿容系也；未来茫如捕风，勿容冀也。独此见在之顷，或穷或通，时行时止，自有当然之道，应尽之心。乃悠悠忽忽，姑俟异日，诿责他人，岁月虚掷，良可浩叹！"

夏峰先生的这番话，出自王世禛（1634～1711）的《池北偶谈》①（卷七），后又转载于《清代清言集》（日本版）及《明清文人清言集》（大陆版）中。《辞源》［悠忽］：轻忽，放荡。常指消磨岁月。《淮南子·修务》："彼并身而立节，我诞谩而悠忽。"叠用作"悠悠忽忽"。《文选》战国楚宋玉《高唐赋》："悠悠忽忽，怊怅自失。"《世说新语·容止》："刘伶身长六尺，貌甚丑顇，而悠悠忽忽，土木形骸。"

"弃我去者，昨日之日不可留"，"明日之时不可待"。一切希望和作为都在目下现在的"今"，只有努力工作，实现自身的真正价值，才不愧在红尘中风雨兼程般走一遭。但我等往往"最悠忽者见在"，即"最漫不经心、最容易忽略和虚度光阴的是现在"，致使一切都可能发生者付诸无情流水，真是令人遗憾。

孙奇逢，跨越明清两代，直隶容城人。字启泰，号锺元。明万历二十八年举人，晚年讲学于苏州的夏峰山，世称"夏峰先生"。孙氏之学，原本宋陆九渊、明王守仁，对经学、理学均有创见。他是明清之际的大学者，与黄宗羲、李颙并称三大儒。他的著作有《理宗学案》和《夏峰先生集》。

十二　痴人的笨活法

向在友人家，见一阳羡砂钵盂，用以为水注，旁缀一绿菱角，一浅红荔支，一淡黄如意，底盘一黑螭虎龙，即以四瓜为足，下镌"大彬"二字，设色古雅，制度精巧，而四物不伦不类，莫知其取义。后询一老骨董客，谓余曰："此名伶（菱）俐（荔）不（钵）如（如意）痴（螭）。时大彬、王元美旧有此制。"乃知随处皆学问也。

---

①　王士禛著，杜斌校点：《池北偶谈》，《全清小说·康熙卷》十三，文物出版社，2022年。

上面是梁绍壬在《两般秋雨庵随笔》① 卷四中的一则文字《伶俐不如痴》。这则文字有意思，告诉世人，痴人有傻福。痴人才有生存的空间。一切笨笨来，才行。

屈军生，男，1968 年 10 月生，陕西乾县人，文史爱好者。

※　※　※

故友箴言

钮琇（1644~1704）《觚剩》，记其十一岁时，闻故友王师石之言，曰嘉善丁清惠公（丁宾），巡视郭外，偶过刻字店，颐指左右，呼其人来，而肩舆己行。阅三日，中军押一人，投之阶下，曰："刻字店主到。"公已忘之。熟视良久，乃曰："汝店前所刻扁字，笔画有讹。呼汝令改耳，无他也。"不料自公呼后，随有夜役锁至军府，银铛周其身，叱咤盈于耳，昼夜不能食息。逮其还家也，中人之产，已费其半矣。钮琇既壮，宰白水县，题一联于后堂："丹毫一点，洒吾民利害攸关，须念悖出必将悖入；白日三竿，即尔室公私毕照，莫谓知显不在知微。"念故友之箴言也。（斯欣）

---

① 梁绍壬著，曾垂超校点：《两般秋雨庵随笔》，收入《全清小说·道光卷》，将由文物出版社出版。

采桑子·《全清小说论丛》创刊

欧阳健

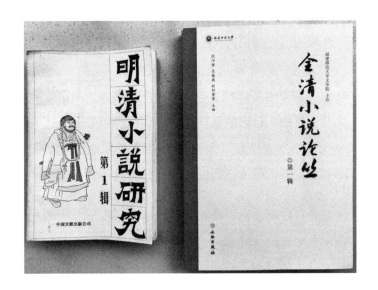

三十七年创两刊：

小说明清[一]，

小说全清[二]，

稗海弄潮助一澜。

关注前沿重发现[三]，

不是 C 刊，

不比 C 刊，

珠玉满盘见斓斒。

2022 年 4 月 9 日

【注解】

〔一〕小说明清：1984 年 1 月 20 日，江苏省社会科学院文学所顾问刘冬、所长刘洛，确定创刊《明清小说研究》，由我草拟"稿约"，欢迎下列稿件：1. 明清小说作家作品的研究；2. 明清小说理论评点的研究；3. 有关明清小说作家作品的资料和考证；4. 有关明清小说史问题的研究，以及与此相关的明清诗歌、散文、戏剧的研究；5. 有关明清小说研究的有学术价值的读书笔记、随笔杂谈等；6. 有关明清小说研究著作的评述；7. 有关明清小说改编电影、电视剧问题的探讨；8. 有关明清小说研究的信息。先后收到范宁、何满子、章培恒、吴调公、陈美林、谈凤梁、罗德荣、陈建华诸人文稿，又收李骞论《京本忠义传》文，陈周昌论陈忱文。由我编辑第一辑，字数超过二十八万，便抽下自己的《〈荡寇志〉正论》（已编入"《水浒》续书研究"专栏）。《明清小说研究》第一辑 1985 年 8 月由中国文联出版公司出版，署"江苏省社会科学院文学研究所编"。由我执笔的《编后记》曰：

　　　　本书以开创明清小说研究新局面为宗旨，故从本辑起，即有目的地安排部分专家学者的一组笔谈。我们欢迎有更多的同志就这一问题发表宝贵意见，以使明清小说研究有较快的跃进。

　　　　本辑开辟了"《水浒》和施耐庵研究"与"《水浒》续书研究"两个专栏。李骞《〈京本忠义传〉考释》、陈建华《施耐庵"元朝辛未科进士"试证》两篇文章，对于学术界争论热烈的有关《水浒》版本和施耐庵生平考证的问题提出了新颖独到的见解，刘冬《施耐庵生平探考散记》介绍了一九八三年有关施耐庵生平的新发现的材料和线索，相信均能引起研究界同志的兴趣。施耐庵生平的探考是《水浒》研究的核心问题之一，我们应该永远保持探索的热情和勇气。对于《水浒》续书的研究，既可以看出《水浒》对于后世小说创作的影响，又可以反照《水浒》本身存在的种种问题，因此是很有价值的。除了本辑发表的关于《水浒后传》的研究文章外，我们还考虑陆续发表对《后水浒传》、《荡寇志》乃至梅寄鹤藏本《古本水浒》的研究论文。

"《西游记》和吴承恩研究"专栏中，姚政谈《西游记》宗教观念和吴圣昔谈传奇性的文章，都有较新的见解。为了介绍国外的研究成果，特发表日本学者小川环树论《西游记》的译文。我们希望有更多的这方面的译作。

　　今年是吴敬梓逝世二百三十周年，今年十一月将在南京召开纪念大会和学术讨论会。本辑特发表谈凤梁和陈美林的两篇文章，以示纪念。

　　小说评点是一笔丰厚的理论遗产，关于李贽、叶昼、冯梦龙、金圣叹、毛宗岗、张竹坡和脂砚斋，都是值得花大力气加以整理研究的。本辑"金圣叹研究"栏钟来因《从〈春感八首〉看金圣叹的晚年思想》，从新的角度来探讨金圣叹的思想，是可取的。本书对于同明清小说研究相关的明清诗歌、散文、戏曲乃至绘画等等方面的研究成果，同样乐于提供发表的机会。

　　为了提高明清小说研究的水平，引进新的研究方法并加以融汇贯通，是一个重要的方面。萧兵的《中国古典小说的典型群》，吸取有关民俗学、人类学、心理学、社会学、神话学等研究成果来研究古典小说的典型群，雄辩而有才情。文章所提出的论点也许不无可议之处，但这种尝试是有益的。我们希望更多地看到微观研究与宏观研究相统一的好文章。

　　从内容编排上看，本辑仍令人遗憾地存在着突出名著而忽略二、三流作品，突出白话小说而忽略文言笔记的偏弊。好在章培恒的《〈海上花列传〉与其以前的小说》和罗德荣《略论〈庚巳编〉》稍稍弥补了这个缺憾。今后，我们希望学术界的同志和我们一道努力来改变这种状况，使明清小说研究确实能够出现新的局面。

〔二〕小说全清：2021 年 5 月 22 日，文物出版社与南京师范大学文学院联合举办的《全清小说》研讨会在南京师范大学召开，决定筹办《全清小说论丛》，为清代小说研究提供学术平台。《全清小说》顾问李灵年教授指出："古往今来，凡提倡一种理念，创立一门学科，没有不从创办自己的刊物着手的。一个专业刊物，它不是某一研究领域的外在附加物，相反，它是某种专业研究的有机组成部分，是建立在专业的和学派的不可或缺的中心或平台上的。"福建师范大学文学院院长李小荣、书记钟伟兰对《全清小说论丛》给予全力支持，署"福建师范大学文学院主办"，欧阳健、吴巍巍、欧阳紫雪主编，第一辑以《全清小说》顾问王立兴教授的《中国小说史上的盛事——写于〈全清小说·顺治卷〉〈全清小说论丛〉出版之际》为发刊献词。"缅怀侯忠义先生"专栏，刊发侯忠义先生《全清小说》序、侯忠义先生《全清小说》信函摘钞。"热评《全清小说》"专栏，刊发程毅中、徐忆农与贾海建、潘承玉评介《全清小说·顺治卷》的文章。特稿专栏，有李灵年《聊斋志异〈研究的热点和悬案》与王子宽《〈聊斋志异〉手稿探秘》。综论专栏，有宋世瑞《论顺康雍乾四朝笔记小说之变迁》、宁稼雨《清代"世说体"小说述评》、赵鹏程、胡胜《论〈新搜神记〉与中国古代小说的"搜神"传统》。作品论专栏，有王宪明、欧阳紫雪、林海清、林骅、刘昆庸、杨雪玉、吴巍巍、魏露论《海上随笔》《南台旧闻》《乡谈》《鹿蕉咥录》《不寐录》《常谈丛录》《广梦丛谈》的文章。此外，有杜贵晨的《坚瓠集》随笔、谢超凡的从俞樾看晚清"志怪"观念的演变，及郭兴良的校点《全清小说》自我实录。初编后，发现超出原定每期 25 万字，拟将己作《〈茶馀客话〉版本论考》抽下。后由于相关人员坚持，便以此篇与李连生的《秋镫录成书与作者略考》，组成"作者与版本"专栏。第一辑于 2022 年 3 月印成，由于疫情，成书在廊坊印刷厂无法外运致使与读者见面延误。

〔三〕关注前沿重发现：刘冬所撰《明清小说研究·开卷语》云："本书将兼容各种观点，贯彻双百方针。篇不计长短，文不论家门。考证务以翔实见长，论述以深颖取胜。论难不避，言当有据；评说当新，力戒浮华。"后将《明清小说研究》的宗旨归纳为"发现、开拓、深化"，口号是：关注前沿，重在发现。倡导的"发现眼光"，即努力发现被掩盖了的事实与努力发现被掩盖了的价值，深信研究者的任务不是为了破坏，而是为了建树。我们的侧重点决不在于宣判某某作品为糟粕，禁止人们去接触它；而是在于发掘被埋在历史垃圾中的珍珠，让它在新的条件下重放光芒。

采桑子

石钟扬

稗海横流创两刊，

不是 C 刊，

管他 C 刊，

只图前沿起波澜。

老当益壮君真健，

挑剔脂评，

盘算全清，

但凭发现写汗青。

2022 年 4 月 9 日 21∶49

采桑子

读欧阳健公《采桑子》词有感，赋同牌词一阕

王巧林

组创两刊卅七年，

明清小说，

全清小说，

石破天惊掀巨澜。

老骥伏枥身真健，

揭伪证伪，

涩泪偷垂，

管他学究攻与讦。

2022 年 4 月 10 日 9∶58

采桑子·和欧阳先生"《全清小说论丛》创刊"

王宪明

百年稗论久荒寒，

强古从今，

执外衡中，

多少权威守阙残。

全清小说创新编，

穷变通久，

彰往察来，

遵道从兹溯真源。

2022 年 4 月 10 日 18：30

采桑子·寄欧阳兄

林　骅

人生易老心难老，

水浒探源[一]，

红学新篇[二]，

犹恐时人占我先。

文言白话竞墨翰，

"提要"一览[三]，

"论丛"大观[四]，

稗海驰骋着先鞭。

2022 年 4 月 11 日 11：47

【注解】

〔一〕倡《水浒》"为市民写心"说。

〔二〕提出红楼版本"程前脂后"说。

〔三〕编纂《中国通俗小说总目提要》。

〔四〕创编《全清小说论丛》。

采桑子·读欧阳健老师雅作，就点校之事而和之

翁银陶

北南书库深藏久，

考证时难，

纠错颇欢，

如见亲朋相晤言。

更兼史乘存详说，

倭寇凶残，

戚将威严，

仿佛《三坟》有另篇。

2022 年 4 月 11 日 14：14

采桑子·步欧阳先生韵

苏铁戈

稗海浮沉研旧篇，

三十七年，

文言通俗，

不遗馀力著新见。

老当益壮史无前，

领创两刊，

学界翘楚，

率带群雄在前沿。

2022 年 4 月 11 日 15：13

采桑子·贺欧阳健先生主编《全清小说论丛》创刊

赵建忠

晓来紫气开一鉴，

不见洪乔，

又见洪乔，

纸贵三都涌新潮。

两朝笔记恒河瀚，

不是前朝，

定是今朝，

泾渭重析在本朝。

按：用王安石诗、洪乔太守传、杭州涌金门大潮、明清两朝小说、佛经恒河沙数、西安两河、子思诸典。

2022 年 4 月 11 日 16：37

清代古体小说走向的宏观把握与精细梳理

朱锐泉

提及明清笔记，前辈史学家从谢国桢《明清笔记谈丛》、张舜徽《清人笔记条辨》，到来新夏《清人笔记随录》，皆有颇为专深的研究。至于就那些"具有小说性质、富有文学意趣"的笔记小说而言，自 1993 年吴礼权在台湾出版《中国笔记小说史》以来，后继的钻研者亦代不乏人。

只是从笔记小说一体推扩开来看，今日之整体现状仍然如苏州大学博士曲金燕多年前指出的，学界迄今"还没有一部类似《清代文言小说史》的专著出现，除了《聊斋志异》以外，大多数都不为世人所知，这对卷帙浩瀚的清代文言小说来说是极不公平的"①。即便在代表性断代小说史著张俊《清代小说史》②的论述视野之中，文言小说所占的篇幅地位也稍嫌有限，这不能不说令人遗憾。

好在由欧阳健、欧阳萦雪主编的《全清小说》有助于极大地弥补这些遗憾。其中的《顺治卷》六册，也已经于 2020 年 9 月在文物出版社出版行世，嘉惠学林。基于以上的观察，我在打开欧阳先生等主编《全清小说论丛》第一辑③后不久，就认真研读了阜阳师范大学宋世瑞的文章——《论顺康雍乾四朝笔记小说之变迁》④，也由此收获诸多学术信息与教益。

作为 2021 年国家社科基金后期资助项目的部分成果，窃以为该文体现出较为鲜明的小说类型学意识，尤其注重于朝研究对象投注文体区隔与演变的眼光，在一些地方力求梳理小说史的线索。以下试做挂一漏万的解说：

---

① 曲金燕：《20 世纪清代文言小说研究述评》，《甘肃社会科学》，2006 年第 4 期。
② 张俊：《清代小说史》，浙江古籍出版社，1997 年。
③ 欧阳健等主编：《全清小说论丛》第一辑，文物出版社，2022 年。
④ 宋世瑞：《论顺康雍乾四朝笔记小说之变迁》，欧阳健等主编：《全清小说论丛》第一辑，文物出版社，2022 年，第 93~111 页。

首先，文章开篇即呈现出对于清代顺康雍乾四朝一百多年的笔记小说，进行"类型"的区分与把握。我们知道在前引吴礼权的史著之中，清代笔记小说的面貌系由志怪派《聊斋志异》与杂俎派《阅微草堂笔记》来奠定主体。其馀诸如《今世说》《明语林》等轶事派，《板桥杂记》《秦淮画舫录》等事类派，以及《郎潜纪闻》《燕下乡脞录》这样的国史派作品，不过创作支流之支流①。而在本文之中，论者举列①杂家笔记类②地理杂记类③野史笔记类④故事琐语类，末一类还细分为轶事、异闻与琐语（此乃沿用四库馆臣的提法），这就提出了分梳的别种思路和办法，其类型之界划，可备一说。

　　其次注意到全文贯串的文体视角。作者主张在本段笔记小说史分期时，抓住康熙四十年与乾隆三十年为两个节点。而在第三期的乾隆三十一年至六十年阶段，又指出诸如"世说体""说粤体""板桥体""忆语体""渔洋说部""聊斋体""阅微体""子不语体"都纷纷开展创作，"或已蔚然大观，或初步成型"。如果结合第一期顺治元年至康熙四十年中包含的，类似汪价记录河南掌故轶闻的《中州杂俎》等"地志小说"，应当指出以上体派之名目成立的依据并不完全一致，或以书以人，或以题材内容，或按照作品性质及风格——这里还存在划分标准如何更具科学性的问题，也正像李剑国教授曾精到指出的那样，"对小说的分类是以对小说特性的认识、对小说概念的界定为基础的"②。当然，明乎清代笔记小说多体并进、百花争艳的现象，还是可以加深人们的既往认知，拓展已有的文学版图。

　　作者对若干文体亚类的定义，也相较前人更为优越。譬如王士禛的杂家笔记，作为康熙四十一年至乾隆三十年里的亮点，就得到作者较为细致的论述。该文指出了"渔洋说部"为后人树立一种小说范式，即博学为尚的，兼容小说、诗话、考证、博物、掌故的写作风范，以隽语清言寻言外之味为追求的审美风格，可谓叙事与议论、载记与考证兼具。凡此有关体类特色的概括阐明，显然具有一定的理论深度。再如揭橥李斗的名著《扬州画舫录》，

---

① 吴礼权著：《中国笔记小说史》，商务印书馆国际有限公司，1997年，第212页。
② 李剑国：《文言小说的理论研究与基础研究——关于文言小说研究的几点看法》，《文学遗产》，1998年第2期。

与阮元辑撰之《小沧浪笔谈》《定香亭笔谈》所折射出的糅合或谓"破体"之风貌，肯定其在清中期笔记小说领域展现写作上新变的重要价值。古人有谓"文岂有常体，但以有体为常"（《南史》），《文心雕龙·通变》也说"夫设文之体有常，变文之数无方"，我们考察清代笔记小说演生转进的历史进程与逻辑内涵，自然应该把握其体处在"常"与"变"之间的张力。

最后需要提及，本文承继了鲁迅等古代小说史学科奠基人以降历来学者的努力，也就是"从倒行的杂乱的作品里寻出一条进行的线索来"①。这一方面反映在文章开头，就给读者勾勒了较为清晰的整体态势——"清代顺、康年间笔记小说的创作成绩要好于雍、乾时期"，"在三个时段中，杂家笔记类与地理杂记类的创作较为稳定，野史笔记类的数量逐年减少，故事琐语类的则时有起伏"。另一方面，还见于随文论述之中。譬如推断康熙四十年"渔洋说部"与乾隆三十年"聊斋体小说兴起"之间，笔记小说中志怪作品集存在创作低潮。又譬如将顺治、康熙两朝出现的一批质量较高的杂家笔记作品，即指《筠廊偶笔》《在园杂志》《池北偶谈》等，视之为宋代笔记经典化过程中的现象。理由是前者反映清人比较注重宋人的创作经验，并且多以宋代笔记作为行文成书的典范。类似这样经由文学史的脉络，发掘自宋及清笔记一体的异代回响，必将推助相关研究取得重要进展。

朱锐泉，男，1986 年 7 月生，江苏泰州人，文学博士，天津师范大学文学院讲师。

---

① 《中国小说的历史的变迁》

《论丛》影响 ———————————————— 259

《埋忧集》赏析

欧阳健

按：谈凤梁先生（1936～1998），是新时期起步较早的古代小说专家，上世纪八十年代，出任南京师范大学校长，主持《历代文言小说鉴赏辞典》，约我写了《埋忧集》中《金蝴蝶》《空空儿》《真生》《陶公轶事》赏析，这是我有关文言小说最早的文字。今将原稿重新审订，聊备《论丛》"佳篇赏析"之一格耳。

《埋忧集》十卷，《续集》二卷，题"戌上红雪山庄外史著"。作者朱翊清，字梅叔，别号红雪山庄外史，归安（今浙江吴兴县）人。《埋忧集》卷八《梦庐先生遗事》云"本以丙午六月二十三日初度"，可知生于乾隆五十一年（1786）；又据陆以湉《冷庐杂识》卷七《朱梅叔》，可知1856年朱已去世。屡试不第，五十岁绝意进取，"鸟已倦飞，骥甘终伏"，并开始写作《埋忧集》，历时十年而成。晚年依婿生活，潦倒而终，由亲友合资以葬。

金蝴蝶

汉阳闻人也[一]，名先秦，康熙初诸生。博学多通，工诗古文词，善画梅。长洲文点[二]尝见其诗画，谓为近代所未有。先秦知之，不远千里，往与定交。

性狷介[三]，不喜为时文；然每一篇出，辄为人所传诵。既而连不得志于有司[四]，唯卖文及画以活。若非其人，虽挚[五]千金不顾，以故人遂无过问者。晚年筑室鹦鹉洲上，以诗酒自娱，足迹不入尘市，虽炊烟屡绝，不屑也。然每醉，必携其所为诗文，至祢衡墓[六]，朗诵数过，痛哭而返。

会新太守湖郡王某至，闻其名，召使作画，不赴。太守怒。时方葺文庙，檄令绘壁辱之。先秦索笔以往，画梅于壁，题其后云："偶从处士陪琴鹤，未许山矾作弟昆。月落参横人不见，只留清气满乾坤。"书毕，拂袖竟归。后太守至，见之，大惊，从一仆亲造其庐，酬以百金，不受。时已盛暑，见其犹衣木棉，顾其仆，往取绤绤[七]各一端与之。先秦辞曰："性不知暑，故无需此物也。"乃止，委金而去。先秦追掷之，不及，乃返，投置败篓中，终不复顾。数月，其金化为蝴蝶，一一飞去。先秦后以穷饿死。

【注解】

〔一〕闻人也：复姓"闻人"，单名"也"。

〔二〕文点（1633～1704）：字与也，号南云山樵，隐居竹坞。冲澹清介，不求闻誉。工诗文，善画山水，有《南云诗文集》。

〔三〕狷（juàn）介：性情正直，不肯同流合污。

〔四〕有司：古代设官分职，各有专司，因称官吏为"有司"。

〔五〕辇（niǎn）：载运，运送。

〔六〕祢衡（173～198）：字正平，恃才傲物，代表作为《鹦鹉赋》。后被黄祖杀害，葬于鹦鹉洲上。

〔七〕绤绤（chī xì）：绤，细葛布；绤，粗葛布。

【鉴赏】

"狷介之士"，是正史稗野中出现频率颇高的人物类型。三国魏刘劭《人物志·体别》云："狷介之人，砭清激浊……是故可与守节，难以变通。"狷介之士愤时嫉邪，不肯与俗沉浮，因而穷愁潦倒，偃蹇终生，形成孤高而又偏执的性格，从而获得一种独特的美的秉赋。

《金蝴蝶》中的闻人也，是"狷介之士"的一个典型。就其内在才能而言，他博学多通，尤工诗古文词，善画梅。尽管他不喜为"时文"，然"每一篇出，辄为人所传诵"，可见他既染指就出手不凡。对封建时代的文人来说，科举乃进身之正途，闻人也也不能例外。文中说他"连不得志于有司"，可见他之应试并非偶一为之，而是颇有一番挣扎的。只是由于连试不中，才被迫放弃了进取之志，以卖文及画为生。这种积怨积愤，愈益加增了他的狷介的成分：既要卖画，当以画为商品，则无人不可买之；唯"砭清激浊"之偏执，却使他采取了"若非其人，虽絷千金不顾"的态度，弄到自绝生计的地步。闻人也在现实生活中，未始没有遇到知音，但如长洲文点辈，毕竟如凤毛麟角。孤高自行的他，只能以古贤人为知己，醉携其所为诗文至祢衡墓，朗诵数过，痛哭而返。

至此，在闻人也性格的刻画上，本文并没有突破一般的程式。为作者所独有的东西，是在新太守王某登场以后。王某闻其名，召使作画，这本来是一种抬举，闻人也竟拒而不赴。太守因而发怒，檄令于文庙绘壁以辱之。所谓敬酒不吃吃罚酒，相请可以不赴，命令则必须遵从，闻人也只得囊笔以往，画梅于壁。但这并不意味着真正的屈服，且看他题于画后的小诗："偶从处士陪琴鹤，未许山矾作弟昆。月落参横人不见，只留清气满乾坤。"句中的处士指林逋，逋字君复，结庐西湖之孤山，所居植梅蓄鹤，人因谓"梅妻鹤子"。"山矾"为常绿灌木，又名七里香。黄庭坚《戏咏高芦亭边山矾花》序云："江湖南野中有一种小白花，木高数尺，春开极香，野人号为郑花。王荆公尝欲求此花栽，欲作诗，而陋其名，予请名曰山矾。"又杨万里《万安出郭早行》云："玉花小朵是山矾，香杀行人只欲颠。"闻人也以梅花自诩，唯愿陪林逋与琴鹤为伴，连经古人品题过的"玉花小朵"的山矾也不屑为伍，孤傲之志可见。太守见诗大惊，亲造其庐，酬以百金。面对这种殊荣，闻人也并不领情，依然是执拗着不肯接受。时已盛暑，太守见其犹衣木棉，命取绨绤各一端与之，又辞曰："性不知暑，故无需此物也。"最为传神的是关于金子的描写：太守委金而去，闻人也追掷不及，投置败篓中，数月之后，金子竟化为金蝴蝶，一一飞去，而闻人也终以穷饿而死。

《金蝴蝶》在艺术构思上的特点是：在铺叙主人公的行述之后，着力叙写与新太守的关系：请作画不赴，为第一折；不得已绘壁而题诗于后，是第二折；太守造访，赠金不受，是第三折；太守又赠绨绤，又峻辞以拒之，是第四折；追掷不及将金置败篓中，化为金蝴蝶，一一飞去，是第五折。金子化蝶的描写，充满奇幻、优美的情致，使主人公"难以变通"的狷介性格得到了升华，可谓点睛之笔。

空空儿

乾隆时，两江制府[一]黄太保，巡边至镇江府。舟泊京口[二]，忽失其项上所挂数珠，大惊。传地方着令严缉，限一月内交出。县官受命退，即节役各处缉访，了无踪影。

无何，限期已迫，追比[三]俱穷，令某焦思无策，乃离署微行密访。数日，至勾曲山[四]后，遇一韶丽女子，衣绛绡衣，弓鞋窄袖，行绝壁间，采女贞于树，下上如飞鸟，异之。伺其归，尾至溪边，入一洞穴，某亦蹑入[五]。其中大可数亩，而幽折蛇旋，迥非人境。

穴将尽，有茅屋数间，门外槿篱萦绕。一老妪涤器于灶，见某讶曰："是非某官耶？何以至此？"某前揖，具道来意。妪微笑曰："哦，想又是吾女与贵上人作剧耳。此女憨态未改，致贵官惶急至此，自当惩之。但此时不知何往，姑请归，明日当令送还，贵官于午前至报恩寺塔[六]顶，携取可也。"某悚然，敬诺而出。疾驰禀太保，太保不胜骇异。

次日，命副将某率兵往环塔，彀弓注矢以待。至日中，众目睽睽，仰注塔上。忽见一道红光，瞥如飞电，而数珠已挂于顶。一时万弩齐发，渺然如捕风影焉。于是令健卒梯而登，取珠下。珠上系书一封，题曰："空空儿手缄。"以呈太保拆视，大略言其莅任以来，挟威以扰士民，挟术以欺君上，挟势以辱长吏；以诇察[七]纵武弁，以罗织[八]为腹心，以凌辱称孤立；济贪以酷，行诈以权；身荷封疆[九]之任，心怀鬼蜮之谋；一方遍罗荼毒，而绅士无所控，科道[十]不敢纠。故取公此物，聊用示警。若不速图悛改，仍蹈前愆，即当取公首级，以为为大吏者戒，云云。

太保读毕，毛骨悚然，其贪暴从此稍戢[十一]焉。

【注解】

〔一〕两江：江南与江西，今江苏、安徽两省地。清初为江南省，设总督。康熙时分为两省，仍称江南总督。后兼辖江西，改称两江总督。制府：总督的别称。

〔二〕京口：今江苏镇江市。

〔三〕追比：官厅限令吏役完成任务，逾期受杖责，称"追比"。

〔四〕勾曲山：即今江苏省句容县金坛县境内之茅山。

〔五〕蹑入：跟踪而入。

〔六〕报恩寺：在江苏江宁县城南一里，三国时吴建寺及塔，明永乐间重建。

〔七〕诇（xiòng）察：侦察，刺探。

〔八〕罗织：虚构罪名，陷害无辜。

〔九〕封疆：指封疆之内统治一方的将帅。明清时各省长官如总督、巡抚等称"封疆"。

〔十〕科道：明清六科给事中与都察院各道监察御史的合称。

〔十一〕戢（jí）：收敛。

【鉴赏】

空空儿本为唐代剑侠，裴铏《传奇·聂隐娘》一篇，写魏博节度使与陈许节度使刘昌裔不协，遣聂隐娘贼其首，聂隐娘服刘之神明，舍魏而从之。魏帅不甘，复先后派精精儿、空空儿前往暗杀。聂隐娘毙精精儿，又以计避开空空儿之剑锋，卒得保全。小说介绍道："空空儿之神术，人莫能窥其用，鬼莫得蹑其踪，能从空虚之入冥，善无形而灭影。"连聂隐娘也承认自己的技艺，尚不能达到那种境界。空空儿又有极强的自尊心："此人如俊鹘，一搏不中，即翩然远逝，耻其不中，才未逾一更，已千里矣。"在《传奇》中，空空儿固有极高的本领，但很难说有鲜明的善恶是非观念，充其量只不过一个暗杀的高手而已。朱梅叔在本篇中，却将空空儿的形象改造为一位衣绛绡衣、"憨态未改"的韶丽女子。当两江制府黄太保巡边至镇江时，她恶作剧地窃走了他项上所挂数珠，并悬于极高的报恩寺塔顶，留书责其莅任以来，"挟威以扰土民，技术以欺君上，挟势以辱长吏"的种种罪恶，且警告说:"若不速图悛改,仍蹈前愆,即当取公首级,以为为大吏者戒也。"太保毛骨俱悚,贪暴从此稍戢。与《聂隐娘》中那个仅供统治者驱使的工具相比,无疑是极大的质变。

这篇小说在艺术上的特点,是善于制造悬念,因而十分引人入胜。开头即写黄太保忽失项上所挂数珠,而项上之物,本最易保持,忽然不明不白地丢失,令人疑窦丛生。接叙某令受命,微行密访,忽遇一韶丽女子,"弓鞋窄袖,行绝壁间,采女贞于树,下上如飞鸟"。女主人公的矫捷身影一闪而过,某令大异,读者亦必要猜度女子的姓名、身份及其与失珠之关系。作者不急于揭开谜底,继写某令尾随女子至溪边,入一洞穴,其中"大可数亩,而幽折蛇旋,迥非人境",大有世外桃源之气象。尤令人惊讶的是,穴之尽处一位涤器的老妪见某令,竟然直呼其名,问至此之故。通过对答,方交代此一女子乃老妪之女,且确系取珠之人,这就为女主人公笼罩上了神秘的色彩。但老妪仍不说出此女姓名及取珠之故,唯嘱明日午后至报恩寺塔顶去取。太保不怀好意,命副将率兵往,"环塔彀弓,注矢以待"。这时读者不仅为其如可将珠悬于塔顶而费疑猜,且不禁为其之安全而担心,于是:

> 至日中,众目睽睽,仰注塔上,忽见一道红光,瞥如飞电,而数珠已挂于顶。一时万弩俱发,渺然如捕风影焉。

此时,读者大约也同在场的官兵,"仰注塔上",看她是如何将珠悬于塔顶的。但空空儿终究是空空儿,她的神术,确实是"人莫能窥其用,鬼莫得蹑其踪,能从空虚之入冥,善无形而灭影"的,"一道红光,瞥如飞电,而数珠已挂于顶"。短短数语,极为传神,而官兵的"万弩俱发,渺然如捕风影焉",既宣告了太守险恶用心的破灭,也反衬出空空儿神术之高妙。最后,写健卒梯而登取珠下,见珠上系书一封,题曰:"空空儿手缄",这才点出主人公之名,而信中的严厉斥责,终于道出了取珠的根由,使这场恶作剧获得了深刻的思想意义,也使空空儿这一"憨态未改"的女剑侠的高大形象,最终在读者心中树立起来。

真生

婺源[一]真生，名璞，字荆山。有俊才，尝受知于汪瑟庵先生，评其试卷谓："英姿飒爽，才气无双，从此精进，可以成家。"遂拔为优贡生。

既而屡踬[二]南闱，郁不得志。出其文示人，人皆以其奇气满纸、不肯一语凡庸相惊愕，生笑置之。然以贫故，思欲负石田[三]为作嫁计；而荐刿[四]所投，亦遭按剑[五]。生叹曰："穷至此乎！"于是谢绝人事，键户下帷住。每文成，辄走山中抱髑髅[六]归，置几上，酹以酒，且读且饮，读竟痛哭。

一日方哭未已，髑髅亦涔涔泪下。生骇然，乃不复抱还。迨夜，方挑灯读，忽一美人翩然入，骂曰："劫坟贼，不畏死耶？"生视其人，韶颜稚齿，宫样梳妆，而眉锁远山，亦无愠色。已知所由来，起揖曰："得遇知音，死亦何恨！但如此三生罗隐何？"女曰："妾亦弱女子，尚不能保遗骸，何能与人功名事？"生许为收葬，女始鞿然[七]侠拜。生见其娇娜可爱，如弱柳泥人，挽与共宿。女变色曰："妾以怜才之故，兼觑垂悯枯朽，故不惮冒行多露至此。妾本海盐吴氏，自先人殉难京师，家属南奔。会福王嗣立，被选入宫。未及邀幸，大兵破金陵，为一禅将所掠，将纳为室。妾请沐浴而后可从命，遂入浴室，以佩刀自刭死。某亦怜之，为稾葬于此。今若此，是为河间妇[八]也。"绝裾而去，生怅然归寝。

次日，抱其骸至故处，为之竭力营葬。有不足，则继以典质，且伐石表其贞烈，数日甫竣。是夜，女复至，笑谢曰："今而后，知君真天下有情人也。妾不能遂捐廉耻，仰答深恩；然自幼尝蒙庭训，于制艺亦颇窥其奥。今愿得长侍砚席，以备康成诗婢[九]，可乎？"生大喜，出近著读之，辄为窜易数语，生服其精绝。女掷笔叹曰："妾亦何能益君？"因指一艺曰："如此艺，非不沈博绝丽，但恐白雪调高，少见者不以为蜀之日，则以为越之雪[十]耳。"生为爽然。自是，女无夕不至，生对之读，恒忘倦。女悯其劳也，则为置博局相与戏笑，有时瀹茗弹琴，常至达旦。

一夕女至，生录一课艺甫毕，举示。女接置于案，不视亦不语，脉脉旁坐。生诘之，惨然曰："妾本思为他山之攻，俾君成名，以报大德。今吾父以忠节为上帝所录，敕为灵芝馆仙官，以妾在此地飘泊无依，召为紫府侍书。昨归时，玉符已到，顷欲言之，又恐伤君心。忆畴昔之夜，君命妾歌，曩时羞颜所不能及。今别离在即，请为一曲，以致永诀。"遂起奋袂，歌张祜[十一]《宫词》一绝，一字数转，一转数泪。曲未终，哽咽不能成声。顷之，仆地而灭，觅之不得。随至墓上周呼："吴娘安在？"而香魂终杳，痛哭而返。自此生遂得咯血疾。

　　时已届秋试，带病入场。闱卷已入彀[十二]矣，以孟艺"若伊尹莱朱"三句题，文中用全版玉筐等字，主司未解，卒为所斥，即女所指为"沈博绝丽"者也。榜既发，生病益剧，未几竟座。

　　顾生亦不自知已死也。信步出门，意将寻女，但惘惘不知所从。方徘徊旷野，忽见羽幢绣幰，从数婢自东方来。一女子皓腕搴帘睨视，讶曰："是非真郎乎？何得至此？"生泣诉相觅之故，女笑曰："郎亦太痴心矣。妾以郎病未愈，别后常不能去心，故复纤道来视。近已安否？今有一喜信报君知，昨闻真官韩愈奏：今番考试，不公已极；来岁恩科，须先将试官甄别，庶免屈抑人才。帝即以命愈。愈以顺天犹为人文渊薮[十三]，拟将以汪廷珍[十四]为顺天正考官。此人素为君知己，君若赴试，自应针芥无差。"遂拔髻上一玳瑁须簪与之，曰："妾此时将赴南岳夫人谶，不能久留。君持此速归办装，前程努力，勿恋此负心人也。"生受之。视其簪头上嵌二珠，大如戎菽，光耀炫目。方欲问讯，而香车已去如驶。

　　将返，适遇同学歙县[十五]曹某将入都，招与偕。生以资斧为忧，宝钗更不忍货去。某力任其费，约至京可徐为计。生喜，遂从之行。冬杪始达，投刺谒汪公，公亦喜，延入下榻焉。明年戊寅[十六]，果以万寿开科。公以都御使主试，得生卷，决为江南名宿，选为南元。会试联捷，嗣以殿试第三人授观编修，给假旋里。

　　比入门，见其妻方缞麻哭于堂中，大呼曰："我今以及第归来矣。"妻回头，见生裘马赫奕，大骇曰："君前以下第哭死，适已周年矣，勿作此态来吓人也。"生闻言，如梦如觉，长叹一声，奄然竟没，衣冠如蜕焉。

后十馀年，有人于青城山遇之，葛巾道服，颜色转少。偕一女子，明艳若仙，乘翠轩，从十馀骑，将入山。呼其人，问及故乡，顾仆取彩囊中两书寄回，一与其妻，言顷已得女为偶，度为地仙；一与曹生，谢其解衣之谊，兼托其妻子，盖宛然旧时手笔也。

【注解】

〔一〕婺源：今属江西。

〔二〕踬：本义为被绊倒，此指考试不第。

〔三〕石田：不可耕种的田，比喻无用之物。

〔四〕荐剡：荐举人材的公牍。

〔五〕按剑：呵叱，叱退。《三国志·李通传》："通按剑以斥之。"

〔六〕髑髅（dú lóu）：死人的头骨。

〔七〕辴（chǎn）然：笑貌。

〔八〕河间妇：柳宗元《河间传》中主人公，始贞而后淫。

〔九〕康成诗婢：康成，东汉经学家郑玄字。据说他家婢女均精熟《诗经》。

〔十〕蜀之日、越之雪：蜀中很少见到太阳，柳州很少下雪，故蜀犬见日和柳犬见雪，都会吠叫不止。蜀，今四川一带；越，此处指柳州。事见柳宗元《答韦中立论师道书》。

〔十一〕张祜，字承吉，唐诗人。以宫词名于世。

〔十二〕入彀：这里指试卷已入选。

〔十三〕人文渊薮：人才会萃之地。

〔十四〕汪廷珍：即汪瑟庵（瑟庵是他的字），山阳（今江苏淮安）人，乾隆进士，官至礼部尚书。

〔十五〕歙县：今属安徽。

〔十六〕戊寅：嘉庆二十三年（1818）。因翌年为嘉庆帝六十大寿，故加试一次，称恩科。

【鉴赏】

《真生》是一篇沉郁厚重而又缠绵悱恻的作品，从某种意义上说，其思想深度和艺术风致，都堪与《聊斋志异》相颉颃。

小说抨击科举取士之不公的倾向是十分明显的。小说写真君韩愈奏"今审考试，不公已极，来岁恩科须先将试官甄别，庶免屈抑人才"，这和《聊斋》之抨击试官有眼无珠，"黜佳士而进凡庸"，同出一辙。主人公真生，"英姿飒爽，才气无双"，其文"奇气满纸，不肯一语凡庸"，但却屡踬南闱，郁郁不得志，关键在于试官之无能，诚如吴氏所云："如此艺非不沉博绝丽，但恐白雪调高，少见者不以为蜀之日，则以为越之雪耳。"如果说这种对于"帘中人并鼻盲矣"的揭露与《聊斋》一脉相承的话，那么，本篇提出的"先将试官甄别，庶免屈抑人才"的意见，是更有建设性的。

但是，从其主导面来讲，作品着力抒写的却是真生与吴氏之间的真挚感情。真生在人世间难觅知音的情况下，竟然以髑髅为知己，"每文成，辄走山中抱髑髅归，置几上酹以酒，且读且饮，读竟，痛哭一日"。这种看似荒诞不经的描写，实际上淋漓尽致地表现了真生怀才不遇的沉痛心境。尤妙的是真生的痛苦，连没有生命的髑髅也感动得"涔涔泪下"。由此，小说开始由写实向虚幻的境界过渡。从髑髅之何以坠泪，追溯其悲惨身世。原来死者，为海盐吴氏，其先人于明末死难京师，家属南奔，被福王选入宫中，未及邀幸，而大兵已破金陵，吴氏被一裨将所得，将纳为侧室，以佩刀自刭死。一个被残酷摧毁了的女性，对于同样被残酷压抑了的人才，自然有其天然相怜之处。髑髅之惨然泪下，就这样被赋予了内在的合理性。

髑髅因了怜才与同情，化为美人，黄夜来会。小说写其出场曰：

> 迫夜，方挑灯读，忽一美人翩然入，骂曰："劫坟贼，不畏死耶？"生视其人，韶颜稚齿，宫样梳妆，而眉锁远山，亦无愠色，已知所由来，起揖曰："得遇知音，死亦何恨……"

吴氏开言第一声是骂"劫坟贼"，却了无愠色，其心态已昭然可揭。在真生固已知其为鬼，但得知音，并无惧色。二人遂成笔墨之交，"生对之读，恒忘倦；女悯其劳也，则为置博局，相与戏笑，有时瀹茗弹琴，常至达旦"，纯真友情，超乎凡庸。

后吴氏为上帝召为紫府侍书，真生亦因试卷过于"沉博绝丽"，主司未解，卒为所斥，病卒，于是小说又进入了另一个奇瑰的境界：真生不知已死，信步出门寻女，相遇于旷野。女笑其"痴心"，并告真官韩愈已拔汪廷珍为顺天正考官，而汪为真生知己，因拔玭珸簪赠之。真生果然高中殿试第三，给假旋里，"比入门，见其妻方缞麻哭于堂中，大呼曰：'我今已及第归来矣。'妻回头见生，裘马赫奕，大骇曰：'君前已下第哭死，适已周年矣。勿作此态来吓人也。'生闻言，如梦始觉，长叹一声，奄然竟没，衣冠如蜕焉"。如《聊斋》中《叶生》意境相仿。不同的是，真生死后，终得吴氏为偶，且度为地仙，从而将对考试不公的控诉，与悱恻缠绵的痴情融为一体，更增加了艺术感染力。

小说中的汪廷珍实有其人，江苏山阳人，字瑟庵，乾隆进士，道光间官至礼部尚书。文中所云之戊寅，当为嘉庆二十三年（1818）。

陶公轶事

陶制军澍[一]未第时，家极贫，课徒自给。而公性颇豪，嗜饮善博，虽家无担石[二]储，不顾也。后值岁暮，其妇崔泣谓公曰："贫迫如此，妾实不能同为饿殍。为君计，鬻妾亦可度岁；不然，愿赐绝婚书，俾妾另谋生活。"公笑曰："卿识何浅！我未交大运耳。日者[三]谓我命当至一品，姑徐之，勿愁富贵也。"妇曰："君有此大福，自有与君同享者，妾不敢作此想。请与君辞，听君好消息矣。"公不得已，书离婚书与之。会同里一饼师，将谋娶妇。妇得书，忻然嫁之而去。公由是更无聊。

初，郭外火神庙有道士素善公，公暇日常宿于庙。道士性嗜弈，其技绝劣，然好胜，有从旁教客者，衔次骨。或豫以酒食啖客，令客欢，且谕意焉。知其癖者，每与弈必让，令胜己乃已。公自与订交，恒终岁弈无一胜，故道士尤心倾焉。至是，遂橐被来止庙中，为道士书疏章。有所得，以供饮博辄尽。人皆呼为"陶阿二"，衣冠咸屏不与交矣。

山阴[四]碣石村有吕某者，精星相、卜筮、禽遁诸术[五]，求之者户屦常满，于是积赀至巨万。然好施，故人以"员外"呼之。后于富阳设靛青行[六]，置秤平准，不欺客，故贾富者[七]，必就与市。而富为徽、闽、浙交会之地，众贾辐凑[八]。凡酒食之馆，江山船恒集于江岸。吕间或与客偕游，则呼"吕三爷"者载道。姊妹行有落拓者，乞吕一顾，声价顿起。夜则呼卢[九]彻旦，客有负者，吕必为调剂。而吕博有异传，每博辄胜，所得金常置床头，客或取用之，亦不问。间问之，则笑曰："银子本活物，想幻化矣。"其大度皆此类。

戴痴者，吕翁之值行[十]也。性至孝，以不得养父母，故不娶。每饭必先以一豆祭其先，乃食。好拳勇，豪侠而勤俭，故所得俸常贮主人处。唯见人之急，则手麾千金不惜，人往往以痴目之。亦善饮，每以无饮友为恨。一日晚饮于市，见公袒衣而沽饮，饮颇豪，呼而问为谁，公答姓陶。曰："市中有陶阿二者，非子乎？视子貌状，似非碌碌者。子饮可几何？"公曰："予好饮，终未有能醉我者。汝岂能为查太史者乎？何劳絮问。"戴喜甚，曰："我将与子较量。"遂沽浊醪三瓮，曳与对饮。两瓮既罄，公微醺，而戴已玉山颓倒矣，公起去。次日，戴醒而忆之，复觅陶公饮，极欢，自是遂与公为酒友。

富有业卖浆者窦翁，止一女，极陋，青瘢满面，广颡而豁齿。日者尝谓当受一品封，翁疑其戏己也。顾女齿加长，问字者婿辄病故，故三十多犹未嫁也。至是，忽梦黑猿扑于身，惊悟，以告翁。翁曰："得毋有申属者问字于汝乎？"翌日，戴痴来沽浆，见女，问："亦曾相婿否？"翁答尚未，且曰："吾贱而女陋，更谁婿？"戴力以斧柯[十一]自任，因言公。翁曰："是非陶阿二乎？溺赌而滥饮，异日令吾女吸风度日乎？"戴曰："嘻！只恐汝女无此福。不然，如陶秀才而长贫贱，当抉吾两目。"翁问其年，曰属猴。翁忆女梦，稍心动，谓戴曰："明日可偕与来。"

旦日，邀公诣翁，一见，许订婚。公辞以"身栖于庙，囊无半文，焉能娶妇"？乃与翁谋赘诸其家。女能纺织，不致相累。公曰："即目前亦需少有所备，妙手空空，奈何？"戴又从旁怂恿，力任其费。诣吕翁索银三十两，吕问所为，语之故。吕诧曰："秀才也，子何自识之？"戴言："此人终非人下者，故与暱。"吕欲相之，使戴招公去，一见惊曰："此天下贵人也，但早年寥落耳。自后交印堂运大佳，唯木形人不及享耄期〔十二〕，然已足矣。"回顾戴曰："此事我当相助。"立赠公五十金，谓公曰："婚后，愿与新夫人一光顾也。"公许诺，且言此恩必有以报。翁曰："区区者，本无足挂齿，但有所托者：仆已有四孙，次孙命犯官刑，他日当出于台下，倘蒙记忆，尚幸垂怜。"即呼其孙出叩。公心识之，受金归。婚三日，挈夫人诣吕，吕亦许为一品夫人，欢宴终日而返。

自是伉俪相得，机杼之声，每与书声相间也。公学亦大进，次年举于乡。入都，以教习授知县，分选湖北，有能吏名。未及十年，至方面〔十三〕。其后巡抚江南，值岁饥，公为请于朝，赈蠲〔十四〕并举，活数十万人，吴人皆尸祝之〔十五〕。继以清理盐政，受上知，眷注颇深，而公已卒于两江总督任所。是时窦翁亦已物故。公临卒，属子孙世世奉祠翁云。

方公之巡抚江苏也，吕翁孙以索旧逋〔十六〕至苏，殴人伤重死。方讼系，公即为赎罪释归，赠以千金。其捕盐枭王乙也，诸官吏咸惴惴恐激变，公密敕弁率兵往擒获。枭示时，棋道士适在抚署，笑曰："不意陶二，有此辣手。"公不为忤也。

先是，有粤僧游于绍，善相术，尝相戴痴年过四十，当以武职显，得三品封。戴笑曰："天下岂为人值行而受封诰者乎？"及公贵，为援例捐守备。湖广赵金龙之变，公荐戴从征，凯旋，以军功超授副镇。

数年，予告回籍，驺从煊赫。崔氏方曳杖乞食道左，询旁人，尽悉戴发迹所自，卧辙乞怜。戴诘其由来，叱之去。妇归号泣，夜自缢死。其所嫁饼师，盖久以寒饿死矣。

外史氏曰：此事予得之万颐斋所记，予读之而泣然不知涕之何从也。盖吕翁诸人，不独其豪侠好义也，其识英雄于未遇，岂非风尘只眼哉？喟然曰：张负漂母，世果犹有其人哉？于是为之一哭。顾其施于人者，皆即其施诸己者也；其受于己者，即其受诸人者也，是又足为公诸人破涕矣。至陶公为人所弃，栖身庙中，则又叹曰：苏季子、朱翁子乃复见今日乎？于是为陶公哭。其卒也，饼师既去，丐妇攀辕，岂知菱蕹不可以入园、覆水不可以复收耶？则又为崔氏哭，且为天下之非崔氏而学为崔氏者，痛哭不止也。呜呼！亦可鉴矣。

按梁敬叔《劝戒所录》言：文毅与其父为壬戌同榜进士，同官京师。两家内眷，时相往来。其母郑夫人，尝见陶夫人右手之背有一疣凸起，问其故，慼然曰："我出身微贱，少尝操作，此手为磨柄所伤耳。"盖文毅少极贫，聘同邑黄姓女。有富室吴氏者，闻其女美，谋纳为继室，以厚利啖黄翁。翁许之，迫公退婚，公不可，女之母亦不愿。而女利黄之富，决欲嫁之，其父主持又甚力，势不可回。有侍婢愿以身代，母许之，公亦坦然受之，即今膺一品诰命之夫人也。后吴氏以占曾姓者田，两相争竞，吴子被殴死，翁亦继死。族中欺黄女寡弱，侵其田产殆尽。时公已贵显，丁外艰归里，闻而怜之，恤以五十金。女愧悔，抱其银，终日号泣而不忍用，旋为偷儿所窃，忿而自缢。后朱文定士彦，自浙江学政还朝（亦壬戌同年也），过吴门，公觞之。演剧，命演《双官诰》，公为之泣下。朱曰："此我之大失检，忘却云汀家亦有碧莲姊也。"云云。

此录与传中叙事始末，互有异同。要之，黄氏女之见金夫而负义则一也。至谓膺诰命之夫人，即其家婢所代，则传闻异词耳。然离婚之事益信矣。

【注解】

〔一〕陶制军澍：陶澍（1779～1839），字子霖，道光间官至太子少保、两江总督，政绩极著，卒谥文毅。

〔二〕担石：二石为一担。形容米粟不多。

〔三〕日者：以占卜测吉凶的人，如本文之吕某。

〔四〕山阴：县名，治所在今浙江绍兴。

〔五〕星相、卜筮、禽遁诸术：均迷信活动，术家以为可用以测知人们的吉凶、命运。

〔六〕富阳：县名，今属浙江。靛青行：卖靛青的铺子。靛青，还原染料的一种。

〔七〕贾富者：到富阳做买卖者。

〔八〕辐凑：聚集。

〔九〕呼卢：赌博的代称。

〔十〕值行：伙计。

〔十一〕斧柯：媒人。

〔十二〕木形人：命相学中的术语，耄期：通耄期，八十、九十曰耄，百岁曰期颐。按：陶澍寿仅61岁，故说"不及享耄期"。

〔十三〕方面：负责一方军政事务的大臣。

〔十四〕赈（zhèn）：拨粮款救济。蠲：免除斌税。

〔十五〕尸祝之，为他祈祷祝福。

〔十六〕旧逋：旧债。

【鉴赏】

"怀才不遇"，是《埋忧集》的主旋律，是朱梅叔哀戚孤愤心态的集中表观。《陶公轶事》中的陶澍，是道光年间的名臣，是一个终于变泰发迹了的人物。但小说的兴趣所在，自然在他的"不遇"，在他微贱时的种种罕为人知、一般也不会被正史所载录的琐闻轶事，这样就为读者描绘出了一个活生生的有血有肉的陶澍。

小说抓住了陶澍的"家极贫"的经济状况与"嗜饮善博"的粗豪性格之间的矛盾来展开叙写。先是其妻崔氏因其不理生计，"虽家无担石不顾"，岁暮时忽求离异而去，以免"同为饿莩"。这一情节，颇似朱买臣之马前泼水的故事，但又有所不同。崔氏不是十分绝情的人，"为君计，鬻妾亦可度岁；不然，愿赐绝婚书，俾妾另生活"，就不像是蛮不讲理的口吻。崔氏之误，在于不理解陶公，不相信他会有出头之日。崔氏仅仅为了吃一口饱饭，改嫁同里之饼师，不料到头来饼师亦以寒饿死，自己也曳杖乞食道左，闻陶公发迹，羞愤自缢。笔端固不乏讽刺意味，但更多的却是感叹。

陶澍因落拓不偶，不为妻子所理解，更为衣冠所鄙薄，至"屏不与交"的地步。沉沦窘迫的命运，迫使陶澍在社会底层挣扎。为了求得替火神座道士书疏章"以供饮博"，他不得不曲意迎合道士嗜弈好胜的心理，"每与弈必让，令胜己乃已"。如此果然大得道士之欢心。如果说火神庙的道士还有点无赖的味道，那么开设靛青行的吕翁、吕翁之值行戴痴、卖浆之窦翁，都是值得敬爱的人物。

吕翁虽为商贸之辈，颇有君子豪侠之风。他在行中置秤平准不欺客，所得金常置床头，客人取用亦不问，偶尔问及，则笑曰："银子本活物，想幻化矣。"短短一语，显出了他的豁达大度。戴痴好拳勇，豪侠而勤俭，所得俸常贮主人处，唯见人之急，则麾千金不惜，人往往以"痴"目之。这班市井中人，心地坦荡，且有识人之慧眼。戴痴初见陶澍，即曰："视子貌状，似非碌碌者"，与之结为酒友，且为之力主婚姻。吕翁见之，亦谓"此天下贵人也，但早年寥落耳"，赠五十金以成婚事。陶澍因得佳偶，"机杼之声，每与书声相间"，故学业大进，终于发迹。

小说意在揭示：真正能够识才知人的，不在衣冠，而在市井。文末外史氏曰："予读之而泫然，不知涕之何从也。盖吕翁诸人，不独其豪侠好义也，其识英雄于未遇，岂非风尘只眼哉。"这种感慨，同"怀才不遇"的主旋律是和谐统一的。

小说通篇结构紧密，前后呼应，又能从容不迫，娓娓道来，给人以鲜明的印象。人物的对话也极有个性，如棋道士其人，在陶公任江苏巡抚时又在抚署出现，观陶公擒获盐枭王乙，枭首示众，笑曰："不意陶二有此辣手！"这一笑话，令人联想起陶澍栖身庙中，故意频频输棋来博得道士的"心倾"，从而换得书疏章的资格的折节下人的窘态，可谓回味无穷。

谈凤梁主编：《历代文言小说鉴赏辞典》，江苏文艺出版社，1991 年。

"《文学遗产》古代小说研究论坛"
文言小说研究综述

邓　雷

2022 年 11 月 12 日至 13 日，中国社会科学院《文学遗产》编辑部与福建师范大学文学院联合举办的"《文学遗产》古代小说研究论坛（2022）"在福建师范大学以线上会议（"腾讯会议室+直播室"）的方式召开。本次会议的与会者来自中国社会科学院、北京大学、北京师范大学、中国人民大学、首都师范大学、中央民族大学、北京语言大学、南开大学、复旦大学、华东师范大学、上海师范大学、南京大学、山东大学、福建师范大学等国内三十多家高校和科研单位，提交论文六十四篇。

大会开幕式由福建师范大学李小荣教授主持，福建师范大学副校长郑家建教授、《文学遗产》编辑部主任孙少华编审、华东师范大学谭帆教授、北京大学廖可斌教授先后致辞。

郑家建教授致辞说：《文学遗产》是公认的代表中国古代文学研究最高水平的专业学术期刊。创刊 60 多年来，始终聚焦古代文学研究前沿领域、始终引领古代文学学科创新发展、坚持不懈扶持学术新人，在不断增强中华民族文化自信上，久久为功。古代小说研究是中国古代文学领域最为活跃的领域，名家辈出、名作纷呈、蔚为大观。众所周知，古代小说研究的现代化进程，开启于五四新文化运动，它既勇立中国文学研究现代化进程的潮头，又创造性地为现代中国话语、现代中国思想、现代中国智慧所浸润、所融合，已经是中国文学研究中的一门"显学"。线上的各位专家、各位朋友都为这一学术史进程贡献了自己的智慧。回顾过往，尤其是改革开放以来中国古代小说研究的历史，许多重大学术问题的争鸣与拓展，重要学术热点的聚焦与深化，标志性学术成果的生成与交流，往往都依托《文学遗产》而展开，这就是这一名刊的担当与荣耀。

他说，福建师范大学是教育部与福建省人民政府共建高校、福建省全国一流大学建设高校，办学实力始终位列全国师范院校十强、全国高校百强。作为我国建校最早的师范大学之一，再过一周就将迎来建校 115 周年校庆。我校文学院与《文学遗产》编辑部有深厚的合作交流基础，比如，2004 年就有幸承办了第四届《文学遗产》论坛暨《文学遗产》编委会扩大会议。古代小说研究是我校传统优势学科，80 年代末，由齐裕焜教授创立并奠下坚实的基础；90 年代中期，欧阳健教授加盟，进一步扩大了本学科的影响。薪火相传，近几年中生代学者守正创新，深入挖掘建阳刊刻这一既独具地域性特色又有全国性价值的历史文化资源，开拓出新的研究空间，研究成果为学术界所关注。同样令人欣喜的是，一些新生代博士正以严谨细密的版本考证逐渐崭露头角。当然，与各位专家、各位朋友所在的学科水平，与各位专家、各位朋友所取得的学术成就相比，我们还有很长的路要走，还有巨大的空间要提升。幸运的是，这次会议就给了我们一个极为难得的请教与聆听机会。在接下来的两天时间里，各位专家、各位朋友将充分展现学术个性和学术专长，一同在智慧的时空中各抒己见、相互切磋。相关论题既有聚焦于文体学、形象学、类型学、语言学等古代小说研究的本体层面，又能拓展到社会学、文化学、历史学、宗教学、比较文学等古代小说研究所必备的宏观视域，鲜明地贯穿着历史观点与美学观点辩证统一的马克思主义文艺思想与理论方法，一定会是异彩纷呈。

与会学者就"古代小说研究的新视域与新材料""古代小说史的宏观与个案研究""古代小说的文体学和叙事学研究""古代小说理论研究""古代小说刊印与地域文化研究"等议题展开热烈讨论。参会六十四篇论文当中，共有十五篇与文言小说相关，要点如下：

欧阳健（福建师范大学）《〈全宋笔记〉引发的学术问题》一文，探讨了《全宋笔记》引发的学术问题。首先对上海师范大学古籍研究所历时十九年完成《全宋笔记》的整理工作和大象出版社完整出版这套巨型丛书的行为表示钦佩，但文章也指出"全宋笔记"的命名容易引发学术问题。文章通过爬梳历代文献中对于"记""笔记"和"小说"等语词的描述，指出在唐之前，绝没有以"笔记"命名的书籍，更没有"笔记"是"以随笔记录为主的著作体裁"的观念。第一部具有"小说"性质的"笔记"是陆游《老学庵笔记》，自此之后，一些名为"笔记"的书才有一些属于"小说"；但不能将所有名"笔记"的书，都看成是小说；更不能将没有名"笔记"的书，武断地说成"笔记小说"。民国时期的《笔记小说大观》首次将"笔记""小说"这两个毫不关联的概念牵混，误导学人近百年。要之，文章认为以传统目录学不存在的"笔记"概念代替传统目录学中的"小说"概念，将会影响古籍整理的全局，因此不可不慎。

陈文新（武汉大学）《清初文坛的"破体"风尚与传奇小说的生存样态》一文，探讨了清初文坛的"破体"风尚，一方面促进了传奇小说的繁荣，另一方面也造成了其特殊的生存样态：或寄生于古文，如《虞初新志》所收传奇小说，即大多出于魏禧、王猷定、侯方域、徐芳、周亮工等古文家之手；或寄生于笔记，如钮琇《觚剩》中的《睐娘》《姜楚兰》《双双》《云娘》等篇；或寄生于志怪，蒲松龄《聊斋志异》尤其著名。也就是说，清初那些被认定为传奇小说的叙事作品，常常是由叙事性的古文或笔记或志怪变异而成。认定的依据，除了铺叙綦详之外，在题材选择上侧重于"才子、佳人、英雄、神仙"，在情感表达上不事节制，也是两个重要因素。

王庆华（华东师范大学）《论古代"杂史""传记"掺杂之"小说"——以〈四库全书总目〉为例》一文，认为一些历代公私书目均著录于"杂史""传记"的作品掺杂了"小说"成分，存在形态主要包括：编撰体例、题材性质及旨趣整体上与"小说"比较接近或采录史传以及"小说""野史"杂糅而成，各部分或多或少均掺杂了一些"小说"；仅有局部内容在著述体例、题材性质上与"小说"非常接近或掺杂了"小说"。"杂史""传记"掺杂之"小说"的内容性质主要有述怪语异、搜神记鬼之作，各类历史人物无关政教的"琐细之事"和依托附会、荒诞不经的传说，这也构成了两者之间的畛域分野。"杂史""传记"掺杂的"小说"文本成分应纳入古代小说研究视野，也反映了相近叙事文类文本混杂的独特存在方式。

彭利芝（首都经济贸易大学）《委巷妄谈　时亦有据——从〈啸亭杂录〉看昭梿小说观》一文，介绍了《啸亭杂录》中的三十馀条小说史料，集中体现了清礼亲王昭梿的小说观。昭梿完全以史家眼光评价小说的思想性与艺术性，注重小说的社会教化功能。其小说观，既不独到，亦不开明，某些言论甚至对通俗小说满怀鄙弃甚或敌视。昭梿在小说受众中地位特殊，其小说观在清代统治阶层中具代表性。昭梿小说观的形成，离不开清代的宗室教育；其思想倾向，则深受清代文化政策特别是小说禁毁政策的影响。昭梿小说观真实体现清乾、嘉、道时期小说的生存环境，为我们了解清代小说发展史，提供了一个特殊的视角。

李建军（台州学院）《宋代话本与文言小说的共生消长与文学史价值》一文，认为宋代话本与文言小说既二水分流又局部交汇，既互相倚傍又彼此消长，是文学史上雅俗际会的共生典范。共生基础源于两者属于相异又相邻的叙事类型——士人叙事与市民叙事，源于两者在叙事话语、叙事行为、叙事旨趣、人物塑形、叙事伦理等方面的异质互补。共生语境则是唐宋之际社会变革、阶层变动、观念变迁、雅俗变化导致的市民文化与士人文化的双向互动。共生机制是两者之间叙事观念的双向渗透、叙事题材的双向改编、叙事技法的双向借鉴。共生形态是形成了世俗化传奇、准世俗化传奇、种本式文言小说、话本式传奇、传奇式话本等小说文体新样式。共生脉络则大致经历了北宋前期的独立期、北宋中后期的接触期、南宋前中期的交互期和南宋后期的消长期四个阶段。宋代话本与文言小说的共生，推动小说聚焦从"人物"到"故事"、"意蕴"到"趣味"，推动叙事观念从"淑世"到"资暇"、"慕史"到"幻化"，推动了由雅而俗、由文而白的重大转折，为近世叙事文学的繁荣奠定了观念基石和文体基础。

张庆民（首都师范大学）《〈世说新语〉注引〈搜神记〉考辨》一文，认为《世说新语》注引《搜神记》，学界认识相左：或认为《搜神记》是"误书"，或认为刘孝标注引书就是干宝《搜神记》，并据此否定《建康实录》关于干宝卒年记载。实际上，六朝志怪小说存在同名、别名现象，通过考辨了六朝迄于唐宋类书中署《搜神记》的佚文，可知《世说新语》注引《搜神记》，乃《搜神后记》别名或原名。

关静（南开大学）《宋代曾慥〈类说〉版本流变新考——兼论印本"定本效应"与古书传存之关系》一文，考察了《类说》的版本流变，认为曾慥《类说》对古小说的辑佚整理、考订研究至为重要，与之颇不相称的是学界《类说》研究主要依赖"全失旧观"的天启刻本，而大量早期版本深藏于海内外图书馆，鲜为世人所知，研究者尚未揭开此书版本流变的神秘面纱。通过查阅、比勘《类说》传世版本，以印本"定本效应"影响下的版本标记物为依据，可勾勒出《类说》的版本流变过程，为未来《类说》整理、研究提供方向，亦能为探讨印本"定本效应"与古书传存之关系贡献极好的案例。

张永葳（福建师范大学）《语类散文与先秦小说的源起》一文，认为先秦语类散文是先秦小说的起源之一。语类散文以记言为主，留存治国修身的经验与智慧，先秦说体文是语类散文的一种，其言说方式大致有经说体、论说体和事说体三种文法，先秦小说是先秦说体文的一种。顺着语类散文传承的脉络，可推知先秦小说的样貌：很大一部分先秦小说是先秦诸子之小说家在立言理想驱动下的著述文本，记载流传于世、道听途说的格言谚语、圣贤语录、乡贤慧语、戒子家语及应对之语等有益于治国安邦、治身理家的言论，或伴随着故事讲述而形成事说体；或围绕这些嘉言善语、可观之辞，以故事传说、近事物类等为例证进行譬喻论证，呈现经说体或论说体文法。先秦小说是在先秦语类散文语境中生长的言语行为文化，代表了先秦的言语载记和言说传统，这一传统在后世的小说中根深蒂固并源远流长。

姜荣刚（杭州师范大学）《从神道设教到现实关怀——对近代文言小说嬗变的一种考察》一文，考察了近代文言小说从神道设教到现实关怀的嬗变。认为近代是文言小说嬗变转型的关键期，对此以往主要从外来影响与物质载体角度予以研讨，难免偏颇之嫌。实际上，文言小说叙事方式原本就与西方小说具有高度的一致性，只不过因传统文化环境影响具有浓厚的神道设教色彩，清初中期更是趋于极端化，但经近代西学东渐冲击此一叙事模式开始解体，与现实的深度结合及与西方小说的无缝对接，使其文体潜能得到全面释放，以致率先完成文体的新型嬗变，表现出众声喧哗的繁盛创作景观。虽然文言小说最终为白话小说所收编，但其自身内在叙事传统的主体能动性及其范型作用仍发挥着潜在的重要作用。可见只有综合考虑诸种内外因素，近代文言小说的嬗变乃至现代白话小说的生成问题才能得到合理而充分的解释。

朱姗（中国社会科学院文学研究所）《清代孤本文言小说集〈阐微录〉考论》一文，探考了清代学者吕濂曾（1684~1750）撰写的《阐微录》，此书是一部尚未受到学界关注和研究的孤本文言小说集。《阐微录》乃续仿明代学者吕坤《无如》而作，并从题材来源、描写对象、学术旨趣诸方面体现了作者的个性化特点和小说家笔法。《阐微录》作为新安吕氏家集文献中为数较罕的文言小说集，继承并创新了明代中后期以降文言小说创作中借微末之物讽喻世风的"无如式"寓言传统，具有较为独特的研究价值。

葛永海、沈闻（浙江师范大学）《论"聊斋小说地图"的建构及其叙事功能》一文，认为小说地图研究是在文学地理视角下展开小说研究的重要学术路径之一。作者潜意识中所建构的小说地图必然与其生平阅历、创作心态、地域观念等发生关联，通过研究小说地图，将为深入理解作家作品提供别具一格的视角。文章以蒲松龄名著《聊斋志异》为例，全面梳理《聊斋志异》中涉及空间地理的描写，对《聊斋志异》故事在全国的地理分布状况进行统计分析，勾勒出带有作者地理认知特点的"聊斋小说地图"，由作品地理分布的圈层结构揭示精品率的比重，并分析其原因。最后从情节、场景、人物等方面探讨"小说地图"的叙事功能。

罗立群（暨南大学）《论清代文言技勇小说》一文，认为清代文言技勇小说属于写实型武侠小说，数量众多，散见于文人野史笔记中。其内容可分为侠义、武技和涉盗三大类，三大类题材相交互融。清代文言技勇小说有着浓郁的文人情怀，其语言表述与情节构撰极有特色，对近现代武侠小说创作颇有影响。

吴光正（武汉大学）《杜光庭道教传、记研究与杜光庭道教传、记的文

学术动态 ———————————————————— 281

体规范》一文，从文献学、语言学、宗教学维度对杜光庭道教传、记研究进行了回顾与总结，并反思学术界将杜光庭道教传、记视作小说加以研究而带来的诸多困境，强调从道教自身的认知结构和文体规范来审视杜光庭的这批作品，可以发现它们归属于道教知识体系和文类体系中的"记传"和"谱箓"，其书写具有实录性、神圣性、谱系性和教化性等属性和功能。

郭丹（福建师范大学）《最早的三角恋爱小说》一文，认为最早的三角恋爱小说出自《左传》。《左传》昭公元年记载了郑国大夫公孙楚与公孙黑争聘大夫徐无犯之妹的故事，堪称最早的三角恋爱小说。但是《左传》作者记载这个事件，并非为写恋爱小说而载录历史事件，而是为揭示子产的治国智慧。子产执政，采取了一系列巧妙政策与手段，解决了郑国国内强宗大族的固疾。徐无犯择婿的故事，正体现了子产的治国智慧。

王昕（中国人民大学）《选择经典：清代文言小说七十年研究的线索与方法》一文，综论了清代文言小说七十年研究的线索与方法，认为清代文言小说研究中，经典的选择和阐释是一条核心的线索。因为时代未远，大量的作品未及阅读与整理，创立新知与转化传统，成为清代文言小说研究的必然。围绕着《聊斋志异》《阅微草堂笔记》《浮生六记》等传奇、志怪和轶事小说，七十年来的研究工作从研究范式、评价标准和价值导向等方面进行了多维度的探索。对《聊斋志异》这样的经典著作，进行更能体现时代价值和意义的阐释；对《阅微草堂笔记》等"子部小说"，是通过修正文体定位和研究模式，以旧学的标准重新评价和阐释；对《浮生六记》的"发现"，则是现代人文关怀对清代轶事的再选择。随着近年来小说文献的大量整理出版和已有研究模式的困境，新的转向和探索开始出现。

闭幕式由香港树仁大学傅承洲教授主持，暨南大学文学院院长程国赋教授致闭幕辞，他引用文学遗产编辑部孙少华先生开幕辞说：这次会议是"七世同堂"，齐裕焜先生、欧阳健先生两位学术前辈参加这次会议，增加了这次会议的学术分量；出生于五十年代、六十年代、七十年代的学者成为这次会议的"主力军"；同时还有一些出生于八十年代、九十年代的青年学者加入到古代小说的研究队伍中，增加了新鲜血液，使古代小说研究队伍更加壮大，昭示着古代小说研究广阔的前景。会议论文涉及面很广，研究视角丰富多样，很多论文具有很强的学术价值和创新意义。其中，既有对古代小说进行宏观研究的论文，也有就单个作家、单部小说进行个案分析的论文；既有文献资料的考证，也有理论的阐释。很多论文在掌握翔实可靠的文献材料基础上提出了自己独到的见解。他表示：本次学术研讨会出现很好的学术论争。欧阳健先生就近年来编纂的《全宋笔记》提出自己的看法，我认为是非常好的学术讨论，有助于辨析相关的小说概念，进一步推动学术研究走向深入。

文言古体小说与白话通俗小说，是古代小说研究的两翼。此次论坛涉及到的文言小说论文，只占全部论文的 23.43%，反映了文言小说研究的相对薄弱；好在相关内容比较丰富，既有小说概念和小说观念的探讨，像欧阳健、王庆华、彭利芝等先生的文章，也有文体学视角，像陈文新、姜荣刚、张永葳等先生的文章，还有文化学、文献学、文学地理学视角，像吴光正、张庆民、葛永海、关静、朱姗等先生的文章，体现了古代小说研究的时代高度和最新研究动态。

论坛原定 2020 年召开，因疫情推迟到 2021 年；仍因疫情又推迟到 2022 年，还不得不在线上举办。会议同时以直播形式向社会开放，逾 7000 人次点击观看，取得良好的社会效果。

邓雷，男，1988 年 9 月生，江西抚州人，文学博士，福建师范大学文学院副教授。

在"《文学遗产》古代小说 研究论坛"的发言

欧阳健

承竺青的美意，安排我在"《文学遗产》古代小说论坛"第一个大会发言，实在愧不敢当。

记得是 1981 年暮春，《文学遗产》复刊不久，张白山、卢兴基专程来到南京，和南京的学者进行座谈，我也有幸参加了。张白山、卢兴基还到访江苏省社会科学院，我陪同文学所刘冬同志交流了《水浒》研究信息。蒙卢兴基、李伊白青睐，《文学遗产》发表过拙文两篇，提携之恩，没齿难忘。

今天讲的题目是"《全宋笔记》引发的学术问题"。对《全宋笔记》，我首先要表达三个钦佩之心：第一，钦佩上海师范大学古籍研究所，发扬锲而不舍的团队精神，历时十九年完成了这部巨型丛书；第二，钦佩大象出版社，在市场经济的背景下，毅然推出这部学术大书；第三，钦佩陈新的学术功力和严谨态度。陈新是我的老朋友，当年曾为编撰《中国通俗小说总目提要》提过很好的建议，还亲自帮我看了《总目提要》的部分校样，相信由他把关的《全宋笔记》，校勘质量是值得信赖的。

之所以提出所引发的学术问题，不是出在《全宋笔记》本身，而是它将隐含的学术分歧台面化了，若不及时妥善处理，定会影响小说研究与古籍整理的全局。

关于小说和笔记的是非短长，百年来存在着两条学术路线：一条是从鲁迅的《古小说钩沉》，到程毅中的《古体小说钞》；一条是从王均卿的《笔记小说大观》，到刘叶秋的《历代笔记概述》。在我看来，"笔记小说"的提法，是缺少传统渊源的，是一种无根据的误会。在唐之前，绝没有以"笔记"命名的书籍，更没有"笔记"是"以随笔记录为主的著作体裁"的观念。而古小说（古体小说），则是贯穿始终的。先秦的诸子十家，其中就有小说家。小说作为一种文体，一种文学样式，是源远流长、其来有自的，它是文学的正脉。

当然，学术上的分歧，可以各抒己见，不能强加于人。但从古籍整理全局着眼，却不宜随意处置。如果执定"笔记"就是小说，以"笔记"名目侵占小说的领地，甚至取代小说，是不明智的。试想，《全宋笔记》出来了，要不要再出《全宋小说》呢？再试想，如果以《全宋笔记》为起点，构筑由《全汉笔记》《全魏晋笔记》《全隋唐笔记》《全宋笔记》《全明笔记》《全清笔记》组成的一条龙，要不要再搞一个由《全汉小说》《全魏晋小说》《全隋唐小说》《全宋小说》《全明小说》《全清小说》组成的一条龙呢？如果搞了，二者岂不要相互冲突，甚至打起架来？如果不搞，那只能据此撰写《中国笔记史》，而不会有《中国小说史》了，后果堪忧。

为了处理好这个矛盾，须通过顶层设计加以解决。不妨按照傅璇琮的说法，将胡应麟所拟小说的六类："志怪""传奇""杂录""丛谈""辨订""箴规"，再一分为二，确定以叙事性为区分小说与非小说的标准，将列为子部小说的"杂录""丛谈""辨订""箴规"，划入"现代意义的笔记"的范畴；而将具备一定情节与审美意趣的叙事作品，视为小说。这样一来，笔记、小说，各得其所，相得益彰，既不重复，又不冲突了。这是文学研究与古籍整理的战略性问题，需要上上下下认真对待，妥善处理。今天借论坛这个庄重平台，吁请有关部门予以重视，千万不可掉以轻心。

"时光只解催人老"。我今年八十二岁了，比我年长的侯忠义、曲沐、张锦池，比我年轻的沈伯俊、孙逊、李时人、王枝忠，都先我而去，但我并不感到孤独，因为大批年轻学者已茁壮成长。我想送给年轻人八个字：夯实基础，更新观念。现在是大数据时代，海量数据在云端上，但要真正进入人脑，靠搜索引擎是不够的，仍需要一字字、一行行、一本本地读。有些从前人承袭的观念，如"笔记"与"小说"的无意混同，"志怪"与"传奇"的刻意区隔，都是应该检讨反省的。说南朝的《阳羡书生》是志怪，唐代的

《任氏传》是传奇，清代的《聊斋》是以传奇而志怪，完全是枉费心力，简直是跟自己过不去。如果更新了观念，又能直面古代小说的文本与文献，用慧眼去发现其中蕴涵的价值，用慧心去实现创造性转化，就会迎来小说研究辉煌的前程。

再次感谢《文学遗产》，谢谢大家。

2022 年 11 月 12 日 9∶05

※　※　※

《万金记》非《萬金记》

屠元淳《昭代旧闻》卷一：顺治丁酉，江南乡试前数日，严霜厚三寸。既锁闱，鬼嚎不止。发榜后弊发，主考方猷、钱开宗，房考李上林、商显仁、叶楚槐、银文灿、周霖、张晋、朱范、李祥光、田俊民、李大升、龚勋、郝维训、朱建寅、王国祯、卢铸鼎、雷震生，俱骈戮于市。前此，江陵书肆刻传奇名《万金记》，不知何人所作，以"方"字去一点为"万"字，"钱"字去边傍为"金"，指二主考姓，备极行贿通贿状，流布禁中，上震怒，遂有是狱。"万金记"不能写作"萬金记"，可知顺治之前，"萬"字已简化为"万"了。（斯欣）

《全清小说论丛》征稿启事

《全清小说论丛》由福建师范大学文学院资助，文物出版社出版，每年出版一辑，第一辑已于 2022 年 3 月面世。

《全清小说》为清代小说的集大成之作，是迄今为止以最新标准编纂的清代文言小说总集，共收书 500 馀种，3000 馀万字，有百位明清小说界的专家学者参与整理，《顺治卷》六册已于 2020 年由文物出版社出版，《康熙卷》三十一册亦即将问世，《雍正卷》《乾隆卷》《嘉庆卷》《道光卷》《咸丰卷》《同治卷》《光绪卷》《宣统卷》正陆续校点中。《全清小说》编纂的亮点，在于运用叙事的标准，将一部分经子部小说著录的如丛谈、辩订、箴规之作剔除；又将一部分杂家、甚至史部的作品列入。这一运作的最大特点，不是以目录学为出发点，而是以作品的叙事性为出发点。

《全清小说论丛》的出版，为全清小说和中国小说史研究，提供了新的学术平台，开设的栏目有：热评《全清小说》、特稿、综论、作品论、作者与版本、理论与观念、随笔札记、校理心得、学术动态。留心之处皆文章。欢迎广大清代文言小说研究爱好者踊跃投稿，共同探寻中国优秀的传统文化，坚定中华民族的文化自信，提高中华文化的软实力。

投稿要求：

1. 来稿必须是首次公开发表的论文，文责自负。请勿一稿两投，稿件一经正式刊用，版权属本刊所有。

2. 文章篇幅以 1.2 万字以内为宜，特稿可适当放宽。

3. 来稿请用 Word 或 Wps 文件格式，请提供 200~300 字左右的中文摘要和 3~5 个关键词，注明作者姓名、单位、职称、研究方向、通讯地址、联系电话和电子邮箱等信息。

4. 注释一律采用脚注，其中参考文献著录格式如下：

引自期刊：作者（所有作者全列–下同）．题名．刊名，出刊年，卷（期）：起止页码。

引自专著：作者．书名．版次（初版不写）．译者（指译著，所有译者全列）．出版者，出版年，页码。

引自报纸：作者．题名．报纸名，年–月–日（版次）。

引自论文集：作者．题名．见：论文集编者．文集名．出版者，出版年．页码。

引自会议论文：作者．题名．会议名称，会址，会议年份。

引自学位论文：作者．题名：［学位论文］．保存者，年份。

5. 本刊不收取任何费用。文章一经录用，即付相应稿酬。

投稿邮箱：qqxslc@fjnu.edu.cn，10 月底为当年稿件截止期，新书于来年上半年出版。

联系地址：福州市仓山区上三路 8 号福建师范大学文学院。

邮编：350007

电话：0591–83419600

《全清小说论丛》编辑部